SALON
DES
CENT

IX EXPOSITION

Jeong Wun
Lee

이사님의 취미생활

1

이사님의 취미생활

his dilenttante life

이정운 장편소설

가하

이사님의 취미생활 1

지은이 이정운
펴낸이 이형기
펴낸곳 도서출판 가하

초판인쇄 2015년 8월 5일
초판발행 2015년 8월 12일
출판등록 2008년 10월 15일 제 318-2008-00100호

주소 서울 영등포구 양평로 67, 1209 (당산동5가, 한강포스빌)
전화 02-2631-2846 **팩스** 02-2631-1846

www.ixbook.co.kr

ISBN 979-11-295-5140-5 04810
     979-11-295-5139-9 04810(set)

값 12,000원

copyright ⓒ 이정운, 2015

01. 이사님의 비밀   7

02. 내 발닦개가 되십시오   21

03. 취향입니다. 존중해주시죠   51

04. 그런 짓은 하지 말아야 했는데   78

05. 상태 이상   106

06. 태초에 질투가 있었다   134

07. 혼돈의 끝은 어딜까   161

08. 이게 진짜일 리 없어   187

09. 필사적 회피   213

10. 수수께끼는 풀렸다   239

11. 믿는 도끼에 발등 찍힌다   265

12. 적과의 동침   292

13. 인내심의 한계   318

14. 그와 그녀가 지금 하고 있는 것   346

15. 뜻밖의 해답   371

16. 해금   396

17. 내 시선을 피할 때마다 키스할 겁니다   420

18. 몸으로 배우십시오   446

01. 이사님의 비밀

"이사님, 오늘도 멋있지 않니?"

"정말 연예인 같아. 아니, 어지간한 연예인은 명함도 못 내밀 거야."

여사원들이 나직이 수군거렸다. 그들의 눈길은 회사 로비를 가로지르고 있는 한 남자를 좇고 있었다.

시원하게 뻗은 다리와 반듯한 등, 장인이 정성 들여 세공한 듯한 이목구비, 귀공자를 연상시키는 하얀 얼굴. 결 좋은 검은 머리칼.

남자는 국내 굴지의 소프트웨어 벤처 기업인 'SA 소프트'의 한재하 이사였다.

대학생일 때 친구 두 명과 함께 SA 소프트를 설립한 한재하 이사는 어려운 시장 상황에서도 승승장구를 거듭, 회사를 오늘날의 위치에 올려놓은 일등공신이었다.

흠 잡을 데 없이 잘난 외모에 비상한 두뇌, 세련된 매너. 서른 살이라는 젊은 나이에 대표이사라는 직함까지. 한재하 이사는 SA

소프트에 근무하고 있는 모든 여사원의 동경을 한 몸에 받고 있었다. 단 한 명, SA 소프트의 막내 신세아만 제외하고.

세아는 날카로운 눈으로 한재하 이사의 뒷모습을 노려보았다.

모두 속고 있었다. 저 가증스러운 남자에게!

용모 반반하고 머리가 좋은지는 몰라도 매너남이라니. 이 세상의 매너남이 다 얼어 죽어도 저 남자의 차례는 절대 오지 않을 것이다.

그에게 당했던 일들이 하나둘 떠오르자 혈압이 올랐다. 세아가 뒷목을 잡고 넘어가려는 찰나였다.

"세아 씨, 잠깐 저 좀 보죠."

엘리베이터 방향으로 걸어가던 한재하 이사가 몸을 돌리더니 세아에게 말을 걸었다. 듣기 좋은 중저음에 여사원들이 감탄을 터트렸다. 부러움과 시기심이 가득한 눈빛이 세아에게로 쏟아졌다.

"어머! 아침부터 뜨겁네."

"세아 씨 좋겠다."

"진짜 부러워. 한재하 이사님 같은 분이 애인이라니!"

애인 아니거든요! 세아는 반박하고 싶어서 입이 근질거렸다.

여사원들의 어깨 너머로, 저 멀리 엘리베이터 앞에서 여유롭게 웃고 있는 한재하 이사가 보였다. 남들은 살인 미소라고 부르지만 세아에게는 살인 충동을 유발하는 미소였다.

세아의 어깨가 부들부들 떨렸다. 시간을 되돌릴 수만 있다면 얼마나 좋을까. 더도 말고 덜도 말고 일주일만! 딱 일주일 전으로 돌아가서 모든 것을 없던 일로 만들고 싶었다.

　이전까지 전혀 접점이 없었던 한재하 이사와 얽히게 된 사연.

　알아서는 안 되는 한재하 이사의 비밀을 우연히 알게 된 날.

　그녀가 한재하 이사의 발닦개로 전락하게 된 결정적 계기!

　사건의 발단은 일주일 전 오후 2시경에 도착한 택배였다.

　점심을 먹고 졸음이 살살 밀려오는 시각. 뜻밖의 방문객이 사무실의 문을 두드렸다.

　"한재하 님 앞으로 택배가 왔는데요."

　"네, 거기 책상에 둬주세요."

　세아는 SA 소프트의 일본 법인이 '인터롭 도쿄(Interop Tokyo) 2015' 전시회에 참가하는 것과 관련해서 여러 가지 업무를 처리 중이었다.

　일본어에 능통하다는 이유만으로 떠맡게 된 일은 입사 3개월 차인 세아에게는 벅찼다. 때문에 세아는 정신없이 모니터에 매달려 있었다.

　이렇게 바쁜 와중에 택배까지 오다니. 한숨을 쉬며 세아는 의자에서 일어났다. 회사에 온 택배를 주인에게 배달해주는 잡일은 막내인 세아의 몫이었다.

　세아가 택배 상자가 놓인 책상에 거의 다다랐을 때. 대표이사실의 문이 벌컥 열리더니 한재하 이사가 나왔다.

"그 택배, 제 겁니까?"

어딘지 모르게 다급한 어조였다. 그러나 세아는 그의 잘생긴 외모와 환상적인 목소리에 넋이 나가서 미처 알아차리지 못했다.

"예? 네. 제가 가져다 드릴게요."

"아니, 괜찮습니다. 제가 가져갈 테니 거기 가만히 두십시오."

"아니에요. 어차피 일어난 김에 제가……."

세아가 응대하며 택배 상자를 들어 올린 순간이었다.

"거기 두십시오!"

한재하 이사가 버럭 외쳤다. 세아는 깜짝 놀라서 반쯤 들었던 택배 상자를 놓치다시피 내려놓았다. 입사 이래로 한재하 이사가 언성을 높이는 모습을 본 것은 처음이었다.

한재하 이사의 표정이 굳었다. 세아는 심장이 철렁했다.

'내가 뭘 잘못을 저지른 거야?'

언제나 웃는 인상인 한재하 이사가 저렇게까지 정색하는 걸 보면 무심결에 큰 실수를 저지른 게 분명했다.

세아는 덜컥 겁이 났다. 자유 출퇴근 제도, 근무 시간 중 수영장 이용, 직원을 위한 레스토랑 운영 등 뛰어난 복리후생으로 '신의 직장'으로 소문이 자자한 SA 소프트였다.

100대 1이 넘는 피 터지는 경쟁률을 뚫고 간신히 들어왔는데 이렇게 잘리게 되는 건가? 그런 걱정이 들 만큼 한재하 이사의 눈빛은 무시무시했다.

한재하 이사가 빠른 걸음으로 세아에게 다가왔다. 세아는 상체를 뒤로 빼며 한 걸음 물러났다.

'크다.'

원래부터 키가 큰 건 알고 있었지만, 지척까지 다가온 한재하 이사를 올려다보니 새삼 긴장되었다.

"신세아 씨."

한재하 이사에게서 위압적인 음성이 흘러나왔다. 무언가가 잔뜩 못마땅한 목소리였다.

세아는 바짝 졸아들었다. 웃음기 하나 없는 한재하 이사의 눈은 놀랄 정도로 날카로웠다. 늘 부드럽게 휘어 있어서 몰랐는데, 기본적으로 길고 사늘한 눈초리였다.

"이, 이사님."

택배 상자에 꽂혀 있는 한재하 이사의 시선. 세아는 안절부절 어쩔 줄 몰라서 무슨 말을 하기만을 기다렸다.

한재하 이사가 택배 상자를 잡았다. 동시에 세아는 환각을 보았다. 한재하 이사가 포대기에 싸인 갓난아기를 안는 광경이었다. 그 정도로 택배 상자를 들어 올리는 한재하 이사의 손길은 신중하고 조심스러웠다.

'어라?'

세아는 넋을 놓고 택배 상자와 한재하 이사를 번갈아 봤다. 택배를 손에 넣은 한재하 이사는 세아에게서 등을 돌리더니 쌩하니 대표이사실로 돌아갔다. 더는 볼일 없다는 듯한 태도였다.

혼자 남겨진 세아는 얼떨떨했다. 뭐가 어떻게 된 거지?

궁금증을 풀 기회는 갑작스럽게 찾아왔다.

"세아 씨, 가는 길에 이것 좀 이사님 책상 위에 놓아줄래?"

퇴근 준비를 하는 세아에게 팀장이 고갯짓으로 서류철을 가리키며 부탁했다. 세아는 흔쾌히 받아들였다.

"네, 알겠습니다."

왼쪽 어깨에 핸드백을 멘 세아는 묵직한 서류철을 오른손에 한 아름 들고 대표이사실의 문을 두드렸다.

"이사님."

똑똑. 노크를 해도 답이 없었다.

"이사님?"

몇 번 더 노크를 해도 마찬가지였다. 문고리를 돌린 세아는 슬쩍 안을 들여다보았다. 한재하 이사는 자리에 없었다.

세아는 책상으로 걸어갔다. 'SA 소프트 대표이사 한재하'라는 길쭉한 명패가 놓인 책상은 남자의 것이라고 믿기지 않을 만큼 깔끔했다. 한쪽에 우체국 택배 상자가 놓여 있는 것만 제외한다면.

부탁받은 서류철을 책상에 올려놓은 세아의 눈길이 자연스럽게 택배 상자로 향했다. 아까 한재하 이사가 아기처럼 안고 갔던 상자다. 그 매너 좋은 한재하 이사가 안색까지 변해가며 애지중지하던 물건.

"대체 뭐기에."

세아는 마른침을 삼켰다. 몹쓸 호기심이 발동했다. 남의 물건은 함부로 보면 안 되지만, 이대로 퇴근하면 상자 안에 뭐가 있는지 궁금해서 잠을 못 잘 것 같다.

어떡하지? 치열한 갈등 끝에 세아는 악마의 꼬임에 넘어갔다.

한 번만이다. 이번 한 번만.

심호흡한 세아는 반쯤 떠 있는 종이상자의 뚜껑을 살며시 좌우로 열어젖혔다. 그리고 상상도 하지 못한 무언가와 시선이 마주쳤다.

세아는 눈을 깜빡였다. 놀랄 만치 섬세한 눈매와 해안의 모래를 연상케 하는 금발, 오뚝한 코, 부드러운 곡선을 그리는 입술. 엄청난 미남자였다. 손바닥만 한 크기가 아니고 살아 있는 남자였다면, 세아는 아마 그에게 한눈에 반해버렸을지도 모른다.

"인형?"

세아는 멍하니 중얼거렸다. 아니, 이런 부류의 장난감을 칭하는 용어가 따로 있었던 것 같은데. 피, 피……, 미간을 찡그리고서 기억을 더듬던 세아는 퍼뜩 깨달았다.

"피규어!"

그래, 피규어다. 애니메이션 캐릭터를 그대로 본떠서 만든 모형. 일명 '오덕'이라고 불리는 오타쿠들이 수집하는 물건.

"그런데 이런 게 왜 이사님의 택배로?"

혼란에 빠진 세아가 피규어 상자를 내려다보고 있을 무렵이었다.

"조카에게 줄 선물입니다."

뒤에서 낮은 음성이 들려왔다. 세아는 기겁하며 뒤를 돌아보았다. 언제 왔는지 한재하 이사가 바로 그녀의 뒤에 서 있었다.

"힉, 이사님. 그게, 저."

"남의 물건을 허락도 없이 보다니. 실망입니다, 신세아 씨."

특유의 매력적인 미소를 지으며 한재하 이사가 단호하게 명령했다.

"나가십시오."

이사실에서 쫓겨난 세아는 복도의 음료수 자판기에 머리를 쿵쿵 박았다.

미쳤어, 신세아. 어쩌자고 다른 사람의 택배를 마음대로 들여다봐. 그것도 대표이사의 택배를!

「실망입니다, 신세아 씨.」

심지어 좋아하는 상대에게 그런 말을 듣고 말았다. 세아는 한없이 우울해졌다.

오르지 못할 나무인 한재하 이사를 세아가 남몰래 좋아한 지도 벌써 두 달이었다. 그렇다고 세아가 한재하 이사에게 고백하거나 대시를 한 적이 있느냐면, 그건 아니었다. 딱히 그와 사귀고 싶은 마음은 없었다.

세아에게 한재하 이사는 TV 속의 연예인 같은 존재였다. 그저 바라보는 것만으로도 행복한 상대. 다른 세계의 사람. 그림 속의 보기 좋은 떡. 사랑한다기보다는 동경하는 대상. 언감생심 꿈에서도 탐낸 적 없는.

"멍청이. 바보 천치!"

한창 자판기에 분풀이 겸 자기 학대를 하는 세아에게로 한 남자가 다가왔다.

"여기서 뭐 해?"

귀에 익은 목소리. 세아는 자판기에서 머리를 떼고 고개를 돌렸다. 안경을 쓴 이지적인 생김새의 미남이 그녀를 보며 빙긋 웃고 있었다.

"승재 오빠!"

세아는 그대로 승재에게로 달려갔다.

"여긴 어쩐 일이야?"

"계약서 점검하러 왔어. 넌 이제 퇴근하려고?"

승재가 다정하게 물었다. SA 소프트의 고문 변호사인 승재는 세아의 옆집에 살던 오빠였다. 초등학생 때까지만 해도 같이 나가 놀고 게임을 하며 친하게 지냈었는데, 세아가 중학생이 되자 거리를 두더니 세아가 고등학생이 됐을 즈음에는 아예 독립해서 집에서 나가 살았다. 어느 날 갑자기 떡하니 사시를 패스해서 변호사가 된 뒤로는 두어 달에 한 번 얼굴을 볼까 말까 한 귀한 몸이었다.

세아에게 SA 소프트에 입사하면 어떻겠냐고 권유한 사람도 승재였다. 벤처 기업이지만 믿을 만한 동기들이 만들었고 승재 자신이 고문 변호사를 맡은 곳이라며, 복지가 참 좋다며 원서를 넣어보라고 세아를 살살 꼬드긴 것이다. 덕분에 잘 알려지지 않은 신의 직장에 들어오게 된 세아는 승재에게 무한한 감사의 마음뿐이었다.

"응. 가야지. 아니면 오빠 일 끝날 때까지 기다릴 테니까 같이 저녁 먹을래?"

"그래주면 나야 고맙지만……, 오늘은 이야기가 길어질 것 같으니까 저녁은 다음 기회에 먹자, 세아야."

승재가 세아의 이마를 쓰다듬으며 씩 웃었다. 세아가 자판기에 사정없이 찧던 부분이었다. 세아는 아쉬움 가득한 눈빛으로 승재를 올려다보았다.

"그럼 다음에는 꼭 같이 먹기야?"

"그래. 조심해서 들어가, 우리 딜렁이."

"딜렁이라니. 내가 아직도 애인 줄 알아? 스물여섯 살 먹은 어엿한 성인 여자라고."

세아는 발끈해서 승재를 쏘아보았다. 네 살이라는 나이 차이 때문인지는 몰라도 승재는 그녀를 줄곧 어린아이 취급했다.

찰나 승재의 눈동자가 묘한 빛깔을 띠었다. 이내 눈을 가늘게 접은 승재가 그녀의 이마에 딱밤을 먹였다.

"아!"

"여자는 무슨, 애지. 어서 들어가. 아주머니하고 아저씨 걱정시키지 말고."

이마를 부여잡은 세아는 승재를 째려보았다. 안 그래도 자판기에 부딪쳐서 아픈 이마에 딱밤이라니.

"오빠나 오빠네 부모님 속 썩이지 마! 아주머니가 오빠 얼마나 걱정하시는데."

정확히는 혼자 사는 승재가 행여 이상한 여자에게 코가 꿰이지 않을까 걱정이 태산이셨다. 세아의 집에 오면 늘 "승재가 제발 오피스텔 정리하고 집으로 들어와서 살면 좋겠어."라고 말씀하실 정도였다.

"어머니도 참."

고개를 절레절레 젓던 승재가 눈을 크게 떴다.

"아, 한재하 이사님."

세아는 움찔했다. 한재하 이사? 세아의 목이 재빠르게 뒤로 돌아갔다. 한재하 이사가 이쪽으로 걸어오고 있었다.

"장 변호사님."

성우 뺨치는 음색으로 한재하 이사가 승재를 불렀다. 세아의 안색이 창백해졌다. 어서 도망쳐야 한다. 세아는 승재에게 대충 눈인사를 건넨 다음 한재하 이사에게 허리를 숙였다.

"이만 가보겠습니다."

그러고는 뒤도 돌아보지 않고 회사를 빠져나왔다.

승재의 시선이 꽁지 빠진 새처럼 부랴부랴 달아나는 세아의 뒷모습에 꽂혔다. 피식 웃은 승재는 세아에게서 눈을 떼고 재하를 돌아보았다.

"아까 말했던 제12조 2항 말인데……."

일 이야기를 꺼내려던 승재는 말을 멈췄다. 재하가 빤히 세아가 사라진 방향을 주시하고 있었다.

"뭐 해?"

승재가 물었다. 공석에서는 고문 변호사와 대표이사의 관계이니만큼 존대를 하지만, 사석에서는 반말을 쓰는 두 사람이었다. 재하가 무심하게 응수했다.

"아니야, 아무것도."

건물 밖으로 나온 세아는 가슴이 조마조마했다. 그냥 일찍 퇴근해버릴걸. 왜 복도에서 미적대다가 한재하 이사와 마주쳤을까.

'내가 왜 그 택배 상자를 열어봐서!'

세아는 머리를 쥐어뜯었다. 하필이면 그 장면을 한재하 이사에게 들킬 건 뭐고.

그 싸늘했던 눈빛과 실망했다는 말. 이걸로 한동안 밤마다 이불차며 괴로워하게 생겼구나.

부끄러움과 민망함에 몸부림치던 세아는 퍼뜩 한 가지 의문이 들었다.

'근데 나, 사과했나?'

세아는 천천히 기억을 더듬어보았다. 아무리 생각해도 한재하 이사에게 택배 상자를 마음대로 열어봐서 미안하다고 사과한 것 같지 않았다.

세아의 낯빛이 파래졌다. 몰랐으면 몰라도, 알아버린 이상 사과를 하지 않고 넘어갈 수 없었다. 도살장에 끌려가는 심정으로 세아는 다시 회사 안으로 들어갔다.

이사실에는 아무도 없었다. 다만 차 키가 책상 위에 놓여 있어서 한재하 이사가 아직 퇴근하지 않았다는 사실을 알 수 있었다.

맥이 풀린 세아는 소파로 걸어갔다. 잠깐 앉아서 쉬다가 일어나 한재하 이사를 맞이할 계획이었다.

말랑한 소파에 털썩 앉은 세아가 핸드백을 한쪽에 내려놓은 차였다. 핸드백 아래에 무언가가 깔린 듯한 느낌이 들었다.

뭐지? 세아는 핸드백을 들었다.

"리모컨?"

손가락 두 마디쯤 되는 길이의 검은색 네모반듯한 몸체와 타원형의 버튼. 용도를 알 수 없는, 리모컨으로 추정되는 작은 물체가 놓여 있었다.

세아는 그것을 집어 들었다. 이것은 뭐에 쓰는 물건인고. 차 키는 아니고, 에어컨 리모컨도 아닌 것 같은데. 주의 깊게 살피던 세아는 정체불명의 물건을 오른쪽에 얌전히 내려놓았다. 쓸데없는 호기심은 화를 부른다. 같은 실수를 두 번이나 하고 싶지 않았다.

'그나저나 이사실에 들어올 때마다 늘 느끼지만.'

세아의 시선이 이사실의 한 면을 차지하고 있는 갈색 책장으로 향했다.

'가운데에 있는 책장 두 개만 다른 책장들보다 조금 채도가 높지

않나?'

아닌가? 착각인가? 세아가 갈피를 못 잡고 있을 때였다. 얌전히 기다린 끝에 드디어 인기척이 느껴졌다.

문이 열리는 타이밍에 맞춰서 세아는 소파에서 일어났다. 좌우로 손을 짚고. 그런데 오른쪽 손바닥에서 예상치 못한 이물감이 느껴졌다. 아까 그녀가 내려놓았던 그 정체불명의 리모컨이었다.

세아는 아차 했다. 버튼이 정통으로 눌린 것이 느껴졌다. 동시에 어디선가 드르륵드르륵, 비밀의 방이 열릴 때나 날 법한 소리가 났다.

"안 돼!"

한재하 이사의 얼굴이 경악으로 물드는 게 보였다. 세아의 눈이 커졌다.

만화의 한 장면처럼 가운데 쪽 책장이 좌우로 열리더니, 숨어 있던 새하얀 장식장이 나타났다.

여러 개의 칸으로 균일하게 나뉜 장식장. 그 안을 꽉 채운 것들은, 수백 종의 피규어였다!

세아는 쨍하니 얼어붙었다. 이사실에 적막이 내려앉았다.

"결국, 들키고 말았군."

세아는 천천히 한재하 이사를 돌아보았다. 거칠게 머리를 쓸어 올린 한재하 이사가 자포자기한 투로 말했다.

"그래. 사실 난 오덕이야."

02. 내 발닦개가 되십시오

　한재하 이사. 한국에서 첫손가락에 꼽히는 명문대인 한국대학교 출신의 엘리트.

　재학 중에 친구 두 명과 국산 소프트웨어 벤처 기업 'SA 소프트'를 설립.

　그가 개발한 애플리케이션 성능 관리 제품인 'SA'는 국내 시장에서 90퍼센트 이상의 점유율을 유지, 1,000여 군데의 다양한 사업군에서 사용 중이었다. 또한, 60여 개의 글로벌 파트너 회사와 80여 개의 글로벌 고객사가 'SA'를 이용하고 있었다.

　재작년부터 사장직에서 물러나 대표이사직을 수행하고 있지만, 근본적으로 SA 소프트의 중심이자 실세인 남자. 그 완벽한 능력과 잘난 외모로 여사원들의 왕자님으로 군림하고 있는 남자. 모두에게 '오를 수 없는 나무'라고 불리는, 동경의 대상인 이 남자가…….

　"사실 난 오덕이야."

　오덕이라니!

　세아는 충격에 빠졌다. 오덕이라면 그, 여자 캐릭터가 그려진 베개를 끌어안고 잔다든가, 2D 캐릭터와 결혼식을 올린다든가, 모니터에 2D 캐릭터를 띄워놓고서 같이 식사하거나 그러는 사람?

"아니야."

한재하 이사가 나직이 부정했다. 세아는 마음을 읽힌 것 같아서 흠칫했다.

"그, 이사님, 전 아무 말도 안 했는데요."

"무슨 생각 하는지 훤히 보입니다. 그런 거 아닙니다."

난 또 관심법이라도 구사하는 줄 알았네. 세아는 안도하며 한재하 이사를 건너다보았다.

"그렇군요."

고개를 끄덕인 세아는 조심스럽게 피규어가 전시된 장식장으로 다가갔다.

가까이에서 보니 박력이 남달랐다. 이게 전부 다 피규어라니. 한 개에 만 원이어도 수백만 원이다.

세아는 침을 꿀꺽 삼켰다. 눈 돌아가게 화려하고 아름다운 캐릭터들이 한데 모여 있으니 매력적이긴 했다. 하나씩 죽 훑어보던 세아가 입을 열었다.

"이사님, 한 가지 외람된 질문을 드려도 될까요."

"해보십시오."

"실례지만, 이중에서 이사님의 사모님 되시는 분이?"

세아가 예상하는 유력 후보는 4열 5행에 있는 파란 머리 여자와

7열 11행의 웨딩드레스를 입은 분홍 머리 여자였다.

"그런 거 아니라고 했잖습니까!"

한재하 이사가 성질을 냈다. 세아는 깜짝 놀라서 칸막이 안의 아무 피규어나 힘껏 붙잡았다.

"아니면 아니라고 말씀하시지 왜 소리를……."

세아의 말이 미처 끝나기도 전이었다. 한재하 이사가 눈을 부릅떴다.

"그 손!"

"네?"

세아는 무심결에 자신의 오른손을 보았다.

"그 손 놓으십시오!"

한재하 이사가 손을 뻗으며 외쳤다. 세아의 눈이 흔들렸다. 그녀의 손안에 잡힌 피규어의 목이 덜렁거리고 있었다. 그리고 그녀가 무슨 조치를 취하기도 전에 똑 하고 바닥으로 굴러 떨어졌다.

이거, 아까 택배로 온 신상품 피규어 같은데.

세아는 뒷머리에 식은땀이 차오르는 것을 느꼈다. 한재하 이사의 절규가 이사실에 울려 퍼졌다.

"아론!"

떨어진 머리를 두 손으로 받쳐 든 한재하 이사는 수능 날 답안지를 밀려 쓴 삼수생 같은 표정을 지었다.

"내 아론이, 내 아론이!"

심상치 않은 한재하 이사의 반응에 세아는 덜컥 겁이 났다.

"이사님."

한재하 이사는 세아의 부름에 대꾸하지 않았다. 세아가 몇 번 더 애타게 불러도 가마니처럼 가만히 있던 한재하 이사가 돌연 말문을 열었다.

"당신이 지금 누구를 이 꼴로 만들었는지 알고 있습니까."

"네?"

착 가라앉은 목소리에 세아는 황당했다. 한재하 이사는 분노를 애써 눌러 참는 음색으로 설명했다.

"아론 세라프 리그누시스 앙골무아 3세. 세라프의 제18왕자이자 훗날 세라프의 황제가 될 남자를 이 모양으로 만들었습니다."

"아, 그…… 렇군요."

세아는 어정쩡하게 대답했다. 이 피규어에게 그런 대단한 배경이 있을 줄은 몰랐다. 어쩐지 목이 붙어 있을 때 살펴보니 잘생겼더라니.

다시금 침묵이 내려앉았다. 바닥에 주저앉은 한재하 이사는 영혼 없는 얼굴로 우두커니 아론 세라프 어쩌고 3세의 머리만 내려다보았다. 세아는 바늘방석에 앉은 기분이었다.

"제가 어떻게 해야 할까요."

그 말이 심기를 건드렸는지 한재하 이사가 차게 웃었다.

"어떻게, 라."

세아는 굳었다. 한재하 이사의 전신에서 검은색 아우라가 줄기줄기 뿜어져 나오는 것 같았다.

"스무 개 한정판. 치열한 경쟁을 뚫고 간신히 예약 성공. 출고가는 75만 원이었지만 예약 판매가 끝난 뒤에는 프리미엄이 붙어서 400만 원에 거래."

한재하 이사가 딱딱하게 나열했다. 문서로 작성된 사항을 고지하는 것처럼 지극히 사무적인 어조였다.

세아의 입이 떡 벌어졌다. 출고가 75만 원은 뭐고 프리미엄은 뭐고 400은 뭐란 말인가. 어떻게 이런 작은 모형이 그런 가격일 수가 있어?

"그런데 이제는 400만 원에 웃돈을 더 얹어줘도 파는 사람이 없다는, 그 아론 세라프 리그누시스 앙골무아 3세의 함대 사령관 복장 버전을!"

말을 하면 할수록 감정이 치밀어 오르는지 한재하 이사의 목소리는 점점 무시무시해졌다.

"신세아 씨가 무슨 수로 구해다 줄 겁니까."

"노, 농담하시는 거죠?"

세아는 곧이곧대로 믿어지지가 않았다. 정확히는 믿고 싶지 않았다.

"아무리 그래도, 어떻게 이런 장난감이."

"한정판이라고 하지 않았습니까. 전 세계에 단 스무 개뿐인."

한재하 이사가 담담하게 응수했다. 장난기는 개미 눈물만큼도 없어 보였다. 세아의 얼굴에서 핏기가 사라졌다.

400만 원을 물어줘야 한다고?

아니지, 400만 원을 주고도 살 수 없는 물건이면 더 물어줘야 하는 거잖아.

"하필이면 이 많은 피규어 중에서도 비싸기로 다섯 손가락 안에 드는 한정판을 이 꼴로 만들어놓다니."

기가 막힌다는 듯이 한재하 이사가 중얼거렸다. 세아는 손을 벌벌 떨었다. 그녀의 손안에는 여전히 아론 뭐시기 앙골무아 3세의 몸통이 쥐어 있었다.

"어떻게, 어떻게 감쪽같이 수리할 방법은 없을까요?"

"한번 접혔던 종이가 원래대로 돌아가는 거 봤습니까?"

한재하 이사가 시크하게 반문했다. 세아는 수전증 환자처럼 덜덜 떨며 그에게 손을 내밀었다. 아론 세라프 뭐시기 3세의 몸통이었다.

"일단 이거라도 받으세요."

목 없는 아론 세라프 리그누시스 앙골무아 3세를 물끄러미 보던 한재하 이사가 짙게 한숨을 쉬었다.

"하아."

세아는 잘게 경련했다. 돈도 돈이지만 텅 빈 한재하 이사의 눈이 세아의 가슴을 꿰뚫었다.

"죄송해요. 이사님께 아주 소중한 물건을 제가 이렇게 만들어버려서. 게다가 다시 구할 수도 없다니."

백 명의 사람이 있으면 백 가지의 취향이 있다고 한다. 잘 이해는 안 되지만, 이 망가진 피규어를 향한 한재하 이사의 애정은 진심이었다. 그러니 이쪽도 진심으로 용서를 빌어야 했다. 세아는 질끈 눈을 감고서 물었다.

"제가 어떻게 해야 이사님의 기분이 풀릴 수 있을까요."

한재하 이사가 요구하는 것이 법과 도덕에 어긋나지 않는다면, 더불어 그녀의 능력으로 할 수 있는 일이라면 그녀는 가능한 한 최선을 다할 계획이었다.

"그러면."

적막 끝에 한재하 이사가 운을 뗐다. 그다음 느릿하게 이어진 말은 세아의 상상을 초월한 것이었다.

"발닦개가 되십시오."

"네?"

세아는 눈을 번쩍 떴다. 지금 뭐라고? 잘못 들은 게 분명했다. 세아는 화들짝 놀라서 한재하 이사를 바라보았다. 어느덧 일어난 한재하 이사는 바닥에 닿았던 무릎을 툭툭 털고는 똑바로 그녀를 관조하고 있었다.

"내 발닦개가 되란 말입니다."

망치로 머리를 얻어맞은 기분이었다. 세아는 멀거니 한재하 이사를 쳐다보았다.

"전 인간인데 어떻게 발닦개가."

"SA 소프트의 사훈."

세아의 말이 채 끝나기도 전에 한재하 이사가 잘랐다.

"우리에게 불가능은 없다. 우리는 무한한 가능성을 지닌 존재이며, 무엇이든 될 수 있다."

또박또박하게 부연한 한재하 이사가 빙긋 웃으며 세아를 마주
보았다. 세아는 그 웃는 얼굴에서 악마를 보았다.

"아니, 그 불가능이 없다는 말이 그런 뜻은 아닐 것 같은데요."

무엇이든 될 수 있다는 사훈이 사람이 발닦개가 될 수 있다는 의
미는 아닐 것이다. 적어도 세아는 그렇게 믿었다. 하지만 한재하
이사는 단호했다.

"그 사훈 만든 사람이 바로 납니다."

학창시절에 단호박 좀 썰어봤을 것 같은 포스였다. 세아는 눈앞
이 캄캄해졌다.

"저, 발닦개의 정확한 정의가?"

"발닦개 모릅니까? 욕실 앞에 깔아두고 발 닦는 깔개."

한재하 이사가 한심하다는 듯이 되물었다. 세아는 당황했다.

"아뇨. 발닦개가 뭔지는 알고 있는데."

설마 말 그대로 욕실 앞에 매트처럼 깔려 있으란 건가? 갈피를
못 잡고 있는 세아에게 한재하 이사가 시선을 맞췄다.

"내가 필요로 할 때마다 나를 위해 봉사하라고요. 알겠습니까?"

"그건."

노예나 다름없잖아요.

세아가 말을 덧붙이기 전이었다. 한재하 이사가 그림 같은 미소
를 지으며 세아의 턱을 붙잡았다. 세아는 흠칫하며 숨을 멈췄다.
늘 잘생겼다고 생각했지만, 코앞에서 보니 결점을 찾을 수 없는

완벽한 마스크였다.

"신세아 씨."

매력적인 중저음이 귓바퀴를 타고 흘렀다. 세아는 잔뜩 얼어서 대응했다.

"예?"

"그런 의미에서 '야옹' 하고 울어보십시오."

"……네?"

"고양이처럼 두 손을 동그랗게 말아 쥐고 '야옹' 해보란 말입니다."

"농담이시죠?"

"농담 같습니까?"

한재하 이사가 피식 웃으며 반문했다. 평소 가득하다 못해 흘러넘치던 다정함과 상큼함은 눈곱만큼도 남아 있지 않은 미소였다. 오로지 기대감과 흥미로 번뜩이고 있는 그의 눈을 보며, 세아는 전신을 바르르 떨었다.

이 남자, 알고 보니 양의 탈을 쓰고 있던 늑대였다. 설사 양이라 해도 하얀 양이 아니라 속이 시커먼 양. 게다가 사디스트!

"언제 할 겁니까?"

한재하 이사가 나지막이 재촉했다. 그의 태도는 한입에 홀랑 삼킬 수 있는 초식 동물을 가지고 노는 맹수처럼 한없이 느긋했다.

세아는 눈을 데굴데굴 굴렸다. 그녀는 방금 400만 원이 넘는 그의 피규어를 망가뜨렸고, 그는 그녀보다 까마득히 높은 직장 상사였다. 아무리 생각해도 살기 위해서는 그의 명을 따라야 한다는 결론밖에 나오지 않았다.

세아는 천천히 두 손을 오므렸다. 그런 다음 기어들어가는 목소리로 말했다.

"야옹."

시켜서 하기는 했지만 쥐구멍으로 기어들어가고 싶었다. 민망함에 눈을 꼭 감고 괴로워하는 세아를 한재하 이사는 만족한 눈으로 내려다보았다.

그가 말 잘 듣는 애완동물을 치하하듯이 세아의 머리를 쓰다듬었다.

"잘했어."

어느새 그의 말투는 반말이 되어 있었다. 허리를 숙인 그가 뱀처럼 나긋하게 세아의 귓가에 속삭였다.

"앞으로 잘 부탁합니다, 내 발닦개 씨."

그 뒤로 세아가 알게 된 것은, 대외적으로는 완벽한 왕자님인 한재하 이사가 중증 S라는 사실이었다.

한재하 이사는 남들은 알아차릴 수 없을 정도로, 그러나 당사자인 세아는 충분히 곤란할 방식으로 세아를 괴롭혔다.

"신세아 씨, 거기에 있는 와이셔츠 좀 다리십시오. 다리미는 저쪽 선반에 있습니다."

일하러 출근한 회사에서 왜 다리미질을 해야 하는가. 이사실 한

구석에 쪼그려 앉아서 남자 와이셔츠를 다리는 날이 올 줄은 꿈에도 몰랐다.

"회사 건너편 커피숍에서 오레오 밀크티를 사오세요. 아, 그런데 개인적으로 부스러기는 별로 좋아하지 않으니까 오레오 가루는 전부 건져내고 가져오십시오."

오레오 가루를 건질 거면 왜 오레오 밀크티를 마시세요?

"직원들의 사내 수영장 이용 현황을 알고 싶군요. 일주일 동안 조사해서 시간대별로 통계를 내 이번 달 말까지 제출하세요."

직원들의 사내 수영장 이용 현황이 왜 궁금한가. 애초에 일주일이라는 짧은 기간만으로는 유의미한 통계가 나오지 않는다. 한마디로 쓸데없는 일이었다.

"눈에 안 익어서 불편하군요. 예전 배열이 더 나은 것 같습니다. 원래대로 돌려놓으십시오."

책을 국어사전의 자모 배열 순으로 정리하라고 해서 낑낑대며 싹 다 새로 꽂아놨더니, 눈에 안 익어서 불편하다고 원상 복구하라고 하지를 않나.

"신세아 씨, 난 3층 복도 맨 오른쪽에 있는 정수기 물이 아니면 안 마십니다. 다시 따라 오세요."

물을 떠 오래서 근처에 있던 정수기에서 받아 왔더니, 슥 보고는 자기가 마시는 정수기의 물이 아니라며 입도 안 대기까지. 아니, 정수기 물맛이 거기서 거기지 3층 복도 맨 오른쪽에 있는 정수기에서 프랑스산 생수라도 나온대?

그런 식으로 약 오르는 나날의 반복이었다.

세아는 도를 닦는 심정으로 참고 또 참았다. 한재하 이사에게 품고 있던 환상은 와장창 깨진 지 오래였다. 이제는 한재하의 '한' 자만 나와도 치가 떨릴 지경이었다. 그렇지만 지은 죄가 있으니 대놓고 싫은 티를 낼 수는 없었다.

'참자. 다 내가 잘못해서 벌어진 일이야.'

세아가 오늘도 속으로 참을 인자를 새기고 있는데, 한재하 이사가 말을 걸었다.

"신세아 씨, 이거 말입니다, 털이 몇 가닥 정도 될 것 같습니까?"

한재하 이사의 손에는 기계식 키보드를 청소하는 붓이 들려 있었다. 세아는 뚫어지게 그 붓을 보다가 별생각 없이 답변했다.

"음, 대강 천 가닥 정도 되지 않을까요?"

"그렇습니까? 제 생각에는 2천 가닥은 넘을 것 같은데요. 누구 말이 맞을까나."

붓을 이리저리 돌리며 살피던 한재하 이사가 입꼬리를 올렸다. 동시에 세아는 불길한 예감에 휩싸였다.

"그럼 몇 가닥인지 직접 세어보면 되겠군요."

"제가요?"

"그러면 신세아 씨 말고 누가 합니까."

누가 하긴! 궁금한 사람이 해야지!

세아는 붓털이 몇 가닥이든 전혀 관심이 없었다. 천 개든, 2천

개든 밥이 나오나 죽이 나오나. 털이 얼마나 있든 붓털은 자판 청소나 잘하면 되지. 그러나 이곳은 회사였고 한재하 이사는 세아의 까마득한 상사였다.

한재하 이사가 가져가라는 듯이 붓을 내밀었다. 세아는 울며 겨자 먹기로 붓을 받아 들었다. 내가 왜 이런 아무짝에도 쓸모없는 일을 해야 하는 걸까. 오만상을 지은 세아는 털의 개수를 헤아리기 시작했다.

'하나, 둘……, 백스물하나, 백스물둘.'

억지로 맡은 일이었지만, 세아는 한번 맡은 일은 제대로 해야 직성이 풀리는 성격이었다. 그녀는 신중하게 숫자를 셌다. 중간에 한 번이라도 까먹으면 처음부터 다시 해야 한다.

'천이십사, 천이십오, 천이십육……'

세아가 완전히 집중해서 털을 세고 있을 때였다. 별안간 한재하 이사가 말을 걸었다.

"신세아 씨, 아까 닦아놓으라고 했던 만년필 어디에다 뒀습니까."

"오른쪽 연필꽂이에요."

답하면서 세아는 속으로 끊임없이 되뇌었다.

'천삼십사, 천삼십사, 천삼십사.'

한재하 이사의 속셈은 이미 파악했다. 일부러 말을 걸어서 내가 어디까지 셌는지 헷갈리게 하려나 본데, 그 계략에 걸릴쏘냐. 세아는 꿋꿋이 마저 붓털을 넘겼다.

'천삼십오, 천삼십육.'

그때였다. 붓 위로 하늘색 천이 내려앉았다. 세아는 그대로 굳었다.

"이런. 실례."

세아는 천천히 고개를 들었다.

"휴대전화 액정을 닦다가 실수로 떨어뜨리고 말았군요."

한재하 이사가 새뜻하게 웃으며 말했다. 세아는 멍하니 한재하 이사를 응시했다. 한재하 이사는 실수라고 주장하고 있었지만 세아가 보기에 이건 99.99퍼센트 노린 거다. 이렇게까지 중증 S일 줄이야.

가만히 있는 세아에게 한재하 이사가 이죽거렸다.

"처음부터 다시 세려면 시간이 꽤 오래 걸릴 텐데, 안 세고 뭐 합니까?"

그 순간 세아의 정신줄이 뚝, 소리를 내며 끊어졌다.

"……이 세세요."

"뭐라고 했습니까?"

잘 듣지 못한 한재하 이사가 채근했다. 세아는 재빠르게 쏘아붙였다.

"이사님이 세라고요!"

벌떡 일어난 세아가 푸닥거리를 하듯이 붓을 흔들었다.

"이게 몇 가닥인지 궁금하면 이사님이 세요. 저는 하나도 안 궁금하거든요? 근데 왜 제가 이걸 세야 하는 건데요?"

한번 뚫린 입에서는 거침없는 말들이 쏟아졌다. 세아는 거기에서 그치지 않고 붓을 죽 내민 채로 한재하 이사에게 다가갔다. 한재하 이사가 경계하는 눈빛으로 세아를 건너다보았다.

"왜 가까이 오는 겁니까."

세아는 대답하지 않고 한재하 이사와의 거리를 좁혔다. 이성을 잃은 세아의 머릿속에는 온통 한 가지 생각뿐이었다.

싹 다 돌려주고 싶다. 내가 지금까지 받았던 괴롭힘을!

무언가를 예감한 듯 한재하 이사가 불안한 표정으로 의자에서 일어났다. 그러나 세아의 동작이 더 빨랐다.

한재하 이사의 콧구멍에 붓털이 작렬했다.

한재하 이사가 질겁했다. 혹시나 했지만 진짜로 이럴 줄은 몰랐다는 태도였다.

"뭐 하는 겁니까! 그 더러운 걸로!"

귀공자 같은 생김새답게 결벽증은 기본 옵션인 모양이었다. 잘됐네. 세아는 아랑곳하지 않고 손을 움직였다. 붓털이 그의 잘생긴 이목구비를 마구잡이로 간질였다.

"지금 나랑 장난하자는 겁……."

한재하 이사의 말이 채 끝나기도 전에 세아는 붓으로 그의 콧구멍을 문질렀다. 장난 같은 소리 하고 있네. 장난은 당신이 했고, 난 복수를 하는 거야.

한재하 이사의 얼굴이 와락 일그러졌다. 그가 세아의 팔목을 힘줘서 붙잡았다. 세아는 붙들린 와중에도 1밀리미터라도 그의 안면에 붓을 들이대려고 필사적으로 노력했다.

공격하려는 자와 막으려는 자의 숨 막히는 힘겨루기가 이어졌다.

오만상을 쓴 세아가 입을 열었다. 젖 먹던 힘까지 다 내느라 잔뜩 일그러진 목소리였다.

"제가 이래 봬도 왕년에 미대 입시 준비한 여자거든요?"

"그게 지금 무슨 상관입니까."

"근데 홍익인간대에 뚝 떨어져서 제가 얼마나 울었는지 알아요?"

"참 애석한 일이군요. 난 한 번도 어디서 떨어져본 적이 없는 사람이어서 어떤 기분인지 잘 모르겠습니다만."

이 와중에도 한재하 이사는 재수가 없었다. 더욱 열이 오른 세아는 자유로운 반대편 손으로 붓을 바꿔 쥔 다음 그에게로 돌진했다.

"그래서 미처 피우지 못한 그림의 꿈을 이사님의 얼굴에 펼쳐보려고요!"

"내가 떨어뜨린 것도 아니잖습니까! 왜 애먼 사람 붙잡고 이럽니까."

"애먼 사람? 애먼 사라암?"

따지듯이 말끝을 올린 세아는 기가 막혀서 외쳤다.

"인간아, 양심 좀 있어라! 그렇게 사정없이 괴롭혀놓고서 어디서 피해자 코스프레야?"

분노의 붓질이 허공을 수놓았다. 한재하 이사는 요리조리 잘도 피했다. 두 번은 당하지 않겠다는 결의가 엿보이는 몸놀림이었다.

세아는 바짝 약이 올라서 공격적으로 붓을 휘둘렀다. 한재하 이사가 버럭 그녀를 불렀다.

"신세아 씨!"

"그럼 제가 신세아지, 신생아겠어요?"

뾰족하게 응수한 세아는 계속 한재하 이사에게 붓을 들이댔다. 한재하 이사가 기겁을 하며 도망쳤다. 세아는 눈을 번뜩이며 그의 뒤를 쫓았다.

"그만하십시오. 자꾸 이런 식으로 나오면…….''

다가오지 말라는 듯이 두 손바닥을 뻗으며 한재하 이사가 덧붙였다.

"지금 이성을 상실한 나머지 중요한 사실을 잊은 것 같은데, 난 이 회사의 대표이사고 신세아 씨는 사원입니다. 그런데 이러면…….''

세아는 한재하 이사의 말을 한 귀로 흘려들었다. 이제 한재하 이사의 뒤는 벽이었다. 미소를 지으며 세아는 한재하 이사에게로 접근했다. 세아가 지척까지 다가오자, 눈을 부릅뜨고서 그녀를 주시하던 한재하 이사가 움직였다.

"이 여자가 진짜!"

한순간에 세상이 180도 회전했다. 정신을 차렸을 때 세아는 벽에 등을 기대고 있었고, 한재하 이사는 세아의 두 팔을 붙잡고서 여유롭게 그녀를 내려다보고 있었다.

"봐주는 것도 어지간해야지."

한재하 이사가 황당하다는 듯이 중얼거렸다.

"신세아 씨, 간이 배 밖으로 나오기라도 했습니까?"

반쯤 눈이 뒤집혔던 세아는 그제야 서서히 제정신으로 돌아왔다.

'내가 방금 무슨 짓을 한 거지?'

소름이 돋았다. 아무리 이성이 날아갔어도 그렇지, 어디서 일개 사원이 하늘 같은 이사님에게…… 차마 한재하 이사를 쳐다볼 엄두가 나지 않았다.

세아는 진지하게 고민했다. 지금이라도 기절할까? 간질 환자인 척 사지를 덜덜 떨다가 눈 까뒤집고 쓰러질까? 그것 말고는 마땅히 이 상황을 타개할 방법이 떠오르지 않았다.

'미쳤어, 신세아. 그러게 왜 수습도 못 할 짓을 벌여서!'

속으로 발등을 찍으며 식은땀만 삐질 흘렸다. 이윽고 세아가 털썩 무릎을 꿇었다.

"이사님, 제가 잠깐 돌았었나 봐요."

세아는 덥석 한재하 이사의 다리를 잡고서 그를 올려다보았다.

"바다보다 넓은 아량으로 한 번만 용서해주시면 안 될까요?"

비굴하다고 욕해도 어쩔 수 없다. 취업하기가 낙타가 바늘구멍을 뚫는 것보다 어려운 세상이다. 더군다나 SA 소프트같이 근무 조건이 좋은 회사는 어디에도 없었다.

세아는 한재하 이사의 다리가 동아줄이라도 되는 것처럼 붙들고는 눈을 감았다. 신이시여, 왜 저에게 욱하는 성질을 주셨나이까. 이 성질 때문에 많은 것을 잃었는데 직장까지 잃어야 한단 말입니까. 본격적으로 자아 성찰에 들어가려는 세아의 귀에 불현듯 웃음소리가 들렸다.

환청까지 들리는 건가? 눈을 뜬 세아는 바닥에 시선을 고정한 채로 생각했다. 절대 웃음이 나올 분위기가 아닌데 왜 자꾸 남자가 낮게 웃는 소리가 들리는 거지? 심지어 웃음소리가 갈수록 커지고 선명해진다.

설마?

망설이다가 세아는 고개를 들었다. 한재하 이사가 입을 틀어막고는 끅끅거리고 있었다. 세아와 눈이 마주치자 그는 더 숨길 것도 없다는 듯이 대놓고 웃기 시작했다. 마치 개그 코드를 자극당한 것처럼 시원한 웃음이었다.

세아는 황당했다. 어디가 웃음 포인트인데?

"그래."

어느덧 평상시의 차분한 얼굴로 돌아온 한재하 이사가 싱긋 웃었다.

"이 정도는 되어야 괴롭히는 재미가 있지."

세아는 오소소 한기가 밀려오는 것을 느꼈다. 울컥해서 한 행동이 어째선지 사디스트 왕자의 S 끼를 더 자극한 것 같다.

음험한 얼굴로 한재하 이사가 중얼거렸다.

"A쯤으로 끝내려고 했는데 이 정도의 패기라면 B를 하고 C를 해도……."

A는 뭐고 B는 뭐고 C는 뭔데!

세아는 속으로 절규했다. 오싹오싹한 기류가 한재하 이사를 중심으로 넘실거리고 있었다. 마왕 강림이 따로 없었다.

혼자만의 세계에서 알아들을 수 없는 언어를 구사하던 한재하 이사가 이윽고 시선을 들었다.

"결정했습니다, 신세아 씨."

그의 눈이 반짝 빛났다. 왠지 모르게 한없이 위험하게 느껴지는 빛이었다. 세아는 긴장으로 입안이 쩍쩍 말랐다. 대체 뭘 결정한 건데요.

"이만 나가보십시오."

한재하 이사가 가늘게 눈을 접으며 명령했다. 세아는 찜찜한 마음 반, 불안한 마음 반을 안고서 이사실을 나왔다.

한재하 이사의 '결정'이 무엇인지 세아가 알게 된 것은 그로부터 정확히 28분 뒤였다.

"여러분께 한 가지 공지할 사실이 있습니다."

점심시간. 구내식당에 SA 소프트 임직원 일동을 한데 모은 한재하 이사는 상상을 초월한 거짓말을 했다.

"신세아 씨와 저, 정식으로 교제하고 있습니다."

세아는 떠먹던 국물을 주르르 흘렸다. 임직원들이 파도처럼 술렁거렸다.

망치로 머리를 얻어맞은 듯한 충격에 넋을 빼놓고 있던 세아는 뒤늦게 진저리를 쳤다.

아니, 이게 무슨 말이오, 이사 양반. 누구와 누가 교제를 한다고?

저 인간이 국에 쥐약을 말아 먹었나. 왜 사실무근의 루머를 퍼뜨리는 거지?

'복수? 나에게 복수를 하려는 건가?'

퍼뜩 솟아난 가설에 세아는 주변을 둘러보았다. 여사원들이 하나같이 이글이글 타오르는 눈으로 그녀를 노려보고 있었다. 반사적으로 세아는 어깨를 움츠렸다. 회사의 왕자님 같은 존재가 한재하 이사였다. 가까이하기에는 먼 당신. 누구도 가질 수 없는 일종의 공공재. 그런데 그 공공재가 하루아침에 세아의 소유가 된 셈이니 격한 반발이 뒤따르는 것은 당연했다.

여사원들에게서 잡아먹을 듯한 시선이 쏟아졌다. 일부 남자 사원들도 못마땅해하는 기색이 역력했다. 사방에서 회오리치는 적대감에 세아는 바들바들 떨었다. 흘긋 보니 한재하 이사는 만족스럽게 웃고 있었다.

과연 머리가 좋은 인간은 달라도 뭐가 달랐다. 손 안 대고 코 푸는 스킬이 삼국지의 제갈공명급이다.

꺼무죽죽한 먹구름이 밀려오는 환상이 보였다. 누가 귓가에 대고 '그게 네 미래야.'라고 속삭이는 듯해서, 세아는 한없이 막막해졌다.

　왜 슬픈 예감은 틀리는 법이 없을까.

　한재하 이사가 거짓 정보를 흘린 그날 이후, 세아는 SA 소프트
의 모든 여사원과 일부 남자 사원들에게 공공의 적이 되었다.

　세아는 필사적으로 한재하 이사와 사귀는 사이가 아니라고 항
변했지만 소용없었다. 믿기는커녕 의뭉스럽게 굴지 말라는 반응
만 돌아왔다. 설상가상으로 몇몇은 농담 반 놀림 반으로 세아를
사모님이라고 불러댔다. 세아로서는 미치고 팔짝 뛸 노릇이었다.

　"사모님, 전 아메리카노 반 샷으로 부탁합니다."

　"제발 그렇게 부르지 마시라니까요, 강 팀장님."

　질색하는 세아에게 강이원 팀장은 느물거리며 대응했다.

　"아이고, 우리 사모님께서 불편해하시면 시정해야죠."

　"강 팀장님!"

　세아는 빽 소리를 질렀다. 강이원 팀장은 능청스럽게 어깨를 으
쓱했다.

　깔끔한 용모와 부드럽게 휘어지는 눈매. 강이원 팀장은 훈훈한
동네 오빠의 전형처럼 생겨서는 장난기가 많았다. 지켜보고 있노
라면 어떻게 저렇게 시적시적 사람을 놀릴 수 있을까 싶을 정도였
다.

　문제는 구경할 때는 재미있어도, 놀림을 당하는 입장이 되면 이
렇게 얄미운 인간이 없다는 점이다.

세아는 씩씩대며 사내 카페테리아로 걸어갔다. 이번에 강이원 팀장은 그녀를 놀림 타깃으로 삼은 모양이었다.

"내가 이러다 제명에 못 살고 죽지, 죽어."

안 그래도 한재하 이사가 친 대형 사고 때문에 진이 빠지는데 소악마 강이원 팀장까지 가세하다니. 한숨을 쉰 세아는 쟁반에 커피를 받아 들고 사무실로 돌아왔다.

"강 팀장님은 아메리카노 반샷, 서 팀장님은 캐러멜 마키아토, 남 대리님은 화이트 초콜릿, 여 대리님은 녹차 라테, 선배님은 에스프레소 맞죠?"

세아가 각자의 책상에 음료를 내려놓으며 물었다. 강이원 팀장이 대표로 대답했다.

"고마워용, 사모님."

세아는 다시금 깊은 빡침에 휩싸였다. 이 인간이 보자 보자 하니까 내가 보자기로 보이나. 세아가 쟁반을 탁 내려놓고는 사자후를 터트리려는 찰나였다.

"저만 빼놓고 티타임입니까?"

뒤에서 누가 불쑥 말을 걸었다. 세아는 등골이 서늘해졌다. 이 밥맛 떨어지는 음성의 소유자는?

"이사님 오셨어요?"

남주요 대리가 반색을 하며 벌떡 일어났다. 세아는 천천히 뒤를 돌아보았다. 한재하 이사가 팔짱을 끼고서 세아를 내려다보고 있었다.

"뭐 드실 거면 저한테 말씀하세요. 제가 사올게요."

어느새 세아의 옆으로 온 남주요 대리가 사근사근하게 말했다. 세아는 남주요 대리의 엉덩이 위로 살랑거리는 여우 꼬리를 보았다.

남주요 대리의 열렬한 한재하 이사 사랑은 사내에서 유명했다. 본인이 워낙 티를 내니 모르려야 모를 수가 없었다. 그러나 정작 남주요 대리의 노골적인 애정을 한 몸에 받고 있는 한재하 이사는, 늘 정중하면서도 단호하게 선을 그었다.

"그럴 필요 없습니다. 제가 마실 음료는 제가 사면 되니까."

이런 식으로.

세아는 한재하 이사를 관찰했다. 웃는 얼굴로 참 아무렇지 않게 거절한다.

'전에는 콩깍지가 씌어서 몰랐는데, 이렇게 보니 성격이 나쁜 티가 나는 것 같⋯⋯.'

그때였다. 한재하 이사가 덥석 세아의 어깨를 잡았다. 세아는 화들짝 놀랐다.

"아니면 신세아 씨도 있고."

네? 제가 뭘요? 한재하 이사의 기습에 세아는 정신을 차리지 못하고 멍하니 있었다. 남주요 대리가 안면을 와락 일그러뜨렸다. 뒤늦게 정황을 파악한 세아가 반박했다.

"제가 왜 이사님 음료를."

"그야 신세아 씨가 내 애인이니까."

한재하 이사가 중간에 세아의 말을 끊었다. 남주요 대리의 눈빛
이 더욱 무시무시해졌다. 세아를 잡아먹을 듯한 시선이었다. 한재
하 이사의 입에서 나온 '애인'이라는 두 글자가 남주요 대리의 심
기를 단단히 건드린 게 틀림없었다.

세아의 뒷목을 타고 식은땀이 흘러내렸다. 철천지원수를 마주
하고 있는 것 같은 저 시선. 감당 불가다.

그냥 남 대리님이 사온다는 음료수나 받아먹을 것이지. 세아는
원망을 담아서 한재하 이사를 노려보았다. 현 사태의 원흉, 악의
축 한재하 이사는 강 건너에서 불구경하고 있었다. 입가에는 야릇
한 미소를 띤 채로.

'저, 저 중증 S!'

사디스트 왕자는 아무래도 그녀가 곤란해하는 모습에 카타르시
스를 느끼고 있는 게 분명했다.

세아는 남주요 대리와 한재하 이사를 번갈아가면서 살폈다. 오
른쪽에는 성난 황소, 전방에는 변태. 내가 살 길은 하나다.

"이, 이사님, 아메리카노 좋아하시죠? 가서 사올게요."

마실 사람의 의견은 묻지도 않고 세아가 카페테리아로 피신하
려고 시도했다. 한재하 이사가 세아의 뒷덜미를 잡았다. 동시에
세아는 서라운드 사운드로 울려 퍼지는 환청을 들었다. 들어올 땐
마음대로 들어왔겠지만 나갈 땐 아니란다, 라는.

"음료는 됐습니다. 그보다 아까 올린 기획안에 대해서 할 이야
기가 있으니 따라오십시오."

세상 파괴 빔이 뿜어져 나올 듯한 남주요 대리의 눈을 본 세아는 재빠르게 고개를 끄덕였다. 둘 다 피할 수 없다면 일단 하나라도 피해야지.

"알겠습니다."

세아는 성큼성큼 걷는 한재하 이사를 따라서 이사실로 들어갔다.

"어쩌자고 그런 거짓말을 하신 거예요?"

문을 닫자마자 세아가 따졌다. 의자에 앉은 한재하 이사가 짐짓 모르는 척 반문했다.

"거짓말이라뇨?"

"이사님하고 제가 사귄다는 거짓말이요."

며칠 동안 당한 일들이 차곡차곡 세아의 머릿속에 떠올랐다. 여사원들의 은근한 시기 질투와 강이원 팀장의 사모님 타령. 하지만 그런 것들은 그나마 참을 만했다.

세아를 가장 불편하게 만든 것은 남자 동료들의 어정쩡한 행동이었다. 세아를 어떻게 대해야 할지 모르겠다는 태도. 대표이사의 애인으로 깍듯이 우대해야 하는지, 막내 사원으로 편하게 대해야 하는지 혼란스러워하는 그들의 심경이 세아에게 고스란히 전해졌다.

세아는 그것이 진저리나게 싫었다. 정당한 절차를 거쳐 실력으로 입사한 회사였다. 그런데 갑자기 높은 줄을 잡고 내려온 낙하산처럼 규격 외의 존재로 취급당하니 억울하고 분했다.

신세아는 신세아일 뿐인데.

"아, 그거."

한재하 이사가 이제야 알겠다는 듯 응대했다.

"그래야 신세아 씨와 둘만의 시간을 갖기 수월하니까."

빙긋 웃은 한재하 이사가 다리를 꼬았다. 한재하 이사의 본성을 알고 있는 세아마저 홀릴 만큼 매력적인 몸짓이었다.

'안 돼. 정신 차려. 상대는 S 마왕이야.'

간신히 정신줄을 붙잡은 세아가 가늘게 떨며 질문했다.

"둘만의, 시간이라면?"

"당연히 신세아 씨를 괴롭히는 시간입니다."

한재하 이사는 재고의 여지도 없다는 투로 응답했다. 이젠 아예 대놓고 '괴롭힌다'고 말하고 있었다.

"자, 선택해요. 1번하고 2번. 둘 중 어떤 게 좋죠?"

"1번은 뭐고 2번은 뭔데요."

"그걸 미리 알려주면 재미없잖습니까. 본능이 이끄는 대로 고르십시오."

깍지 낀 손을 턱 밑에 괴며 한재하 이사가 결정을 종용했다. 세아는 갈등했다. 1과 2. 하나는 나쁘고 다른 하나는 더 나쁠 것 같은 느낌이었다. 그나마 덜 나쁜 선택지를 골라야 한다.

'둘 중 뭐가 나을까? 보통은 1을 선택하겠지? 전교 1등, 전국 1위, 첫 번째. 여러모로 1이 좋은 숫자니까. 그럼 난 역시 2번을⋯⋯.'

세아의 입술이 살짝 벌어졌다가 닫혔다.

'아니야. 오히려 그 점을 노리고 2번에 더 나쁜 걸 놓아뒀을지도 몰라. 그럼 1번을……, 아니지? 내가 이렇게 생각할 줄 알고 1번에 함정 카드를 심어놓았을지도 몰라. 역시 2번이 더 나은 것 같기도.'

세아는 미간을 찡그렸다. 이러다가 머리에 쥐 나겠다. 어차피 백날 고민해봤자 답이 없는 문제였다.

에라, 모르겠다.

"1번이요."

한재하 이사의 한쪽 눈썹이 올라갔다.

"1번, 이라."

세아는 조마조마하게 뒤이어질 말을 기다렸다. 한재하 이사가 모호한 눈길로 그녀를 응시했다.

"운이 좋군요. 의외로 감이 발달한 편인가 봅니다?"

만세! 살았다. 뭐가 뭔지 모르겠지만 일단 함정 카드는 피했어.

주먹을 불끈 쥐고 좋아하는 세아를 보며 한재하 이사가 피식 웃었다.

"나가서 법인 카드로 아이스크림 인원수에 맞춰 사오십시오."

무난한 요구다. 게다가 아이스크림이라니. 안 그래도 스트레스를 받아서 단게 당겼는데. 세아는 신이 나서 법인 카드를 받아 들었다.

룰루랄라 이사실을 빠져나가려던 세아의 머릿속에 돌연 궁금증이 솟아났다.

"이사님? 저, 한 가지 여쭈어보고 싶은 게 있는데요."

"물어보십시오."

"2번은 대체 뭐였나요."

한재하 이사가 만년필을 내려놓고는 세아를 건너다보았다. 그의 입매가 유려한 호선을 그렸다.

"의자 되기."

"네?"

세아의 눈이 동그래졌다. 의자 되기라니? 짐작조차 가지 않았다.

"이사실 의자가 요즘 삐걱거려서 말입니다. 새로 주문해서 오늘 안에 도착할 예정이기는 한데, 그때까지 대용이 있으면 좋을 것 같았거든요."

산뜻한 미소를 곁들여서 한재하 이사가 부연했다. 세아의 낯빛이 창백해졌다. 그렇다면 의자 되기라는 게……. 쭈뼛 소름이 돋은 세아는 곧바로 문을 열어젖히고 줄행랑을 쳤다.

이사실 문이 닫혔다. 격리된 공간에 홀로 남은 재하는 조용히 리모컨을 눌렀다. 갈색 책장이 좌우로 밀리며 하얀 피규어 진열장이 드러났다.

"내 최애캐들."

재하는 황홀한 표정으로 피규어를 하나하나 훑어보았다. 그러다 재하의 시선이 정확히 3열 13행에 있는 피규어에 꽂혔다.

아론 세라프 리그누시스 앙골무아 3세. 일전에 세아가 망가뜨린 피규어였다.

재하의 눈꺼풀이 잘게 떨렸다. 궁여지책으로 가까운 가게에 맡겨서 고치기는 했지만 부자연스러운 접착 면이 눈에 띄었다.

조심스럽게 진열장에서 아론을 꺼내 든 재하는 목 부분을 예리하게 주시했다. 떨어졌다가 붙은 자국을 볼 때마다 울화가 치밀었다.

"아론, 많이 아팠지?"

아론이 '응.' 하고 대답하는 것이 재하의 귀에 아스라이 들렸다. 재하는 음험하게 입매를 틀었다.

"복수해줄게. 네가 받은 고통에 이자를 쳐서."

성공한 덕후의 혼잣말이 이사실에 나직이 내려앉았다.

03. 취향입니다. 존중해주시죠

　세아는 봉지에 아이스크림을 바리바리 싸 들고 사무실로 돌아왔다. 아이스크림도 쉰 개가 넘어가니 무게가 만만치 않았다.

　'이걸 다 나눠줘야 한다니. 내 팔자야.'

　속으로 투덜거린 세아는 끙끙거리며 책상들 사이를 돌아다니기 시작했다. 그러자 사람들이 기다렸다는 듯이 말을 걸었다.

　"이사님이랑 사귄다며? 좋아?"

　"어떻게 이사님이랑 그런 사이가 된 거야?"

　"누가 먼저 고백했어? 이사님? 아니면 세아 씨?"

　"세아 씨 그렇게 안 봤는데 은근 여우야. 아, 칭찬이니까 오해하지 마."

　"나한테만 슬쩍 알려줘봐. 사귄 지 얼마나 됐어?"

　세아는 난감한 미소를 지으며 대충 얼버무렸다. 애초에 한재하 이사와 사귀는 사이가 아니니 뭐라고 할 말이 없었다.

　마지막 책상까지 순례를 마친 세아가 한숨을 쉬며 봉투를 내려다보았다. 이제 나도 아이스크림을 먹으며 기력을 보충해야…….

'어라?'

세아는 눈을 깜빡였다. 이상하게도 하나만 있어야 할 아이스크림이 두 개였다. 하나는 내 건데, 다른 하나는 누구 거지? 중간에 누구를 건너뛴 건가? 아닌데? 다 줬는데?

혼란스러움에 휩싸여 있던 세아는 불현듯 깨달았다. 한재하 이사에게 아이스크림을 안 줬다. 제일 먼저 줬어야 했는데! 세아는 부리나케 이사실로 달려갔다.

'어떡해.'

오십여 명에게 나눠주느라 시간이 지체되었으니 아이스크림이 조금 녹았을 거다. 대표이사에게 녹은 아이스크림이라니. 정신이 빠졌어, 신세아!

"이사님!"

노크도 잊고 세아는 벌컥 이사실 문을 열었다. 한재하 이사가 사색이 되어 고개를 들었다가 세아의 얼굴을 확인하고는 안도의 한숨을 쉬었다.

"들어올 때는 노크. 기본적인 소양도 모릅니까?"

가볍게 타박한 한재하 이사가 다시 등을 구부렸다. 문을 닫은 세아는 호기심을 안고서 책상으로 다가갔다.

'뭘 하던 중인데 저렇게 놀라는 거야?'

책상에 가득 쌓인 서류 때문에 한재하 이사가 무얼 하고 있는지 잘 보이지 않았다. 유독 심각한 표정만이 눈에 들어올 뿐이었다.

"뭘 그렇게 집중해서……."

묻다 말고 세아는 입을 다물었다. 시야각이 바뀌자 한재하 이사가 서류 산맥 너머에서 무얼 하고 있는지 똑똑히 보였다. SA 소프트의 대표이사께서는 솔로 피규어를 살살 문지르고 계시는 중이었다.

"보다시피 피규어를 청소하고 있습니다."

왜 노크 없이 들어왔을 때 기겁했는지 알겠다. 근무 시간에 덕질이라니. 세아는 기가 막혀서 한마디 했다.

"업무 시간에 이런 걸 해도 되는 건가요?"

"뭐 어떻습니까. 내가 이 회사 창업주인데."

한재하 이사가 눈 하나 깜빡하지 않고 응수했다. 세아는 말문이 막혔다.

"그리고 우리 회사는 자율 근무제입니다. 하루에 일곱 시간만 일하면 중간에 수영을 하든, 낮잠을 자든, 책상에 올라가서 훌라춤을 추든 상관없단 말입니다."

장인 정신이 느껴지는 손길로 피규어의 먼지를 털며 한재하 이사가 부연했다. 세아는 꿀 먹은 벙어리가 되었다. 한재하 이사의 말이 맞았다.

신의 직장이라 불리는 SA 소프트는 개인의 자유를 최대한 존중하는 회사였다. 출퇴근 시간도 마음대로고, 본인이 원하는 때에 휴식을 취하며, 휴식 시간에는 무엇을 해도 상관없었다. 아이를 보러 두 시간 정도 집에 갔다 오는 사람도 있을 정도였다.

'맞다. 아이스크림!'

세아는 급히 한재하 이사에게 봉투를 내밀었다. 까맣게 잊고 있었다.

"이사님, 아이스크림 드세요."

"냉장고에 넣어두십시오. 나중에 먹을 테니까."

한재하 이사는 세아에게 눈길도 돌리지 않고 응대했다. 세아는 이사실에 구비된 미니 냉장고에 아이스크림을 넣고는 슬쩍 그를 건너다보았다. 그는 더없이 진지한 눈빛으로 손바닥만 한 피규어를 청소하고 있었다. 유리 세공품을 다루듯이 조심스러운 손길이었다.

저런 게 그렇게 좋을까? 세아는 이해가 잘 가지 않았다. 백 명의 사람이 있으면 백 가지 취향이 있는 법이지만, 세아에게는 피규어가 썩 매력적이지 않았다. 몇십만 원, 몇백만 원을 주고 수집하고 싶은 물건은 더더욱 아니었다. 기껏해야 만화에 나오는 캐릭터를 본떠서 만든 미니 조각상일 뿐인데.

설레설레 고개를 저은 세아는 이사실을 나왔다. 아이스크림을 먹는 겸 휴식 시간을 가지기로 했는지 사무실은 시끌벅적했다.

"……하는 거, 봤어?"

"어제 10시쯤에 방송한 거요? 봤어요."

대화를 주도하고 있는 사람은 서 팀장과 남주요 대리였다. 다른 직원들도 금세 관심을 표했다.

"무슨 내용이었는데요?"

"뭐더라? 오, 오…… 오타쿠! 오타쿠들에 대해서 다룬 프로그램이었어."

"아, 오덕들."

"오타쿠? 오덕? 그게 뭔데요?"

"왜, 있잖아. 만화나 게임 같은 거에 빠져서 현실성 잃은 애들.
막 캐릭터랑 결혼한다고 결혼식 올리고, 캐릭터 그려진 베개 끌어
안고 자는 그런 부류."

세아는 괜히 흠칫했다. 덕후 이야기가 나오니 반사적으로 이사
실에서 한창 피규어를 청소하고 있을 한재하 이사가 떠올랐다.

"전에도 TV에서 오덕들 나오는 프로그램 하기에 봤는데, 으, 기
분 나쁘더라고요. 웬 모형 같은 거에다가 뭐뭐쨩, 뭐뭐쨩 하면서
말 걸고, 코스튬인가 뭔가 한다고 이상한 옷 입고 돌아다니고."

남주요 대리가 진저리를 쳤다. 경멸하는 말투와 입가에 매달린
비웃음. 세아는 기분이 묘해졌다. 본인이 그렇게 좋아서 죽고 못
사는 한재하 이사가 덕후라는 사실을 알면, 남주요 대리는 어떻게
반응할까?

"아, 그 사람들이 오타쿠예요? 싫다."

"징그럽지 않아요? 전 제 주변에 그런 사람 있으면 싫을 것 같아
요. 왠지 냄새 나고, 안 감아서 떡진 머리에 여드름이 가득할 것 같
지 않아요? 땀도 막 흘릴 것 같고."

남주요 대리가 좌우를 둘러보며 동의를 구했다. 세아는 점점 마
음이 불편해졌다. 한재하 이사는 냄새도 나지 않고, 머리도 떡지
지 않았으며, 여드름도 없다. 땀 냄새를 풍기지도 않는다. 남주요

대리는 대체 오타쿠에 대해서 얼마나 잘 알기에 오타쿠를 쉽게 일반화시키는 걸까.

"저번에 지하철 맞은편에 오덕같이 생긴 남자가 앉았는데, 제 가슴을 막 뚫어지게 보는 거예요. 파인 옷을 입었으니 얼씨구나 하고 본 거겠죠."

어떻게 생김새만으로 오타쿠인지 아닌지를 판단할 수 있는 거지?

"그래서 한마디 해주려다가 말았어요. 불쌍하잖아요. 평생 여자를 만날 수나 있겠어요? 현실 여자를 사귈 능력이 안 되니까 2D로 대리 만족하는 한심한 족속들인데."

"하긴. 남주요 대리는 워낙 미인이잖아."

"조심해. 그런 녀석들은 기회만 되면 이상한 짓을 하려고 할지도 몰라."

주변 사람들이 스스럼없이 맞장구를 쳤다. 세아는 가만히 듣고만 있자고 다짐했다. 남주요 대리는 어쨌든 함께 일하는 동료였고 평사원인 세아보다 직급이 높았다. 공연히 태클을 걸어서 좋을 게 없었다.

"그러고 보니 저도 학창시절에 덕후를 본 것 같아요. 뚱뚱한 남자애였는데 매일 혼자서 연습장에 그림 그리고, 막 이상한 여자애들 그려진 책받침 쓰고……."

"쉬는 시간마다 MP3로 노래를 듣고 있기에 이어폰을 빼봤는데, 일본 노래가 흘러나오는 거 있죠?"

"점심시간에 자기들끼리 모여서 만화책 펼쳐놓고는 '모에!' '다이스키!' 막 이러고……."

일단 오타쿠를 비난하는 상황이 되자, 여기저기에서 경험담과 조롱이 쏟아졌다. 다들 낄낄거렸지만 세아는 웃을 수 없었다. 이건 아닌 것 같았다.

"어머, 세아 씨는 왜 이렇게 조용해?"

남주요 대리가 불쑥 세아에게 말을 시켰다. 그런 다음 세아가 뭐라고 하기 전에 덧붙였다.

"혹시 알고 보니 세아 씨가 오타쿠라든지, 그런 건 아니지?"

직원들이 빵 터졌다. 남주요 대리는 눈엣가시에게 한 방 먹였다는 양 의기양양한 표정을 짓고 있었다. 세아는 정색을 하고서 답변했다.

"아닌데요."

세아 본인도 놀랄 만큼 싸늘한 목소리였다. 동시에 장내가 물을 끼얹은 듯 조용해졌다. 예상 밖의 대응이었는지 남주요 대리가 움찔했다가 반박했다.

"세아 씨도 참, 왜 농담을 다큐로 받아들……."

"근데 제가 만약 오덕이라면 어쩌실 건데요?"

세아는 남주요 대리의 말을 잘랐다. 남주요 대리가 당황한 듯 눈을 굴렸다.

"농담이라고 했잖아. 세아 씨가 오타쿠 아닌 건 모두 알아. 오타쿠면 어떻게 이렇게 멀쩡하게 직장생활을 하겠어?"

"오타쿠가 왜 멀쩡하게 직장생활을 못 할 거라 생각하세요?"

세아는 특별히 오타쿠를 옹호하고 싶진 않았다. 하지만 오타쿠라는 이유만으로 누군가를 배척하거나 비웃고 싶지도 않았다.

"우표를 모으면 고상한 컬렉터고, 피규어를 모으면 현실과 2D를 혼동하는 변태인가요? 드라마를 좋아하면 괜찮고, 애니메이션을 좋아하면 사회 부적응자인 거예요? 뭘 좋아하든 그건 개인의 취향이잖아요. 그런데 왜 우표 수집가나 드라마 광은 뭐라고 안 하면서 피규어나 애니메이션을 좋아하면 업신여기시는 거예요?"

"세아 씨, 왜 이렇게 오버를 해?"

서 팀장이 제지에 들어갔다. 그러나 한번 운을 뗀 세아는 멈추지 않았다.

"남에게 피해만 주지 않는다면 그 사람들이 무얼 하든지 이렇게 웃음거리로 삼을 자격, 우리에게 없어요."

"신세아 씨, 지금 너무 나가는 것 같은데."

"변변한 취미가 없는 저는 오히려 신기하고 부럽기도 해요. 무언가를 그렇게 좋아할 수 있다는 건 행복한 일 아닌가요?"

뾰족하게 반문한 세아의 시야에 그제야 주위가 들어왔다. 싸해진 분위기와 심상치 않은 서 팀장의 안색. 아무래도 수습 불가의 대형 사고를 친 것 같았다.

세아는 등에 식은땀이 흐르는 것을 느꼈다. 내가 지금 무슨 짓을 한 건가. 이놈의 욱하는 성질을 진작 어디다가 갖다 버려야 했는데. 입안이 바짝바짝 말랐다. 거북한 기류를 견디지 못하고 세아는 눈을 질끈 감았다.

누가 날 좀 도와줬으면.

그때였다.

"무슨 이야기를 이렇게 진지하게 하고 있습니까."

단단한 손이 부드럽게 세아의 어깨를 잡았다. 세아는 번쩍 눈을 떴다. 정수리 위에서 떨어지는 매력적인 중저음. 침착하면서도 자신만만한 어조. 한재하 이사였다.

"아! 이사님. 별일 아니에요."

남주요 대리가 서둘러서 수습에 들어갔다. 서 팀장도 아차 싶었는지 남주요 대리를 거들었다.

"이만 일들 하죠."

모여 있던 사원들이 순식간에 뿔뿔이 흩어졌다. 불편했던 분위기가 거짓말처럼 환기되었다.

세아는 눈만 깜빡였다. 어깨를 감싸고 있는 크고 따뜻한 손. 이 순간만큼은 한재하 이사가 너무나 믿음직스러웠다. 저절로 기대고 싶을 만큼.

세아의 심장이 빠르게 뛰었다. 한재하 이사에게서 풍기는 남성용 향수의 시원한 향기. 맞닿은 부분에서 전해져오는 온기.

'뭐지? 이 기분은?'

낯선 감각에 세아가 당황하고 있을 무렵이었다. 한재하 이사가 허리를 숙여 그녀의 귓가에 나직이 속삭였다.

"요 앞 뽀빠이스 가서 케이준 윙 팩 사오십시오. 튀김옷은 안 좋아하니까 다 벗겨서."

"아뜨드!"

세아가 괴성을 지르며 치킨을 내려놓았다. 물 컵에 손가락을 담근 세아는 비장한 표정으로 재차 치킨을 잡았다.

"아으으흐."

사약을 눈앞에 둔 후궁처럼 절로 신음이 흘러나왔다. 끓는 기름에서 갓 튀겨낸 치킨의 껍질을 벗기려니 뜨거워서 죽을 것 같았다. 세아는 분통이 터져서 버럭 외쳤다.

"이 구제불능 사디스트!"

매장 내의 이목이 한순간에 세아에게로 몰렸다. 세아는 어색하게 웃었다. 혼자 앉아서 궁상맞게 치킨 튀김옷을 벗기는 여자라니. 남들의 눈에 세아 자신이 어떻게 보일지 상상하기도 싫었다.

어깨를 움츠린 세아는 물 묻힌 손으로 튀김옷을 벗기며 작게 구시렁거렸다.

"대체 왜 이걸 안 먹는대? 치킨은 이거 먹는 맛에 먹는 거 아니야?"

분명 튀김옷이 싫어서가 아니라 그녀를 괴롭히려고 일부러 벗겨 오라고 했을 거다.

"나쁜 인간. 음식으로 장난치면 벌 받는데."

세아는 투덜거리며 튀김옷을 떼어냈다. 동시에 안에 고여 있던 기름이 운 나쁘게 세아의 손가락으로 튀었다.

"악! 뜨어어!"

고통에 찬 세아의 절규가 뽀빠이스 매장에 울려 퍼졌다.

"자, 여기 속살 뽀얀 치킨이요."

회사로 돌아온 세아는 퉁명스럽게 케이준 윙 팩을 내밀었다. 상자를 열어본 한재하 이사가 만족스럽다는 듯이 고개를 끄덕였다.

"다 벗겼군요."

"당연하죠."

세아가 당당하게 응답하는 사이, 한재하 이사는 서랍에서 무언가를 꺼냈다. 일회용 비닐장갑이었다.

'맙소사.'

세아는 말문이 막혔다. 결벽증이 있는 건 익히 알고 있었지만, 비닐장갑까지 상비하고 있을 줄이야. 손에 기름 한 방울 안 묻히고 우아하게 치킨을 먹는 한재하 이사를 지켜보던 세아는 갑자기 궁금해졌다.

"저, 이사님."

"뭡니까?"

"덕후에 사디스트에 결벽증인 캐릭터는 흔치 않죠?"

"그런 캐릭터도 있습니까?"

반문한 한재하 이사가 치킨을 쥔 채로 생각에 잠겼다. 한참 침묵을 고수하던 그는 어째서인지 분하다는 얼굴로 입술을 뗐다.

"몇 년도 몇 분기 작품에 등장하는 캐릭터입니까? 아니면 다음 분기 신작에 등장합니까? 아직 신작 정보는 확인 못 했는데."

"아니, 그런 게 아니라 전 이사님이 그렇다고 말씀드린 건데."

세아는 삼천포로 빠지려는 한재하 이사를 급히 건져 올렸다. 이사실에 정적이 흘렀다. 세아는 곧 자신의 실수를 깨달았다. 덕후와 결벽증은 둘째치고, 본인에게 대놓고 사디스트라고 해버렸다!

"신세아 씨가 날 그렇게 생각하고 있을 줄이야."

한재하 이사가 싱긋 웃었다. 그를 SA 소프트의 왕자님으로 군림하게 했던 다정한 미소였다. 그렇지만 세아에게는 마왕 강림처럼 보였다.

"그렇다면 우리 발닭개 씨의 기대에 부응하도록 노력해야겠군요."

세아의 낯에서 핏기가 가셨다. 내가 내 무덤을 팠구나. 오타쿠 사건도 그렇고, 이놈의 입이 방정이었다.

'집에 가면 빨래집게로 확 집어버리든지 해야지.'

세아가 반성과 성찰의 시간을 보낼 때였다.

"아까 했던 말, 진심입니까?"

돌연 한재하 이사가 물었다. 상념에서 벗어나 현실로 돌아온 세아는 멍하니 한재하 이사를 마주 보았다.

"아까 했던 말이요?"

무슨 말? 세아는 한재하 이사가 무얼 말하는지 감조차 잡히지 않았다. 천진한 세아의 표정을 들여다보던 한재하 이사가 느리게 대답했다.

"······아니, 아무것도 아닙니다."

묘하게 맥이 빠진 음성이었다.

"이만 나가봐요."

한재하 이사가 손을 내저었다. 세아는 의아했다. 괴롭힐 것처럼 말하더니 이대로 곱게 내보내준다고? 영문은 모르겠지만 잘된 일이었다. 한재하 이사의 마음이 변하기 전에 세아는 재빠르게 이사실을 벗어났다.

문이 닫히는 소리가 들렸다. 재하는 의자에 몸을 묻으며 눈을 감았다.

손을 씻으려고 나왔다가 우연히 듣게 된 대화. 사원들은 오타쿠를 흉보고 있었고 재하는 그러려니 했다. 오타쿠에 대한 인식이 나쁜 게 하루 이틀 일도 아니니까.

「혹시 알고 보니 세아 씨가 오타쿠라든지, 그런 건 아니지?」

「아닌데요.」

신세아답지 않게 칼 같았던 대답. 처음에는 남주요 대리에게 오타쿠 취급당한 게 기분 나빠서 그렇게 반응한 줄 알았다.

그런데, 아니었다.

「우표를 모으면 고상한 컬렉터고, 피규어를 모으면 현실과 2D를 혼동하는 변태인가요? 드라마를 좋아하면 괜찮고, 애니메이션을 좋아하면 사회 부적응자인 거예요?」

「남에게 피해만 주지 않는다면 그 사람들이 무얼 하든지 이렇게 웃음거리로 삼을 자격, 우리에게 없어요.」

다른 사람들과 달랐다.

「무언가를 그렇게 좋아할 수 있다는 건 행복한 일 아닌가요?」

재하의 눈꺼풀이 파르르 떨렸다. 심장이 두근거렸다. 치열한 경쟁을 뚫고 한정판 피규어의 구매에 성공했을 때 느꼈던 설렘을 10분의 1로 희석해놓은 것 같은 느낌이었다.

"3D에 이런 감정을 느끼다니."

가슴에 손을 올려놓은 채로 재하가 중얼거렸다. 담담한 어조와 달리 그의 뺨은 살짝 상기되어 있었다.

"세아 씨, 사실대로 말해봐요. 세아 씨도 이쪽이죠?"

오타쿠에 대해서 열변을 토한 다음 날. 평소에 별로 친한 사이가 아니었던 선배가 세아에게 다가와 나직이 속삭였다.

"이쪽이라니요?"

"시치미 떼지 마요. 어제 남 대리님에게 정면으로 반박하는 거 보고 감이 왔어요. 드디어 동지를 만나다니!"

선배는 잔뜩 흥분한 투였다. 세아의 표정이 이상야릇해졌다. 설마…….

"선배님도 오덕이에요?"

"그래! 나도 사실 덕후야. 이제까지 아무한테도 말한 적 없는데, 어제 세아 씨 용기에 감동받아서 세아 씨에게만 특별히 고백하는 거야. 비밀 지켜줘."

세아는 이마를 짚었다. 불길한 예감은 왜 항상 들어맞는 건가. 선배는 뭐가 그리 좋은지 주먹을 쥐고서 발을 동동 굴렀다.

"꺄아, 어떡해! 역시 이쪽이었어."

"아니, 전."

선배가 뭔가 중대한 오해를 한 것 같다. 세아가 아니라고 해명하려는 차였다.

"방금 선배님 '도'라고 했잖아. 잡아떼지 마."

한재하 이사도 오덕이어서 나온 말이라고요!

세아는 미처 진실을 밝히지 못하고 입을 다물었다. 반짝반짝 빛나는 선배의 눈과 빼도 박도 못할 상황. 에라, 모르겠다. 될 대로 되라는 심정으로 세아는 고개를 끄덕였다.

"그래요. 저도 오덕이에요."

"어쩜 좋아. 어쩜 좋아."

수선을 떨던 선배가 세아의 손을 꼭 잡았다. 어느덧 선배는 반말을 사용하고 있었다. 입사한 지 3개월이 지난 세아에게 여전히 맞존대를 고수하던 깍쟁이가.

"앞으로 친하게 지내자, 세아 씨."

"네? 네, 선배님."

"선배님이라니. 둘만 있을 때는 언니라고 불러. 내 이름 알지?"

"강한봄 선배님이요."

"응. 그니까 한봄 언니라고 불러. 나중에 언제 저녁식사 하자. 우리 존재 파이팅!"

한봄은 강렬한 인상을 남기고 순식간에 사라졌다. 세아는 정신이 없었다. 아침부터 이게 무슨 폭풍인가. 그러나 이변은 그걸로 끝이 아니었다.

"저, 박 팀장님? 여기 USB입니다."

세아는 기술지원팀의 박 팀장에게 업무와 관련된 USB를 건넸다. 그런데 평소라면 시선도 안 주고 '그럼 이만 나가봐.'라고 말할 박 팀장이 고개를 들어 세아를 보았다. 묘하게 호의적인 시선이었다.

"흠."

알 수 없는 탄성을 낸 박 팀장이 세아의 어깨를 두드렸다.

"그 정도 어그로에 화를 내다니. 아직 일코가 서툴러. 그래도 말은 사이다처럼 속 시원하게 잘하더라. 언제 커피나 같이 마시자고."

일코라니? 세아는 박 팀장의 말을 이해하지 못하고 자기 자리로 돌아왔다. 검색해보고 '일코'가 '일반인 코스프레'의 준말이라는 사실을 알게 된 세아는 바르르 떨었다. 덕후들은 여기저기에 숨어 있구나. 강한봄 선배나 박 팀장이나 다 전혀 티를 안 내고 있어서 몰랐다.

'물론 그중 끝판왕은 한재하 이사지만.'

의뭉스럽기가 말로 다할 수가 없다. 세아는 한재하 이사를 떠올리며 입을 삐쭉였다.

"신세아 씨."

호랑이도 제 말 하면 온다더니, 한재하 이사의 목소리였다.

"예?"

바짝 긴장한 세아가 고개를 뒤로 젖혀 위를 올려다보았다. 화보에서 갓 튀어나온 것 같은 옷차림과 귀공자 같은 생김새. 한재하 이사는 세아가 앉아 있는 의자 등받이에 바짝 몸을 붙이고서 그녀를 내려다보고 있었다.

"아무래도 혼자 하기에는 양이 많더군요. 신세아 씨가 도와줘야겠습니다."

"뭘요?"

"따라오면 압니다."

아리송한 말을 남긴 한재하 이사가 이사실로 쏙 들어갔다. 세아는 호기심 반, 불안한 마음 반으로 그를 뒤따랐다. 그리고 팔자에도 없는 피규어 청소를 하게 되었다.

"그렇게 무식하게 털지 말고 섬세하게. 결을 따라 조심스럽게 쓸어내리란 말입니다."

솔로 먼지를 털고 있는데 한재하 이사의 잔소리가 작렬했다. 시어머니가 따로 없었다.

세아의 안색이 썩었다. '그럼 그냥 이사님이 다 하세요.'라는 말이 목 끝까지 치밀어 올랐다. 애초에 내가 왜 일하려고 온 직장에서 피규어 청소를 해야 하는데?

불만 가득한 세아의 얼굴을 본 한재하 이사가 툭 내뱉었다.

"아론 세라프 리그누시스 앙골무아 3세."

세아의 어깨가 굳었다.

"출고가 75만 원. 실거래가 400만 원. 현재는 그 금액을 줘도 판다는 사람이 없어서 살 수 없죠."

푹, 푹, 푹! 한재하 이사의 말 하나하나가 화살이 되어 세아의 심장에 사정없이 꽂혔다. 입이 열 개여도 할 말이 없었다.

"열심히 하겠습니다."

"잘 생각했습니다."

시크하게 답한 한재하 이사가 먼지 털기 작업에 몰두했다. 세아도 청소에 집중했다. 앞으로 청소해야 할 피규어가 300개가 넘는다. 한재하 이사와 반씩 나눠서 해도 150개는 세아의 몫이다.

'만화 속 캐릭터여서 그런지 애들은 하나같이 미남미녀구나.'

세아는 문득 감탄했다. 작은 얼굴과 비현실적인 등신비. 길쭉하고 가느다란 팔다리. 다채로운 머리카락 색과 화려한 의상. 큰 눈과 티 한 점 없이 매끄러운 피부. 가만히 관찰하고 있자니 즐겁기는 했다.

'특히 이 캐릭터는 내 취향이야.'

하얀 얼굴에 칠흑 같은 머리카락. 길고 사늘한 눈매와 전체적으로 흐르는 귀태. 황제를 연상시키는 황룡포와 섬세하게 흔들리는 십이류. 보면 볼수록 마음에 들었다. 세아의 심장이 콩콩 뛰었다.

"이사님, 이 캐릭터는 이름이 뭐예요?"

세아는 한재하 이사에게 잘 보이도록 피규어를 들었다. 한재하 이사가 흘긋 보더니 대답했다.

"시무제입니다."

"칼을 차고 있는데, 싸움도 잘해요?"

"잘하기만 하겠습니까? 무(武)의 극한에 이르러서 물 위도 걷고 허공도 날아다니고 그럽니다. 거기다 황제이니 그 세계관에서는 거의 전지전능한 남자죠."

"와."

세아의 입에서 감탄사가 흘러나왔다. 외모도 잘생겼는데 능력까지 대단하다니. 왠지 더 그럴듯했다.

시무제를 면면히 뜯어보는 세아를 보며 한재하 이사가 피식 웃었다.

"반했습니까?"

"아니, 뭐, 반할 것까지는."

세아는 말끝을 흐렸다. 반하고 말고가 어디 있는가. 어차피 실존 인물도 아닌데.

"꿈 깨는 게 좋을 겁니다. 시무제는 유부남인 데다가 일편단심 속성이어서 다른 여자한테는 눈길도 안 주니까."

한재하 이사가 단호하게 말했다. 세아는 어이가 없었다. 뭐지? 고백할 생각도 없는 상대한테 미리 차인 이 더러운 기분은? 묘한 패배감이 들었다. 세아는 반격에 들어갔다.

"저보다는 이사님이 더 조심하셔야 할 것 같은데요."

"현실과 가상세계를 구별하는 분별력은 있습니다만?"

이름 모를 여자 캐릭터의 손등을 솔로 문지르며 한재하 이사가 대꾸했다. 어떻게 된 인간이 한마디를 지는 법이 없다. 세아는 이를 바득바득 갈며 시무제의 등을 털었다. 그러자 한재하 이사가 나직이 경고했다.

"도색 벗겨지거나 흠집 나면 신세아 씨 월급에서 삭감할 겁니다."

납량 특집보다도 무서운 말이었다. 세아의 손길이 급 상냥해졌다.

시간이 얼마나 흘렀을까. 세아가 열여섯 번째 피규어를 청소하던 중이었다.

"덕후에 대해서 얼마나 알고 있습니까?"

별안간 한재하 이사가 말을 걸어왔다. 세아는 잠시 갈등하다가 솔직하게 답했다.

"음, 잘 몰라요. 애니메이션을 좋아해서 거기 나오는 캐릭터들과 관련된 상품을 모으는 사람들?"

"틀렸습니다."

한재하 이사가 또 단호박을 썰었다.

"모든 덕후가 애니메이션을 좋아하는 건 아닙니다. 애니메이션 덕후는 덕후의 일부에 불과합니다. 철도, 밀리터리, 성우, 컴퓨터, 자전거, 와인, 자동차……, 덕후는 예상외로 많고 관심 분야도 천차만별입니다."

"네? 철도를 좋아하는 덕후도 있다고요?"

"의외로 철도 덕후가 이쪽에서는 메이저입니다. 밀리터리 덕후,

애니메이션 덕후와 함께 3대 오덕으로 꼽히니."

세아는 도무지 상상이 가지 않았다. 애니메이션 덕후는 애니메이션을 보고 애니 관련 상품을 모으는데 철도 덕후는 대체 뭘 할까? 기차를 타면서 기쁨과 환희를 느끼나? 아니면 철도 모형을 수집하나? 세아의 머릿속에 물음표가 가득 찼다.

"간단히 말해서 오덕은 어떤 취미에 극도로 열중하는 사람입니다. 애니 덕후는 그 열중하는 취미가 애니메이션인 겁니다. 하지만 오덕들 사이에서도 애니 덕후는 종종 열등한 취급을 당하죠. 그중에서도 피규어를 수집하는 애니 덕후의 취급은 말할 것도 고."

피규어의 머리를 손끝으로 가볍게 쓸며 한재하 이사가 부연했다.

"같은 오덕 중에서도 피규어를 수집하는 오덕은 기분 나쁘게 여기는 경우도 있습니다. 당연히 일반인의 인식이야 더 나쁘고. 언론 매체에서 워낙 부정적으로 다뤘고, 이쪽에 이상한 사람이 아예 없는 것도 아니니 어쩔 수 없는 일이겠지만."

한재하 이사의 어조는 담담했다. 그러나 세아의 눈에는 왠지 그가 다친 동물로 보였다. 상처 입은 것을 인정하고 싶지 않아 하는 자존심 강한 늑대.

"그렇군요."

"그런 의미에서 피규어 먼지 털기 작업의 적임자는 신세아 씨뿐입니다. 앞으로 일주일에 한 번씩 하십시오."

"그럼……, 예?"

세아는 경악했다. 어째서 이야기가 그렇게 흘러가는 거지? 한재하 이사가 눈 하나 깜빡하지 않고 이유를 댔다.

"다른 직원들에게까지 덤밍아웃할 수는 없잖습니까."

"그야 그렇긴 한데."

"아, 그러고 보니 집에도 몇 개 있군요. 주말에 와서 그것도 청소하도록 하세요."

그림처럼 웃으며 한재하 이사가 명령했다. 세아는 말을 잃었다. 주중뿐만 아니라 주말까지 노역을 부과하겠다니. 고대 이집트에서 피라미드를 짓던 노동자도 이보다는 나은 삶을 살았을 것이다.

"잡담은 그만하고 작업에 집중하죠."

한재하 이사가 함구령을 내렸다. 자기 할 말을 다 했으니 더는 볼일이 없다는 태도였다.

세아는 밀려오는 빡침에 눈을 감았다. 상처 입은 늑대라는 표현은 취소다. 이 남자는 중증 사디스트 마왕이다. 사람을 알차게 부려먹는!

"전 언제까지 이사님의 발닦개를 해야 하나요?"

작업이 거의 마무리될 무렵, 충동적으로 세아가 질문했다. 피규어를 닦던 한재하 이사의 손놀림이 뚝, 멈췄다.

"상처받은 내 여린 마음이 회복될 때까지?"

맙소사. 차마 듣지 못할 말을 들은 세아는 충격과 공포에 휩싸였다. 이 세상에 있는 여린 마음의 소유자가 모조리 말라비틀어져 죽어도 이 남자의 차례는 안 온다.

"하루라도 빨리 회복되었으면 좋겠네요."

"저도 그러기를 바랄 따름입니다."

우와. 이 남자, 뻔뻔함이 하늘을 찌른다. 세아는 벌레 씹은 표정으로 마지막 피규어와 솔을 내려놓았다.

"다 끝냈습니다."

"수고했어요. 나가보십시오."

한재하 이사가 피규어를 들여다보며 응대했다. 무언가에 열중하는 표정과 진지한 눈, 굳게 맞물린 입술. 무방비하게 있던 세아는 찰나 넋을 놓았다.

누가 일부러 연출이라도 한 것 같았다. 피규어를 쥔 길고 유려한 손가락, 힘줄이 도드라진 손등, 메이커는 알 수 없지만 묵직한 중량감이 있는 시계, 짙은 남색 체크무늬 슈트에 붉은색 셔츠. 그의 탄탄한 가슴과 곧은 어깨에 시선이 이른 순간, 세아의 심장 박동이 빨라졌다.

'보통 사람이 저러고 있으면 보기 좋은 광경은 아닐 텐데, 이사님이 하니까 화보의 한 장면이 되는구나.'

새삼 그의 치명적인 외모를 인식하니 온몸에 열이 올랐다. 뜨끈해진 뺨을 감싸며 세아가 급히 이사실을 벗어났다. 벽에 기대어 서자 뒤늦게 숨이 터져 나왔다. 한재하 이사의 미친 미모를 감상하느라 숨도 제대로 못 쉬었다.

"정신 차려, 신세아."

고개를 마구 저으며 세아는 자신을 꾸짖었다.

"상대는 사디스트 왕자야. S 마왕 한재하 이사라고!"

그래도 잘생기긴 잘생겼잖아, 라고 제2의 자아가 속삭였다. 세아는 금세 솔깃해서 동의했다. 그렇지? 잘생기긴 했지? 내가 이상한 거 아니지?

"사람이 아무리 시각에 좌우되는 동물이라지만."

세아는 가슴 위에 손바닥을 얹었다. 아직도 설렘의 여운이 남아 있었다. 그때 휴대전화가 진동했다.

- 오늘 저녁에 시간 있어?

승재에게서 온 문자였다. 세아는 곧바로 답장을 보냈다.

- 응! 있어.

- 그러면 저번에 먹기로 한 저녁 오늘 먹을래?

- 좋아. 어디서 만날까?

- 내가 너 끝나는 시간에 맞춰서 회사 앞으로 갈게.

- 나 6시에 퇴근할 거야.

- 그래. 이따 보자. 뭐 먹고 싶은지 생각해둬.

생각하고 말고가 어디 있는가. 세아는 불이 나게 '치맥!!!!!!'이라고 치고 있었다.

"장 변호사와 아는 사이입니까?"

듣기 좋은 중저음이 귓바퀴를 타고 흘렀다. 세아는 기겁하며 고개를 들었다.

"히익."

팔짱을 낀 한재하 이사가 허리를 굽혀서 세아와 눈높이를 맞추고 있었다. 세아는 하마터면 휴대전화를 떨어뜨릴 뻔했다.

고양이가 쥐를 가지고 놀듯이, 한재하 이사가 느긋하게 말을 이었다.

"저번에도 장 변호사와 같이 있더니."

"네? 네. 예전에 같은 동네에서 살았어요."

"흐음."

한재하 이사는 더 자세히 설명해보라는 듯이 눈짓했다. 세아는 굳이 숨길 필요도 없겠다 싶어 순순히 실토했다.

"옆집 오빠였어요. 어릴 때부터 친하게 지낸."

"소꿉친구 속성이라."

한재하 이사의 표정이 오묘해졌다. 세아는 의아해졌다. 소꿉친구에 왜 속성이라는 단어가 붙는 건데?

"오늘 6시에 회사 앞에서 만나기로 했군요."

세아의 휴대전화 액정에 시선을 고정한 채로 한재하 이사가 중얼거렸다. 세아는 급히 휴대전화를 주머니에 넣었다. 온갖 불길한 상상이 세아의 머릿속을 채웠다.

'못 나가게 하려고 갑자기 야근을 시키거나 5시 59분에 잔업을 주는 거 아니야?'

지난 열흘간의 행적을 돌이켜보면 그러고도 남았다. 뼛속까지 S인 사디스트별 왕자니까.

한껏 경계하는 세아를 보며 한재하 이사는 빙그레 웃었다.

75

"재미있는 시간 보내십시오."

어라? 방해 안 하려는 건가? 세아는 긴가민가해서 한재하 이사를 바라보았다. 한재하 이사는 무심하게 세아를 지나쳐 강이원 팀장에게로 갔다.

교란 작전인가? 세아는 의구심이 가득한 눈으로 한재하 이사의 뒷모습을 주시했다. 안심하게 했다가 뒤통수를 치려는 속셈일지도 몰랐다.

'방심하면 안 돼.'

어떤 방해를 하든 6시에 퇴근하고 말겠다. 세아는 결의를 다지며 비장한 눈빛으로 한재하 이사의 옆얼굴을 쏘아보았다.

시간이 흐르고 흘러 대망의 5시 58분이 되었다. 세아는 초긴장 상태로 주변을 둘러보았다.

파일 백업 OK, 책상 정리 OK, 짐 싸기 OK. 이제 6시가 되면 의자를 박차고 전력질주로 탈출하기만 하면 된다.

'36초, 37초, 38초……'

세아의 눈길이 분주하게 이사실과 시계를 오갔다.

'……58, 59, 60!'

시침과 분침이 정확히 일자가 되자, 세아는 벌떡 의자에서 일어났다.

"저 먼저 가보겠습니다."

우사인 볼트가 빙의한 듯 세아는 날쌔게 사무실을 빠져나왔다.

출구가 가까워질수록 세아의 입가에 함박웃음이 떠올랐다. 웬일로 사디스트 마왕이 그녀를 그냥 내버려두는지는 모르겠으나, 만세 삼창이라도 하고 싶은 심정이었다.

그래. 이런 날도 있어야지. 한 번쯤은 괴롭히지 않고 그냥 넘어가는 날이!

건물 앞에 눈에 익은 자동차가 보였다. 세아는 붕 뜬 기분으로 조수석으로 달려갔다.

"승재 오빠!"

세아가 조수석의 차 문을 잡아당기려는 순간이었다. 틴팅이 된 자동차 창문이 스르르 내려갔다. 그리고 서서히 익숙한 형상이 드러났다.

"또 보네요, 신세아 씨."

악마, 한재하 이사가 씩 웃었다.

세아는 기겁하며 뒤로 한 발짝 물러났다. 예상치 못한 습격에 심장이 아래로 쿵 떨어졌다.

"이사님?"

왜 S 마왕이 승재 오빠의 차에?

"세아야."

공황에 빠져 있는 세아의 귀에 승재의 목소리가 들렸다. 운전석에 앉은 승재가 한재하 이사의 너머에서 손을 흔들고 있었다. 세아는 멍청하게 대꾸했다.

"승재 오빠."

"뭐 합니까. 안 타고."

한재하 이사가 세아를 재촉했다. 세아는 얼떨떨한 심정으로 뒷좌석에 올랐다.

"두 분이 아는 사이세요?"

물어보고 세아는 멍청한 질문을 했다고 후회했다. 당연히 알기야 아는 사이겠지. 대표이사와 고문 변호사니까. 아니, 그런데 왜 업무 외 시간에 둘이서 사이좋게 운전석과 조수석에 앉아 있느냐고.

"어. 대학 동기잖아. 사실 나랑 재하, 친구야."

승재가 세아의 머릿속을 들여다본 듯이 설명했다. 세아는 저도 모르게 반문했다.

"예?"

어떻게 대천사와 마왕이 친구일 수가 있지?

'말도 안 돼.'

충격과 공포였다. 세아는 흘긋 한재하 이사를 보았다. 마침 한재하 이사도 룸미러로 그녀를 보고 있었다. 두 사람의 시선이 거울을 통해서 부딪쳤다. 한재하 이사가 입매를 올렸다. 세아는 소름이 쭈뼛 돋았다.

"갑자기 재하가 오늘 저녁에 같이 식사나 하자고 그러더라고. 네가 불편해할까 봐 다음에 따로 만나자고 했는데도 막무가내로 오늘 보자네."

"내가 끼어들어서 불편합니까, 신세아 씨?"

승재의 말이 끝나기가 무섭게 한재하 이사가 물었다. 특유의 왕자님 같은 다정한 미소를 띠고서. 세아는 그 가증스러움에 치를 떨며, 마지못해 그가 원하는 답변을 내놓았다.

"아, 아니요. 전혀요."

불편하다 못해 이대로 몸과 영혼이 분리될 것 같은 심정이었지만, 사실대로 말했다가는 내일 어떤 응징을 당할지 모른다. 세아는 울며 겨자 먹기로 불편하지 않다고 했다.

한재하 이사가 의기양양한 표정으로 승재를 보았다.

"그것 봐."

"네가 대표이사인데 불편해도 퍽이나 불편하다고 하겠다."

승재가 운전대를 틀며 응수했다.

승재 오빠, 나이스. 세아는 주먹을 불끈 쥐었다.

"글쎄? 네가 생각하는 것보다 신세아 씨하고 난 가까운 사이라고."

창문 쪽으로 턱을 괸 한재하 이사가 여유롭게 반박했다.

아니야, 안 가까워. 나랑 당신 사이에는 억만 광년도 넘는 거리가 있다고. 세아가 속으로 열렬하게 부정하고 있는데, 승재가 의외라는 듯이 되물었다.

"그래?"

"응. 우리는 말 못 할 비밀을 공유하고 있는 사이거든. 그렇지 않습니까, 신세아 씨?"

불똥이 세아에게로 튀었다. 세아는 잔뜩 얼어서 답했다.

"예? 네!"

확실히 회사 대표이사가 오덕에 중증 사디스트라는 사실은 누구에게도 말 못 할 비밀이긴 했다.

세아가 긍정하자 승재의 입에서 묘한 소리가 흘러나왔다.

"흐응."

차 안이 적막에 잠겼다. 세아는 좌불안석이었다. 세아는 대화가 단절되고 침묵이 흐르는 걸 유달리 못 견디는 편이었다.

'제발 누가 아무 말이나 했으면.'

대표이사와 고문 변호사, 일개 사원. 누가 봐도 세아가 짬밥이 제일 아래였다. 두 고래가 가만히 있는데 새우인 그녀가 말을 꺼낼 순 없는 노릇이었다.

불편해하는 세아를 룸미러로 주시하던 승재가 먼저 입을 열었다.

"뭐 먹으러 갈까? 세아 네가 먹고 싶은 걸로 하자."

"아니요. 전 괜찮아요."

세아는 슬쩍 한재하 이사의 눈치를 살폈다. 엄연히 상사와 동석하는데 그녀의 식성 위주로 메뉴를 고를 순 없었다.

"이사님이나 변호사님 드시고 싶으신 걸로 하세요."

"재하는 신경 쓰지 마. 근무 시간 끝났으면 상사가 아니라 똑같은 사회인이지."

승재의 말에 세아는 어색하게 웃었다. 무슨 그런 꿈같은 소리를. 갑은 영원한 갑이고 을은 영원한 을이다.

"그래요. 승재 말대로 하십시오. 음식도 신세아 씨가 먹고 싶은 걸로 고르고."

뜻밖에도 한재하 이사가 동의했다. 세아는 눈을 깜빡였다. 이사 양반이 뭘 잘못 먹었나?

깨달음은 곧 찾아왔다. 단둘이 있는 상황이 아니어서 그렇구나. 제3자가 있으니까 본성을 감추고 있는 거다.

세아는 운전 중인 승재를 구세주 보듯이 바라보았다. 덕분에 한재하 이사에게 대놓고 괴롭힘을 당하지 않아도 된다. 한결 마음이 편해진 세아는 안도의 한숨을 쉬었다. 그때였다. 휴대전화가 드르륵거렸다.

누구지? 세아는 별생각 없이 액정을 확인했다가 하마터면 휴대전화를 떨어뜨릴 뻔했다.

- 난 치맥 같은 건 안 먹습니다.

한재하 이사가 보낸 문자였다. 세아는 고개를 들었다. 한재하 이사의 뒷모습이 시야에 들어왔다. 유유히 앉아 있는 자세에서 흑막의 포스가 풍겼다. 잘게 떨리는 손으로 세아는 답장을 작성했다.

- 그럼 뭐 좋아하시는데요?
- 오늘은 한정식이 끌립니다만.

동시에 세아의 머릿속으로 미션 창이 펼쳐졌다.

퀘스트: 사디스트 왕자의 명령을 완수하라

한재하 이사가 저녁으로 한정식을 먹고 싶어 한다.
수단과 방법을 가리지 말고 한정식 식당으로 향하자.

난이도: F
성공 보상: 없음

실패 페널티: 한재하 이사의 집요한 괴롭힘

세아는 냉큼 외쳤다.

"한정식 먹어요!"

"한정식?"

승재가 의아하다는 듯이 말끝을 올렸다.

"치맥 하러 가자고 할 줄 알고 치킨집으로 가고 있었는데. 너 한 정식 별로 안 좋아하잖아. 한정식은 집에서 먹는 밥으로도 충분하 다는 게 네 지론 아니야?"

"아니요. 한정식 좋아요. 한정식이 먹고 싶습니다. 한정식 먹게 해주세요."

세아는 열렬하게 호소했다. 한정식이 아니라 다른 걸 먹으러 갔 다가 내일 저 사디스트 왕자에게 무슨 봉변을 당하라고.

"그래? 그러면 한정식 먹지, 뭐. 재하 넌 괜찮지?"

"뭐, 난 아무거나 잘 먹잖아."

한재하 이사가 능청을 떨었다. 세아는 이가 갈렸다.

"자, 이것도 먹어."

"아, 응."

"그럼 아주머니는 뜨개질에 취미 붙이신 거야?"

"어, 목도리랑 조끼, 팔목 보호대를 뜨더니 이젠 수세미까지 직 접 떠서 쓰셔. 오빠 어머니께도 수제 수세미를 한 아름 드리던걸."

우여곡절 끝에 한정식집에 당도한 뒤, 세아는 맞은편에 앉은 승재와 이런저런 대화를 나누며 깨작깨작 밥을 먹었다. 승재가 간간이 밥 위에 반찬을 얹어주면 그것만 받아먹는 정도였다.

아무런 입맛이 없었다. 간만에 치느님을 영접하나 싶었는데 밥이라니. 세아는 울컥해서 한재하 이사를 보았다. 그녀의 대각선 방향에 앉은 한재하 이사는 잘만 먹고 있었다.

'아무렴, 먹고 싶은 걸 먹으니까 아주 그냥 꿀맛이겠지.'

난 치킨이 먹고 싶었는데. 온갖 치킨이 눈앞에 아른거렸다. 매콤달콤한 양념치킨, 바삭바삭한 프라이드치킨, 짭조름한 간장치킨, 감칠맛이 도는 마늘치킨, 향신료 냄새가 감미롭게 후각을 자극하는 카레치킨, 얇게 썬 파가 얹힌 파닭, 꿀맛이 나는 닭강정, 기름기가 쫙 빠진 오븐 구이 치킨!

'난 밥이 아니라, 치킨이, 먹고 싶었다고!'

젓가락을 쥔 세아의 손에 힘이 들어갔다. 마음만 같아서는 젓가락으로 한재하 이사를 찔러버리고 싶었다.

"왜 그래? 음식이 입에 안 맞아?"

젓가락을 꾹 잡은 채 미동도 않는 세아에게 승재가 말을 걸었다. 뒤늦게 정신을 차린 세아가 다급히 고개를 저었다.

"어? 아니, 맛있어."

"그런데 왜 잘 못 먹어."

"이상하게 아까는 배가 고팠는데 지금은 입맛이 없네."

시무룩한 세아를 지켜보던 승재가 한재하 이사의 어깨에 손을 올렸다.

"혹시 재하가 어려워서 못 먹는 거 아니야? 얘 쫓아낼까?"

"날 어려워해? 병풍으로 생각하는 게 아니고?"

한재하 이사가 어이없다는 듯이 반문했다. 기묘하게 날이 선 물음이었다. 하지만 세아는 눈치 채지 못했다.

"입맛 없어도 좀 먹어. 자. 이거에다가……."

승재가 떡갈비를 하나 집었다. 그래, 먹긴 먹어야지. 세아는 승재의 마음 씀씀이를 생각해서 젓가락을 들었다. 승재에게서 세아가 떡갈비를 건네받으려는 찰나였다. 중간에 끼어든 젓가락이 떡갈비를 가로챘다.

뭐지? 세아와 승재는 멍하니 한재하 이사를 쳐다보았다. 한재하 이사가 떡갈비를 입안에 쏙 넣고 있었다.

"맛있네요, 떡갈비."

한재하 이사가 태연자약하게 미소 지었다. 세아는 완전히 얼이 빠졌다.

뭐야, 저 남자? 왜 남의 음식을 가로채?

기가 막혀서 빤히 보자, 입안의 음식물을 삼킨 한재하 이사가 뻔뻔하게 선언했다.

"자기 손이 없는 것도 아닌데, 음식은 각자 알아서 챙겨 먹는 걸로 하죠?"

까칠한 어조였다. 세아는 반사적으로 움찔했다. 내가 뭘 잘못했나? 어떤 행동이 한재하 이사의 심기를 건드린 거지? 별것 아닌

일로 태클을 거는 걸 보면 뭔가 단단히 마음에 안 드는 행동을 한 게 분명한데.

설마 죽상을 하고 의욕 없이 밥을 먹은 것 때문에 기분이 나빴나? 보고 있자니 밥맛이 뚝뚝 떨어져서? 그런 것치고는 잘 먹던데?

승재는 어깨를 으쓱하고는 뼈째로 나온 생선의 살을 발랐다. 크게 한 점을 떼어낸 승재가 세아의 밥 위에 생선살을 얹어주려고 했을 때였다. 한재하 이사의 젓가락이 재차 음식을 인터셉트했다.

"왜 심술이야?"

잠자코 있던 승재가 운을 뗐다. 한재하 이사는 조금 전의 승재를 흉내 내듯이 어깨를 으쓱했다.

"심술? 너야말로 아까부터 유난스럽게 굴고 있잖아. 신세아 씨 밥 위에 이것저것 반찬 올려주고. 신세아 씨가 미취학 아동이었나? 난 우리 사원을 그렇게 약하게 키운 기억이 없는데."

"어릴 때부터 아는 동생이니까 그렇지."

"그런 것치고는 지나치게 살뜰하던데?"

세아는 조마조마했다. 지금 이게 무슨 분위기인지 파악이 안 됐다. 내용은 날카로운데 말투는 담담하고, 언성도 평소에 대화를 나눌 때처럼 일정했다. 표정도 둘 다 평상시와 다를 바 없었다. 화가 난 기색도 없고 불쾌한 기색도 없다. 얼핏 보면 서로 일상적인 안부 인사를 나누는 것처럼 보일 지경이었다.

"재하 너, 오늘따라 유달리 까칠하다?"

승재가 먼저 핵심에 접근했다. 세아도 감지했는데 승재라고 모를 리 없었다. 오히려 한재하라는 인간에 한해서는 승재가 세아보다 더욱 농밀하게 알고 있었다.

"그래? 난 잘 모르겠는데."

한재하 이사가 천연덕스럽게 응대했다. 미세하게 머리를 저은 승재가 큰 손으로 안경 전체를 감싸듯이 잡아 고쳐 썼다.

"대체 뭐가 불만인 건데?"

"불만이긴."

한재하 이사는 시크하게 덧붙였다.

"아까부터 친구라는 녀석은 날 개밥에 도토리 취급하면서 신 모 양만 챙기고, 신 모 양도 날 병풍 취급하고 있고, 식사 내내 둘이서만 아는 이야기를 하고, 둘이서 친한 오빠동생 이상 연인 미만 기류를 뿌려대고 있지만, 그런대로 참을 만해. 난 관대하거든."

세아는 말문이 막혔다. 미처 인식하지 못하고 있었는데, 구구절절 맞는 말이어서 반박할 여지가 없었다. 처지를 바꾸면 그녀라도 충분히 화가 날 만한 상황이었다. 그런데 그걸 이런 식으로 티를 팍팍 내는 건, 좀⋯⋯.

'쪼잔해.'

승재도 세아와 똑같은 생각을 했는지 야릇한 얼굴이었다. 믿기지 않는다는 듯 승재가 한재하 이사를 건너다보았다.

"너 원래 이런 캐릭터였어?"

"글쎄."

한재하 이사의 미간에 살짝 주름이 잡혔다. 찰나 승재의 눈이 가늘어졌다. 승재가 알기로 한재하의 역치값은 상당히 높은 편이었다. 어지간한 자극에는 반응하지 않는다는 말이다. 그런 한재하가 대놓고 불쾌함을 표했다는 것은, 그만큼 거슬렸다는 뜻인데…….

"죄송해요, 이사님. 제가 생각이 짧았습니다."

세아는 빠르게 사과했다. 상대는 하늘 같은 창업주이자 이사님이고 그녀는 일개 사원인 것을 어쩌랴.

직장인의 애환이 느껴지는 세아의 대처를 지켜보던 승재가 한숨을 쉬었다.

"애 좀 적당히 잡아라."

"……평소에는 이렇게 안 해."

한 박자 늦게 한재하 이사가 대꾸했다. 세아는 시선을 내리깐 채로 긍정했다. 네. 물론 이렇게 안 하죠. 더 노골적이고 직관적으로 괴롭히지.

싸한 기류 속에서 식사가 끝났다. 세아는 얼마 먹지도 않았는데 체할 것 같은 느낌이 들었다. 뒷좌석에 앉은 세아는 원망의 눈길로 한재하 이사의 뒷모습을 노려보았다.

왜 따라와서는! 저 인간만 오지 않았으면 모처럼 승재 오빠와 치맥을 즐기며 편한 시간을 보낼 수 있었는데. 날 괴롭히려고 일부러 오늘 약속에 끼어든 게 틀림없다.

근무 시간 외에도 사디스트 마왕의 마수에 놀아나다니, 최악의 하루다.

승재의 차에서 내려 집으로 들어온 뒤에도 세아의 기분은 나아지지 않았다. 도리어 갈수록 분해졌다.

'약속에 낄 필요는 없었잖아.'

회사에서 괴롭히는 거야 참을 수 있다. 그러나 그녀의 사적인 시간까지 망치는 건 아니다 싶었다. 그녀에게도 숨 쉴 구멍은 있어야 하지 않겠는가? 잠자는 시간 빼고 온종일 스트레스를 받으면 그녀의 수명은 팍팍 줄어들 것이다.

"차라리 일시금으로 갚아버려?"

베개를 끌어안은 채로 세아가 혼잣말했다. 400만 원에 웃돈을 더 얹어줘도 파는 사람이 없다고 했지. 그러면 500만 원은 충분한 대가가 될까? 아닌가? 550만 원?

"6, 600만 원?"

소심하게 가격을 부른 세아는 베개에 얼굴을 묻었다. 600만 원이라니. 거의 내 두 달치 월급이잖아. 더군다나 600만 원으로 해결이 된다는 보장도 없었다. 한재하 이사에게 중요한 건 돈이 아니라 똑같은 피규어를 구할 수 있느냐 없느냐일 테니까.

"내가 어쩌다가."

한재하 이사의 피규어 수납장을 발견해서.

전 세계에 스무 개밖에 없다는 귀한 몸인 아론 뭐시기의 모가지를 분질러먹어서.

어쨌든 이대로는 살 수 없었다. 어쨌든 내일 회사에 가서 담판을 짓고 말리라. 주먹을 쥔 세아가 비장하게 외쳤다.

"한재하 이사 앞에 가서 팍!"

엎드려서 제발 근무 외 시간만은 괴롭히지 말아달라고 애원해
야겠다.

"이놈의 직장인 신세."

세아의 구슬픈 한탄이 침대에 내려앉았다.

결과적으로 세아의 다짐은 실현되지 않았다. 사람이란 참 오묘
한 생물이었다. 자존심 따위 얼마든지 버릴 수 있을 것 같다가도,
막상 당사자와 얼굴을 마주하면 시뮬레이션과는 사뭇 다른 행동
을 하게 된다.

한재하 이사 앞에 넙죽 엎드려 부디 자비를 베풀어달라고 간청
하려고 했던 세아도 마찬가지였다. 번드르르한 한재하 이사의 낯
짝을 보니 간밤의 분기가 치밀면서 말이 좋게 나오지 않았다.

"꼭 그렇게 하셨어야 했어요?"

"뭘 말입니까."

보라색 로봇을 조립하며 한재하 이사가 심드렁하게 대응했다.

"어제 말이에요!"

순간 한재하 이사가 멈칫했다. 그렇지만 이내 태연한 모습으로
돌아와 다시 로봇을 살폈다.

"어제 뭐가 어쨌단 말입니까."

"어제 왜 승재 오빠 앞에서 무안을……!"

"장 변호사님."

90

세아의 말을 중간에 끊은 한재하 이사가 또박또박 악센트를 넣어서 말했다.

"여긴 회사입니다. 그러니까 장.변.호.사.님이라고 하십시오."

"예? 예, 장 변호사님."

얼떨결에 세아는 호칭을 시정했다.

"그런데 지금 그게 중요한 게 아니잖아요."

만족스러운 표정을 짓고 있던 한재하 이사가 한쪽 눈썹을 올렸다.

"그럼 뭐가 중요합니까?"

"간밤에 왜 그렇게 심술을 부리셨느냐고요."

"아, 그거."

감 잡았다는 듯이 중얼거린 한재하 이사가 로봇을 내려놓았다.

"신세아 씨야말로 꼴불견이더군요. 아무리 어릴 적부터 알던 사이라고 해도 주는 대로 넙죽넙죽 받아먹다니. 신세아 씨에게 손이 없습니까, 발이 없습니까?"

공격적인 태도에 세아는 당혹스러웠다. 방귀 뀐 놈이 성낸다는 게 딱 이런 시추에이션인가?

"무슨 상관인데요!"

뾰족해진 어투로 세아가 따졌다.

"남이야 승재 오, 아니, 장 변호사님이 주는 반찬을 먹든 말든! 이사님과 무슨 상관인데 그걸 가지고 꼴불견이네 마네 하시는 거예요?"

"거슬리니까!"

울컥한 표정으로 한재하 이사가 버럭 대답했다.

"신세아 씨와 장 변호사가 그러는 거, 거슬리니까!"

세아는 하려던 말을 잊어버렸다. 머릿속을 물음표가 가득 채웠다. 내가 승재 오빠와 그러는 게 거슬린다니?

'설마……?'

동그래진 눈으로 세아는 한재하 이사를 바라보았다. 한재하 이사는 당황한 것처럼 보였다.

이사실에 정적이 내려앉았다. 고요 속에서 그와 그녀의 시선이 얽혔다.

재빠르게 안색을 수습한 한재하 이사가 입을 열었다.

"자기 일은 알아서 하는 게 원칙 아닙니까? 밥 먹는 것뿐만이 아니라 아침에 일어나는 것도, 빨래도, 청소도, 회사 업무도, 물을 마시는 것도, 자기 전에 침대 이불을 터는 것도, 다! 스스로 해야 하는 일입니다. 생각해보세요. 면접에 지원자의 어머니가 따라와서는, 지원자 대신 면접관의 질문에 대답한다면 어떻겠습니까?"

순식간에 벌어진 일이었다. 한재하 이사는 숨도 쉬지 않고 긴 말을 속사포처럼 내뱉었다.

멀거니 있던 세아가 뒤늦게 정신을 차리고 뭐라고 답하려는 차였다. 한재하 이사가 연이어 따발총을 쏘았다.

"어차피 혼자 사는 인생입니다. 독립심을 가지십시오, 신세아 씨. 우리 회사 홈페이지에 적혀 있는 'SA 소프트가 바라는 인재상'

이 뭡니까?"

"네?"

갑작스러운 질문에 세아는 경직되었다.

뭐더라? 면접 보기 전에 열심히 외웠었는데? 어렵사리 기억을 되살린 세아가 운을 뗐다.

"유연한 발상을 하고, 전문성을 갖추고 있으며…….."

큰일 났다. 하나가 더 있는데 기억이 안 난다. 세아는 눈동자를 데구루루 굴렸다. 자기 일은 알아서 하라고 일장연설을 늘어놓던 한재하 이사가 어째서 느닷없이 'SA 소프트가 바라는 인재상'이 야기를 꺼냈을까?

완강하게 서 있는 한재하 이사의 눈치를 슬슬 보던 세아는 조심스럽게 덧붙였다.

"……자주적인 인재?"

"그렇습니다!"

대충 때려맞혔는데 다행스럽게 정답이었다. 세아는 가슴을 쓸어내렸다.

"내가 왜 'SA 소프트가 바라는 인재상'에 자주적인 인재를 넣었겠습니까!"

정색한 한재하 이사가 열변을 토했다.

"난! 자주적이지 못한 사람이! 싫습니다!"

"아…….."

이렇게 격앙된 한재하 이사의 모습은 '아론 사태' 이후로 처음이었다. 어지간해서는 감정의 기복을 드러내지 않는 한재하 이사였다. 그런 사람이 이 정도로 언성을 높인다는 것은…….

'자주적이지 않은 사람이 정말 싫은가 보다.'

수긍한 세아는 고개를 끄덕였다. 거슬린다는 게 그런 의미구나. 그래서 어제 계속 딴지를 걸었구나.

'괜히 이상한 의미로 오해할 뻔했잖아.'

난 또, 혹시 나한테 호감이라도 가지고 있는 줄 알았네. 세아는 쿵쾅거리는 심장을 진정시켰다. 얼굴로 피가 몰렸다.

드라마를 너무 많이 본 거 아니야, 신세아?

얼토당토않은 착각을 하다니. 생각할수록 민망해서 세아는 고개를 들 수가 없었다.

"저, 그럼 이만 나가보겠습니다."

창피함을 견디지 못하고 세아는 도망치듯이 이사실을 나왔다.

탁, 둔탁한 소리를 내며 이사실 문이 닫혔다.

재하는 안도의 한숨을 쉬며 의자에 앉았다. 맥이 탁 풀리면서 다리에서 힘이 빠졌다.

됐어. 급조한 핑계치고는 자연스러웠다.

"내 머리가 좋아서 망정이지."

자화자찬한 재하는 조립 중인 플라스틱 모델을 내려다보았다. 위기를 얼렁뚱땅 잘 넘기기는 했는데, 의문은 여전히 남아 있었다.

어제 왜 그렇게 짜증이 났던 거지?

물론 승재와 신세아의 사이에 흐르던 핑크빛 기류가 썩 유쾌하지는 않았다. 솔로 앞에서 그 무슨 가당치도 않은 염장질이란 말인가. 하지만 재하는 만만치 않은 남자였다. 재하는 그보다 더한 애정 행각이 벌어져도 표정 하나 변하지 않고 느긋하게 감상할 수 있는 대마법사였다. 어차피 그는 3D에는 거의 관심이 없었으니까.

그런데 어째서, 어제는 유독 참을 수가 없었을까.

어미 새라도 된 것처럼 신세아의 밥 위에 반찬을 연거푸 올려놓던 승재와, 모이를 받아먹는 어린 새처럼 얌전히 승재가 건네주는 반찬들을 먹던 세아.

그 광경에 눈꼴이 시다 못해 배알이 꼴렸다. 어지간하면 참으려고 했는데 울컥해서 태클을 걸어버릴 만큼.

"승재 그 녀석은 언제부터 그렇게 자상했다고."

의자에 몸을 묻은 재하는 눈을 감은 채로 중얼거렸다. 한국대 법대에서 '그림의 떡'으로 유명했던 장승재. 다정다감한 생김새와 달리, 어떤 여자가 고백해도 칼같이 거절해서 생긴 별명이었지, 아마. 외모는 자상남이지만 자상함과는 거리가 먼 게 장승재라는 인간이었다.

"이쪽 세계에서는 그런 캐릭터가 보통 뱃속이 시커먼데."

재하가 말하는 '이쪽 세계'란 당연히 2D 세상이었다.

"뭐, 승재는 그런 녀석이 아니지만."

책상에 엎드린 재하는 플라스틱 모델과 눈높이를 맞췄다.

"초호기, 넌 어떻게 생각해? 내가 어제 왜 그렇게 짜증이 났을까."

누가 보면 영락없이 미친놈이라고 할 만한 장면이었지만, 재하는 나름대로 진지했다. 피규어나 플라스틱 모델에게 말을 거는 건 재하의 오랜 습관이었다. 당연히 대답을 기대하지는 않았다.

설레설레 고개를 저은 재하가 플라스틱 모델을 손가락으로 살짝 밀었다. 플라스틱 모델이 가볍게 휘청거리다가 똑바로 섰다.

"네가 뭘 알겠어."

"세아 씨는 무슨 덕이야?"

한봄이 물었다. 세아는 땀을 뻘뻘 흘렸다. 이 질문에 대체 뭐라고 대답해야 하는 걸까.

세아가 아무 말도 없자 한봄이 이해한다는 듯이 웃었다.

"하긴. 털어놓기 쉽진 않지. 그럼 나부터 털어놓을까? 음, 난 말이야."

한봄이 뜸을 들이는 사이, 세아는 슬쩍 휴대전화를 집었다. 인터넷을 켠 그녀는 빛의 속도로 자판을 두드렸다.

- 여자 오타쿠.

검색 결과가 떴다. 세아는 맨 처음 글을 눌렀다.

신기하게도 여자 오타쿠들은 보통 부녀자 아니냐?

96

ㄴ 22 나도 여덕인데 주변 여덕들 다 부녀자임ㅋ

　ㄴ 부녀자가 뭔데? 결혼한 여자?

　　ㄴ, ㄴ 아니, 그거 말고 오덕 종류 중 하나 있잖아ㅋ 남...나..ㅁ....

　　　ㄴ, ㄴ, ㄴ 아 ㅇㅋ 감 잡았음.

ㄴ 33333 이쪽도 마찬가지

ㄴ 케바케인 듯. 여덕이어도 그쪽 혐오하는 사람들도 많다.

ㄴ 4 윗글러의 말도 맞긴 하는데, 일단 여덕의 대부분을 차지하는 건 부녀자가 맞는 것 같다.

ㄴ 5 난 그쪽도 즐기고 노말, 백합 다 즐김ㅇㅇㅇ

이거다! 부녀자가 어떤 종류의 덕후인지는 모르겠지만, 이게 제일 무난해 보인다. 여자 오타쿠들의 대부분을 차지한다잖아.

세아는 냉큼 한봄에게 말했다.

"전 부녀자예요."

한봄이 돌리고 있던 펜을 떨어뜨렸다.

"맙소사. 난 성덕인데. 어느 정도 일맥상통하네. 이쪽도 BL러 많거든."

성덕? BL러? 그건 또 뭐야. BL러와 부녀자는 동의어인 것 같은데. 외계어처럼 느껴지는 단어의 출몰에 세아는 난감해졌다.

한봄이 세아의 어깨에 손을 척 올렸다.

"우린 잘 통할 것 같다. 세아 씨, 내가 조만간 드라마 CD 하나 줄게. 참고로 장재헌 님이 공이고 나도형 님이 수야. 서브공은 은

동기 님."

"네? 네."

드라마 CD는 또 뭐지? TV에서 하는 드라마를 CD로 구운 건가? 근데 공은 뭐고, 수는 뭐고, 서브공은 또 뭐야?

"어머. 팀장님이 찾으시네. 난 가봐야겠다."

한봄은 혼란스러워하는 세아를 두고 유유히 사라졌다. 세아는 제자리로 돌아앉아 컴퓨터로 하나하나 검색어를 쳐보았다.

"성덕, 공, 수, 서브공, BL러……."

어디 보자. 성덕은 성우 덕후의 줄임말이었다. 한봄 선배는 성우를 좋아하는구나. 공은…… 검색해도 발로 차고 노는 공밖에 안 나오는데? 수는 숫자라고밖에 안 나오고. 서브공은…….

[공, 수, 서브공의 정의]

어? 이 글에서 공, 수, 서브공이 뭔지 한 번에 알 수 있을 것 같다. 세아는 별생각 없이 글을 눌렀다. 머지않아 세아의 속눈썹이 바르르 떨렸다.

"남자와…… 남자?"

남녀 커플이 아니라 남남 커플을 지지한다고? 그럼 설마 BL러와 부녀자라는 게?

불길한 예감에 휩싸인 채로 세아는 'BL러'를 검색했다. 그리고 세아의 절규가 사무실에 울려 퍼졌다.

"아까 밖에서 익룡 한 마리가 울던데."

한재하 이사가 한 모금 마신 커피를 책상에 내려놓았다. 평상시의 세아라면 도발적인 그의 언사에 욱했겠지만, 현재 세아는 공황상태였다. 세아의 머릿속에서는 조금 전의 검색 결과가 끊임없이 맴돌고 있었다.

'그러면 한봄 선배는 내가 그런 걸 좋아한다고 알고 있는 거야?'

마음만 같아서는 벽에 머리를 찧고 싶었다. 왜 제대로 알아보지도 않고 부녀자를 자처했을까. 시간을 되돌리고 싶었다. 그러나 한번 엎질러진 물은 주워 담을 수 없지.

"이사님."

떨리는 음성으로 세아는 한재하 이사를 불렀다. 서류를 뒤적이던 한재하 이사가 세아를 쳐다보았다.

"만약 이사님의 취미를 다른 사람에게 들키면 어떻게 하실 거예요?"

"신세아 씨에게 이미 들키지 않았습니까."

"저 말고 다른 사람한테 또 당한다면요."

빤히 세아를 응시하던 한재하 이사가 매끄럽게 웃었다.

"한강에 뛰어들 겁니다."

"네?"

세아는 화들짝 놀랐다. 말도 안 돼. 저 극강 S가 취미를 들켰다고 한강에 뛰어들 거라니. 어울리지 않게 약한 소리였다. 세아가 멍하니 한재하 이사를 보고 있을 때였다.

"내가 아니라 내 비밀을 안 상대가요."

한재하 이사가 새뜻하게 부연했다.

"뛰어들고 싶은 기분으로 만들어줄 테니까요."

히익. 세아는 헛숨을 삼켰다. 역시 사디스트다운 답변이었다. 세아에게는 개미 눈곱만큼도 도움이 되지 않는.

'강한봄 선배를 한강으로 뛰어들게 할 수는 없잖아!'

끙끙 앓는 세아를 지켜보던 한재하 이사가 물었다.

"무슨 고민이라도 있습니까?"

"네."

"그 고민에서 벗어나게 해드리겠습니다."

"진짜요?"

세아는 번쩍 고개를 들었다. 한재하 이사가 녹을 듯한 미소를 띠고 있었다. 동시에 세아는 한없이 불안해졌다. 지금까지의 경험을 반추해보건대, 한재하 이사가 유독 눈부시게 웃는 것은 결코 좋은 징조가 아니었다.

"간단합니다. 눈코 뜰 새 없이 바쁘면 잡념이 사라지거든요."

세아의 얼굴에서 핏기가 사라졌다.

"지금부터 열다섯을 셀 테니 노트북을 가져오십시오. 하나, 둘⋯⋯."

'역시!'

세아는 이사실을 박차고 나갔다. 자리로 돌아와 허겁지겁 노트북을 챙기는 세아를 사무실 직원들이 이상한 눈으로 봤지만 아랑곳하지 않았다. 정확히는 아랑곳할 여유가 없었다. 열다섯을 세기 전에 돌아가지 않으면 어떤 괴롭힘을 당할지 모르니까!

세아는 옆구리에 노트북을 끼고서 날듯이 이사실로 들어갔다.

"……열넷, 열다…….'"

"왔습니다! 이사님."

등을 굽히고 헉헉거리는 세아를 흘긋 본 한재하 이사가 탄식했다.

"아쉽군."

뭐가 아쉬운데! 속으로 기함한 세아가 호흡을 가다듬고는 물었다.

"노트북으로 뭘 하시게요?"

"그쪽 소파에 앉으십시오. 노트북 켜고."

"예. 노트북 켰어요."

"내가 불러주는 주소로 접속하십시오."

세아는 한재하 이사가 말하는 알파벳을 주소창에 쳐 넣었다. 그러자 정체불명의 외국 사이트가 떴다.

"이게 뭐예요?"

"5시에 그 사이트에서 넬사 피규어 리미티드 에디션이 판매됩니다. 그러니까 새로 고침을 누르면서 주시하십시오."

넬사? 귀에 익은 이름에 세아는 고개를 갸우뚱거렸다.

"설마 얼음 왕국의 넬사예요?"

"네, 그 넬사."

"우와."

세아는 감탄했다. 드디어 한재하 이사가 하는 말 중에서 알아들을 수 있는 게 생겼다.

"저도 얼음 왕국 봤는데. 이사님도 얼음 왕국 좋아하세요? 전 거기서 그 뭐더라, 스벵이라는 순록이랑 같이 다니는 남자 있잖아요. 구, 구……."

"구리스토프. 뒤지니에서 발매한 가이드북에 따르면 풀 네임은 구리스토프 비요르그먼. 나이는 넬사와 동갑인 스물한 살. 설정상 스웨덴과 노르웨이, 핀란드 북부 등지에 사는 스칸디나비아의 소수 민족인 사미(Sámi) 족 출신입니다."

한재하 이사가 기다렸다는 듯이 줄줄 설명했다. 세아는 넋이 나가서 그를 올려다보았다.

뭐야, 이 남자? 잘 모르겠지만 무서워. 가까이하면 안 될 것 같아.

'이게 바로…… 덕내구나.'

깨달음이 찾아왔다. 오덕 냄새라는 게 뭘까 싶었는데, 바로 이런 거였어.

한재하 이사에게서 몇 밀리미터라도 떨어지기 위해서 세아는 슬슬 엉덩이를 움직였다. 초절정 오덕이 뿜어내는 덕후 아우라는 평범한 세아가 감당하기에 벅찼다. 세아는 슬그머니 말머리를 돌렸다.

"그런데 아직 4시 반밖에 안 됐는데 벌써 보고 있어야 해요?"

"말로는 5시라고 하지만 정확히 5시에 올라오지는 않을 겁니다. 4시 58분쯤에 올라올 수도 있고, 59분쯤에 올라올 수도 있죠. 순진하게 5시에 접속했다가는 동나서 못 사는 경우가 생깁니다. 0.01초로 승패가 갈리는 전쟁이니까."

한재하 이사는 일생일대의 연주를 눈앞에 둔 피아니스트처럼 손가락을 풀었다.

"신세아 씨, 난 반드시 넬사 리미티드 에디션을 사야 합니다. 눈에 불을 켜고 F5를 연타하다가 구매 페이지가 활성화되면 바로 사세요. 알겠습니까?"

거듭 당부한 그가 조금 갑갑한지 목을 죄고 있는 넥타이를 느슨하게 풀었다.

아무 이유 없이, 그 별것 아닌 동작에 세아는 순간 시선을 빼앗겼다. 남자다운 울대뼈의 굴곡과 크고 핏줄이 도드라진 손등. 넥타이를 붙잡은 길고 우아한 손가락.

그의 입에서 나른한 한숨이 흘러나왔다. 세아는 저도 모르게 마른침을 삼켰다. 목이 타고 심장 박동이 빨라졌다.

워낙 얄밉게 구니까 의식하지 않으려고 노력하지만, 문득문득 의식하게 된다. 그의 쓸데없이 잘난 외모를.

'성격이 거지 같아서 문제지.'

뺨을 붉힌 세아는 획 고개를 돌렸다.

"근데 이사님하고 제가 둘 다 사버리면 어떡해요?"

"꿈같은 소리 마십시오. 500개 한정판입니다. 전 세계의 넬사 덕후들이 벼르고 있다고요. 하나라도 건지면 천운입니다. 그러니 눈에 보이면 무조건 사십시오."

이사실에 F5를 연타하는 소리만 울려 퍼졌다. 할 일 없이 새로 고침만 누르고 있으려니 세아는 심심해서 온몸이 뒤틀릴 것 같았다.

세아의 시선이 다시 한재하 이사에게로 향했다. 그는 어느 때보다도 신중하게 모니터를 들여다보고 있었다.

'넬사가 그렇게 좋을까.'

괜히 억울한 마음이 들었다. 넬사를 좋아하는 것의 반만큼만 나에게 잘해줬으면 내가 날마다 훌라 춤을 추면서 출근했을 텐데. 아니, 잘해주기는 바라지도 않으니 데굴데굴 굴리지만 말아줬으면.

투덜거리며 세아가 반자동 기계처럼 F5를 누를 무렵이었다. 갑작스럽게 넬사가 그려진 알림창이 떴다. 세아의 눈이 튀어나올 듯이 커졌다.

사수해야 한다! 세아는 빛의 속도로 알림창을 클릭했다. 세아의 손가락이 잔상을 남기며 키보드 위를 신명 나게 누볐다.

"서, 성공."

"네?"

불이 나게 자판을 두드리던 한재하 이사가 되물었다. 세아는 상기된 낯으로 소파를 박차고 섰다.

"넬사 구매했어요!"

한재하 이사가 의자에서 벌떡 일어났다. 노트북 화면에 떠 있는 구매 완료 페이지를 확인한 한재하 이사의 얼굴이 환해졌다. 환희를 주체하지 못하는 표정이었다. 세아는 묘한 기분이 되었다.

'되게 좋아하는구나.'

그때였다. 와락, 하고 무언가가 세아를 끌어안았다.

'어?'

남성용 스킨로션의 향기가 세아의 코끝으로 훅 밀려왔다.

정신을 차렸을 때, 세아는 한재하 이사에게 안겨 있었다.

세아의 머릿속이 하얗게 물들었다. 지금 이게 무슨 상황이지? 내가 왜 이사님한테 안겨 있는 거지?

맞닿은 육체가 남자의 것임이 여실히 느껴졌다.

그녀보다 확연하게 큰 골격과 탄탄한 가슴, 그녀를 꼼짝 못 하게 붙잡은 견고한 팔, 정수리 위로 떨어지는 숨결, 묘하게 서늘하고 남성적인 향기.

세아는 숨을 색색거렸다. 심장이 빠르게 뛰었다. 모태솔로에게는 너무나 큰 자극이었다.

'팔을 어떻게 둬야 할지 모르겠어.'

이대로 가만히 있자니 어색하고, 한재하 이사의 등에 두르자니 더 어색하다. 세아는 이러지도 저러지도 못하고 팔을 어정쩡하게 허공에 띄워놓았다.

"잘했어요, 신세아 씨."

한재하 이사가 세아의 등을 다독였다. 세아의 얼굴이 빨개졌다. 이렇게 가까운 거리에서 소름 돋게 관능적인 중저음으로 말하는

106

건 반칙이잖아.

야릇한 간지러움이 등줄기를 타고 올라왔다. 자연스럽게 세아의 몸이 나무토막처럼 뻣뻣해졌다.

뒤늦게 사태를 자각한 재하의 몸도 굳었다.

'내가 무슨 짓을 한 거지?'

정신을 차리고 보니 신세아를 끌어안고 있었다. 기뻐하다가 별생각 없이 부둥켜안은 게 틀림없었다. 그러니까 제정신으로 돌아온 지금, 놓아줘야 하는데⋯⋯, 놓고 싶지 않았다.

한 번도 연약하다고 생각해본 적이 없었는데, 막상 안아보니 그녀는 그에 비해서 한참 작고 가녀렸다. 뼈대도, 살도 전부 무르고 약했다.

전체적으로 직선에 가까운 그의 육신과는 달리 곡선으로 이루어진 몸이었다. 각이 지고 곧게 뻗은 그의 어깨와는 정반대로 둥글고 좁은 어깨, 군살 없이 평평한 그의 가슴과 대비되는 굴곡진 가슴, 가느다란 허리. 순간 재하는 죄책감마저 들었다.

'나는 이제까지 이런 상대를 괴롭힌 거였나? 이렇게 가냘픈 여자를?'

그녀의 머리칼에서 샴푸의 잔향이 풍겼다. 마주 안은 보드라운 여체에서는 희미하게 달콤한 향기가 감돌았다. 꽃향기 같기도 했고, 아기에게서 나는 말랑말랑한 우유 냄새 같기도 했고, 설탕을 녹여서 만든 과자 냄새 같기도 했다.

하여간 좋은 냄새였다. 그녀의 목 옆선에 코를 묻고서 계속 맡고 싶을 만큼.

재하의 눈이 탁해졌다. 그는 본능적으로 충동을 실행에 옮겼다. 그의 고개가 점점 내려갔다. 결 좋은 머리카락이 그녀의 어깨에 닿았다. 그의 입술이 그녀의 목과 어깨 사이의 어느 부근에 내려 앉기 직전이었다.

'무슨!'

퍼뜩 이성이 돌아왔다. 꺼져 있던 전구에 불이 들어오듯 한순간에 갑자기.

눈을 번쩍 뜬 재하가 세아를 홱 밀쳤다. 세아가 "읏!" 하며 휘청거렸다. 재하는 깜짝 놀라서 그녀의 팔을 다시 잡아당겼다. 그러자 그녀가 그의 품 안으로 쓰러졌다. 그와 그녀의 육신이 아까보다 더 가깝게 맞붙었다.

재하의 숨이 턱 막혔다. 심장이 쿵 내려앉았다. 그러나 애써 아무렇지도 않은 척 그녀에게 말을 걸었다.

"신세아 씨, 향수 씁니까?"

자신의 목소리가 가늘게 떨리는 것을 재하는 느꼈다.

신세아도 눈치 챘을까?

"예? 아니요. 향수 안 써요."

신세아가 어리벙벙한 얼굴로 대답하며 자세를 바로잡았다. 다행스럽게도 그녀는 알아차리지 못한 것 같았다. 재하는 그녀에게 나가라고 손짓했다.

"수고했습니다. 이만 가서 일 봐요."

신세아는 나사가 하나 빠진 표정으로 이사실을 나갔다. 그녀를 내쫓은 재하는 소파에 무너지듯이 주저앉았다. 아직도 가슴이 진정되지 않았다.

두 손바닥으로 얼굴을 감싼 그는 낮게 신음을 흘렸다. 손바닥에 닿은 낯이 뜨끈뜨끈했다.

"말도 안 돼."

재하의 입술에서 탄식이 흘러나왔다.

"내가 여사원에게 이런 짓을?"

믿어지지가 않았다. 지조 있게 2D 외길 인생을 걸어왔던 재하였다. 여자를, 그것도 부하직원을 추행한다는 건 상상도 할 수 없는 일이었다. 애초에 3D에는 별다른 설렘을 느끼지 않았으니까.

그런데 방금 전에는 욕망에 휩싸였다. 자연스럽게, 닿고 싶다고 생각했다.

무언가에 홀렸던 게 틀림없다. 성희롱으로 경찰서에 잡혀가고도 남았다. 감정을 주체하지 못하고 끌어안은 것까지야 그냥저냥 넘어갈 수 있어도 목과 어깨 사이에 고개를 묻으려고 했던 건, 정말 변명의 여지가 없었다. 가까스로 브레이크가 걸려서 다행이었다.

재하는 마른세수를 하고는 상체를 뒤로 젖혔다. 천장이 시야에 들어왔다.

"향수가 아니라면 뭐지?"

살에서 나는 듯했던 그 달콤한 향기 말이다. 그냥 체향이었던

가? 적막한 이사실에 그의 심장 뛰는 소리만이 선명했다.

"떽."

그는 가슴 위에 손바닥을 올리고 나직이 혼잣말했다.

"경거망동하지 말고 조용히 해."

마인드 컨트롤을 하자. 신세아를 떠올리지 말고 다른 걸 생각해보라고, 한재하. 이번 분기 신작이라든지, 최애캐들이라든지……. 하지만 의식적으로 밀어내려고 할수록 머릿속에서 신세아가 뭉게뭉게 증식했다. 심장 박동은 더 커지고.

"미치겠군."

눈살을 찌푸린 재하가 신경질적으로 머리칼을 헤집었다.

이사실의 바깥벽에 기댄 세아는 숨을 몰아쉬었다. 어서 자리로 돌아가야 하는데, 가슴이 떨려서 꼼짝도 할 수가 없었다.

'넬사 피규어를 산 게 기뻐서 껴안은 거야. 별다른 의미가 있는 행동이 아니라고.'

운동 경기를 보다가 흥에 겨워서 모르는 사람끼리도 어깨동무하고 얼싸안잖아? 그런 것처럼 무의미한 해프닝이다.

'근데 왜…….'

난 이렇게 오버를 하고 있는 거야?

"정신 차려, 신세아."

세아는 두 손으로 짝 소리가 나게 뺨을 때렸다. 몇 번 반복하니 캐스터네츠가 된 듯한 묘한 기분이 들면서, 가출했던 정신이 돌아

110

왔다.

"왜 향수를 쓰느냐고 물어봤지?"

문득 든 의문에 세아는 손등에 코를 묻고 킁킁거렸다.

"특별히 이상한 냄새는 안 나는데."

뭐지? 세아는 고개를 갸웃하고는 발걸음을 옮겼다.

그날, 퇴근할 때까지 웬일로 한재하 이사는 세아를 부려먹지 않았다. 세아는 어안이 벙벙했다.

"하다못해 3층 복도 맨 오른쪽 정수기 물 떠 오라는 심부름 정도는 시킬 줄 알았는데."

작게 중얼거리며 세아가 책상을 정리하고 있을 무렵이었다.

"신세아 씨."

올 것이 왔다. 세아는 담담하게 대답했다.

"네, 이사님."

"이제 퇴근할 겁니까?"

"그렇습니다."

"잘됐군요. 나도 퇴근할 건데."

한재하 이사가 팔짱을 낀 채로 그녀를 마주 보았다. 그녀의 뇌리에 의문 부호가 떠올랐다. 그래서 어쩌라고?

세아가 멀뚱히 보고만 있자, 한재하 이사의 미간에 주름이 잡혔다. 세아는 가슴이 철렁했다. 내가 뭐 또 기분 상하게 한 거야?

"따라오십시오. 집까지 바래다줄 테니까."

"예?"

하마터면 세아는 한재하 이사에게 뭘 잘못 먹었느냐고 물을 뻔했다.

"왜요?"

"왜겠습니까."

한 손으로 세아의 책상을 짚은 한재하 이사가 달콤하게 웃었다.

"우리, 사귀는 사이잖아요."

주변에 있던 여사원들이 볼을 붉히며 꺅꺅거렸다. 당연하다면 당연한 반응이었다. 한재하 이사의 본래 성격을 익히 알고 있는 세아마저 찰나 흔들릴 정도로 그럴듯했으니까.

얼떨결에 세아는 한재하 이사를 따라갔다. 리모컨을 눌러 자동차의 시동을 건 한재하 이사가 운전석 문을 열며 재촉했다.

"뭐 합니까? 안 타고."

세아는 급히 조수석에 올라 안전벨트를 맸다. 자동차가 출발했다.

"리얼리티가 떨어진다는 생각이 들었습니다."

세아가 묻지도 않았는데 한재하 이사가 먼저 술술 말했다.

"리얼리티요?"

"그래요. 리얼리티. 명색이 사귀는 사이인데 한 번도 같이 퇴근한 적이 없다니, 사원들 눈에 얼마나 부자연스럽게 보이겠습니까?"

그러든지 말든지 세아에게는 아무 상관이 없었다. 아니, 오히려

가짜 커플이라는 게 하루라도 빨리 들통 났으면 좋겠다. 세아가 시큰둥하게 앉아 있을 때였다.

"그런 의미에서 앞으로 일주일에 몇 번은 같이 퇴근하도록 하죠."

대뜸 한재하 이사가 폭탄을 던졌다.

"네?"

"더 자연스러운 커플 연기를 위해서 앞으로 같이 퇴근하자고 했습니다."

세아는 하늘이 무너지는 것 같았다.

"꼭 그래야 하나요?"

한재하 이사가 삐딱하게 웃었다.

"난 완벽주의자거든요. 싫습니까?"

"아니, 그게 말이에요."

당연히 싫었다. 같이 있는 시간이 길어질수록 정신 공격을 당하는 시간도 길어질 텐데, M이 아닌 이상 누가 좋아하겠는가. 그렇지만 솔직하게 대답하자니 후환이 두려웠기에 세아는 머뭇거렸다.

"뭐, 좋아하든 싫어하든 상관없지만."

룸미러로 세아를 지켜보던 그가 느긋하게 덧붙였다.

"애초에 신세아 씨에게는 거부권이 없으니까."

그럼 그렇지. 세아의 어깨가 축 늘어졌다.

"하나만 묻죠."

"뭐가 궁금하신데요?"

세아는 자포자기한 어조로 물었다. 이런 상황에서 질문이 날아와봤자 뭐 얼마나 대단한 내용일까 싶어서였다. 하지만 한재하 이사는 언제나 상상을 초월하는 남자였다.

"오늘 씻었습니까?"

세아의 입이 떡 벌어졌다. 여자에게 씻었느냐고 물어보다니. 이건 대체 무슨 의도로 하는 말이야? 세아는 파문이 인 눈으로 한재하 이사를 건너다보았다.

"그런 걸, 왜?"

"대답하세요. 중요한 문제니까."

세아는 얼어버렸다. 언어 영역 문제를 풀고 있는데 출제자의 의도가 파악되지 않는 4점짜리 문제와 맞닥뜨린 기분이었다.

'뭐라고 대답해야 하는 거지?'

등 뒤로 식은땀이 흘렀다. 말 그대로 샤워를 했는지를 묻는 걸까, 아니면 그 이상의 무엇이 도사리고 있는 걸까. 오만 가지 생각이 세아의 뇌리를 스쳤다.

어찌 되었든 안 씻었다고 하기에는 자존심이 허락하지 않았다. 마른침을 삼킨 세아가 입술을 뗐다.

"씨, 씻었는데요."

그러자 한재하 이사는 납득했다는 듯이 고개를 끄덕였다. 세아는 긴장한 채로 그의 입에서 무슨 말이라도 나오기를 기다렸다. 그러나 세아의 집 앞에 도착할 때까지, 그는 아무런 말도 하지 않았다.

"뭐 합니까? 안 내리고."

"아, 네."

세아는 쫓겨나듯이 차에서 내렸다. 한재하 이사는 아무 미련도 없다는 듯이 차를 몰고 사라졌다.

홀로 남겨진 세아는 우두커니 차 뒤꽁무니를 바라보았다.

왜 혼자 *끄덕끄덕*하고는 가버리는데? 나한테도 설명을 해줘야지!

'역시.'

백미러에 비치는 세아를 살피며 재하는 피식 웃었다.

'보디워시의 잔향이었어.'

재하로서는 아까부터 골머리를 앓던 사안이었다.

향수가 아니라면 뭘까. 이 여자에게서 미세하게 났던 향긋한 냄새는. 아무리 생각해도 보디워시일 것 같아서 한번 찔러봤는데 정답이었다.

"고민 해결이군."

골칫거리를 해치워서인지 절로 콧노래가 나왔다. 이제 궁금증도 풀었으니 더는 신세아가 머릿속에서 둥둥 떠다니는 일은 없을 거다.

재하는 기뻐하며 집으로 돌아가 침대에 누웠다. 그리고 멀거니 천장만 보며 눈을 깜빡였다.

잠이 왜 안 오지?

신세아가 왜 머릿속에서 떠나지 않지?

왜, 눈을 감아도 신세아가 보이고 눈을 떠도 신세아가 보이지?

이게 뭐지?

재하는 저도 모르게 세아를 안았던 자세를 재현했다. 촉감마저 되살아나는 듯했다. 손안에 잡혔던 말랑한 살결, 상반신에 닿았던 은근한 볼륨감, 손가락을 살랑살랑 간질이던 머리카락. 샴푸의 향기와…… 보디워시의 잔향.

마치 신세아가 누워 있는 그의 몸에 올라타 있는 것 같았다.

"읏?"

동시에 재하는 귀까지 붉어져서 옆으로 돌아누웠다. 위험했다. 조금 전에는 정말, 신세아에게 남자로서 반응할 뻔했다.

쿵쿵거리는 심장을 외면하며 재하는 애써 잠을 청했다. 그렇지만 한번 느낀 동요는 쉽사리 가라앉지 않았다. 열기가 온몸을 감싸고 있는 것 같았다.

"이 또한 지나가리라."

재하는 주문을 걸듯이 되뇌었다. 순간의 번뇌일 뿐이다.

"색불이공공불이색 색즉시공공즉시색."

그럼에도 불구하고 붕 뜬 마음은 진정이 되지 않았다.

"안 되겠어. 반야심경을 틀어놓고 자든지 해야지."

이불을 박차고 일어난 재하는 휴대전화로 반야심경을 찾아서 재생했다.

- 사리자 색불이공 공불이색 색즉시공 공즉시색 수상행식 역부여시……

그날 침실에는 목탁 두드리는 소리와 스님의 암송, 그리고 그걸 영혼 없는 표정으로 듣는 재하가 있었다.

"자, 세아 씨. 내가 일전에 말했던 드라마 CD야."

한봄이 마약 밀거래를 하듯이 슬쩍 세아에게 무언가를 내밀었다. CD 케이스 표지에서는 헐벗은 남자들이 야릇한 자세를 취하고 있었다.

"아, 이게 그……."

세아는 어색한 미소를 띠고서 드라마 CD를 서류 뭉치 밑에 집어넣었다.

"잘 감상해! 참고로 12분 54초 부분이 보배로워."

눈을 찡긋한 한봄이 제자리로 돌아갔다. 돌풍이 지나간 기분이었다.

세아는 서류 뭉치를 들춰 드라마 CD를 확인했다가 재빨리 다시 덮었다. 누가 볼까 무서웠다.

"사모님, 이따 쉴 때 이사실로 오라는데."

강이원 팀장이 또 느물거리며 말을 걸었다.

"알겠습니다."

저 사모님 타령도 일주일이 넘어가는 시점부터는 인이 박였다. 하지 말라고 할수록 더 사모님, 사모님 해대는 통에 말리기를 포

117

기한 지 오래였다. 하던 일을 마무리한 세아는 이사실로 향했다.

한재하 이사는 서류의 산에 둘러싸여 있었다.

"물 한 잔 떠 오십시오."

시선도 주지 않은 채 그가 말했다. 정수기로 가서 물을 떠 온 세아는 조마조마한 심정으로 다음 지시를 기다렸다. 하지만 아무리 기다려도 다음 지시가 내려오기는커녕, 그는 컵에 입도 대지 않았다.

"그거 3층 복도 맨 오른쪽 정수기 물 맞는데."

세아가 조심스럽게 입을 열었다. 회사 내에 있는 수많은 정수기 중에서 3층 복도 맨 오른쪽 정수기의 물만 먹는 특이한 식성을 가진 한재하 이사였다. 다른 데서 떠 온 줄 알고 입도 안 대는 건가 싶어서 세아는 변명했다.

"침도 안 뱉었어요."

"알고 있습니다. 바빠서 그러니까 신경 끄십시오."

평소보다 딱딱한 말투였다. 칼날 같은 서늘함이 뚝뚝 묻어나오는 한재하 이사의 태도에 세아는 멈칫했다. 오늘 기분이 안 좋나?

세아는 찬찬히 그의 안색을 살폈다. 자체 발광 미모는 여전했지만 어딘지 모르게 낯빛이 좋지 않았다.

밤에 잠을 못 잔 건가? 아니면 어디가 아픈 걸까?

"안 나가고 뭐 합니까. 오늘은 신세아 씨와 노닥거릴 시간 없……."

서류를 넘기며 짜증스러운 어투로 독촉하던 재하는 말을 멈췄다. 신세아가 그에게로 상체를 기울이고 있었다.

따뜻한 체온이 그의 앞머리를 헤집고 이마에 닿았다. 영문 모를 말이 그녀의 입술 사이로 흘러나왔다.

"열은 없는데."

재하의 심장이 달음박질하기 시작했다.

보드라운 손, 가까워진 얼굴. 재하는 무언가에 홀린 듯이 세아를 들여다보았다.

맹세컨대 그는 이제까지 여자에게 관심을 가져본 적이 없었다. 신세아뿐만이 아니라 모든 여자, 아니, 사람도 마찬가지였다. 결점 없는 2D 세계의 주민에 비하면 현실 세상의 사람은 꼭 한 군데씩 모난 부분이 있기 마련이었으니까. 그래서 그는 3D를 보고 예쁘다고 느껴본 적은 없었다.

다른 사람들이 여신이라고 찬양하는 여자 연예인을 봤을 때도 마찬가지였다. 머리로는 아름다운 생김새라고 인정했지만, 가슴으로 인정하지는 않았다. 그런데.

'신세아가…… 이렇게 예뻤나?'

부드럽게 흘러내리는 연갈색 머리카락. 쌍꺼풀이 진 크고 맑은 눈. 부챗살처럼 드리운 섬세한 속눈썹. 보기 좋은 모양의 붉은 입술.

그의 목울대가 꿈틀거렸다. 입안이 마르고 갈증이 일었다.

"신세아 씨."

세아를 응시하며 그가 부연했다.

"원래 이렇게 생겼습니까?"

세아의 미간이 좁아졌다. 이건 또 무슨 뚱딴지같은 소리래.

원래 이렇게 생겼느냐니, 그럼 내가 하루 만에 프티 성형이라도 하고 출근했을까 봐? 도무지 발화의 의도를 알 수가 없었다.

'설마 하루 만에 더 못생겨졌다는 뜻인가?'

한재하 이사라면 그런 의미로 말하고도 남았다.

'기껏 걱정해줬더니.'

세아는 조금 퉁명스럽게 답했다.

"네, 저 원래 이렇게 생겼는데요."

그러자 한재하 이사가 속내를 알 수 없는 눈길로 그녀를 뚫어지게 바라보았다. 묘하게 열기가 밴 눈이었다.

세아는 당혹스러웠다. 남자와 이렇게 가까이서 눈을 마주칠 일은 자주 없었기 때문이었다. 비명이라도 지르고 싶은 심정이었다.

왜 이래, 이 남자!

조각 같은 얼굴의 남자가 숨조차 쉬지 않고 자신을 주시하자, 세아는 낯이 화끈거렸다. 상대는 외형만은 최상급인 한재하 이사였다. 어떤 여자든 현혹하고도 남는 용모의 소유자.

그와 그녀의 시선이 농밀하게 얽혀들었다. 묘한 긴장감이 두 사람을 휘감았다.

그때였다.

"이사님, 말씀하신 자료 가지고 왔습니다."

문밖의 목소리가 그와 그녀를 현실로 끄집어냈다. 그녀는 후다닥 그에게서 떨어졌다.

"들어오십시오."

그렇게 말하는 한재하 이사의 음성은 맥이 탁 풀려 있었다. 곧장 문이 열리고 강이원 팀장이 들어왔다.

"어? 세아 씨도 있었네. 설마 두 분이 데이트 중인데 제가 눈치 없이 방해한 겁니까?"

"아, 아니에요."

세아는 손을 내저으며 격하게 부정했다. 한재하 이사와 데이트라니, 당치도 않았다. 게다가 그런 말은 저 사디스트 덕후 마왕이 기분 나빠할 텐데. 세아는 힐끔 한재하 이사의 눈치를 보았다. 그러나 의외로 한재하 이사는 별다른 내색이 없었다.

아, 그러고 보니 싫어도 싫은 티를 내면 안 되는 상황이지. 우리는 공식적으로 사귀는 사이니까.

납득한 세아는 고개를 끄덕였다. 그러는 사이에 강이원 팀장은 책상에 서류철 더미를 내려놓았다. 서류 산맥에 산이 하나 더 추가됐다.

"여기 있습니다, 이사님."

"고맙습니다, 강 팀장님."

"예, 그럼."

강이원 팀장이 이사실을 나갔다. 세아도 망설이다가 뒤를 따랐다.

"저, 저도 이만 나가보겠습니다."

그 뒤로 한재하 이사는, 정말 단 한 번도 세아를 부르지 않았다.

일시적으로나마 괴롭힘에서 해방되었으니 축포라도 터트려야 하는데, 오히려 세아는 심경이 이상해졌다.

'많이 바쁜가?'

한재하 이사의 책상에 한가득 쌓여있던 서류가 떠올랐다.

한재하 이사는 기본적으로 유능한 남자였다. 능력이 있으니까 남들이 취업 전선에 뛰어들 때 친구들과 함께 벤처 회사를 설립해서 지금의 자리에 올려놓았을 만큼.

당연히 독한 구석도 있었다. 원래부터 일할 때는 모두가 혀를 내두를 만큼 치열하게 하는 타입이긴 했다. 하지만 산처럼 쌓인 서류를 직접 목격하니 걱정이 되었다.

제시간에 퇴근할 수 있을까? 아니, 오늘 안에 집에 들어갈 수는 있나?

'어? 잠깐만.'

타자를 치던 세아는 손가락을 멈췄다. 층층이 쌓인 서류의 규모로 보건대 한재하 이사는 오늘 철야 확정이다. 그렇다면 오늘은 같이 퇴근하지 않겠네?

돌연 찾아온 깨달음에 세아의 안색이 환해졌다. 이건 콜럼버스의 달걀과 페니실린의 뒤를 이을 획기적인 발견이었다. 적어도 세아에게는.

"금요일의 축복인가?"

혼잣말한 세아는 싱글벙글 웃으며 마저 문서를 작성했다.

예상대로 세아는 순탄하게 퇴근했고, 저녁을 먹고서 TV 앞에서 뒹굴다가 인터넷 서핑을 하고 잠들었다. 한재하 이사의 비밀을 안 뒤로 처음으로 맞이한 평온한 하루였다.

그러나 평화는 잠시였다. 다음 날 느지막하게 침대에서 일어난 세아는 핵폭탄을 정통으로 맞았다.

- 잠실 포지움 313동 XXXX호. 오전 10시까지 오십시오.

한재하 이사에게서 온 문자였다. 누워서 휴대전화를 보고 있던 세아는 벌떡 상체를 일으켰다.

아니, 왜? 왜 주말에 사람을 오라는 거야?

「그런 의미에서 피규어 먼지 털기 작업의 적임자는 신세아 씨뿐입니다. 앞으로 일주일에 한 번씩 하십시오.」

「그럼……, 예?」

「다른 직원들에게까지 덕밍아웃할 수는 없잖습니까.」

「그야 그렇긴 한데.」

「아, 그러고 보니 집에도 몇 개 있군요. 주말에 와서 그것도 청소하도록 하세요.」

휴대전화를 쥔 세아의 손이 부들부들 떨렸다. 생각났다. 그래, 그 악마가 그런 말을 했었어. 그런데 지금이 몇 시지? 세아의 시선이 액정 상단에 표시된 시각에 꽂혔다.

10시 2분. 세아의 눈이 튀어나올 듯이 커졌다.

"히익!"

이불을 걷어차고 일어난 세아는 부리나케 욕실로 들어갔다. 대충 씻고 나오니 10시 20분이 다 되어가고 있었다. 아무 옷이나 걸친 세아는 현관으로 뛰어갔다.

"어디 가니?"

"응. 약속 있는 걸 깜빡하고 있었어!"

어머니에게 대충 둘러댄 세아는 집을 나왔다. 헐레벌떡 택시에 오른 세아는 호흡을 가다듬으며 물었다.

"여기서 잠실까지 얼마나 걸려요?"

"못해도 20분은 걸릴 것 같은데요."

나이 지긋한 기사가 허허 웃으며 대답했다. 세아는 절망했다. 20분 뒤라면 11시다. 한재하 이사가 오라고 했던 시각보다 무려 한 시간이나 초과한!

'난 오늘 죽었다.'

사디스트별에서 온 왕자가 어떤 기상천외한 방법으로 괴롭힐지 상상하니 간담이 서늘했다.

나, 별 탈 없이 귀가할 수 있을까?

"늦었군요."

한재하 이사가 팔짱을 낀 채로 세아를 내려다보았다. 세아는 어색한 웃음을 지었다.

"문자를 늦게 확인했어요."

"설마 주말이라고 지금까지 퍼질러 잔 겁니까?"

예리한 지적에 세아는 꿀 먹은 벙어리가 되었다. 정곡을 찔려서 반박할 수가 없었다.

한심하다는 듯이 그녀를 바라본 한재하 이사가 등을 돌리고 집 안으로 들어갔다.

"들어오십시오."

"그럼 실례하겠습니다."

습관적으로 인사한 세아는 이내 기분이 묘해졌다. 내가 오고 싶어서 온 것도 아닌데 왜 실례지?

한재하 이사는 긴 다리로 성큼성큼 안으로 들어갔다. 세아는 그 뒷모습을 가만히 보았다.

정장이 완벽하게 어울리는 한재하 이사였다. 늘 발군의 패션 감각을 선보이며 뭇 여사원들의 마음을 설레게 한 한재하 이사. 그래서 당연히 집에서도 멋있는 차림으로 있으려니 생각했건 만…….

'저 추레한 옷차림은 뭐야.'

고시원에 틀어박혀서 사시를 준비하는 장수생의 포스가 나는 회색 지퍼형 후드에, 약수터에서 아침 운동을 하는 어르신들이 애용하는 바지. 누가 봐도 백수 내지는 착한데 어디가 조금 모자란 동네 오빠 같은 모습이었다.

바지는 심지어 길이가 짧아서 양말이 껑충 나와 있었다. 다리가 길다 보니 생긴 참사 같은데, 보기에는 '영 아니올시다'였다. 더군다나 양말은 발목을 한참 지나 종아리까지 올라올 기세의 긴 목양말.

충격적인 비주얼에 세아는 말을 잃었다. 이쯤 되면 안구 테러였다.

그 여심을 뒤흔들던 왕자님은 어디로 가고, 패션 테러리스트가 내 눈앞에 있는 거지?

"이사님, 대체 그 차림은."

세아는 저도 모르게 묻고 말았다. 한재하 이사가 대수롭지 않게 대꾸했다.

"집에서까지 완벽하게 있어야 하는 건 아니잖습니까."

"그렇…… 죠."

집에서까지 완벽하게 있을 필요는 없죠. 그래도 마지노선이라는 게 있지 않습니까, 이 사람아. 이 이상으로 떨어지면 안 되겠다 싶은 보이지 않는 선. 인간으로서 지켜야 할 최후의 자존심 같은 그런 선이! 왜 이렇게 낙폭이 크십니까.

하지만 한재하 이사의 테러는 거기서 끝이 아니었다. 그는 거실의 상에 놓인 머리띠를 집어 들더니 머리에 쓰는 만행까지 저질렀다.

앞머리를 시원하게 넘긴 그가 세아를 건너다보았다. 세아는 더도 말고 덜도 말고 장터에 서 있고 싶은 심정이었다. '한재하 이사가 머리띠 한 모습을 안 본 뇌를 삽니다.'라는 팻말을 들고서.

"따라오십시오."

한재하 이사가 눈짓했다. 신기하게도, 평소에는 그렇게 멋있어 보였는데 지금은 하나도 안 멋있었다. 잘난 외모도 테러급의 패션 앞에서는 무용지물이었다.

"우리가 청소해야 할 피규어들입니다."

한재하 이사가 방문을 열었다. 세아는 순간 어지럼증을 느꼈다. 방 안에 피규어가 한가득이었다. 방 하나가 아예 거대한 피규어 수납장이었다!

한재하 이사는 무척이나 흐뭇한 얼굴이었다. 방 안을 들여다보는 것만으로 치유된다는 듯한 표정?

"이게 다 피규어예요?"

반면 세아는 눈이 돌아갈 것 같았다. 형형색색의 피규어들은 족히 천 개가 넘어 보였다. 한쪽에는 레고를 조립해서 만들어놓은 거대한 모형도 있었다.

"집에 '몇 개' 있다고 하지 않으셨어요?"

이게 어딜 봐서 몇 개야!

"확실하지 않은 수를 일컬을 때도 '몇'이라는 관형사를 사용합니다. 1,200개인가? 그 이후부터는 세어보지 않아서 정확히 몇 개인지 모르거든요."

한재하 이사가 쿨하게 응수했다. 세아는 하늘이 무너지는 것 같았다.

"이걸 오늘 안에 다 청소해요?"

"내가 그렇게 악덕 업주로 보입니까."

네. 세아는 말 대신 눈빛으로 답변했다. 한재하 이사가 등을 구부렸다. 눈높이를 맞춘 그가 세아를 마주 보며 또박또박하게 말했다.

"나는 정도를 아는 남자입니다."

불쑥 좁혀진 간격에 세아는 깜짝 놀라서 상체를 뒤로 뺐다. 세아가 물러난 만큼 다가간 한재하 이사가 덧붙였다.

"나와 신세아 씨가 합쳐서 300개를 청소하는 게 목표입니다."

세아의 눈이 휘둥그레졌다. 둘이 합쳐 300개라면 한 사람당 150개. 의외로 상식적인 개수였다. 지각까지 했으니 인정사정 봐주지 않고 부려먹을 줄 알았는데?

한재하 이사는 바닥에 구부정하게 앉아 서랍을 뒤적이더니 무언가를 꺼냈다. 총 비슷하게 생긴 장비와 마른 수건이었다. 총을 쥔 한재하 이사가 그녀에게 수건을 건넸다.

"내가 청소용 에어건으로 먼지를 털 테니 신세아 씨는 그걸로 피규어를 닦으십시오."

세아는 얼떨결에 수건을 쥐었다. 한재하 이사는 수납장 맨 위의 칸에서 피규어를 하나하나씩 조심스럽게 바닥으로 내려놓았다.

"우선 마블 코믹스와 DC 코믹스부터 해치우죠."

"어? 이거 슈퍼맨 아니에요?"

파란색 타이츠 위에 붉은 팬티, 가슴의 S자 로고. 세아는 자신이 아는 캐릭터가 등장하자 반가움을 표했다.

"이건 배트맨. 이건 스파이더맨, 원더우먼, 아이언맨, 토르, 로키, 헐크!"

모르는 캐릭터들이 더 많았지만 낯익은 캐릭터들이 꽤 보였다. 신기한 나머지 피규어를 들고 이리저리 살폈다. 첫 번째 수납장을 다 비운 한재하 이사가 바닥에 앉으며 타박했다.

"저스티스 리그와 어벤져스를 섞으면 어떡합니까."

"저스티스 리그? 어벤져스? 둘의 차이가 뭔데요?"

"저스티스 리그는 DC 코믹스의 슈퍼 히어로 팀이고 어벤져스는 마블 코믹스의 슈퍼 히어로 팀입니다. 전자의 주력 멤버는 슈퍼맨, 배트맨, 원더우먼, 그린 랜턴, 아쿠아맨, 플래시, 사이보그죠. 후자의 유명 멤버는 캡틴 아메리카, 아이언맨, 토르, 블랙위도우, 헐크 등이고."

한재하 이사는 술술 늘어놓았다. 세아는 멍하니 고개를 끄덕였다. 어떻게 그런 걸 다 외우고 있지?

"그런데 마블 코믹스는 뭐고 DC 코믹스는 뭐예요?"

"미국 만화계의 양대 산맥이라고 할 수 있는 코믹스 회사입니다. 둘 다 슈퍼 히어로물을 주로 출판합니다."

"그렇군요."

설명을 마친 한재하 이사는 에어건으로 피규어를 청소했다. 세아는 그가 건네주는 피규어를 살살 닦았다.

말없이 작업하니 시간이 더디게 갔다. 세아는 심심함을 견디지 못하고 한재하 이사에게 말을 걸었다.

"왜 슈퍼맨은 파란색 쫄쫄이 위에 빨간 팬티를 입는 걸까요?"

"슈퍼맨의 의상은 당시 서커스 차력사들의 복장을 참고해서 만들어졌으니까요. 슈퍼 히어로로서의 역동성과 남성성을 부각하기 위해 전신의 실루엣이 드러나는 스판덱스가 선택되었죠."

한재하 이사가 배트맨을 에어건으로 청소하며 응대했다.

"의상이 파란색과 빨간색인 이유는, 슈퍼맨과 슈퍼맨의 어머니인 마사가 '누구나 어디서든지 쉽게 발견하고 도움을 요청할 수 있도록' 일부러 눈에 띄는 색을 골랐다는 게 작중 설정입니다."

"그냥 대충 아무렇게나 만든 줄 알았더니 이유가 있었군요."

"창작의 세계에 대충은 없습니다. 히트작이라면 더더욱. 그리고 빨간 팬티는 요즘 벗었습니다."

"네? 정말요?"

"원래부터 입었다 벗었다 했습니다. 90년대에 한번 벗었다가 팬들의 완강한 반대로 다시 입었죠. 그리고 리부트 이후로, New 25에서는 결국 완전히 벗었습니다."

리부트는 뭐고 New 25는 또 뭘까. 세아는 반도 못 알아들었지만 대강 고개를 끄덕였다. 어쨌든 결론은 빤쓰를 벗었다는 거였다.

"저 또 궁금한 거 있어요."

"뭡니까."

"아이언맨과 배트맨 중에서 누가 더 부자예요?"

사소한 호기심이었다. 왠지 한재하 이사라면 답을 알고 있을 것 같았다.

　"영국의 영화 전문지 「엠파이어」에 2008년도에 게재된 '슈퍼 히어로 부자 리스트'에 따르면 아이언맨인 토니 스타크의 재산이 1,000억 달러로 1위, 배트맨인 브루스 웨인의 재산이 800억 달러로 2위였습니다. 미국의 비즈니스 매거진 「포브스」의 2012년도 판 '픽션 캐릭터의 재산 순위(fictional 15)'에서도 토니 스타크가 5위, 브루스 웨인이 8위였으니 아무래도 아이언맨이 우세하군요."

　"아! 또 하나 물어보고 싶은 거 있어요. 헐크는 어쩌다가……."

　"그건……."

　세아는 이참에 의문이 생기는 걸 싹 다 질문했다. 한재하 이사는 진성 덕후답게 막힘없이 대답했다.

　"그럼 원더우먼과 슈퍼맨이 사귀고 있는 거예요?"

　"네, 리부트 이후부터 DC 코믹스 공식 커플입니다."

　"호오."

　슈퍼 히어로들의 비화는 생각보다 흥미로웠다. 대화를 나눌수록 세아는 재미를 느꼈다. 이래서 덕질이라는 걸 하는 거구나 싶었다.

　세아는 진지하게 이야기하는 한재하 이사를 물끄러미 응시했다. 그와 조금 가까워진 것 같은 기분이 들었다.

　이런저런 주제로 대화를 나누다 보니 어느덧 1시가 넘은 시각이었다.

　"식사하고 마저 하죠."

한재하 이사가 에어건을 내려놓았다. 세아도 마른 수건을 바닥에 놓았다.

"뭐 먹고 싶습니까? 시켜 먹죠."

"네? 시켜 먹어요? 그럼 치킨으로!"

"안 됩니다. 내 기준으로 치킨은 밥이 아니라 간식이니까."

'저한테는 훌륭한 단백질 공급원인데요.'라고 반박하고 싶은 걸 간신히 꾹 눌러 참은 세아는 부엌으로 향했다.

"그러면 집에서 해 먹죠, 뭐."

"요리할 줄 압니까?"

한재하 이사가 미심쩍다는 듯이 물었다.

"그냥저냥 해요."

개수대에서 씻은 손을 수건으로 닦으며 세아가 그를 돌아보았다.

"앞치마 있나요?"

"도우미 아주머니가 쓰시는 게 있긴 합니다만."

그가 떨떠름한 얼굴로 앞치마를 건넸다. 뜻밖에도 레이스가 달린 예쁜 앞치마였다.

도우미 아주머니 취향이 소녀 같구나. 세아는 무심하게 앞치마를 착용했다.

"쌀은 어디 있어요?"

"저쪽 선반 밀폐 용기에 있습니다."

"반찬으로 쓸 만한 재료는요?"

"도우미 아주머니가 냉장고에 갖춰뒀을 겁니다."

냉장고 문을 열어보니 다행스럽게 양파나 달걀 같은 기본 재료들이 빠짐없이 있었다. 본격적으로 요리에 돌입하려던 세아는 앞으로 흘러내리는 머리카락을 보고는 멈칫했다. 아, 머리를 안 묶었구나.

머리끈을 입에 문 세아는 두 손으로 머리카락을 모아 쥐었다.

뒤에서 세아를 지켜보고 있던 재하는 찰나 정신이 아찔해졌다.

안 그래도 앞치마를 두르고 주방을 돌아다니는 그녀의 행동에 뭐라 정의할 수 없는 이상한 느낌에 사로잡혀 있던 그였다. 그의 집 주방에서 그녀가 그를 위해 요리한다는 사실이 오묘한 감정을 불러일으키고 있었다.

그런데 하얀 목덜미가 무방비하게 드러났다. 예쁜 곡선을 그리는 가느다란 목이.

재하는 저도 모르게 손을 뻗었다가, 퍼뜩 거두어들였다. 도망치다시피 화장실로 간 그는 거울을 마주 보았다. 거울 속에는 누가 봐도 평정을 잃은 남자가 있었다.

"맙소사."

이 현실이 믿어지지가 않아서, 재하는 낮게 탄식했다.

"내 심미안에 이상이 생겼나?"

어제부터 자꾸 왜 신세아가 예뻐 보이는 거지?

06. 태초에 질투가 있었다

"식사 준비 다 됐어요, 이사님."

반찬을 식탁으로 옮긴 세아는 피규어 방에 있는 한재하 이사를 불렀다. 화장실에서 손을 씻고 나온 한재하 이사가 돌연 피규어를 청소하겠다며 방으로 쏙 들어가버렸기 때문이었다.

"다 됐습니까?"

"네, 식기 전에 와서 드세요."

부엌으로 나온 한재하 이사는 머리띠를 벗은 상태였다. 안색은 아까보다 영 좋지 않았다. 어제도 컨디션이 안 좋은 것 같던데, 오늘도 별로인가?

고개를 갸웃한 세아는 한재하 이사의 맞은편에 앉았다. 배가 등가죽에 달라붙을 지경이었다.

"잘 먹겠습니다."

세아는 그가 식사를 시작하기만을 기다렸다. 하지만 그는 도통 손을 움직일 기미가 없었다.

"이사님?"

불러도 반응하지 않는다.

"이사님?"

"듣고 있습니다. 성찰의 시간을 가지는 중이니까 말 시키지 마십시오."

한재하 이사가 신경질적인 목소리로 응수했다. 세아는 어이가 없었다. 밥 먹으라고 불렀더니 식탁 앞에서 고사를 지낸다.

'에라, 모르겠다.'

세아는 먼저 젓가락을 들었다. 열심히 12첩 반상을 차렸건만 돌아오는 건 타박뿐이라니, 내 신세야. 덩달아 입맛이 떨어진 세아가 꾸역꾸역 밥을 먹고 있는데, 휴대전화가 울렸다. 액정에 뜬 이름을 확인한 세아의 눈이 동그래졌다.

"승재 오빠?"

동시에 한재하 이사가 고개를 번쩍 들었다. 세아는 놀라서 하마터면 휴대전화를 떨어뜨릴 뻔했다.

"승재입니까?"

"예? 예. 저 잠깐 전화 좀 받고 올게요."

식탁에서 일어난 세아는 거실로 걸어갔다.

"승재 오빠?"

- 응, 나야. 오늘 시간 있으면 저녁에 같이 밥이나 먹을까?

"오늘 저녁?"

세아는 시계를 확인했다. 아직 3시도 안 되었다. 닦아야 할 피규어도 얼마 안 남았고. 그녀는 냉큼 승낙했다.

"그래! 그럼 어디서 볼까?"

- 내가 너희 집으로 갈게. 아주머니 뵌 지도 오래되었으니까 안부 인사 드릴 겸. 6시쯤에 가면 될까?

"응. 그때 보자."

약속을 잡은 세아는 전화를 끊고 뒤돌아섰다. 그리고 딱 버티고 선 한재하 이사를 발견하고 기절초풍했다.

언제부터 뒤에 서 있었던 거야? 세아는 경기를 일으키는 가슴에 손을 올렸다.

"간 떨어질 뻔했잖……!"

"마음이 바뀌었습니다."

한재하 이사가 단호한 어조로 그녀의 말을 싹둑 끊었다. 순간 그녀는 연유를 알 수 없는 불길한 예감에 휩싸였다.

"오늘 피규어를 싹 다 청소해야겠습니다."

세아의 만면에 경악이 어렸다.

"예? 저걸 오늘 안에 다 청소하시겠다고요?"

그게 가능한 일이야? 하루가 24시간에서 72시간으로 늘어나지 않는 한 불가능해 보이는데?

"네, 그러니까 다른 데로 튈 생각 말고 확실하게 어시스트하십시오."

한재하 이사는 막무가내였다. 씨알도 안 먹힐 기세였다. 세아는 좌절한 얼굴로 어깨를 늘어뜨렸다.

"하아, 약속 취소해야겠네요."

"당연히 그래야죠."

곧바로 한재하 이사가 맞장구쳤다. 세아는 기가 막혀서 그를 노려보았다. 안 그래도 얄미운 마당에 아주 불난 집에 부채질해댄다. 자기 때문에 남의 약속이 파투 났는데 미안한 마음이라고는 1그램도 없는 걸까?

"하아."

한숨을 쉰 세아는 승재에게 갑자기 일이 생겨서 오늘은 못 만날 것 같다고 문자를 보냈다. 얼마 지나지 않아 답장이 도착했다.

- 그래? 아쉽네. 다음엔 꼭 보자. 너무 무리해서 일하지는 말고.

느닷없이 약속을 번복해도 화를 내기는커녕 걱정을 해주는 이 비단결 같은 마음씨. 세아는 감탄했다. 어디 사는 누구와는 참 다르지 않은가.

세아의 눈길이 자연스럽게 어디 사는 누구에게로 향했다. 한재하 이사는 뭐가 그리도 좋은지 싱글벙글 웃고 있었다.

"밥 먹고 일이나 마저 하죠."

그가 식탁으로 걸어갔다. 세아는 더도 말고 덜도 말고 그의 뒤통수를 딱 한 대만 때리고 싶었다. 저 S 마왕을 믿은 내가 어리석었지.

'300개는 낚시였어.'

처음부터 이럴 작정이었을 거다. 날 안심하게 한 다음 물을 먹이려는 고도의 전략.

어떻게 괴롭히는 방식이 날이 갈수록 교묘해지지? 세아는 부르

137

르 떨었다. 사디스트 왕자가 진화하고 있었다.

　재하는 낮게 흥얼거리며 식탁에 앉았다. 갑작스레 식욕이 돌았
다. 원래부터 남을 곤란하게 만드는 걸 좋아했지만, 오늘 놓은 훼
방은 유달리 즐거웠다.
　승재를 못 만나서 얼마나 억울할까.
　'아니, 자기들이 사귀는 사이도 아니면서 왜 주말에 만나는데?'
　속으로 구시렁거린 그는 반찬을 한입에 홀랑 넣었다.
　'썸이라도 타는 거야, 뭐야? 애초에 썸이 세상에서 제일 졸렬한
짓이야. 좋아하면 바로 고백하고 사귀면 되는 거지, 왜 '내 거인 듯
내 거 아닌 내 거 같은 너'라는 상황을 만들어? 사람 헷갈리게. 희
망 고문, 어장 관리 하는 것도 아니고.'
　그러니까 썸 같은 건 가차 없이 파괴해버려도 된다. 자신의 행위
를 합리화한 재하는 젓가락을 부지런히 놀렸다. 밥이 아주 꿀맛이
었다. 영양소가 공급되어서 그런지 머릿속도 맑아졌다.
　어째서인지 그는 현재 신세아가 예뻐 보인다는 황당한 착각에
빠져 있는 상태였으나, 조만간 원래의 심미안을 되찾게 될 것이
다. 설혹 예뻐봤자 발닭개는 발닭개. 그 이상의 의미를 부여할 필
요가 없었다.
　"전혀, 없고말고."
　느긋하게 중얼거린 재하는 자신에게 최면을 걸듯이 몇 번 더 되
뇌었다.

이게 무슨 팔자에도 없는 중노동인지.

세아는 에어건으로 피규어의 먼지를 날리며 자신의 신세를 한탄했다. 피규어와는 생전 인연이 없었던 내가 어쩌다 이 지경까지.

"더 꼼꼼히 하십시오. 먼지 한 톨이라도 남아 있으면 나중에 피규어가 끈끈해지니까."

"아, 예."

성의 없이 응대한 세아는 피규어를 이리저리 돌려가며 다각도로 에어건을 쏘아댔다. 손에 익으니까 기계화가 된 것처럼 작업이 빠르게 진행되었다.

나중에 회사에서 잘리면 출장 피규어 청소 아르바이트나 할까. 회사에서 언제 잘릴지 모르는데 남다른 기술을 보유하는 건 좋은 일이다. 세아는 애써 좋게 생각하며 보람 없는 피규어 청소에 전념했다. 거의 무념무상의 경지에 이르렀을 즈음, 세아의 눈에 문득 익숙한 얼굴이 들어왔다.

"어?"

잊으려야 잊을 수 없는 캐릭터였다.

"아론 앙골무아 세라 3세?"

"아론 세라프 리그누시스 앙골무아 3세."

한재하 이사가 정정했다. 세아는 만감이 교차하는 눈으로 아론을 훑어보았다.

모형 주제에 400만 원을 호가하는 귀한 몸. 그녀를 수렁으로 밀어 넣은 피규어. 모든 사건의 발단이자 원흉!

그렇지만 막상 목 부분을 보니 마음이 애잔했다. 떨어졌다가 붙은 게 역력한 자국. 피규어에 무슨 죄가 있겠는가. 피규어는 그 자리에 놓여 있었을 뿐인데. 망가뜨린 사람 잘못이지.

"왜요. 죄책감이라도 듭니까?"

세아가 가만히 아론을 내려다보고 있자 한재하 이사가 빈정거렸다. 뚫어지게 목 부분의 이음새를 응시하던 세아가 입을 열었다.

"제가 다듬어볼까요?"

근거 없는 자신감일지는 모르겠지만, 왠지 할 수 있을 것 같은데.

"신세아 씨에게 아론을 맡기라고요? 뭘 믿고? 그런 건 전문가에게 문의해서 맡겨야 하는 겁니다."

한재하 이사가 정색했다.

"괜히 어설프게 손댔다가 수습 불가능하게 만들지 말고 얌전히 있으십시오. 그게 돕는 거니까."

"아니, 정말로 고칠 수 있을 것 같은데……."

이음새 좀 다듬고 물감을 섞어서 똑같은 색을 만든 다음 덧바르면 되는 거잖아? 그렇게 안 어려워 보이는데.

세아는 힐끔 한재하 이사의 눈치를 보았다. 한재하 이사는 아론에게 손끝이라도 대면 용서하지 않겠다는 듯이 무시무시한 안광을 뽑고 있었다. 깨갱한 세아는 아론을 고이 내려놓았다. 그래. 괜히 건드렸다가 더 상태가 나빠지면 무슨 응징을 당할지 모르니 가마니처럼 가만히 있자. 세아는 묵묵히 피규어의 먼지를 털었다.

"힘들지 않습니까?"

"괜찮은데요?"

피규어를 관찰해가며 청소하니 그럭저럭 할 만했다. 외모나 옷차림으로 성격과 역할을 짐작하는 것도 재미있었고.

"빨리 끝내고 승재를 만나고 싶은 겁니까?"

한재하 이사가 물었다. 세아는 어리둥절했다. 여기서 왜 뜬금없이 승재 오빠가 나오는 거지?

"약속은 아까 취소했는데요?"

"밤늦게 잠깐이라도 승재 얼굴 보려고 서두르는 거 아닙니까?"

"예? 다음에 만나면 되는데 뭐하러."

대화를 할수록 세아는 점점 미궁에 빠져드는 느낌이었다. 승재가 내한한 슈퍼스타여서 오늘 아니면 만날 기회가 없는 사람도 아닌데 굳이 왜 오늘 기를 쓰고 만나겠는가. 게다가…….

"어차피 내일도 휴일인데 내일 만나면 되죠."

웃음기가 번져가던 한재하 이사의 얼굴이 와락 일그러졌다.

"내일 승재를 만나겠다고요?"

"아……, 네, 뭐."

승재를 반드시 만나겠다는 게 아니라 만날 수도 있다는 뜻이었지만, 세아는 세세히 해명하자니 귀찮아 대충 얼버무렸다. 다음 순간 한재하 이사가 수건을 내팽개치더니 벌떡 일어났다.

"안 되겠습니다. 사람이 기계도 아니고 어떻게 일만 합니까. 쉬는 시간이 있어야지."

그는 팔을 끌어당겨서 세아를 일으키더니 질질 끌고 거실로 나갔다.

"따라 나오십시오. 게임이라도 한판 하게."

'이 여자가 정말!'

지금 재하의 뇌리에는 한 가지 생각밖에 없었다. 내일 신세아가 승재를 못 만나게 해야 한다. 그러려면 오늘 안에 피규어 청소가 끝나지 않도록 다른 짓으로 시간을 때워야 한다.

세아를 거실 소파에 앉힌 재하는 TV 서랍장 안에서 슈퍼 패미컴을 꺼냈다.

"팩 게임기잖아요?"

'저게 어느 시절 고대 유물이야?'라는 표정으로 벌떡 일어난 신세아가 그에게로 다가왔다.

"아주 어릴 적에 친척집에 있었던 건데."

"어렵게 구했습니다."

재하는 뿌듯해하며 대답했다. 세아는 연신 탄성을 흘리며 팩 게임기를 살펴보았다. 잔뜩 흥분해서 "어릴 때 엄청 가지고 싶었는데."라고 조잘거린 그녀가 그의 팔을 붙잡았다.

"우리 이거 해요?"

재하는 찰나 숨을 멈췄다. 생기가 감도는 갈색 눈. 그 눈동자 안으로 빨려 들어갈 것 같다고 생각했다. 심장이 쿵쾅거렸다. 그는 시선을 돌려 그녀를 외면했다.

"하려고 가지고 나왔지, 구경하려고 꺼내 왔겠습니까?"

일부러 퉁명스럽게 맞받아친 그는 TV에 팩 게임기를 연결했다. 세아는 그의 주변에서 얼쩡대며 연신 감탄사를 흘렸다.

"신기해요. 저 이거 어릴 때 되게 좋아했거든요. 어떻게 구하셨어요? 이제는 생산을 안 할 것 같은데."

"갖고 싶은 건 수단과 방법을 가리지 않고 어떻게든 손에 넣는다."

팩 게임기를 낮은 탁자 위에 올려놓으며 재하가 덧붙였다.

"그게 내 인생의 1원칙입니다."

아주 어릴 때부터 그렇게 교육받고 자라왔다. 갖고 싶은 것은 어떤 방법으로든 손에 넣으라고. 그 가르침에 도덕과 윤리는 없었다는 게 문제였다.

재하의 입가에 언뜻 냉소가 어렸다. 다시 회상해도 징그러운 집안이었다. 그래서 결국, 모든 것을 포기하고 나왔다.

그는 여러 개의 팩 중에서 아무거나 집어서 게임기에 꽂아 넣었다. 대형 화면 안에서 빨간 멜빵바지를 입은 배관공과 초록색 공룡이 뛰놀았다. 신세아가 한껏 상기된 어조로 혼잣말했다.

"슈퍼 마리아 월드?"

"내가 마리아를 할 테니 신세아 씨는 루이제를 하십시오."

재하가 왼쪽 패드를 잡았다. 그의 오른편에 앉은 세아가 두 번째 패드를 들었다. 2인 플레이를 선택하며 그는 계획을 세웠다. 열심히 하지 않기로.

그래야 최대한 시간을 질질 끌 수 있으니까.

세 번째 스테이지에서 재하의 마리아가 떨어져 죽었다. 세아가 기다렸다는 듯이 플레이를 시작했다. 재하는 깍지 낀 손으로 머리를 받친 채 편하게 관람했다.

얼마 안 가서 죽겠지. 그러나 그의 예상은 보기 좋게 빗나갔다.

조작법을 익히자 세아의 루이제는 쭉쭉 스테이지를 클리어해나갔다. 3탄, 4탄, 첫 번째 보스가 있는 성까지. 그리고 첫 번째 보스를 이겼다.

재하는 당황했다. 루이제의 진격은 거기서 끝이 아니었다. 루이제는 요쉬를 타고 거침없이 적들을 때려잡고 버섯과 꽃, 날개를 비축했다. 그러더니 두 번째 보스도 단숨에 죽였다.

재하의 입이 떡 벌어졌다. 현재 세아의 루이제는 누가 봐도 세계를 제패할 용사였다.

"슈퍼 마리아 자주 했습니까?"

"아뇨. 친척 집에서 몇 번 잠깐 했었어요. 아, 이사님이 말 시키셔서 죽어버렸어요."

세아가 아쉬워하며 게임 패드를 내려놓았다. 재하는 진작 수십 번은 죽었어야 했다고 말할 뻔했다.

'말로만 듣던 초심자의 행운인가?'

게임에서는 의외로 초보들이 고수보다 잘하는 상황이 간혹 벌어지곤 했다. 아무래도 그 산삼보다 귀하다는 현상이 일어난 모양이었다.

재하의 턴이 지나고 다시 그녀의 차례가 왔다. 그녀는 이번에도 상식으로 이해할 수준을 훌쩍 뛰어넘은 실력을 선보이더니, 알려주지도 않은 히든 스테이지를 찾아서 마구 깼다.

재하는 말을 잃었다. 부하직원에게서 게임 마스터의 자질이 보인다.

결과적으로 신세아는 다섯 번째 플레이에서 최종 보스를 때려잡았다. 기세등등하게 공주를 데리고 귀환하는 세아의 루이제를 보며, 짧게나마 그는 이 여자에게 프로 게이머의 길을 권유해야 하는 게 아닐까 심각하게 고민했다.

'대부분의 사람들은 자신의 재능이 뭔지 모르고 산다더니.'

신세아가 딱 그 짝이었다.

"이사님, 마저 피규어 청소해요."

기분이 좋은지 그녀는 생글생글 웃으며 피규어 방으로 향했다. 재하는 에어건을 들고 피규어를 청소하는 그녀를 보다가 문득 한 가지 사실을 깨달았다.

자연스럽다. 물 흐르는 듯이 이어지는 동작들. 건성건성 해치우는 듯하지만 홈 사이사이를 빠뜨리지 않고 공략하는 정교한 손놀림. 이전까지 피규어를 청소해본 적이 없는 사람이라고는 생각할 수 없을 만큼 자연스러운 모습이었다. 숙달된 조교의 냄새마

저 났다.

"이 캐릭터는 왜 왼쪽 뺨에 십자 흉터가 있어요? 의상을 보니 일본 캐릭터 같은데."

그녀가 말을 걸었다. 재하는 그녀가 들고 있는 피규어를 보았다. 남자치고는 긴 붉은 머리카락에 역날검을 차고 있었다.

"하나는 전부인의 약혼자에게 얻은 상처. 다른 하나는 전부인에게 얻은 상처. 두 개가 교차하면서 십자 모양이 되었습니다."

"으음, 나쁜 캐릭터인가 봐요."

"나쁜지는 잘 모르겠고, 은근 잔인한 캐릭터이긴 합니다. 사람을 죽이지 않는다는 신념을 지키기 위해 죽이는 대신 반병신을 만드니까."

"어쩌다가 그런 특이한 신념을 가지게 되었는데요?"

신세아가 궁금하다는 듯이 물었다.

"그건."

무심결에 대꾸하려던 재하는 불현듯 등줄기를 훑고 지나가는 묘한 전류를 느꼈다.

그러고 보니 이 여자, 아까부터 계속 여러 캐릭터에 관심을 보이고 있다. 다른 사람들은 보통 기분 나빠하는 오타쿠라는 존재도 편견 없이 받아들였고. 거기다 피규어도 잘 닦고, 게임도 잘하는 게…….

'어쩌면.'

재하는 불쑥 세아의 손목을 덥석 잡았다. 세아가 동그래진 눈으로 그를 마주 보았다. 그의 눈이 핥듯이 그녀의 얼굴을 주시했다.

'아니, 분명해.'

아무래도 신세아에게 덕후의 자질이 있는 것 같다.

재하의 눈동자가 이제까지와는 다른 의미로 반짝였다. 지금까지 그의 주변에는 동족, 그러니까 덕후가 단 한 명도 없었다. 다들 필사적으로 일반인 코스프레를 하는 건지, 유독 그의 주변에만 덕후의 씨가 마른 건지는 몰라도 그는 오프라인에서 덕후를 본 적이 없었다.

최애캐를 세트로 다 모았을 때도, 별을 따기만큼 어렵다는 한정판 피규어를 손에 넣었을 때도, 취향 직격인 신작에 대한 이야기를 누군가에게 늘어놓고 싶어서 입이 근질거렸을 때도, 그는 늘 혼자였다.

자랑할 상대도, 함께 기쁨을 나눌 상대도 없다는 것.

덕질로 충만한 삶이었으나 재하는 이따금 공허했다. 모든 덕후의 꿈이라는 '같이 덕질하는 애인'까지는 바라지도 않았다. 그냥 같이 덕업을 쌓을 누군가가 있으면 좋지 않을까, 막연히 생각하곤 했을 뿐. 덕후생활 어언 10년. 동료가 절실했다.

'이쪽으로 끌어들이자.'

뜻밖의 기회에 재하의 심장이 두방망이질 쳤다.

세아는 동그래진 눈으로 한재하 이사를 바라보았다. 아무 예고 없이 손목을 옭아맨 것도 모자라 타는 듯한 시선으로 응시한다.

그녀는 오묘한 긴장감에 휩싸였다.

왜 저런 눈으로 날 보는 걸까. 혹시 내가 또 피규어를 망가뜨렸나?

뜨끔한 세아는 황급히 자신이 들고 있는 피규어를 살폈다. 피규어는 흠집 하나 없이 멀쩡하기만 했다. 피규어가 원인은 아닌 것 같았다.

그럼 뭐지? 피규어 때문이 아니라면 날 이렇게 볼 이유가 없는데. 세아가 당혹스러워하며 한재하 이사와 눈길을 마주했다.

그에게 잡힌 부위에서 묘한 간지러움이 피어올랐다. 개미가 기어 다니는 양 자잘하고 미약한 자극의 반복. 그 느낌을 의식하지 않으려고 노력하며, 세아는 스스로를 다그쳤다.

약수터를 거니는 백수 같은 몰골을 한 상대에게 이런 반응이라니. 눈에게 미안하지 않니?

물론 예전에 한재하 이사를 좋아하긴 했었다. 현실의 남자로서가 아니라 연예인 좋아하듯이. 그렇지만 한재하 이사의 본성을 안 뒤로는 환상이 와장창 깨져버려 좋아했던 마음도 싸늘히 식었다. 다 식었다고 믿고 있었는데.

'이럴 때는 헷갈려.'

세아의 눈동자에 파문이 일었다. 그녀가 미세하게 떨리는 눈으로 그를 쳐다보고 있을 무렵이었다.

"신세아 씨."

한재하 이사가 운을 뗐다. 세아는 침을 꿀꺽 삼켰다. 어떤 말을 꺼내려고 이렇게 무게를 잡는 걸까.

"마음에 드는 피규어 있습니까?"

"네?"

"마음에 드는 거 있으면 하나 가지십시오."

세아는 얼이 빠졌다. 한재하 이사의 발화는 세아가 상상했던 모든 상황에서 백만 광년 이상 떨어져 있었다.

잠시 침묵하던 한재하 이사가 덧붙였다.

"두 개 가져도 됩니다."

이건 무슨 시추에이션인 걸까. 세아는 고뇌했다. 뜬금없이 피규어를 가져가도 된다니, 왜?

공짜로 얻어서 나쁠 거야 없겠지만, 굳이 가지고 싶지 않았다. 남에게 무언가를 받는다는 것 자체도 부담스러웠다. 하물며 상대는 결코 손해 보는 장사는 하지 않을 것 같은 한재하 이사였다.

"전 괜찮은데요."

"아닙니다. 가지십시오."

손사래를 치며 사양하는 세아에게 그가 재차 권했다.

"그 십자 흉터 난 캐릭터에게 관심 있습니까? 그거 얼마든지 가져도 됩니다. 아니면 명탐정 코란? 입에 검을 물고 있다며 신기해 했던 닐리리야 조로? 아, 일전에 회사에서 신세아 씨가 잘생겼다고 했던 시무제, 그 피규어는 어떻습니까?"

방문 판매 사원처럼 한재하 이사가 이것저것 언급했다. 이대로 있다가는 온갖 피규어를 들이밀 기세였다.

세아는 마지못해 손가락으로 피규어 하나를 가리켰다. 기왕 받을 거, 아는 걸 받는 게 그나마 낫겠지.

"저, 그러면 베르사유의 백합에 나오는 오수칼······."

그리고 세아는 보았다. 한재하 이사의 얼굴에 짙은 먹구름이 드리우는 것을.

비싼 건가 보다. 세아는 황급히 노선을 선회했다.

"······의 위에 있는 헐크요."

한재하 이사의 입가에 함박웃음이 가득 차올랐다. 그가 헐크를 꺼내서 세아에게 건넸다.

"자요. 받으십시오."

초록색 피부에 우락부락한 체구, 힘줄이 돋은 팔뚝. 헐크를 받아 든 세아는 더없이 심란해졌다.

이런 걸 집에 가져가야 한다니. 밤에 눈이라도 마주쳤다가는 간 떨어지겠다. 아니, 소심한 어머니가 책상 청소하다가 보면 기겁하실라.

"또 뭐 흥미 있는 피규어 없습니까?"

"아니요, 이사님. 전 이걸로 충분합니다. 그런데 왜 갑자기 피규어를 주신다는 건지······."

"감사의 표시입니다."

세아의 말이 끝나기가 무섭게 한재하 이사가 응대했다. 잘 만들어진 가면 같은 미소를 짓고서.

'뭔가 께름칙한데.'

본능적으로 세아는 불안해졌다. 다른 사람이라면 몰라도 한재하 이사가 목적 없이 선행을 베풀 리 없었다.

'왜 이러는 거지?'

세아는 한재하 이사의 의중을 파악하려고 애썼다. 하지만 끝내 그의 속내를 알아낼 수 없었다.

"시각이 늦었군요. 이만 집으로 가서 쉬십시오. 내일도 피규어 청소해야 하니까 10시까지 오도록 하고요."

9시쯤 되었을 때, 한재하 이사가 어울리지 않게 자상한 말투로 세아를 배웅했다.

세아는 한 손에 헐크 피규어를 든 채 지하철에 올랐다. 사람들의 시선을 한 몸에 받은 건 덤이었다.

어찌어찌 집에 도착한 세아가 침대에 드러누웠다. 책상에 올려 놓은 헐크는 미친 존재감을 과시하고 있었다.

"하아."

세아의 입에서 한숨이 흘러나왔다. 이유를 딱 집어서 말할 순 없지만, 심란한 기분이었다.

한재하 이사는 대체 무슨 생각인 걸까?

"왔습니까?"

다음 날 다시 갔더니 한재하 이사는 드라마에 나오는 인물처럼 쫙 빼입고 있었다. 충격과 공포를 불러일으켰던 어제의 패션이 꿈처럼 느껴질 정도였다.

"어제는 너무 피곤해서 그랬던 겁니다. 원래는 집에서도 항상 이런 차림으로 있죠."

"아, 예. 그렇군요."

세아가 떨떠름하게 맞장구쳤다. 영 설득력이라고는 없는 말이지만 어쩌겠는가. 직장 상사가 그렇다고 하면 그런 거지.

"오늘도 피규어 청소하면 되는 거죠? 제가 에어건으로 먼지를 털까요, 수건으로 닦을까요?"

"잠깐만요, 신세아 씨. 피규어만 닦는 건 심심하지 않습니까?"

돌연 한재하 이사가 화제를 전환했다.

"그런 의미에서 거실로 나가 애니메이션을 보면서 하죠."

"애니메이션이요?"

"네. 싫습니까?"

"아뇨. 괜찮아요."

적어도 벽 보면서 피규어를 닦는 것보다는 낫겠지. 흔쾌히 고개를 끄덕인 세아는 신발을 벗고 거실로 들어왔다. 그런 다음 거실을 점령한 피규어를 보고는 눈을 크게 떴다.

"피규어가 다 나와 있네요?"

"내가 옮겨뒀습니다."

시크하게 응수한 한재하 이사가 리모컨으로 TV를 틀었다. 어지간히 만화를 보면서 피규어를 닦고 싶었나 보다. 세아는 거실 바닥에 앉아서 수건을 들었다.

- 사람이 언제 죽는다고 생각하나? 심장 깊숙이 총알이 박혔을

때? 천만에. 불치의 병에 걸렸을 때? 천만에. 맹독 버섯 수프를 마셨을 때? 천만에! 사람들에게서 잊힐 때다!

만화를 틀어놓고 작업하니 시간이 빠르게 흘렀다. 어느덧 1시가 훌쩍 넘어가고 있었다.

TV 속의 캐릭터는 꽤 멋진 말을 하고 있었지만, 세아는 그저 배가 고팠다.

'맹독 버섯 수프라도 먹고 싶다.'

세아가 영혼 없이 피규어를 닦고 있을 무렵이었다.

"배고프지 않습니까? 식사하죠."

청소용 에어건을 내려놓은 한재하 이사는 어디론가 전화를 걸었다.

"동하치킨이죠? 프라이드 한 마리와 간장치킨 한 마리 부탁합니다."

세아의 입이 떡 벌어졌다. 치킨을 시키다니. 어제까지만 해도 치킨은 밥이 아니라 간식이라고 했던 남자가.

얼마 지나지 않아 치킨이 도착했다. 한재하 이사가 부드럽게 웃으며 권했다.

"먹어요."

뒷덜미로 스산한 기운이 올라왔다. 안 그래도 내내 찜찜한 느낌에 휩싸여 있던 세아였다. 묘하게 한재하 이사답지 않은 상냥한 어조와 사근사근한 태도. 처음에는 기분 좋은 일이라도 있는가 보다 싶어서 대수롭지 않게 넘겼는데, 그렇게 단순히 치부할 일만은 아닌 것 같다.

뭔가 있다. 그 뭔가가 뭔지는 모르겠는데, 하여튼 뭔가가 있다.

상냥함과는 거리가 먼 한재하 이사가 갑자기 태도를 180도 바꿔서 그녀에게 잘해주고 있다. 폭풍 전야만큼이나 불길한 서막이었다.

"뭐 하는 겁니까. 치킨 식겠습니다. 어서 먹어요."

한재하 이사가 비닐장갑을 끼며 재촉했다. 별수 없이 세아는 손을 뻗었다. 평소에 그리도 열렬히 찬양했던 치느님이건만, 거짓말처럼 전혀 내키지 않았다.

'이걸 먹여놓고 대체 나에게 뭔 짓을 하려는 걸까.'

세아는 아무거나 대충 한 조각 골라서 가져가려고 했다.

"왜 목을 먹으려고 합니까."

그녀의 손목을 붙잡은 한재하 이사가 오른손으로 닭다리를 내밀었다. 여사원들을 모조리 홀렸던 전매특허 미소를 곁들여서.

"치킨은 역시 다리죠."

세아는 하마터면 들고 있던 치킨 목으로 그의 뺨을 갈길 뻔했다.

무서웠다. 저도 모르게 방어 본능이 발동할 정도로. 그녀는 최선의 방어는 선공이라고 믿는 여자였다.

"이, 이사님이 드시지 그러세요."

"괜찮습니다. 치킨은 이족보행을 하니까."

한재하 이사가 다른 손으로 남아 있는 닭다리를 들며 자애롭게 웃었다. 세아는 어색하게 따라 웃으며 닭다리를 건네받았다.

"사족보행을 하면 더 좋았겠네요."

나름대로 긴장을 풀어보려고 한 말이었으나 한재하 이사는 가차 없이 무시했다. 더 쪼그라든 세아는 말없이 닭다리를 뜯었다.

식욕이 안 당겼는데도 막상 먹으니 치킨은 맛있었다. 어느새 위기감에서 벗어난 세아는 치킨 음미에 열중했다.

"어떻습니까?"

한재하 이사가 말문을 열었다.

"예? 뭐가요?"

"방금 본 애니메이션 말입니다."

"아! 재미있어요."

"더 구체적으로 말해보십시오."

세아는 당황했다. 한재하 이사의 목소리에서 미묘하게 흥분이 묻어나오고 있었기 때문이었다.

"어……, 전 주인공보다는 널리리야 조로나 썅디 쪽이 마음에 들어요. 특히 썅디는 요리사인데 싸움도 잘하는 게 신기하고 멋있어서."

"그런 걸 갭 모에라고 합니다."

기다렸다는 듯이 한재하 이사가 말했다.

"갭 모에요? 그게 무슨 뜻인데요?"

"어떤 캐릭터의 평상시 이미지와 다른 모습에 매력을 느끼는 것을 말합니다."

"그렇군요."

세아는 고개를 끄덕였다. 세상에는 별별 용어가 다 있구나. 그런데 그걸 꼭 그렇게 해괴한 조어로 표현해야 하나? 설명을 들어보니 갭이라는 단어는 영어 갭(gap)이고, 모에는 아마 '싹트다(萌え)', 아니면 '불타다(燃え)'라는 뜻의 일본어 동사인 것 같은데.

'그런 국적 불명의 알아듣기 어려운 말보다는 간단하게 '반전 매력'이라고 하는 편이 이해도 잘되고 좋잖아.'

어쨌든 신조어를 하나 배웠다.

"헐크는 잘 가져갔습니까?"

"네, 화장대에 뒀어요."

책상에 뒀다가는 누가 볼까 봐 화장품 사이에 꼭꼭 숨겨두었다. 그렇지만 한재하 이사에게 굳이 사실을 말할 필요는 없을 것 같다.

"자기 전에 한 번씩 보면 기분이 좋아질 겁니다."

한재하 이사가 뿌듯해하며 제안했다. 세아는 '그건 당신 생각이고.'라는 말이 목 끝까지 올라왔지만 참았다. 상식적으로 자기 전에 헐크를 보면 기분이 좋아지겠는가, 악몽을 꾸겠는가?

"침대에서 애니메이션을 보다가 스르르 잠드는 것도 괜찮은 기분이죠. 블루레이 플레이어는 없을 테니까 지금 보고 있는 애니메이션을 DVD로 빌려줄까요?"

"안 그러셔도 되는데."

"아니, 난 괜찮습니다. 마음껏 빌려 가서 보십시오."

기어코 한재하 이사는 그녀에게 DVD를 한 아름 안겨줬다.

그녀는 멍하니 한재하 이사를 살펴보았다. 한재하 이사는 농작물에 물을 주는 농부 같은 얼굴을 하고 있었다.

대체 무슨 꿍꿍이인 거야?

한재하 이사의 이상 행동은 그것으로 끝이 아니었다.

"요즘 유행하는 '신의 한 수'라는 표현의 원조는 일본 만화 「고스트 오목왕」입니다. 작중 귀신이 추구하던 오목의 극의를 가리키던 용어인데 일반 사람들에게까지 퍼진 거죠. 애니메이션은 의외로 일상과 밀접한 관계를 맺고 있습니다."

물어보지도 않은 말의 어원을 술술 알려주고.

"공중파에서 방영하는 드라마도 만화를 원작으로 한 게 많습니다. 「타짜」라든지 「미생」이라든지 「풀 하우스」라든지."

궁금하지도 않은 만화 원작 드라마들을 나열하고.

"'썩소'라는 단어를 전 세계에 퍼트린 작품은 「사망 노트」라는 만화입니다. 그 만화의 주인공인 아가미 라이토의 썩소가 꽤 인상적이었거든요. 참고로 그 뒤를 이은 썩소 주자는 「바코드 기아스」의 랄라슈."

도통 알아들을 수 없는 내용의 향연이었다.

"흑역사라는 단어도 「유턴에이 건담」에 나오는 용어입니다. 싱크로율은 「구세기 에반젤리온」에서 파일럿과 생체 로봇의 일치 상태를 나타내던 말이고."

세아의 눈이 동그래졌다. 이건 좀 놀라웠다. 흑역사도 흑역사지만, 싱크로율이 만화에서 유래되었다고?

"원래부터 있던 말 아니에요?"

"동기화라는 뜻의 synchronization이라는 단어는 원래부터 있었죠. 하지만 싱크로율이라는 번역은 에반젤리온에서 유래된 게 맞습니다."

"만화가 생각보다 영향력이 크네요?"

"그렇습니다. 만화는 일상생활과 동떨어진 유별난 문화가 아닙니다. 영화, 드라마, 소설처럼 문화를 구성하는 한 축이죠. 그런데 만화 원작 드라마나 영화, 소설은 잘만 보면서 애니메이션 시청은 이상하게 취급하는 거, 그거 이중 잣대입니다."

담담하던 한재하 이사의 음성이 조금 날카로워졌다. 살짝 울컥한 사람처럼.

"피규어도 그래요. 따지고 들면 최초의 피규어 오덕은 갈라테이아를 조각한 피그말리온입니다. 그 양반은 심지어 자기가 만든 피규어랑 결혼까지 했어요. 그에 비하면 피규어를 사서 얌전히 수납장에 진열해놓는 사람들은 신사 아닙니까?"

세아는 혼란이 왔다. 듣고 있으니 맞는 말 같았다. 확실히 일리가 있었다. 한편으로는 한재하 이사가 쌓인 게 많구나 싶기도 했다. 빈말로라도 오덕에 대한 인식은 좋다고 할 수 없으니까.

'당장 우리 회사 직원들만 해도…….'

남주요 대리와 서 팀장을 위시해서 오타쿠를 대차게 까던 직원들의 모습이 떠올랐다. 창의적이고 유연한 기업이라고 평가받는 SA 소프트에서도 오덕은 용납이 안 되는 존재였다.

'쓸쓸하겠어.'

세아의 머릿속에 불현듯 그런 생각이 스쳤다. 외면당하는 건 외롭고 슬픈 일이다. 그렇지만 딱히 뭐라고 할 말이 없었기에 세아는 조용히 있었다.

불편한 침묵이 흘렀다. 한재하 이사가 비닐장갑을 벗으며 그녀를 가볍게 채근했다.

"멍 때리고 뭐 합니까. 다 먹었으면 피규어 청소나 합시다."

"아, 네."

다시 작업이 시작되었고, 세아는 문득 자신의 처지가 불쌍해졌다. 날도 좋은 주말에 직장 상사의 집에서 피규어나 닦고 있다니. 한재하 이사에게 짠한 마음을 가질 판이 아니었다. 이러니저러니 해도 한재하 이사는 슈퍼 갑이고 그녀는 을이었다.

'윽, 쥐 났다.'

세아는 인상을 썼다. 한 자세로 오랫동안 피규어를 닦다 보니 깔고 앉은 오른쪽 다리가 저렸다. 그녀는 왼쪽으로 상체를 틀고서 오른쪽 다리를 천천히 움직이며 자세를 바꿨다.

바로 그때 한재하 이사가 피규어를 건넸다. 세아의 쪽은 보지도 않은 채로.

피규어가 들고 있는 검이 영 좋지 못한 곳에 걸렸다. 세아는 그대로 굳었다.

세아가 피규어를 받지 않자 한재하 이사가 미간을 찌푸린 채로 고개를 돌렸다. 그리고 마찬가지로 얼음이 되었다.

피규어가 들고 있는 검이 세아의 블라우스 두 번째 단추와 세 번째 단추 사이에 쏙 들어가 있었다.

07. 혼돈의 끝은 어딜까

　재하의 시선이 본능적으로 벌어진 블라우스의 틈에 꽂혔다. 언뜻 보이는 브래지어와 봉긋한 가슴.

　그는 바로 눈길을 거두어들였다. 심장이 견디기 버거울 정도로 쿵쾅거렸다.

　'안 돼, 한재하.'

　재하는 아예 눈을 감아버렸다. 눈을 뜨고 있으면 참을 수 없을 것 같았다.

　'넌 매너남이야. 매너남이라고. 매너 있는 상사, 매너 있는 오덕!'

　세뇌하듯이 되뇌던 그는 퍼뜩 정신을 차렸다. 이러고 있을 때가 아니었다. 그는 한껏 경직된 손으로 피규어를 당겼다. 하지만 눈으로 보면서 하는 게 아니어서인지 잘 빠지지 않았다. 마음이 급해진 그는 허둥지둥 움직였다. 그러자 투둑, 하고 불길한 소리가 났다.

　식은땀이 재하의 등골을 타고 흘렀다. 그는 도저히 눈을 뜰 자신이 없었다. 손바닥으로 얼굴을 가린 채 그는 세아에게 말했다.

"주방 가까이에 있는 방이 드레스 룸입니다. 거기 가서 아무 옷이나 걸치고 집으로 가십시오."

신세아가 벌떡 일어나 드레스 룸으로 달려가는 게 느껴졌다.

니트를 입고 나온 그녀가 어색한 표정으로 시선을 피했다. 그의 심장이 철렁 내려앉았다.

가장 먼저 들어온 것은 가느다란 목에서 어깨로 이어지는 선이었다. 그다음은 소매에 가려서 보일 듯 말 듯한 손끝. 니트는 완벽하게 그녀의 몸매를 감추고 있었다.

'그런데 어째서……'

그는 못 박힌 듯이 그녀를 건너다보았다. 전신에 묘한 열이 올랐다. 투박하게 가려진 것이 오히려 그의 상상을 부채질했다. 니트의 붉은색과 대비되어서인지 그녀의 피부가 유달리 희게 빛났다.

입안이 마르는 것이 느껴졌다. 갈증으로 목이 조였다. 본능이 고개를 들고 있었다.

위험하다.

"저, 집에……."

"가십시오, 어서."

그는 칼같이 재촉했다. 이대로 있다가는 이상해질 것 같았다.

꾸벅 인사한 그녀가 현관으로 나갔다. 문이 닫히자마자 재하는 무너지듯이 소파에 주저앉았다. 바지 주머니에서 휴대전화를 꺼낸 그는 곧장 반야심경을 찾아 재생 버튼을 눌렀다.

- 사리자 색불이공 공불이색 색즉시공 공즉시색 수상행식…….

"음란마귀야, 물러가라. 어서 물러가라."

소파에 길게 누운 재하는 낮게 중얼거렸다.

그의 뇌리에서는 연신 블라우스의 틈새로 보였던 브래지어와 가슴, 단추가 바닥으로 떨어지는 소리, 그리고 그의 니트를 입고서 얼굴을 붉히던 세아가 떠돌아다니고 있었다.

다른 것에 가슴이 떨리는 건 이해했다. 그도 남자니까. 그런데 자기 몸집보다 한참 큰 니트를 걸치고서 어쩔 줄 몰라 하던 모습에는 왜 심장이 뛰었을까. 어째서 지금까지 머릿속을 빙빙 돌며 그를 뒤흔들고 있을까. 조금도 자극적이지 않았던, 별것 아닌 그 장면이.

나비 떼가 연약한 날개를 팔랑이며 마음속을 날아다니는 것 같았다. 갈비뼈 안쪽이 이상야릇하게 간질간질했다. 묘한 탈력감에 재하는 가느다란 신음을 흘렸다.

오랫동안 누워 있던 그가 문득 소파에서 벌떡 일어났다. 무엇을 찾듯이 거실을 두리번거리던 그는 이내 허리를 굽혔다. 신세아의 옷에서 떨어진 단추였다. 그것을 쥐고 휴지통으로 걸어갔다. 버리려는 듯이 손을 폈던 그는 다시 조심스럽게 손가락을 오므렸다. 마치 소중한 것을 쥐듯이.

"미친놈."

실소한 재하는 단추를 들고 거실로 돌아갔다.

봤을까? 봤겠지?

세아는 바닥을 내려다보았다. 그녀의 눈동자는 끊임없이 덜컹대고 있는 지하철 바닥만큼이나 불안정하게 요동치고 있었다.

'못 봤을 거야. 곧장 눈을 감았잖아.'

아니, 그래도 충분히 볼 여유는 있었던 것 같다.

봤나? 역시 봤겠지?

못 봤다고 믿고 싶은데 봤을 것 같다. 한재하 이사가 변태여서라기보다는, 해프닝이 발생하면 그쪽으로 시선이 가는 게 인간의 본능이니까.

'부끄러워 죽을 것 같아.'

염통이 오그라들었다.

내일 어떡하지? 결근할까?

사귀는 사이여도 민망할 판에 회사 상사에게, 심지어 한때에는 동경했었던 상대에게 그런 걸 보이고 말다니. 물론 지금은 동경은 커녕 또라이 S 오타쿠 정도로 생각하지만, 아무리 그래도!

소녀 감성에 스크래치가 죽 그어졌다. 낯이 뜨겁다 못해 온몸이 뻥 하고 터져버릴 것 같았다.

내가 오늘 어떤 브래지어를 했지? 설마 꼬질꼬질한 걸 하지는 않았겠지? 브래지어가 이상하지 않은 거여야 그나마 덜 부끄러운데.

오만 생각을 다 하며 세아는 손을 들어 얼굴을 가렸다. 니트의 소맷부리가 세아의 손가락을 다 덮고 있었기 때문에 자연스럽게 천에 코를 묻은 모양새가 되었다.

'어?'

세아는 흠칫했다. 옷에서 미세하게 시원한 향기가 났다.

'아, 이사님한테서 나는 향기다.'

스킨로션의 향기가 이렇게 오래 남아 있을 것 같지는 않은데, 따로 향수를 쓰고 있나? 아니면…… 체취?

세아의 심장 박동이 빨라졌다. 한재하 이사의 품에 안겼던 순간이 떠올랐다. 그때도 이런 향기가 밀려왔었다.

평평하고 넓었던 가슴, 어떤 것으로부터도 그녀를 보호해줄 수 있을 것 같았던 단단한 팔, 그녀를 감싸고도 남았던 너르고 따뜻한 품. 그녀의 키보다 한참 위에서 떨어지던 나직한 중저음. 자신이 남자라고 온몸으로 말하던 육체.

세아의 눈길이 내려갔다. 그녀의 체구에 비하면 확연하게 큰 니트였다.

'이사님의 몸집이 이렇게 컸나?'

그녀의 어깨를 훨씬 넘어가는 니트의 어깨선과 헐렁한 몸통을 보며 세아는 오묘한 기분에 사로잡혔다. 한재하 이사의, 남자의 옷을 입고 있다는 자각이 생겼다.

"슬림한 스타일인 줄 알았는데."

한재하 이사는 미형의 외양에 전체적으로 날렵한 이미지였다. 우락부락과는 거리가 전혀 먼, 그렇다고 왜소하지도 않은, 속된 말로 하자면 군살 없이 잘 빠진 몸매. 그러나 막상 안겨보니 듬직

165

했다. 지금 입고 있는 이 니트도 눈으로 볼 때보다 훨씬 컸다.

'겉보기와는 다르구나, 남자는.'

괜히 심장이 콩닥거렸다. 잔뜩 붉어진 뺨을 하고서 세아는 마저 니트를 살펴보았다. 한재하 이사가 평소에 입던 옷을 걸치고 있다고 생각하니 갈수록 느낌이 이상해졌다. 그의 육신에 닿았던 옷이 내 몸을 감싸고 있다.

'왠지 야릇해.'

온몸이 배배 꼬였다. 의식하지 말자, 신세아. 이게 한재하 이사의 옷이라는 걸 의식하지 마.

그렇지만 그럴수록 더욱 의식이 될 뿐이었다.

세아는 밤새 제대로 잠을 이루지 못했다. 어찌나 눈이 안 감기던지 중간에 일어나 헐크에게 말을 걸었을 정도였다.

"헐크야, 봤을까? 봤을 것 같니? 아니면 못 봤을까?"

물론 헐크는 대답이 없었다.

"네 의견은 어때? 난 '보였다'에 한 표인데, 이사님이 못 봤으면 정말 행복할 것 같아."

어두운 밤에 화장대 앞에 앉아서 피규어에게 이것저것 꼬치꼬치 캐묻는 여자. 누가 봤으면 또라이라고 했을 것이다.

"신세아 씨, C사 콜 센터 시스템 건은 어떻게 되었어요?"

강이원 팀장의 질문이 세아를 현실로 끌어냈다.

"17일부터 27일까지 모니터링한 결과, 데이터베이스에 접근하는 일부 애플리케이션의 SQL 쿼리에 의해 특정 상황에서 성능 저하가 발생하고 있었습니다. 자세한 내용은 정리해서 보내드리겠습니다."

"고마워용. 우리 사모님은 능력도 좋지."

아, 또 사모님 타령이다. 저 소악마. 세아는 장난스러운 말투로 자신을 놀리는 강이원 팀장을 흘겨보았다. 사람이 왜 저렇게 심술궂은지. 저 인간은 학창시절에 좋아하던 여학생에게도 분명 온갖 장난을 쳤을 것이다.

반마다 꼭 그런 애가 한 명쯤은 있지 않은가. 여자애들의 묶은 머리를 잡아당기고, 남의 등 뒤에 몰래 '절 바보 멍청이라고 불러주세요.'라고 쓴 포스트잇을 붙이는 악동. 그런데도 밉지 않다는 게 대단하다면 대단했다.

세아는 기지개를 켰다. 하도 앉아 있어서 그런지 온몸이 찌뿌드드했다. 커피나 한잔 마시고 올까. 주변을 둘러보며 같이 갈 만한 사람을 물색하던 세아의 시선이 한봄과 마주쳤다.

"세아 씨, 커피 한잔 안 마실래?"

"좋아요."

한봄의 제안을 냉큼 받아들인 세아는 의자에서 일어났다.

카페테리아에 음료를 주문하고 앉자 한봄이 생글생글 웃으며 물었다.

"내가 준 CD 들어봤어?"

"네? 아, 네."

세아는 얼떨결에 거짓말했다.

"어땠어?"

한봄이 눈을 빛내며 세아를 쳐다보았다. 양심의 가책을 느낀 세아는 우물쭈물 얼버무렸다.

"잘 듣긴 했는데……."

"장재헌 님, 나도형 님, 은동기 님 중에서 누가 제일 좋았어?"

한봄의 물음에 세아는 정신이 혼미해졌다. 세 사람의 이름을 들었는데 뒤의 두 사람은 잘 기억도 나지 않았다. 세아는 자신 없게 말했다.

"자, 장재헌 님?"

"그분 좋지! 섹시한 변태 같아서 좋아. 참고로 난 나도형 님 좋아해."

"아, 나도형 님."

"세아 씨, 내 꿈이 뭔지 알아? 세아 씨한테만 말해줄게."

한봄이 세아의 귀로 입술을 가져왔다.

"나도형 님이 나한테 마스터, 하고 불러주는 거야. 네임미스 연후 목소리로 말이야!"

한국어인데 해독이 안 된다. 어떻게 반응해야 할지 몰라서 세아가 멍하니 있을 무렵이었다. 한봄이 화색이 도는 얼굴로 세아의 팔을 잡았다.

"세아 씨, 저기 봐. 자체발광남들이 모여 있어!"

자체발광남들? 세아의 고개가 뒤로 돌아갔다.

로비에서 세 남자가 대화를 나누고 있었다. 테이크아웃 커피를 들고 있는 남자는 강이원 팀장이었고, 그 옆의 안경을 쓴 남자는…….

'승재 오빠?'

세아의 눈이 커졌다. 회사에는 거의 얼굴을 내밀지 않는 승재였다. 변호사인 승재가 나타나는 건 법적으로 문제가 생겼거나, 조만간 생길 것 같아서 자문이 필요한 상황밖에 없었으니까.

강이원 팀장과 승재를 좌우에 거느린 한재하 이사가 마지막으로 세아의 눈에 들어왔다. 동시에 세아는 심장이 덜컥 내려앉았다.

"언제 봐도 보배롭지 않니? 셋 다 모인 건 진짜 오래간만이다. 피곤함에 찌들었던 눈이 정화되는 것 같아."

두 손을 맞잡은 한봄이 황홀해하며 동의를 구했다. 황급히 눈을 돌린 세아는 커피를 들이켰다. 목이 탔다.

SA 소프트에서 유독 눈에 띄는 외모를 가진 세 남자였다.

사모님이라는 호칭을 입에 달고 다니며 능글능글 그녀를 놀리는 강이원 팀장이었지만, 겉모습이 반드르르한 건 부정할 수 없었다. 높이 위로 빗어 올린 앞머리와 곱상한 얼굴. 특히 유려하게 휘어지는 눈매는 여우 같은 느낌이어서, 가끔은 요사스럽다는 단어마저 연상시켰다.

그에 비하면 승재는 어른들이 좋아할 것 같은 생김새의 미남이었다. 반듯한 모범생을 연상시키는 외양과 따뜻한 눈매, 전체적으로 예의 바른 성품이 묻어 나오는 얼굴. 누구나 좋아할 만한, 쉽게 남의 호감을 살 수 있는 용모였다.

한재하 이사는 말할 것도 없었다. 자타 공인 SA 소프트의 왕자님. 흠잡을 데 없는 무결점 외모. 누가 봐도 소프트 회사의 이사라는 직함보다는 '배우'라는 글자를 떠올릴 남자.

눈을 질끈 감은 세아는 달음박질하는 심장을 진정시키려고 노력했다. 한재하 이사를 보자 반사적으로 어제 있었던 민망한 사건이 기억났다. 그도 고의로 저지른 짓은 아니니 화를 낼 순 없지만, 그렇다고 없었던 일로 칠 수도 없고. 진퇴양난이다.

'아, 그러고 보니 니트도 돌려줘야 하는데.'

세아는 뜨끈해진 얼굴을 식히려고 손으로 부채질을 했다.

"저 세 사람이 자체발광남이에요?"

확인을 위해 한봄에게 물어본 세아가 커피를 한 모금 더 목 안으로 넘긴 차였다.

"응. 장난스러운 미남 강 팀장님, 지적인 미남 장 변호사님, 다정한 듯 쿨한 미남인 세아 씨 남친. 완벽한 조합 아니야?"

"컥!"

뜻밖의 정신 공격에 세아는 마시던 커피를 컵 안에 도로 내뿜었다. '다정한 듯'도 틀렸지만 '남친'은 더더욱 아니었다.

"누가!"

반박하려던 세아는 돌연 이성을 되찾았다. 회사에서 두 사람은 사귀는 사이로 되어 있었다. 그녀를 가까이에 두고 괴롭히려는 한재하 이사의 술수 때문에.

"저기에 섹시한 사장님이 가세하시면 4대 미남 총집결인데."

한봄이 안타깝다는 듯이 혼잣말했다.

"사장님이요?"

"아, 세아 씨는 한 번도 뵌 적이 없겠구나."

아차 한 기색으로 한봄이 설명했다.

"알다시피 우리 회사엔 이사님 말고도 창업주가 두 명 더 있잖아?"

"그렇죠."

"그중 한 분은 일선에서 아예 물러나셨고, 다른 한 분은 현재 공부를 더 하겠다고 외국에 나가 계셔. 그분이 바로 사장님이야. 직함은 사장이지만 이사님과 동급의 존재로 보면 돼. 두 분이 번갈아가면서 대표이사와 사장 자리를 맡으시니까."

"그렇군요."

세아는 귀를 쫑긋 세우고서 경청했다. 입사 이래로 처음 듣는 이야기였다.

"사장님은 나른하면서 섹시한 분위기의 미남이야. 그렇게 네 남자가 SA 소프트의 4대 미남이지."

배시시 미소를 지은 한봄이 갑작스럽게 화제를 전환했다.

"그래서 말이야, 실제로는 뭐야?"

"예? 뭐가요?"

"이사님 말이야. 다정해, 아니면 쿨해?"

다정하지도 않고 쿨하지도 않다. 세아의 입장에서 굳이 한재하 이사를 한 단어로 정의하자면 '제멋대로'였다.

개구리가 뛸 방향은 예측할 수 없다고 했던가. 세아에게는 한재하 이사가 딱 그랬다. 그 속을 조금도 알 수 없었다. 무슨 의도를 가졌는지, 무슨 생각을 하는지……, 그녀를 어떻게 생각하는지도.

"잘 모르겠어요."

"그런 게 어디 있어? 애인인데."

한봄이 이해가 가지 않는다는 투로 응대했다. 세아가 뭐라고 변명해야 할지 고민하고 있을 때였다.

"어? 사모님."

지척에서 강이원 팀장의 목소리가 들렸다. 세아는 화들짝 놀라서 옆을 봤다. 언제 왔는지 강이원 팀장이 바로 옆에서 다리를 구부리고 앉아 빙글빙글 웃고 있었다.

왜 사람 깜짝 놀라게 아무 기척도 없이!

"강 팀장님! 간 떨어지는……."

세아의 타박이 채 끝나기도 전이었다.

"사모님이라뇨?"

이번에는 정수리 위에서 익숙한 음성이 들렸다. 세아는 목을 위로 젖혔다. 승재가 빤히 강이원 팀장을 응시하고 있었다.

세아는 멈칫했다. 오랫동안 알고 지낸 승재인데, 지금 이 순간에는 묘하게 이질적으로 느껴졌다.

강이원 팀장이 웃는 낯으로 부연했다.

"아, 모르셨어요? 이사님과 신세아 씨, 서로 사귀는 사이거든요. 그래서 사모님이라고 부르는데."

"세아와 재하가?"

믿어지지 않는다는 듯 승재가 말끝을 올렸다. 세아는 초조해졌다. 해명하고 싶어서 엉덩이가 들썩거렸다.

"승재 오, 아니, 장 변호사님. 그러니까 이건……."

승재는 세아의 왼쪽 어깨를 쥐었다. 그런 다음 세아와는 눈도 맞추지 않고 곧장 오른쪽으로 고개를 돌렸다.

"한재하, 그게 사실이야?"

세아는 목석이 되었다. 등골이 싸했다. 고개를 돌려서 확인하면 되는데 용기가 나지 않았다.

'승재 오빠 오른쪽에 이사님이 있는 거야?'

그때였다. 그녀의 오른쪽 어깨가 덥석 잡혔다. 부드럽게 어깨를 감싸던 승재와는 전혀 다른 손길이었다. 그리고 세 번째 목소리가 대화에 끼어들었다.

"강 팀장님 말씀대로야. 나, 신세아 씨와 사귀고 있어."

한재하 이사의 긍정에 세아의 머릿속이 새하얘졌다. 이게 대체 무슨 상황이야?

세아는 곧바로 한재하 이사를 돌아보았다. 한재하 이사와 승재는 아무 말 없이 서로를 마주 보고 있었다.

"언제부터?"

먼저 입을 연 사람은 승재였다.

"2주 정도?"

한재하 이사는 평소보다 도발적인 태도였다. 세아마저 느낄 정도였으니 승재가 모를 리 없었다.

'저 인간이 왜 저래?'

세아는 경악한 눈빛으로 한재하 이사를 주시했다. 고래 사이에 낀 새우의 기분이 재현되고 있었다.

한재하 이사도 한재하 이사지만, 필요 이상으로 경직된 승재도 이해되지 않았다. 따뜻하고 다정한 남자의 표본인 승재였다.

'어째서 저렇게 얼굴을 굳히고는…….'

혹시 서운한 건가? 퍼뜩 든 생각에 세아는 옳다구나 했다. 그녀라도 승재가 아무 말 없이 자신이 아는 사람과 사귀고 있었다는 걸 알게 되면 서운할 것 같았다. 배신당한 기분이겠지.

'미치겠네. 오해인데.'

세아는 전전긍긍했다. 한재하 이사와는 진짜로 사귀는 사이가 아니었다.

"저, 이사님? 변호사님? 전 이만 자리로 돌아가보겠습니다."

분위기가 이상야릇해지자 강이원 팀장은 쏙 빠져나갔다. 그러자 눈치를 보던 한봄도 덩달아 의자에서 일어났다.

"저, 저도 업무 복귀하겠습니다."

멀어지는 강이원 팀장과 한봄을 보며 세아는 속으로 눈물을 흘렸다. 다들 자기 살길은 귀신같이 개척하는구나. 안 돼. 가지 마. 날 두고 어딜 가? 이 의리 없는 인간들아.

특히 강이원 팀장에게 악감정이 모락모락 피어올랐다. 사모님 타령을 해서 사태를 이 지경으로 만들어놓고 혼자 살겠다고 도망쳐? 두고 보자.

세아가 남몰래 복수심을 활활 불태우고 있을 때였다. 그녀의 왼쪽 어깨를 쥔 손에 슬쩍 힘이 들어갔다. 그녀는 깜짝 놀라서 승재를 올려다보았다. 승재는 늘 그랬듯이 웃고 있었지만, 안경 너머의 눈빛이 복잡했다.

"왜 말 안 하고 감쪽같이 숨기고 있었어."

다정하게 채근한 승재가 세아의 어깨를 놓았다.

"섭섭하게."

세아는 멍하니 승재를 쳐다보았다. 할 말을 다 했다는 듯 승재는 그녀에게서 눈길을 거두고 다시 한재하 이사를 건너다보았다.

"할 일도 다 했으니 이만 가볼게. 다른 궁금한 점 있으면 연락하고."

"그래."

승재가 뚜벅뚜벅 멀어졌다. 이윽고 회전문이 승재를 삼켰다. 그제야 한재하 이사는 그녀의 어깨를 잡고 있던 손을 놓았다.

"왜 그러셨어요?"

세아가 정적을 깨뜨렸다.

"뭘 말입니까."

"몰라서 물으시는 거예요?"

다소 뾰족한 반문에도 한재하 이사는 여유로웠다.

"어쩔 수 없잖습니까. 그럼 강이원 팀장과 강한봄 씨가 보고 있는데 '사실 우린 아무 사이도 아니야.'라고 할 줄 알았습니까?"

"그래도……!"

그가 사과하기는커녕 빈정거리자 세아는 발끈했다.

"강 팀장님하고 한봄 선배가 자리를 뜬 다음에는 솔직하게 말할 수도 있었잖아요."

"비밀이란 건 아는 사람이 적을수록 잘 유지되는 겁니다."

시종일관 본인의 잘못은 없다는 식이었다.

세아는 분했다. 그의 말이 틀리지는 않았다. 맞다. 맞긴 맞는데, 모두 한재하 본위의 사고에서 나온 결론이었다. 그녀에 대한 배려는 전혀 없는.

"그래도 전요."

더 해보라는 듯이 한재하 이사가 턱짓했다. 세아는 원망하는 눈으로 그를 쏘아보았다.

"승재 오빠를 실망시키고 싶지 않았단 말이에요."

한재하 이사의 눈이 커졌다. 세아는 벌떡 일어나서 그에게 허리를 숙였다.

"먼저 사무실로 가보겠습니다."

그러고는 답도 듣지 않고 카페테리아를 벗어났다.

날카로운 눈이 집요하게 세아를 좇았다.

"승재 오빠를 실망시키고 싶진 않았단 말이에요?"

재하는 앞머리를 쓸어 올리며 낮게 혼잣말했다. 원망의 눈초리로 그를 쏘아보는 신세아의 모습에 심장이 철렁 내려앉은 것도 잠시였다.

그렇게 승재가 소중하다고?

애인도 아니고 기껏 어릴 적부터 아는 사이에 불과하잖아. 그렇게 소중하면 아예 사귀지?

곱씹어볼수록 비위가 뒤집혔다. 복잡하게 얽혀들어가는 머릿속을 식히기 위해 그는 머리를 헝클었다.

승재가 신세아의 왼쪽 어깨를 감싸 쥐었을 때, 그의 안에서 무언가가 뚝 끊어졌다. 수없이 그런 행동을 해왔다는 듯이 자연스러운 모양새가 거슬렸다. 그래서 사귀느냐는 승재의 물음에 그렇다고 답해버렸다.

원래는 승재까지 속일 생각은 없었다. 승재는 믿을 만한 녀석이니까.

재하의 입에서 한숨이 터져 나왔다. 왜 그랬을까. 뒤늦게 후회가 되었다. 돌이켜보니 확실히 졸렬했다.

'이 나이 먹어서 유치하게.'

마치 소유권을 주장하려는 듯이 신세아의 어깨에 손을 올리고는…….

'잠깐.'

재하는 경직되었다. 특정 문구가 그의 신경을 건드렸다. 소유권 주장이라니?

'신세아에게 내가?'

동시에 신세아가 물밀듯이 그의 사고 영역으로 밀려들었다.

자신의 몸보다 한참 큰 니트를 걸치고 어정쩡하게 서 있던 신세아.

그의 옆에 앉아 피규어를 청소하던 신세아.

주방에서 앞치마를 두르고 음식을 만들던 신세아.

서류 더미를 낑낑대며 옮기던 신세아.

누가 시키지도 않았는데 커피를 쟁반에 받쳐서 들고 다니며 나눠주던 신세아.

그의 비밀을 알고 당황한 표정을 짓던 신세아.

묘하게 달콤한 향기를 풍기며 그의 품에 안겨 있던 신세아.

수많은 신세아가 재하의 뇌리를 점령했다. 저항할 새도 없이, 한순간에.

재하는 혼란스러워졌다. 한정판 피규어도, 절판된 블루레이도 아니고, 신세아를?

"말도 안 돼."

재하는 일단 부정했다. 프로세스에 오류가 있었던 게 틀림없다. 새로 연산을 하면 결과가 달라질 것이다. 그러나 몇 번을 반복해도 같은 결론밖에 도출되지 않았다. 얼이 빠진 그가 중얼거렸다.

"내 뇌가 설마 악성 코드에 감염된 건가?"

얼마 전부터 낌새가 이상하기는 했다. 느닷없이 신세아가 예뻐 보인다든지, 신세아를 보면 가슴이 뛴다든지.

단순히 심미안이 고장 났다고 생각했는데, 바이러스에 의한 손상이었던가?

"백신."

재하는 입술을 달싹였다.

"백신을 찾아야 해."

상태가 더 심각해지기 전에 백신으로 바이러스를 제거하고 손상된 파일을 치료해야 한다. 그런데 백신이 뭐지? 이런 상황에서 백신 역할을 할 수 있는 게 뭐지?

성큼성큼 이사실로 향한 재하는 리모컨을 눌렀다. 책장이 드르륵 옆으로 밀리며 비밀 공간이 드러났다.

찬란한 피규어의 향연. 더없이 행복한 표정으로 그는 크게 두 팔을 벌렸다.

"내 천사들."

온몸이 정화되는 기분이었다. 재하는 눈을 감았다.

'그래. 나에게는 피규어가 있어.'

언제나 어디서나 피규어가 옆에 있다. 약할 때나 강할 때나 피규어가 옆에 있다. 피규어와 함께라면 어떤 어려운 일도 헤쳐갈 수 있다.

심호흡한 재하는 눈꺼풀을 들어 올렸다. 그리고 기겁했다. 피규어의 얼굴이 모조리 신세아로 변해 있었다.

"맙소사."

재하는 눈을 깜빡였다. 마법소녀 옷을 입고 소울젬을 든 신세아, 괴리검 에아를 든 신세아, 플러그 슈트를 입은 신세아, 타신편을 쥔 신세아, 어깨에 피카츄를 얹은 신세아, 사륜안의 신세아……. 그의 멘탈에 금이 쩍 갔다.

"이게 대체."

떨리는 손으로 재하는 리모컨을 눌렀다. 책장이 도로 붙으며 피규어 수납장을 가렸다.

그는 힘없이 소파에 주저앉았다. 눈앞에서 신세아 군단이 사라졌는데도 충격은 쉬이 가시지 않았다. 가슴에 손을 얹은 그는 자신에게 말을 걸었다.

"진정해, 한재하."

악성 코드다. 악성 코드에 감염된 상태여서 그런 거야. 이따 다시 보면 원상 복귀되어 있을 거야.

놀란 가슴을 충분히 달랜 재하는 리모컨을 눌렀다. 또다시 갈색 책장이 좌우로 벌어지고 하얀 피규어 수납장이 모습을 드러냈다. 피규어들은 언제 신세아였냐는 듯이 본래의 모습으로 서 있었다. 그의 만면에 안도가 번졌다. 역시 일시적인 오류였다.

리모컨으로 피규어 수납장을 은폐한 재하는 책상 앞으로 갔다.

"이 사태의 원인을 알아야 해."

푹신한 사무용 의자에 앉은 그는 두 손으로 머리를 감쌌다. 자신이 뜬금없이 신세아에게 소유욕을 느끼는 이유를 찾는 게 급선무였다.

"발닭개."

재하는 숙이고 있던 고개를 번쩍 들었다.

"내 발닭개잖아. 내 발닭개가 다른 남자랑 해롱거리고 있으니까 당연히 불쾌하지."

세아는 승재와 해롱거린 적이 없었거니와, 설혹 해롱거렸다고 해도 그게 불쾌해할 만한 타당한 사유는 될 수 없었다. 그렇지만 재하는 의도적으로 그 점을 무시했다.

"그래. 그런 거였어."

수긍한 재하는 머리를 끄덕였다. 어찌 되었든 원인이 규명되자 심신이 평안해졌다. 예상외로 간단한 해답에 맥이 풀린 그는 등받이에 상체를 묻었다.

"역시 스마트한 내 두뇌."

자화자찬한 그가 나른한 눈으로 먼 곳을 응시했다.

"발닭개에게 쉴 틈을 주면 안 되겠군. 남는 시간이 있으면 승재와 노닥거릴 게 불 보듯 뻔하니까."

유려하게 뻗은 손가락이 의자의 팔걸이를 반복적으로 두드렸다.

"한눈팔지 못하게 빡세게 굴려야겠어."

그의 입가에 미소가 어렸다. 세아가 봤으면 악마 같다며 식겁했을 웃음이었다.

직원들의 이목이 평상시보다 세게 타자를 두드리고 있는 세아에게로 몰렸다. 하지만 정작 세아는 본인이 손가락에 힘을 주고

181

있음을 알지 못했다.

'S 왕자, 최악의 사디스트!'

대체 승재 오빠에게 내 입장이 뭐가 되냐고!

아직도 화가 가시지 않았다. 그러면서도 한편으로는, 세아는 자신이 왜 이렇게 한재하 이사에게 실망하고 있는지 알 수 없었다.

애초에 한재하 이사는 자상함이나 배려와는 거리가 먼 남자였다. 뻔히 알면서도 난 한재하 이사에게 뭘 원했던 거지? 내심 그가 날 배려해주길 바라고 있었나?

'내가 과분한 기대를 했던 거야.'

세아는 인상을 썼다. 한재하 이사는 원래 그렇게 생겨먹은 인간이었다. 실망할 필요도 없었다. 괜한 것을 바란 그녀가 어리석었던 거다. 김칫국을 원샷한 그녀의 잘못이었다.

마음을 비우려고 노력하며 세아는 C사에 보낼 성능 진단 결과 보고서를 작성했다. 지역별로 콜 센터 시스템의 성능 저하 원인 분석을 마친 다음, 결론 및 향후 권고 사항에 대해서 정리하고 있을 때였다.

"세아 씨."

누가 세아를 불렀다. 세아는 모니터에서 시선을 떼고 주위를 둘러보았다. 남주요 대리가 불쾌한 티를 팍팍 내며 세아를 노려보고 있었다.

"여기가 세아 씨 혼자 쓰는 사무실이야?"

"예?"

자못 공격적인 남주요 대리의 질문에 세아는 당황했다.

"세아 씨 타자 소리, 지금 얼마나 거슬리는지 알아?"

영문을 몰라 가만히 있던 세아는 아차 했다. 한재하 이사에게 뺨 맞은 울분을 무의식중에 키보드에 풀고 있었던 모양이었다. 세아는 바로 자리에서 일어나 다른 사원들에게도 사과했다.

"시끄럽게 해서 죄송합니다."

"세아 씨 입사한 지 좀 됐다고 풀어졌네."

남주요 대리가 은근하게 신경을 긁었다. 세아는 미간을 구기지 않으려고 애썼다.

한재하 이사가 괴롭혀대는 통에 요새 정신이 없긴 했지만, 풀어졌다는 말을 들을 정도로 일을 형편없이 하지는 않았다. 규정 업무 시간인 일곱 시간을 꼬박꼬박 지켜가며 맡은 일은 다 했다. 그러나 '아닌데요?' 하고 따지고 들면 싸우자는 거니 참아야 능사였다.

열렬한 한재하 이사 바라기인 남주요 대리이니 심사가 뒤틀려 있는 것도 이해 못 할 일은 아니었다. 좋아하는 남자의 여자친구. 얼마나 증오스럽겠는가. 아마 숨소리도 얄밉겠지.

'내가 참아야지, 뭐.'

세아도 남주요 대리의 분노를 감당해야 하는 현실이 억울하긴 했다. 한재하 이사와 진짜 사귀는 사이도 아닌데. 그래도 다 아론 세라 뭐시기를 망가뜨린 그녀가 감수해야 할 업보였다.

무엇보다도, 세아에게 남주요 대리는 별로 중요한 인물이 아니었다. 미움받아도 상관없었다. 나중에 한재하 이사와 헤어지면 관계를 회복할 수 있을 테니까. 회복 못 해도 딱히 아쉬울 것도 없고.

'그렇지만 승재 오빠는 아니야.'

승재에게는 미움도, 오해도 받기 싫다. 역시 진실을 밝혀야겠다. 한재하 이사는 비밀을 아는 사람이 적을수록 좋다고 했지만, 승재는 믿을 수 있었다. 승재는 남의 이야기를 아무 데나 떠벌리고 다닐 사람이 아니었다.

결심한 세아는 휴대전화를 들고 슬며시 일어났다. 조용한 곳을 물색하던 중 사내 수영장이 비어 있는 것을 발견했다. 운 좋게도 아무도 수영을 하고 있지 않았다.

승재의 번호를 누른 세아는 전화가 연결되기만을 기다렸다. 얼마 있지 않아 부드러운 음성이 들렸다.

- 여보세요.

"승재 오빠, 나 세아야."

수영장에 그녀밖에 없어서 그런지 유달리 소리가 울렸다.

"지금 통화 가능해?"

- 5분 뒤에 클라이언트 상담이 잡혀 있어서 길게는 못 해.

"그래? 그럼 나중에 할게."

- 아니, 할 말 있으면 해.

"어, 그럼 간단히 말할게."

수영장 근처를 서성이면서 세아가 덧붙였다.

"아까 말이야, 한재하 이사님이랑 사귄다고 했던 거 말이야……."

바로 그 순간이었다. 누가 휴대전화를 손에서 홱 가로챘다. 세아는 화들짝 놀라서 뒤를 돌아보았다. 한재하 이사가 무시무시한 표정으로 그녀를 내려다보고 있었다.

신경질적인 손짓으로 통화를 종료시킨 한재하 이사가 웃음기 하나 없는 얼굴로 그녀를 추궁했다.

"비밀을 누설하지 말라고 했을 텐데요."

"휴대전화, 돌려주세요."

이쯤 되니 세아도 열이 올랐다. 남의 통화를 엿듣는 것도 모자라서 마음대로 끊다니. 아무리 직장 상사래도 이건 너무 시장 지배적 위치를 남용하는 것 아닌가?

갑의 횡포에 을은 농민 봉기를 방불케 하는 기세로 들고일어났다.

"제 휴대전화 내놓으시라고요!"

한재하 이사의 옷을 잡아당기며 세아가 손을 뻗었다. 요리조리 잘 피하던 한재하 이사가 세아의 맹렬한 공격에 어느 순간 휴대전화를 놓쳤다.

포물선을 그리며 날아가는 휴대전화를 세아는 지체 없이 쫓아갔다. 그리고 어느 순간, 발밑이 사라지는 감각이 그녀를 휘감았다.

소름이 쭈뼛 돋았다. 뒤늦게 장소가 수영장이었다는 사실이 떠올랐다.

뒤늦게 세아는 아직 바닥에서 떨어지지 않은 한쪽 발에 힘을 줬다. 그러나 이미 그녀의 육신은 수영장 쪽으로 기울어진 상태였다.

'빠진다!'

세아는 질끈 눈을 감았다. 그때였다. 강한 악력이 그녀를 끌어당겼다.

세상이 뒤집혔다.

정신이 들었을 때, 그녀는 한재하 이사의 품에 무사히 안착해 있었다.

08. 이게 진짜일 리 없어

"세아야?"

불러도 돌아오는 답은 없었다.

승재는 갑자기 끊긴 전화를 당혹스러운 눈으로 내려다보았다. 마지막에 완전히 끊기기 전에 언뜻 재하의 목소리가 들린 듯도 했다.

승재의 시선이 휴대전화의 기본 배경에 고정되었다. 그답지 않게 다소 온기 없는 눈빛이었다.

"대체 뭐가 어떻게 돌아가고 있는 거야?"

안 그래도 헝클어져 있던 기분이 더욱 엉망진창이 되었다.

「강 팀장님 말씀대로야. 나, 신세아 씨와 사귀고 있어.」

세아는 뜬금없이 재하와 사귀고 있다고 하질 않나. 저번 주에 셋이서 한정식집에 갔을 때만 해도 낌새라고는 전혀 없었는데.

「2주 정도?」

묘하게 강조하는 듯했던 재하의 음성. 아니, 어쩌면 재하는 평소처럼 말했는데 그의 귀에만 그런 식으로 들렸던 건지도 모른다.

승재는 전화 버튼을 눌러 최근 기록으로 들어갔다. '신세아'라는 세 글자와 전화번호가 눈에 들어왔다.

세아는 무슨 말을 하려고 했던 걸까.

승재의 손가락이 수화기 모양의 아이콘으로 향했다. 그러나 닿기 바로 전에 그는 손가락을 접었다. 휴대전화를 손에서 놓은 그가 한숨을 터트렸다.

"둘이 사귀는 사이라. 사귀는 사이. 세아와 재하가."

안경을 벗은 승재는 눈가를 문질렀다. 마음속에서 무언가가 꿈틀거렸다. 문제는 그 무언가가 무엇인지를 모르겠다는 것이었다.

"서운함…… 인가?"

재하와는 대학교 때부터 알던 사이였다. 가장 친하다고 할 수는 없어도 어디에서든지 친구라고 당당히 말할 수 있는 사이. 세아는 옆집에 살아서 아주 어릴 적부터 알았고. 그 두 사람이 비밀을 만들어서 서운한 건가?

그래. 물론 서운하기도 했다. 서운하지 않다고 하면 거짓말이지. 그렇지만 분명 다른 감정도 섞여 있었다. 단순히 서운함에서 비롯되었다고 치부하기에는 묘하게 거센 감정의 소용돌이였으므로.

그게 뭘까. 승재가 잡힐 듯 잡히지 않는 실마리를 좇는 데 골몰하고 있을 무렵이었다.

"장 변호사님, 안에 계신가요?"

문밖에서 말소리가 넘어왔다. 상담을 예약한 클라이언트였다.

승재는 벗고 있던 안경을 쓰며 상냥하게 답했다.

"들어오세요."

고요한 수영장에서 두 사람의 숨소리가 얽혀들어갔다.

세아는 꼼짝도 할 수 없었다. 심장이 너무 빠르게 뛰어서 과부하가 걸릴 것 같았다.

'나 왜 이래?'

세아는 혼란스러웠다. 전에도 그렇고, 왜 한재하 이사와 접촉할 때마다 심장이 터져버릴 것 같지?

한재하 이사는 못 말릴 S에 덕후고 그녀에 대한 배려라고는 눈곱만큼도 없는 남자인데. 좋아할 만한 요소라고는 하나도 없는 남자인데. 혹시 그를 좋아했던 감정이 아직 남아 있는 건가?

아닌데. 이제는 한재하 이사를 안 좋아하는데. 하도 집요하게 괴롭혀대는 통에 호감은 진작 사라지고 울분만 쌓였는데. 조금 전까지만 해도 오징어 다리 씹듯이 속으로 그를 질겅질겅 씹고 있었는데. 그랬는데.

막상 안기니 왜 이렇게 가슴이 떨리지?

그에게서 사늘한 향기가 풍겼다. 세아는 몽롱한 기분이 되었다. 차가운데 따뜻했다. 코끝을 간질이는 내음은 시원한데 품 안은 아늑했다. 그녀의 손이 스르르 그의 등으로 향했다. 그녀가 그를 끌어안으려던 찰나였다.

"조심 안 합니까?"

날 선 중저음이 세아의 이성을 깨웠다. 그녀의 팔이 한재하 이사의 등에 닿기 일보 직전에 멈췄다.

"왜 이렇게 조심성이 없습니까?"

한재하 이사가 빈정거렸다. 그러나 세아는 자신이 하려고 했던 행동에 경악하느라 그의 말을 신경 쓸 새가 없었다.

'내가 방금 무슨 짓을 하려고 했던 거지?'

한재하 이사를 끌어안으려고 했어? 미쳤어!

"신세아 씨가 어린애입니까? 휴대전화만 쫓다가 발밑을 못 보다니. 그런 근시안적인 사고로 이 복잡하고 정교한 사회에서 무슨 수로 살아남겠습니까?"

목석처럼 있는 세아에게 그가 잔소리를 퍼부었다.

"부주의한 것도 정도껏 해야지, 초등학생도 신세아 씨보다는 분별력이 있겠습니다. 정신을 대체 어디다 팔고 다니는 겁니까?"

머리 위로 쉴 새 없이 떨어지는 목소리를 들으며 세아는 의아했다. 한재하 이사가 원래 이렇게 말이 많았었나?

입사하고서 쭉 지켜본 바로는, 그는 딱 필요한 말만 하는 타입이었다. 철저하게 언어의 경제성을 지키는 유형. 그런데 지금은 놀라우리만치 말이 많았다. 마치 단단히 놀라서 허둥지둥하는 것처럼.

"적자생존의 세상에서 도태되기 싫으면 한눈팔지 말고 똑바로 처신하십시오. 내가 여기 없었으면 어쩔 뻔했습니까."

"이사님이 안 계셨으면 애초에 수영장에 빠질 뻔하지도 않았겠

190

죠."

세아는 뾰루퉁하게 대꾸했다. 말문이 막혔는지 한재하 이사는 반박하지 않았다.

적막이 내려앉았다. 그에게 안긴 채로 세아는 눈을 굴렸다. 어색어색 열매를 대량 섭취한 듯한 서먹함이 그녀를 짓눌렀다.

해프닝도 일단락되었으니 이제 분리 독립의 시간인 것 같은데, 한재하 이사는 그녀를 놓아줄 기미가 없었다.

그녀는 바짝 얼어서 부동자세로 있었다. 한재하 이사에게 안겨 있는 게 싫진 않았으나, 버거웠다. 가슴이 계속 간질거리고 산소가 모자랐다.

"저, 이사님?"

등줄기를 훑어내리는 자잘한 전류를 견디다 못한 세아가 입을 열었다. 그제야 한재하 이사가 그녀의 머리를 끌어안고 있던 손을 놓았다. 그러더니 그녀의 어깨를 밀쳤다. 세아의 눈이 휘둥그레졌다.

'잠깐, 이거 너무 강하게 밀린 것 같은…….'

당황한 한재하 이사의 얼굴이 보이더니 이내 천장이 시야에 들어왔다. 아무래도 심각한 상황인 것 같다. 본능적으로 솜털이 곤두섰다.

풍덩!

사방으로 물이 튀었다. 한기는 한발 늦게 밀려왔다. 세아는 몸서리를 치며 자세를 바로잡았다. 물에 젖어 얼굴에 달라붙은 머리

191

카락을 치운 그녀가 한재하 이사를 째려보았다.

빠질 뻔한 걸 잡아줬다고 온갖 유세를 다 부리더니!

한재하 이사는 무릎을 구부리고 앉아서 그녀를 관찰하고 있었다. 처음의 걱정하던 기색은 그녀가 무사하다는 걸 인지하자마자 감쪽같이 사라져버려 흔적조차 없었다.

"구경거리라도 났어요?"

기가 막혀서 세아는 그에게 따졌다. 자기 때문에 사람이 빠졌으면 따라서 뛰어들든지, 아니면 최소한 미안해하기라도 해야 하는 거 아닌가?

"난 수영은 할 줄 모릅니다."

한재하 이사가 뻔뻔하게 응대했다. 세아의 눈이 커졌다. 아니, 수영도 할 줄 모르는 사람이 어째서 회사에 떡하니 수영장을 만들어놓은 거야? 그러고 보니 그가 수영장을 이용하는 광경을 한 번도 본 적이 없는 것 같았다.

"그럼 수영장은 뭐하러."

"직원 복지 차원에서 만든 거죠."

생글생글 웃으며 한재하 이사가 부연했다.

"참고로 난 당구도 칠 줄 모릅니다. 볼링은 할 줄 알지만, 취미가 없고. 전부 복지 차원에서 만들어놓은 겁니다."

상황에 어울리지 않게, 세아는 문득 그에게 감탄했다. 확실히 대단한 경영 마인드이긴 했다.

하루에 일곱 시간만 일하면 다른 것은 일절 간섭하지 않는 자유

출퇴근 제도, 어린아이를 맡겨놓을 데가 없는 직원들을 위한 놀이
방 운영. 전부 평범한 회사 오너가 생각할 만한 복지는 아니었다.
성격이나 그 밖의 단점을 고려해도, 기본적으로 그는 잘난 사람이
맞았다.

　세아의 가슴에 파문이 번졌다. 오래간만에, 그럴듯한 외모 때문
이 아니라 다른 이유로 그가 멋있어 보였다.

　"먼저 가볼 테니 로커 룸에 있는 옷으로 갈아입고 나오십시오.
젖은 옷은 드라이클리닝 맡기고."

　한재하 이사가 수영장을 나갔다. 물에서 나온 세아는 로커 룸으
로 가서 상비되어 있는 황토색 반소매 옷과 반바지를 입었다. 찜
질방에서 그대로 탈주한 것 같은 패션이었다.

　"4월에 반소매 옷이라니."

　이러고 사무실에 들어가면 시선 집중이겠지? 벌써 민망했다.
세아의 입에서 절로 한숨이 터져 나왔다. 그나저나 뭔가 중요한
걸 잊은 듯한데. 찜찜한 기분에 고개를 갸우뚱거리던 세아가 기겁
해서 외쳤다.

　"내 휴대전화!"

　재하는 빠른 걸음으로 복도를 가로질렀다. 누가 봐도 그는 평정
을 잃은 상태였다. 자세히 지켜보면 작게 연신 무언가를 중얼거리
고 있었다.

　"매너 있는 남자. 매너 있는 상사. 매너 있는 오덕."

그는 머릿속을 점령한 영상을 밀어내려고 노력했다.

신세아가 수영장에 빠졌을 때는, 정말이지 심장이 멈추는 줄 알았다. 게다가 그다음에 펼쳐진 광경은, 다른 의미로 자극적이었다.

물기를 머금어서 촉촉한 얼굴. 착 달라붙어서 육체의 굴곡을 그대로 보여주던 블라우스. 턱을 타고 아래로 흘러내린 물방울.

눈앞이 아찔했다. 그녀가 눈치 채지 못하게 가까스로 태연한 척하긴 했지만, 그의 심장 고동은 고삐 풀린 망아지처럼 질주하고 있었다.

그 순간만큼은, 지긋지긋한 집안에서 받았던 교육에 감사하는 마음이 들었다.

「마음의 동요를 얼굴에 드러내지 마라. 그건 하수나 하는 짓이니까. 네가 가진 패를 적에게 알려줄 참이냐?」

"그 인간에게 받은 교육이 쓸모가 있을 때도 있군."

조소한 재하는 거칠게 머리를 쓸어 올렸다. 밥맛 떨어지는 얼굴이 떠오르자 흥분으로 달음박질하던 심장도 거짓말처럼 식었다.

퍼뜩 휴대전화를 꺼내 든 그가 어디론가 전화를 걸었다. 신호음이 몇 번 간 뒤에 상대방이 받았다.

- 형! 무슨 일이야?

"별일은 아니고, 잘 있나 해서."

- 나야 늘 그렇지, 뭐.

수화기 너머의 음성은 쾌활했다. 재하는 안도했다.

- 나 많이 나았어. 너무 걱정하지 마.

"그래."

- 형이야말로 어때? 아직도 여친 안 만들고 피규어 수집이나 하는 거야?

재하는 발끈해서 반박했다.

"피규어 수집이 뭐가 어때서?"

- 뭐, 그게 나쁘다는 건 아니지만 3D에도 정을 좀 붙여보면 어떨까 싶어서. 그래서 여자친구는 있어, 없어?

"없어, 인마."

- 그럼 호감 있는 상대는?

그 물음에 어째서인지, 불현듯 신세아가 뇌리를 스쳐 지나갔다. 덕분에 재하는 하마터면 휴대전화를 떨어뜨릴 뻔했다.

가늘게 손을 떨며 그는 상대를 타박했다.

"쓸데없는 소리 하지 마."

- 오올. 없다고는 안 하네? 이제 형도 동정 대마법사에서 벗어나는 거야?

"닥쳐."

- 그분이 아마 형수님이 되겠지? 나한테는 언제 소개해줄 거야? 가능한 한 빨리 소개해줬으면 좋겠는데.

"시답잖은 소리만 할 거면 끊자."

- 에이, 오래간만에 통화하는 건데…….

익살스러운 목소리가 말을 끝맺기도 전에 재하는 종료 버튼을 눌렀다. 녀석이 이상한 질문을 하는 바람에 다시 가슴이 널뛰듯이 뛰기 시작했다. 재하의 미간에 주름이 잡혔다.

"천하에 보탬 안 되는 녀석."

안정, 안정이 필요하다. 재하는 휴대전화를 꾹꾹 눌렀다. 얼마 있지 않아 차분한 음색과 목탁 두드리는 소리가 복도를 채웠다.

─ 관자재보살 행심반야바라밀다시 조견오온개공 도일체고 액…….

반야심경이었다.

"잡념아, 물러가라. 썩 물러가라."

열심히 되뇌며 재하는 이사실로 걸어갔다.

퇴근한 뒤, 재하는 TV 앞에 앉았다. 갑갑한 양복을 벗어던지고 소파에 앉아 고화질 애니메이션을 감상하는 것은 그가 가장 좋아하는 취미생활이었다.

"어디 보자, 이번 분기 신작 중에 안 본 게……."

재하는 망설임 없이 결제 버튼을 누르고는 팔짱을 꼈다. 오프닝이 흘러나왔다. 그의 눈빛이 진지해졌다.

'오덕안 발동!'

재하의 머릿속에 가상의 막대그래프와 평가 항목이 좌르르 펼쳐졌다.

'작화 상. 화면 구성력 중상……, 아니, 상. 음악 중상. 성우진은 미리 입수한 정보가 맞는다면 최상.'

덕력을 갈고닦은 지 어언 15년 차.

'주인공은 평범해 보이지만 알고 보면 먼치킨. 여캐 1은 소꿉친구 속성에 백치미를 갖춘 치유계, 여캐 2는 독설가인 쿨뷰티 아가씨. 라이벌로 추정되는 남캐 2는 하라구로.'

이제는 오프닝만으로 애니메이션의 견적을 뽑는 경지에 이르렀다. 어떤 장르인지, 캐릭터들의 성격은 어떨지, 내용이 앞으로 어떻게 전개될지. 재하는 그런 자신의 능력을 모 소년만화의 기술에 빗대어 남몰래 '오덕안'이라고 칭하고 있었다. 조금 부끄럽고 중2병 같지만 뭐 어떤가. 누가 그의 생각을 들여다볼 것도 아닌데.

'달리는 장면이 자연스러운 걸 보니 애니메이터를 갈아 넣은 게 분명하군. 애니메이터가 애밀레, 애밀레 우는 소리가 여기까지 들려온다.'

냉철하게 하나하나 평가한 그는 금세 결론을 도출했다.

"스토리만 중상 이상이면 수작 소리를 듣겠어."

오래간만에 볼 만할 것 같은 작품의 등장이다. 재하는 두근거리는 마음으로 자세를 고쳤다. 그리고 애니메이션은 그의 설렘을 무참히 배반했다.

스토리가 하, 아니, '하'라는 표현도 과분했다. 발로 쓴 듯한 대사와 빈약한 스토리 라인, 개연성 없는 전개. 취향의 문제가 아니었다. 길 가던 사람을 아무나 붙잡고 써보라고 해도 이보다는 나은 스토리가 나오겠다.

리모컨으로 TV를 끈 재하는 옅게 한숨을 쉬었다.

"하아, 요즘 왜 이렇게 쓸 만한 신작이 없지?"

작화나 기술은 예전보다 나아지고 있는데 반대로 스토리는 퇴보한다. 작품의 절대량은 많아졌는데 볼 만한 작품은 점점 줄어들고 있었다.

"풍요 속의 빈곤이군."

재하는 이마를 짚었다. 기대가 큰 만큼 실망도 크다고, 하도 충격을 받아서 머리가 띵했다.

"뭘 봐도 예전처럼 재미있지 않은 게……, 설마 덕태기가 찾아온 건가?"

풍문으로만 듣던 덕질의 권태기, 덕태기. 혹시나 싶은 마음에 재하는 후다닥 피규어 방으로 향했다. 피규어들은 여전히 예쁘고 사랑스러웠다.

"그럼 그렇지."

가슴을 쓸어내린 재하는 거실로 돌아왔다. 덕태기까지는 아니어도 요새 살짝 애니메이션 사랑이 시들해진 건 부인할 수 없었다. 이럴 때는 다른 활동을 하면서 덕심이 차오르기를 기다리는 게 제격이었다.

"드라마나 보자."

다시 리모컨을 든 재하는 아무 채널이나 틀었다.

편하게 TV를 시청하던 그의 눈이 돌연 커졌다. 드라마의 남자 주인공으로 추정되는 인물이 그와 비슷한 증상을 겪고 있었기 때문이었다. 어떤 여자만 보면 괜히 가슴이 뛴다든지, 사방의 물건이 그 여자의 얼굴로 바뀌어 보인다든지…….

- 찬욱아, 들어봐. 나 이상한 병에 걸린 것 같아.

- 이상한 병? 증상이 어떤데?

- 막 있잖아, 그 여자가 시도 때도 없이 눈앞에 둥둥 떠다녀. 아무 이유 없이 그 여자 생각이 나고 그 여자만 보면 심장 박동이 막 빨라지는데…….

정자세를 한 재하가 집중해서 TV 속의 인물들을 바라보았다. 심장이 두방망이질 쳤다.

- 너 어디 모자란 놈이냐?

남자주인공의 친구가 남자주인공에게 면박을 줬다. 재하는 안으로 빨려 들어갈 기세로 화면을 응시했다. 친구가 답답하다는 듯이 덧붙였다.

- 좋아하고 있는 거잖아, 그 여자를.

남자주인공의 만면에 경악이 번졌다. 마찬가지로 재하의 얼굴에도 파문이 번졌다.

- 뭐? 내가 좋아해? 그 여자를?

"뭐? 내가 신세아를 좋아한다고?"

TV 속의 남자주인공과 재하가 동시에 자리를 박차고 일어나 버럭 외쳤다.

- 말도 안 돼!

"말도 안 돼!"

세아는 감자 칩을 집어 먹으며 드라마에 열중했다. 물에 빠져 벽돌이 된 휴대전화를 수리센터에 맡기고 나니 할 일이라고는 TV 시청뿐이었다.

드라마의 남자주인공은 한창 온갖 물건에서 여자주인공을 보고 있었다. 머그잔에 그려져 있는 캐릭터도 여자주인공으로 바뀌고, 집에 있는 곰 인형의 머리도 여자주인공으로 바뀌고, 하다못해 서류 위에도 여자주인공의 얼굴이 떠오른다.

감자 칩을 으적으적 씹으며 세아는 코웃음을 쳤다.

"오버 쩌네."

사랑에 빠진다고 사람이 저렇게까지 될까? 심지어 시종일관 무심 시크하던 남자주인공이.

"아무리 드라마라지만 현실성이 없잖아."

세아가 투덜거렸다. 거실 바닥에 앉아 우엉을 얇게 깎던 어머니가 한마디 했다.

"말이 되고 안 되고는 직접 사랑이란 걸 해보시고 평가해보시죠, 아가씨."

세아의 얼굴이 구겨졌다.

"엄만 삼포 세대라는 말도 몰라? 연애, 결혼, 출산을 포기한 세대. 그게 바로 요즘 이삼십 대의 현실이라고. 내가 이상한 게 아니라."

"어쨌든 연애 한번 못 해본 게 자랑이냐? 이것아."

어머니의 일격이 아프게 세아의 가슴을 쑤셨다. 안 그래도 솔로

여서 서러운데, 주변에서는 보듬어주지 못할망정 비수를 꽂는다.
세아는 화제를 살짝 돌렸다.

"연애하면 정말 저래?"

"그을쎄에다아."

어머니가 능청을 떨었다. 세아는 궁금해져서 어머니를 닦달했
다.

"정말로 저렇게 시도 때도 없이 떠오르고 그래? 어?"

"난 모르겠고, 네 아빠는 그랬다는데?"

결국 자기 자랑이었다. 심통이 난 세아는 과자 봉지 안을 뒤적이
며 뾰루퉁하게 대꾸했다.

"엄마는 그 말을 믿어? 다 엄마 꾀어내려고 한 말이야."

"그래서 넌 빈말이라도 누구한테 그런 말 들어봤냐니까?"

어머니가 우엉을 깎던 손을 멈추더니 최후의 일격을 가했다. 세
아는 침몰했다. 눈물이 앞을 가렸다. 애인이 있어야 들어봤든 말
든 하지.

딸을 단숨에 제압한 어머니가 다시 느긋하게 우엉을 다듬기 시
작했다.

드라마 속의 남자주인공은 자려고 누웠다가 끊임없이 눈앞에서
아른거리는 여자주인공 때문에 버둥거리며 괴로워하고 있었다.

"우리 딸도 저렇게 콩깍지가 단단히 쓰인 남자를 만나야 할 텐
데."

"엄마, 저건 드라마야. 현실에 저런 남자가 어디 있어?"

염세적으로 쏘아붙인 세아는 감자 칩을 입에 물며 부연했다.

"물론 누가 날 저렇게 좋아해준다면 행복하겠지만."

그럴 일이 없다는 게 문제지. 한숨을 쉰 세아는 과자 봉지 안으로 손을 집어넣었다. 어머니가 눈을 번뜩였다.

"밤중에 과자 먹으면 살찐다고 누누이 말했건만."

"배가 고픈걸."

"너 그러다가 살찐다?"

"찌면 어때. 누가 볼 것도 아니고."

"이것아, 지금부터 관리해야 서른 살 전에 시집을 가지!"

잔소리와 함께 어머니 표 등짝 스매싱이 작렬했다. 세아는 비명을 지르며 줄행랑쳤다.

"악! 요즘 누가 서른 전에 시집을 가? 서른 넘어서 가지!"

"다른 집은 그럴지 몰라도 우리 집은 아니란다."

"왜! 트렌드를 따라가야지, 왜 시대를 역행하는 건데?"

"온고지신이라는 말 모르니, 우리 애기?"

"애기라고 부르지 마. 내가 몇 살인데 아직도 애기야!"

"넌 예순 살을 먹어도 엄마한테는 애기다."

시크하게 응수한 어머니가 다 자른 우엉을 신문지에 펼치며 물었다.

"우엉차 끓여줄까?"

"응? 주면 마실게."

"그거라도 먹고 건강 챙겨. 그리고 제발 올해 안에는 애인 만들어라."

"애인 타령 좀 그만해! 때 되면 생기겠지."

세아는 어머니의 타박을 한 귀로 흘려들으며 드라마에 집중했다. 남자주인공이 친구를 만나서 자신의 증세를 털어놓고 있었다.

- 막 있잖아, 그 여자가 시도 때도 없이 눈앞에 둥둥 떠다녀. 아무 이유 없이 그 여자 생각이 나고 그 여자만 보면 심장 박동이 막 빨라지는데…….

세아는 혀를 찼다.

"저 모자란 놈."

- 너 어디 모자란 놈이냐?

"좋아하는 거잖아."

- 좋아하고 있는 거잖아, 그 여자를.

간발의 차로 남자주인공의 친구가 세아의 말과 거의 비슷한 대사를 읊었다.

"뻔해서 재미없어."

급속도로 흥미가 식는 것을 느끼며 세아는 채널을 돌렸다.

다음 날 회사에 출근한 세아는 기겁했다. 한재하 이사가 끝판왕 같은 포스를 풍기며 이사실의 책상에 앉아 있었다.

잠을 한숨도 못 잔 듯 우중충한 안색과 웃음기 한 점 없는 표정, 약간 붉은 기가 도는 눈, 평소보다 좁아진 눈썹 사이. 누가 봐도 한재하 이사는 저기압이었다. 잘못 건드렸다가는 태풍으로 발전할 가능성이 농후한.

'이래서 사무실 분위기가 이상했구나.'

뒤늦은 깨달음이 세아를 관통했다. 먼저 출근해 있던 사람들이 묘하게 경직되어 있더라니, 살얼음판을 걷고 있어서 그랬던 거다.

세아의 뒷머리에 식은땀이 차올랐다. 성질 더러운 재규어가 어슬렁거리고 있는 세렝게티에 맨몸으로 내던져진 기분이었다.

"물 떠 오십시오."

심기가 한가득 불편한 재규어, 한재하 이사가 입을 열었다. 검은 아우라가 그의 주변에서 넘실거리는 것 같았다.

"네."

세아는 잔뜩 얼어서 이사실을 빠져나왔다. 3층 맨 오른쪽 정수기에서 물을 받아서는 후다닥 돌아와 컵을 내밀었다.

"여기 있습니다, 이사님."

하지만 한재하 이사는 컵을 흘긋 보기만 할 뿐. 손도 대지 않았다. 긴장감에 휩싸여서 컵을 응시하던 세아가 조심스럽게 말했다.

"이제 밖으로 나가봐도 될까요?"

한재하 이사는 가타부타 말이 없었다. 나가도 된다는 뜻으로 받아들인 세아가 그에게서 등을 돌리려던 차였다.

"가긴 어딜 갑니까."

나직한 중저음이 세아를 붙잡았다.

'망했다.'

세아는 천천히 한재하 이사가 앉아 있는 쪽으로 고개를 돌렸다.

한재하 이사는 손가락을 까닥이고 있었다. 가까이 오라는 제스처였다.

울며 겨자 먹기로 세아는 그에게로 다가갔다. 책상과 어느 정도 거리를 두고 똑바로 서자 그가 미간을 찌푸렸다.

"더."

더 가깝게? 세아는 의아해하며 두어 발자국 더 책상 쪽으로 걸어갔다. 그럼에도 불구하고 여전히 한재하 이사는 못마땅한 기색이었다.

"더."

아예 책상에 달라붙으라는 건가? 그의 눈치를 살피던 세아는 거의 책상 바로 앞에 섰다. 그제야 그가 만족한 듯 채근을 그쳤다. 대신 그녀를 빤히 올려다보았다.

분석하듯이 낱낱이 훑어보는 시선에 세아는 당황했다.

"저, 이사님."

곤혹스러움을 견디지 못하고 그녀가 입을 열었을 때였다.

"허리 숙여보십시오."

듣기 좋은 목소리로 그가 지시했다. 세아는 어리둥절했다.

"네?"

"허리 숙여보라고요. 내 쪽으로."

자기는 의자에 앉아서 사람에게 이거 하라 저거 하라 한다. 저놈의 갑질.

세아는 을의 의무를 충실히 이행했다. 영문도 모른 채 그녀는 한재하 이사가 시키는 대로 허리를 숙였다. 한참 달랐던 눈높이가 거의 비슷해졌다. 두 사람 사이의 거리도 훨씬 가까워졌다.

세아의 숨이 멎었다. 눈 밑이 시커멓고 피부도 전날보다 거칠었지만, 그는 여전히 잘난 얼굴이었다. 결함 하나 없이 외모에서는 빛마저 났다. 빨라지는 심장 박동을 느끼며 세아는 입술을 사리물었다.

'대체 이 남자는 뭘 믿고 이렇게 잘생긴 거야.'

안 되겠다. 오랫동안 근접 거리에서 보고 있으면 심장 건강에 좋지 않을 것 같다. 세아는 곧 적당한 핑곗거리를 생각해냈다.

"이사님, 계속 이 자세로 있으려니 허리에 무리가……."

"가만히 있으십시오. 말하지 말고."

한재하 이사가 단호하게 명령했다. 세아는 퍼뜩 입을 다물었다.

'내가 이걸 좋아한다고?'

재하는 시야에 들어오는 얼굴을 낱낱이 훑었다.

연갈색 머리카락, 부드러운 곡선을 그리는 이마, 유순한 눈매, 크지도 작지도 않은 눈. 말랑해 보이는 뺨. 전체적으로 동글동글한 느낌이었다.

'아무리 봐도 내 취향은 아닌데.'

재하의 미간이 좁아졌다. 그는 키가 크고 팔다리가 쭉 뻗은, 눈초리는 약간 올라간 고양이 같은 스타일을 좋아했다. 물론 현실에서는 여자를 멀리했으므로 2D 캐릭터를 기준으로.

요컨대 쭉쭉빵빵 도회적인 미인 캐릭터가 그의 취향이었고, 그런 관점에서 봤을 때 신세아는 명백하게 아웃이었다.

　170센티미터도 안 되는 신장에 말간 표정. 도도함이라고는 약에 쓰려고 찾아도 찾을 수 없는 생김새. 누가 봐도 고양이보다는 강아지. 동네 동생처럼 친근한 인상. 이상형과 일치하는 구석이라고는 전무했다. 그런데 그가 신세아를 좋아한다니?

　'말도 안 돼.'

　재하는 피식 웃었다. 한낱 드라마에 나오는 장면 때문에 밤잠을 설쳤다는 사실이 우스울 지경이었다.

　애초에 신세아를 좋아할 이유가 없었다. 아론의 목을 뎅강 부러뜨린 여자였다. 그래서 괴롭혀주려고 마음먹고서 이리저리 굴리고 있었는데 뜬금없이 좋아한다? 애니메이션이라면 급전개, 아니, 발전개라는 소리를 들어도 할 말이 없는 상황이었다.

　하다못해 좋아할 만한 계기는 있어야 하지 않겠는가. 아주 사소하더라도, 그가 신세아에게 호감이 가게 된 이유.

　'향기?'

　불쑥 떠오른 생각에 재하는 흠칫했다. 신세아를 껴안았을 때 느꼈던 말랑한 향? 그 향기가 그를 자극한 건가?

　'아니야. 겨우 그 정도로 신세아에게 플래그가 꽂힌다고? 막장 애니도 아니고 그런 일은 있을 수 없어.'

　재하는 고개를 내저었다. 더 임팩트 있고 설득력 있는 에피소드가 필요했다. 누구나 납득할 수 있는, 그가 그녀를 좋아하게 되는 결정적인 원인. 하지만 아무리 기억을 뒤져봐도 짐작이 가는 일이 없었다. 재하는 입꼬리를 매끄럽게 끌어올렸다.

'역시 드라마를 현실에 적용하는 건 말도 안 되는…….'

바로 그 순간이었다. 섬광처럼 무언가가 그의 뇌리를 관통했다.

「우표를 모으면 고상한 컬렉터고, 피규어를 모으면 현실과 2D를 혼동하는 변태인가요? 드라마를 좋아하면 괜찮고, 애니메이션을 좋아하면 사회 부적응자인 거예요? 뭘 좋아하든 그건 개인의 취향이잖아요. 그런데 왜 우표 수집가나 드라마 광은 뭐라고 안 하면서 피규어나 애니메이션을 좋아하면 업신여기시는 거예요?」

사원들끼리 모여서 오타쿠에 대해서 뒷말을 하던 날. 모두가 그의 취미를 비웃는데 혼자 꿋꿋하게 오타쿠를 변호하던 신세아.

맙소사. 재하의 낯에 경악이 어렸다. 남자주인공이 힘들 때 힘이 되어주는 여자주인공. 이건 보통 애니메이션에서…….

「남에게 피해만 주지 않는다면 그 사람들이 무얼 하든지 이렇게 웃음거리로 삼을 자격, 우리에게 없어요.」

남자주인공이 여자주인공에게…….

「변변한 취미가 없는 저는 오히려 신기하고 부럽기도 해요. 무언가를 그렇게 좋아할 수 있다는 건 행복한 일 아닌가요?」

반하게 되는 시추에이션인데……?

재하는 눈을 부릅떴다.

"인정할 수 없어!"

"예? 무엇을."

"난 인정 못 해! 인정할 수 없다고!"

"그러니까 뭘……."

연거푸 묻는 세아의 볼을 그가 턱 잡았다. 그런 다음 인정사정없이 좌우로 쭉 늘였다.

"아! 아우우브! 아하여!"

신세아가 재하의 팔을 붙잡았다. 재하는 발버둥 치는 신세아를 내려다보았다. 얼굴이 한껏 옆으로 길어진 신세아는 우스꽝스러운 몰골이었다.

재하는 또 욱했다. 차라리 이상형에 딱 들어맞는 미인이라면 이해라도 되겠는데, 내가 왜 이런 걸?

"신세아 씨."

더 예쁜 여자들이 줄줄이 고백해도 단호하게 거절해서, 한때 한국대의 단호박이라고까지 불렸던 내가 선택한 여자가 기껏 이거라고? 한재하, 눈이 발에 달렸어?

"왜 이렇게 못생겼습니까."

"에?"

"못생겼습니다."

"제가 애 그러 마흘……."

신세아가 억울하다는 눈빛으로 그를 올려다보았다. 뺨이 당겨져서 그런지 발음이 엉망진창이었다. 아랑곳하지 않고 더 그녀의 볼을 잡아당긴 재하가 또박또박 강조했다.

"못, 생, 겼, 다, 고, 요, 신세아 씨."

"아, 아라스니가 이 소느으⋯⋯."

울먹이며 신세아가 애원했다. 알았으니까 이 손을 놓아달라는 뜻 같았다.

'제길.'

눈물을 글썽이는 세아를 보며 재하는 욕을 삼켰다. 또 정체불명의 악성 코드가 그의 심미안을 장악하기 시작했다. 밑도 끝도 없이 신세아가 예뻐 보인다.

동시에 반감이 치밀어 올랐다. 재하는 바이러스와 맞서 싸우기로 결정했다.

"못생겼습니다. 못생겼다고요."

"아라따니가어."

"신세아 씨는 못생겼습니다. 알겠어요? 신세아 씨는 못생겼어요."

최면이라도 걸듯이 재하는 같은 말을 반복했다. 덕분에 죽어나가는 건 세아였다.

"아라스니 제바아⋯⋯."

"신세아 씨는 못생겼다고."

"아아따고어!"

울컥한 세아가 버럭 소리 질렀다. 뺨이 떨어져 나갈 것처럼 아팠다.

그제야 정신을 차린 재하가 그녀의 볼을 놓았다. 그녀는 두 손으로 뺨을 감싸고서 매섭게 그를 노려보았다.

"알았다고요! 저 못생겼어요, 못생겼다고요! 근데 제가 못생긴 거에 이사님이 뭐 보태주신 거 있으세요?"

재하는 가슴이 철렁했다. 그를 향한 미움이 뚝뚝 떨어지는 신세아의 눈빛에, 심장이 덜컥 내려앉았다. 바이러스고 뭐고 아무것도 떠오르지 않았다. 그녀에게 변명해야겠다는 생각밖에 들지 않았다.

"신세아 씨. 그러니까, 그게."

"저 나가보겠습니다."

재하의 말을 끝까지 듣지 않고 세아는 이사실을 나갔다.

재하는 세아를 잡으려고 무심결에 일어났다가 그대로 의자에 주저앉았다. 온몸을 휘감는 탈력감에 그는 짙은 한숨을 내뱉었다.

'이게 대체 뭐야.'

세아는 뺨에 손을 얹은 채로 화장실로 뛰어갔다. 난데없는 봉변을 당한 것도 모자라 못생겼다는 말까지 한가득 들었다. 살면서 못생겼다는 말을 이렇게 몰아서 듣기는 처음이었다.

눈물이 핑 돌았다. 아프고 서러우니 감정이 북받쳤다.

한재하 이사가 기분이 안 좋아 보이기에 뭘 당해도 톡톡히 당할 거라고는 짐작했다. 그런데 이런 식의 괴롭힘이라니.

'이건 아니잖아.'

힘껏 당겨진 볼보다도 마음이 아팠다.

'나쁜 인간.'

고여 있던 눈물이 범람했다. 한 줄기 물방울이 뺨을 타고 흘러내렸다. 세아가 울먹이며 여자 화장실로 들어가려는 찰나였다. 누가 뒤에서 그녀의 팔을 잡아챘다.

  "잠깐만."

  매력적인 중저음. 그러나 지금은 가장 듣고 싶지 않은 목소리.

  "나랑 이야기 좀 합시다."

  한재하 이사였다.

09. 필사적 회피

급히 달려왔는지 그는 숨이 흐트러져 있었다. 세아는 고개를 돌려 그를 외면했다.

"할 말 없어요. 그리고 저 지금 화장실 가려고 하는데요."

"당장 해결해야 할 정도로 급한 거 아니면 참으십시오."

세아는 기가 막혔다. 이 남자가 여자에게 못 하는 말이 없다.

"손 놓아주세요."

"못 놓습니다. 놓으면 내가 쫓아가지 못하게 여자 화장실로 쪼르르 들어가버릴 거 아닙니까."

한재하 이사는 단호하게 거절했다. 하여간 눈치는 백 단이었다.

"그럼 빨리 말씀하세요."

할 수 없이 세아는 한재하 이사의 요구에 응했다. 하지만 정작 기회를 주자 한재하 이사는 말이 없었다. 정적을 견디지 못하고 세아가 그를 재촉하려던 차였다.

"울었습니까?"

세아는 발끈했다. 눈이 달렸으면 뻔히 알 텐데 왜 굳이 확인 사살을 하는 걸까. 이사실에서 있었던 사건으로 속이 잔뜩 꼬인 세아에게는 한재하 이사의 물음이 '겨우 그런 걸로 울고 있습니까?'라는 조롱으로 들렸다.

"용건 말씀 안 하실 거면 저 들어갈래요."

쌀쌀한 세아의 대꾸에 그가 눈을 감고 한숨을 푹 쉬었다.

"미안합니다."

세아는 움찔했다. 전혀 예상치 못한, 뜻밖의 말이었다.

"내 행동으로 마음이 상했다면 진심으로 사과하겠습니다. 그건 바이러스를 물리치기 위한……, 아니, 하여튼 내가 잘못했습니다."

세아의 몸이 경직되었다. 오만한 남자가 자기 잘못을 인정하고 사과했다. 그녀는 꽁꽁 얼어붙었던 마음이 스르르 풀어지는 것을 느꼈다.

'……는 개뿔. 병 주고 약 주는 것도 정도가 있지.'

사과 몇 마디로 만사가 해결된다면 세상에 왜 법이 있고 경찰이 있겠는가. 애꿎은 바닥을 세아가 뚫어지게 쏘아보았다. 그래도 조금이나마 화가 누그러진 건 사실이었다. 적반하장으로 뻔뻔하게 나올 수도 있는데, 어쨌든 찾아와서 그녀에게 사과했으니까.

대표이사와 일개 사원. 누가 봐도 한재하 이사가 갑이고 그녀가 을이었다. 그리고 사회생활에서 갑이란, 을에게 사과하지 않아도 되는 권한을 가진 사람이었다. 부조리해도 그것이 현실이고 불문율이었다.

당연히 세아는 사과를 받게 될 줄은 꿈에도 몰랐다. 그런데 한재하 이사는 자존심을 굽히고 정식으로 사과했다. 그녀도 이쯤에서 한발 뒤로 물러나야 했다.

마음이 제대로 다 풀린 건 아니지만, 갑님께서 미안하다고 하시는데 을이 계속 뻣뻣하게 굴 수는 없는 노릇이니까.

세아가 사태를 일단락 지으려고 입술을 떼었을 때였다. 무언가가 조심스럽게 그녀의 눈 밑에 내려앉았다. 세아는 그대로 굳었다. 한재하 이사가 손으로 그녀의 눈물을 닦고 있었다.

연약한 것을 다루는 양 조심스러운 손길. 눈가에 닿는 온기.

두근.

그녀의 가슴이 뛰었다.

"아."

한재하 이사가 화들짝 놀라서 손을 거두어들였다. 본인도 자각하지 못하고 한 행동이라는 듯이.

세아의 낯이 화끈거렸다. 그녀는 자신의 팔을 꼭 쥐고 있던 한재하 이사의 손을 떼어낸 다음 꾸벅 인사했다.

"알겠습니다. 이만 가볼게요."

그러고는 그가 따라올까 봐 냅다 여자 화장실로 들어갔다.

세면대 앞에 선 세아는 거울에 비치는 자신을 마주 보았다. 평상시보다 확연히 붉어진 얼굴이었다.

"뭐야."

한재하 이사가 눈물 좀 닦아줬다고 이렇게 토마토 뺨치는 얼굴이 된 거야? 세아는 두 손으로 얼굴을 감싸 쥐었다. 놀랄 만큼 뜨끈뜨끈했다.

'말도 안 돼. 겨우 그런 것 때문에?'

안절부절못하던 세아는 별안간 깨달았다.

"잠깐만. 나, 뺨을 꼬집혔잖아."

볼이 유난히 빨간 건 가슴이 두근거려서가 아니었다. 한재하 이사에게 인정사정없이 뜯겼기 때문이었다.

"그럼 그렇지."

난 또 내가 저 잘생긴 성격 파탄자 사디스트 오덕에게 반하기라도 한 줄 알았네.

세아는 안도했다. 자라 보고 놀란 가슴 솥뚜껑 보고 놀란다고, 호랑이 담배 피우던 시절에 한재하 이사를 흠모하던 전적이 있어서인지 괜히 불안했다. 다시 그를 좋아하게라도 될까 봐.

"아니야. 그럴 리 없어."

당시에는 한재하 이사가 감쪽같이 본모습을 숨기고 있었다. 지금은 그의 속을 낱낱이 알게 되었는데 또다시 그를 연예인 좋아하듯이 동경하게 될 리가.

"으아, 아파."

세아의 입에서 신음이 흘러나왔다. 잊고 있던 뺨의 통증이 뒤늦게 밀려왔다.

그 원수 같은 인간. 왜 남의 볼을 찹쌀떡 늘이듯이 좌우로 쭉 당겨?

한재하 이사의 변명이 빛살처럼 그녀의 뇌리를 관통했다.

「내 행동으로 마음이 상했다면 진심으로 사과하겠습니다. 그건 바이러스를 물리치기 위한……, 아니, 하여튼 내가 잘못했습니다.」

"바이러스를 물리치다니?"

웬 자다가 봉창 두드리는 소리람.

세아의 머릿속에 의문 부호가 떠올랐다.

이사실에 돌아온 재하는 벽에 기대섰다. 심장이 자진모리장단으로 뛰고 있었다. 그는 오른손을 들어 사납게 노려보았다.

"야, 너. 오른손."

거기서 왜 마음대로 신세아의 눈물을 닦아줘?

"네가 무슨 자유의지를 가진 객체야? 「기생수」에 나오는 오른쪽이라도 돼? 왜 뇌에서 명령을 내리지도 않았는데 독단적으로 작업을 수행해?"

왼손을 치켜든 재하가 오른손을 내리쳤다.

"넌 맞자. 맞아도 싸다."

그래봤자 오른손도 그의 일부였다. 고통은 그의 몫이었다. 뭉근하게 올라오는 아픔에 그는 오만상을 찌푸렸다.

어쨌든 결론이 나니 홀가분했다. 재하는 피식 웃었다. 신세아가 이사실을 뛰쳐나간 뒤에, 그는 신 내림을 받은 것처럼 퍼뜩 이 사태의 원인을 알아차렸다.

좋아해서 신세아가 시도 때도 없이 떠오른 게 아니었다. 신세아

217

를 오타쿠의 세계에 영입하고 싶은 마음이 너무 커서 안달이 났던 거다. 갖고 싶은 피규어가 끊임없이 눈앞을 맴도는 것과 비슷한 경우였다.

"하마터면 터무니없는 오해를 할 뻔했어."

가슴을 쓸어내린 재하는 책상으로 걸어갔다. 절로 콧노래가 나왔다.

자, 그러면 신세아를 어떻게 이쪽 세계로 끌어들일까나.

그의 입가에 음험한 미소가 떠올랐다.

"영화요?"

조수석에 탄 세아는 말끝을 올렸다.

"네, 아까 그런 일도 있었으니, 앙금도 풀 겸 영화나 한 편 같이 보죠."

한재하 이사가 그림처럼 웃으며 응대했다. 안전벨트를 맨 그가 운전대를 잡으며 덧붙였다.

"지금 출발하면 상영 시간에 맞춰서 갈 수 있을 겁니다."

세아는 흘긋 시각을 확인했다. 6시 30분이었다. 영화를 보면 8시나 9시쯤 되겠지? 그럼 중간에 배고플 것 같은데. 그녀의 생각을 읽기라도 한 듯이 한재하 이사가 설명했다.

"영화관 근처에서 저녁을 먹고 영화를 볼 겁니다."

"예?"

세아는 아연실색했다. 퇴근 후에 하늘 같은 직장 상사와 단둘이

218

서 식사라니. 길 가는 직장인 백 명을 붙들고 물어봐라. 누가 좋아
할지. 하물며 그 직장 상사가 날 괴롭히려고 작정을 한 S 왕자라
면?

소름이 돋았다. 세아는 조심스럽게 한재하 이사에게 물었다.

"그러면 일정이?"

"7시 반쯤에 영화관에 도착. 8시 10분까지 식사를 마치고 영화
관에 입장해서 영화를 감상할 겁니다."

"영화관에 7시 반쯤에 도착한다고요?"

세아의 눈이 커졌다. 영화관은 기껏해야 회사에서 30분 거리에
있는데?

"그 영화관에서는 우리가 볼 영화를 상영 안 하거든요. 그래서
다른 곳으로 가야 합니다."

한재하 이사가 평이하게 대꾸했다. 세아는 불쑥 불길한 예감에
휩싸였다. 얼마나 대단한 영화를 보려고 일부러 멀리 있는 영화관
까지 찾아가는 걸까.

'설마…….'

그리고 여지없이 설마가 사람을 잡았다. 식사를 마치고 한재하
이사가 발권기에서 뽑은 표는 평범한 표가 아니었다. 만화 캐릭터
가 그려진 표였다.

'역시나.'

세아는 빠르게 체념했다. 충분히 예상하고 있었던 사태였기에
그다지 충격이 크진 않았다.

'아무래 그래도 그렇지, 화해하자면서 자기가 보고 싶은 영화를 보는 사람이 어디 있어.'

갑은 역시 갑이었다. 세아의 시선이 매표소 위에 주르륵 펼쳐진 영화 광고로 향했다. 다양한 장르의 영화 중에서 단연코 그녀의 눈에 들어온 건 로맨스 영화였다.

「안 생겨요」, 저거 보고 싶다.'

요절복통 로맨스 코미디 영화라니. 재미있을 것 같다. 세아가 혼자 입맛을 다시고 있던 찰나였다.

"「안 생겨요」? 김유리 너, 요즘 로맨스 코미디에 꽂혔나 보다? 저번에는 「키스 미」 보자고 하더니."

"그래서 볼 거야, 안 볼 거야?"

"김유리 님이 원하시는 대로 해야죠."

한 커플이 투닥거리며 매표소로 걸어갔다. 탄성이 나올 정도로 선남선녀였다.

화려하고 아름다운 외모, 늘씬한 몸매. 여자는 당장에라도 미스코리아에 출전해도 될 것 같았다. 남자도 마찬가지였다. 균형 잡힌 이목구비에 적당히 벌어진 어깨, 길게 뻗은 다리. 마치 브라운관 속의 배우가 그대로 걸어 나온 것 같은 미남이었다.

'그에 비하면 이 남자는……'

세아는 한재하 이사를 쳐다보았다. 겉가죽은 방금 지나간 커플에게 뒤지지 않지만 속은 A/S가 절실했다.

"신세아 씨, 들어가죠."

한재하 이사가 세아를 재촉했다. 세아는 탄식하며 그가 건네주는 표를 받아 들었다.

결과적으로 만화영화는 그냥저냥 볼 만했다. 전 시리즈를 안 봐서 전반적으로 무슨 내용인지는 잘 모르겠지만, 추리 만화답지 않게 액션 신이 가득하기에 반쯤은 그냥 액션 영화를 본다고 생각하며 관람했다.

"어땠습니까?"

"예? 뭐, 재미있었어요."

"다행이군요."

대답이 만족스러웠는지 한재하 이사가 매끄럽게 웃었다. 세아는 나가는 길에 한 번 더 매표소 위에 펼쳐진 광고판을 올려다보았다.

'내가 보고 싶었던 건 「안 생겨요」라고! 「안 생겨요」.'

남몰래 눈물을 삼킨 그녀는 한재하 이사를 뒤따랐다. 벌써 10시를 훌쩍 넘긴 시각이었다. 차를 타자 어색한 기류가 흘렀다. 정적을 유달리 잘 못 견디는 세아가 먼저 말문을 열었다.

"주인공 꼬마가 원래는 고등학생이라는 거죠?"

"네, 고등학생 탐정이었는데 APTX 4869라는 약을 먹고 작아진 겁니다."

이 양반은 만화에 대해서라면 모르는 게 없다.

"네, 그 아포톡신 어쩌고를 먹고 작아졌잖아요. 그럼 원래대로는 못 돌아오는 거예요?"

"가끔 해독제를 먹고 본래 모습으로 돌아오긴 합니다."

"흠, 되게 불편하겠어요."

고등학생 정신 연령으로 초등학생 연기를 해야 한다니. 엄청난 고역일 것 같다.

그 뒤로도 의문 나는 점을 몇 가지 물어본 세아는 본격적으로 방금 감상한 스토리에 대해서 이야기하기 시작했다. 그러자 한재하 이사는 말이 없어졌다.

갑자기 조가비에 빙의한 한재하 이사의 태도에 세아는 의아함을 느꼈다. 내가 무슨 말실수라도 했나? 왜 조용히 있지?

"……등등 여러 가지 떡밥이 있었잖아요. 그래서 B가 범인인 줄 알았는데 나중에 보니까 A가……."

감상문 제출이라도 하듯이 세아가 주절주절하고 있을 무렵이었다. 잠자코 있던 한재하 이사가 입을 열었다.

"그래요. 이번 극장판은 범인이 너무 뻔했습니다. 초반부터 B가 범인인 것처럼 몰아갔지만, 웬만한 사람은 A가 범인이라는 걸 눈치 챘을 겁니다."

"예?"

이 양반이 무슨 뚱딴지같은 소리야. 세아는 바로 반박했다.

"범인은 C였잖아요."

초반에 B가 범인인 것처럼 몰아가긴 했으나 낚시인 티가 너무 났다. 클라이맥스 직전까지는 세아도 A가 범인이라고 철석같이 믿고 있었다. 그렇지만 A도 연막이었다. 진범은 C였다. 이중 낚시였던 셈이었다. 영화를 봤다면 모를 리가 없는데?

한재하 이사가 일순 당황한 표정을 내비쳤다.

"말이 잘못 나왔습니다. C를 A라고 한 겁니다."

"아아."

웬일이래, 어울리지 않게 말실수를 다 하고.

대수롭지 않게 넘긴 세아는 창밖을 내다보았다. 어느덧 집 근처였다.

"저기 입구에서 내려주세요."

"됐습니다. 단지 안으로 들어가는 게 어려운 일도 아니고."

쿨하게 응수한 한재하 이사가 차단기 쪽으로 차를 몰았다. 세아는 어깨를 으쓱했다.

'저번에는 그냥 입구에 내려주고 휑하니 가더니.'

세아가 사는 아파트 앞에 자동차가 멈춰 섰다. 내리기 위해 안전벨트를 풀던 세아는 마찬가지로 안전벨트를 풀고 있는 한재하 이사를 보고 당황했다.

"이사님도 내리시게요?"

"스트레칭 좀 하고 다시 운전하려고 그럽니다. 몸이 뻣뻣하네요."

"아……."

확실히 특이한 캐릭터였다. 야밤에 스트레칭이라니.

'단지 안으로 들어온 것도 차에서 내려 스트레칭을 하려고 그랬

던 거구나.'

납득한 세아는 조수석 문을 열고 차에서 내렸다. 간발의 차이로 한재하 이사도 밖으로 나왔다.

"데려다 주셔서 감사합⋯⋯."

세아가 공치사를 건네고 있던 순간이었다.

"세아니?"

어디선가 익숙한 목소리가 들려왔다. 세아는 뒤를 돌아보았다. 집에서 막 나온 듯한 차림새로 어머니가 서 있었다. 잠깐 음식물 쓰레기를 버리러 나온 모양이었다.

"엄마."

"그 남자분은 누구시니?"

어머니가 곱게 미소 지으며 물었다. 교양 있는 척하는, 가식이 듬뿍 담긴 목소리. 뭔가 단단히 착각하고 있는 게 분명했다. 세아 는 급히 해명했다.

"이분은 우리 회사 이사⋯⋯."

"안녕하세요. 세아 부모 되는 사람입니다."

어머니는 세아의 말이 끝나기도 전에 앞으로 나서서 인사를 건 넸다. 미래의 사윗감을 바라보는 눈빛이었다. 곁으로 다가간 세아 는 슬쩍 어머니의 옷자락을 잡고서 작게 중얼거렸다.

"아니야. 그런 거 아니라고."

"아니긴 뭐가 아니야, 이것아. 가만히 있어."

어머니가 입술을 전혀 움직이지 않으며 나직이 경고했다. 인형

술사도 감탄할 만큼 완벽한 복화술이었다.

'잘못 짚었어, 엄마. 완전 잘못 짚었다고.'

폭주하고 있는 어머니의 상상력에 제동을 걸어야 했다. 세아는 한재하 이사를 건너다보았다. 그도 마침 이쪽을 보고 있었다. 세아는 필사적으로 고개를 내저었다.

'절대 사귀는 사이라고 하지 마요. 절대. 제발, 플리즈!'

그러나 세아는 한 가지 중요한 점을 간과했다. 한재하 이사는 하지 말라고 빌면, 안 하려다가도 하는 인간이었다.

"안녕하십니까, 어머님."

한재하 이사의 만면에 번지는 유려한 웃음을 본 뒤에야, 세아는 뒤늦게 '아뿔싸' 했다.

"세아 씨와 교제하고 있는 한재하라고 합니다."

"그래요?"

어머니의 입이 찢어질 것처럼 벌어졌다. 누가 봐도 좋아서 어쩔 줄 모르는 모습이었다.

세아는 이마를 짚었다. 앙금도 풀 겸 영화를 보자고 한 게 불과 세 시간 전이었다. 그런데 제 버릇 개 못 주고 또 크고 아름다운 엿을 날려? 이쯤 되면 한재하라는 인간의 뇌에 뭐가 들어 있는지 궁금해질 지경이었다.

"오늘은 늦었으니 다음에 정식으로 인사드려도 될까요?"

한재하 이사가 예의 바르게 말했다. 어머니는 헤벌쭉해서 오냐오냐했다.

225

"어? 호호. 그러세요."

"감사합니다. 이만 가보겠습니다."

꾸벅 인사한 한재하 이사가 자동차에 올랐다. 세아는 그를 노려보았다. 하지만 그는 눈 하나 깜짝하지 않고 유유히 사라졌다.

"자, 이제 설명해보지 않으련?"

옆구리를 콕콕 찌르며 어머니가 음흉스럽게 웃었다.

"사랑하는 우리 딸아."

세아는 까만 먹구름이 눈앞으로 밀려오는 것을 느꼈다.

물은 이미 엎질러졌다. 이제 어떻게 수습하지?

재하는 운전을 하며 썩은 미소를 지었다. 사귀는 사이라고 말하자마자 하늘이 무너지는 듯한 표정을 짓던 세아의 얼굴이 눈앞에서 맴돌았다.

나랑 사귄다는 게 그렇게 질색할 일인가?

"황송해하지는 못할망정."

재하의 미간에 주름이 잡혔다.

"길 가는 사람 백 명을 붙잡고 물어보지? 객관적으로 봤을 때 내가 자기랑 사귄다고 하면 다들 내가 아깝다고 할 마당에."

이죽거린 재하는 불현듯 얼굴을 홱 붉혔다. 신세아와 극장판 애니메이션에 대해서 대화하다가 삽질을 한 게 떠올라서였다.

당당하게 A를 범인이라고 말했던 것.

신호등에 걸려 차를 세운 재하는 왼손을 크게 펼쳐 얼굴을 감싸 쥐었다.

A가 범인인 줄로만 알고 있었다. 초중반까지만 해도 B는 페이크 범인이고 A가 흑막이라는 듯이 전개되었으니까. 그 뒤로는 화면을 안 봐서 내용을 모른다.

재미있게 영화를 관람하다가 신세아도 잘 보고 있나 싶어서, 무심결에 그쪽으로 고개를 돌렸다가…….

가만히 스크린을 응시하던 옆모습.

어둠 속에서 부드러운 곡선을 그리며 떨어지던 윤곽.

맑게 빛나던 눈동자.

거짓말처럼, 신세아에게서 눈을 뗄 수 없었다. 그래서 영화 상영 시간 내내 그의 시선은 그녀에게 고정되어 있었다.

정신을 차렸을 때는 노래와 함께 엔딩 크레딧이 올라가고 있었다.

"하아."

재하는 가슴을 내리누르는 갑갑함에 한숨을 내쉬었다. 아무리 억지로 끼워 맞춰보려고 해도 이건 납득이 안 된다. 신세아에게 눈길을 빼앗겨 막상 보려고 했던 영화는 보지도 못하다니. 주객전도, 가치전도, 이율배반이다.

아니, 사실은 처음부터 말이 안 되는 핑계였다. 덕질을 함께 하고 싶어서 24시간 신세아가 머릿속을 떠돌아다닌다고? 그럼 이 떨림은 뭔데? 신세아를 생각할 때마다 가슴 언저리에 찌르르 번지는 떨림은?

신세아가 예뻐 보이는 이 눈은?

신세아의 눈물에 덜컥 내려앉았던 심장은?

신세아를 볼 때면 온몸을 휘감는, 수천 마리 나비가 날개를 살랑이며 돌아다니는 듯한 이 묘한 감각은?

"너 정말 왜 이래? 한재하."

재하의 눈이 혼란으로 흔들렸다.

"너, 정말······."

신세아를 좋아하기라도 하는 거야?

차마 내뱉지 못한 말이 그의 목에 턱 걸렸다. 숨이 막혀오는 것을 느끼며, 그는 운전대를 잡은 손에 힘을 줬다.

"네임미스 더미헤드 CD를 샀는데 판매자가 미션 샷만 보내주고는 잠수 탔어."

출근하니 한봄이 아침부터 씩씩거리고 있었다. 세아는 밤새 어머니에게 시달려서 잘 돌아가지 않는 머리를 굴렸다.

'네임미스. 분명 언젠가 들었는데.'

일전에 한봄과 나누었던 대화가 빛살처럼 세아의 뇌리를 관통했다.

「세아 씨, 내 꿈이 뭔지 알아? 세아 씨한테만 말해줄게. 나도형 님이 나한테 마스터, 하고 불러주는 거야. 네임미스 연후 목소리로 말이야!」

"그 나도형 님 나오는 CD요?"

228

"맞아, 그거!"

맞장구를 친 한봄이 이를 드르륵 득득 갈았다.

"용서 못 해. 순진한 소녀의 꿈을 농락하다니. 그 판매자, 부숴 버릴 거야."

세아는 등골이 오싹했다. 농담이 아니라 정말 사람 하나 잡을 것 같은 기세였다.

"그나저나 세아 씨, 어디 아파?"

한봄이 화제를 돌렸다. 세아는 좀비 같은 몰골로 고개를 저었다.

"잠을 좀 못 자서요."

"저런."

측은하다는 표정을 지은 한봄이 세아의 어깨를 살짝 잡았다.

"재미있어도 BL 적당히 봐. 안 그러면 뼈 삭아."

"……네?"

"십 대라면 몰라도 우리 나이는 방심하면 훅 가는 나이야. 50분 보면 10분은 의자에서 일어나 운동하기. 알았지?"

주먹을 불끈 쥐며 파이팅 포즈를 취한 한봄이 자기 자리로 돌아갔다. 홀로 남겨진 세아는 울고 싶어졌다.

"저 부녀자 아니에요. 아니란 말이에요."

다른 사람이 듣지 못할 만큼 작은 음성으로 중얼거린 세아는 의자에 앉았다.

열심히 일하니 금방 점심시간이 되었다. 직원들과 함께 사내 식당에서 식사를 해결한 세아는 하품을 하며 자리로 돌아왔다.

수영장에서 냉수마찰을 하고 벽돌이 되었다가 수리 기사 아저씨의 가호로 기적적으로 생환한 휴대전화로 시각을 확인하니 12시 반이었다.

"봄이어서 그런가? 식곤증이 오네."

휴게실에서 쉬다가 업무에 복귀할까?

SA 소프트의 최대 장점은 뭐니 뭐니 해도 탄력적인 근무였다. 중간에 회사를 나가서 다른 볼일을 보고 오든, 컴퓨터로 게임을 하든, 휴게실 침대에서 낮잠을 자든 총 일곱 시간만 일하면 상관하지 않는 자유로운 근무 환경.

'한 시간 정도 눈을 붙이고 7시에 퇴근해야겠다.'

계산을 마친 세아는 장부에 근무 시간을 기록하고 휴게실로 가려고 했다.

"사모님, 이사님이 찾으세용."

나긋한 목소리가 세아를 붙잡았다. 세아는 홱 강이원 팀장을 돌아보았다. 저놈의 사모님 타령!

강이원 팀장은 아랑곳하지 않고 여유롭게 커피를 마셨다. 하여튼 안면 두껍기로는 강이원 팀장을 따라갈 사람이 없다.

강이원 팀장을 째려보던 눈빛을 거두어들인 세아는 힘없이 이사실로 향했다. 오늘은 어떤 괴롭힘이 날 기다리고 있을까?

"아이, 신 난다."

하나도 즐겁지 않은 어조로 혼잣말한 세아는 이사실 문을 열었다. 그리고 기겁했다. 한재하 이사가 거의 반 죽어가는 모습으로 자리에 앉아 있었다.

세아는 두어 걸음 뒤로 물러섰다. 잠이 확 깼다. 입사 이래 저렇게 초췌한 한재하 이사는 처음 본다.

'어제도 밤을 새운 것 같았는데 오늘도 못 잤나?'

한재하 이사는 어제보다 여러모로 진화해 있었다. 붉던 눈은 핏발 선 눈으로 바뀌었고, 피부는 한층 까칠해져 있었다. 무엇보다, 다크 포스를 마구 흩뿌리던 어제보다 더 심기가 불편해 보였다.

섣불리 다가갔다가는 잘근잘근 물어뜯길 것 같은 느낌적 느낌?

세아는 쭈뼛쭈뼛 그에게로 다가갔다. 맹수에게 다가가는 조련사의 심정이 이럴까.

"이…… 사님?"

"아이스 아메리카노. 뜨겁게."

"넵."

반자동 기계처럼 대답하고 이사실을 나온 세아는 문득 모순을 알아차렸다. 아이스 아메리카노인데 뜨겁게? '아이스' 아메리카노가 어떻게 뜨거울 수가 있어? 망설이다가 세아는 이사실로 돌아갔다.

"이사님, 아이스 아메리카노인데 뜨겁게는…….."

"그러면 카푸치노. 거품 없이."

웬일로 한재하 이사가 순순히 메뉴를 바꿔줬다. 안도하며 이사실을 벗어난 세아는 문을 닫자마자 아차 했다. 카푸치노에 어떻게 거품이 없을 수가 있단 말인가! 에스프레소에 우유를 섞고 그 위에 우유 거품을 얹은 게 카푸치노인데. 세아는 문틈으로 머리만 쑥 집어넣고서 물었다.

"저, 이사님. 거품 없는 카푸치노를 가져오라는 건, 카푸치노에서 거품을 걷어내고 가져오……."

"그러면 따뜻한 프라푸치노."

한재하 이사가 인상을 쓰며 그녀의 말을 싹둑 잘랐다. 그녀는 깨갱 하고 물러났다. 프라푸치노가 뭔지는 모르겠지만, 뜨거운 아이스 아메리카노나 거품 없는 카푸치노보다는 나을 것 같아서였다.

"안녕하세요. 따뜻한 프라푸치노 주세요."

전력질주로 카페테리아에 도착한 세아가 숨을 고르며 주문했다.

"따뜻한 프라푸치노요?"

바리스타가 무척이나 오묘한 표정으로 되물었다.

"네."

"죄송하지만, 그건 불가능할 것 같은데요."

"예? 왜요?"

"프라푸치노는 아이스 메뉴거든요. 프라페(frappe)가 프랑스 어로 '얼음으로 차게 식히다'라는 의미예요."

난감한 미소를 띤 채로 바리스타가 설명했다. 세아는 무언가로 뒷머리를 얻어맞은 것 같았다. 낚싯대를 들고 있는 한재하 이사의 환영이 아련하게 눈앞에 떠올랐다.

낚였구나!

'이 사디스트!'

깊은 빡침이 밀려왔다. 세아는 분노로 부들부들 떨며 돌아갔다. 한재하 이사는 태연하게 서류를 결재하고 있었다.

"프라푸치노는 아이스 메뉴라서 얼음 없이는 안 된다고 하던데요."

"그러면 카페 라테. 우유 없이."

한재하 이사가 단호하게 명령했다. 세아가 서 있는 쪽으로는 아예 고개도 돌리지 않고서. 세아는 주먹을 쥐었다. 이제는 안 속는다, 이 양반아.

"우유 없는 카페 라테는 불가능하잖아요. 라테가 우유인데."

"그러면 초코 라테 안 달게."

"초코 라테가 어떻게 안 달아요!"

한재하 이사가 손에서 펜을 놓더니 한심하다는 눈으로 그녀를 쳐다보았다.

"신세아 씨는 할 줄 아는 게 뭡니까?"

"가능한 걸 시키셔야 하든지 하죠."

욱한 세아는 토를 달았다가 곧바로 후회했다. 안 그래도 폭발 일보 직전으로 보이는데, 괜히 건드린 게 아닐까 싶어서였다.

"물이나 떠 오십시오."

다행히 한재하 이사는 별말 없이 다른 화제로 넘어갔다. 세아는 부랴부랴 3층 복도 맨 오른쪽 정수기로 뛰어갔다.

"여기 가져왔습니다."

세아가 떠 온 물을 단숨에 들이켠 한재하 이사가 의자 등받이에 몸을 기댔다. 세아는 그의 안색을 살피다가 조심스럽게 말을 걸었다.

"어디 안 좋으신가요? 안색이 영…….."

안 좋은데, 라고 세아가 덧붙이려던 찰나였다.

"이게 다 누구 때문!"

한재하 이사가 발끈해서 외쳤다가 황급히 입을 다물었다. 동시에 세아는 미묘한 느낌에 휩싸였다.

'누구 때문인데?'

자의식 과잉일지도 모르겠지만…….

'왠지 나 때문에 저런 몰골이 되었다는 뉘앙스로 들리는데.'

왜 말을 하다 말고 끊어서 사람을 궁금하게 만드는 걸까. 세아는 떨떠름한 얼굴로 한재하 이사를 바라보았다. 손으로 이마를 짚은 한재하 이사가 기운 없는 음성으로 대꾸했다.

"됐습니다. 컨디션이 조금 나빠서 그러니 걱정할 필요 없어요."

"좀 주무시는 게 어때요?"

"잠이 와야 잘 거 아닙니까."

딱딱하게 응대한 한재하 이사가 낮은 한숨을 내뱉었다. 피로가 짙게 배어 있는 숨소리였다. 마땅히 할 말을 찾지 못한 세아는 가마니처럼 가만히 있었다.

무거운 침묵에 세아가 불편함을 느낄 무렵이었다.

"신세아 씨."

한재하 이사가 이사실에 내려앉은 적막을 깨뜨렸다.

"네, 이사님."

"내가 신세아 씨에게 어떤 감정을 가지고 있는 것 같습니까?"

세아의 눈이 동그래졌다. 전혀 예상치 못한 질문이었다.

'자기가 나에게 어떤 감정을 가지고 있는 것 같으냐고?'

야릇한 긴장감이 등줄기를 타고 흘러내렸다. 머릿속이 팽팽 돌았다. 대체 무슨 의도를 가지고 묻는 걸까?

세아는 조용히 상황 1과 상황 2를 시뮬레이션해봤다.

상황 1. '저를 예뻐하고 계신 것 같아요.'라고 말할 경우.

「미쳤습니까? 내가 많고 많은 사람 중에서 신세아 씨를 예뻐하게? 내 피규어를 박살 낸 신세아 씨를? 내 아론! 내 아로온!」

상황 2. '저를 미워하고 계신 것 같아요.'라고 말할 경우.

「날 그것밖에 안 되는 사람으로 취급했습니까? 아론 사건은 아론 사건이고, 내가 우리 회사를 위해 일하는 신세아 씨를 미워할 리 없잖습니까. 내 인성을 너무 낮잡아봤군요. 실망입니다.」

어느 선택지를 골라도 사지잖아!

끙끙거리던 세아는 입술을 뗐다. 아무래도 이럴 때는 무난한 대답이 제격이었다.

"그냥 평범한 부하직원 1로 생각하시는 것 같은데요."

가슴을 졸이고 있던 재하는 맥이 탁 풀렸다.

평범한 부하직원 1. 무난하기 그지없는 답변에 허탈하기까지 했다.

'역시.'

앞머리를 쓸어 올리며 재하는 픽 웃었다. 사랑과 감기는 숨길 수 없다고 했다. 그가 신세아를 좋아하고 있다면 신세아가 그 감정을 알아차리지 못했을 리 없다. 여자들은 누가 자기를 좋아하면 귀신같이 알아차리지 않는가.

'난 신세아를 좋아하는 게 아니야.'

깔끔하게 난 결론이 흡족했다. 재하는 상체를 앞으로 기울여 책상을 짚었다.

"쉬고 싶으니 애니메이션이나 봅시다."

"예? 저도요?"

"당연하죠."

손목시계를 내려다본 재하는 노트북을 챙겨 소파로 걸어갔다.

"지금쯤이면 자막도 떴을 것 같고."

신세아는 그가 무슨 말을 하는지 모르겠다는 표정으로 서 있었다. 재하는 간단하게 부연했다.

"국내 채널에서 판권을 사들이지 않은 애니메이션은 그 나라 걸 그대로 볼 수밖에 없잖습니까. 그래서 내용을 일일이 해석해서 동영상에 자막을 입히는 사람들이 있습니다."

"아아."

"이쪽으로 와서 앉으십시오."

신세아가 머뭇거리다가 그의 옆에 앉았다. 가까운 거리에 그는 심장이 철렁하는 걸 느꼈지만, 애써 무시하며 늘 들어가는 사이트로 접속했다. 그런데 애니메이션에 자막이 안 입혀져 있었다.

"자막이 안 나오는데요."

옆에서 신세아가 한마디 했다.

"기다려보십시오."

재하는 다른 사이트도 돌아다녀보았다. 그러나 자막이 있는 영상은 하나도 없었다.

어떻게 이럴 수가. 그는 이마를 짚고 좌절 모드에 돌입했다. 일본어로 된 애니메이션이라면 자막이 없어도 그럭저럭 알아들을 수 있었지만, 지금 그가 보려는 애니메이션은 중국발이었다.

"정 그러면 제가 번역해드릴까요?"

그 순간, 한 줄기 빛이 지상으로 내려왔다. 재하는 세아를 건너다보았다.

"중국어 할 줄 압니까?"

"네, 예전에 통역 아르바이트 한 적도 있고."

"그럼 해보십시오."

그는 영상을 틀었다. 신세아가 옆에서 번역을 시작했다. 자막으로 보는 것만큼 몰입되지는 않아도, 그럭저럭 괜찮았다.

신세아의 새로운 용도를 알았다. 뜻밖의 도움으로 재하가 느긋하게 애니메이션을 시청하고 있을 때였다.

"좋아해요."

신세아의 입에서 그 네 글자가 흘러나왔다.

재하의 심장이 멎었다.

10. 수수께끼는 풀렸다

　전류가 전신을 훑고 지나간 것 같았다. 모든 힘이 쭉 빠져나갔다. 지금까지 느꼈던 그 어떤 자극보다도 강렬한 감각이 그를 지배하고 있었다.

　"방금…… 뭐라고."

　힘겹게 입술을 뗀 재하가 낮게 물었다. 신세아는 고개를 갸우뚱하며 반문했다.

　"번역이 이상했어요?"

　그래, 신세아는 애니메이션에 나온 대사를 그대로 번역했을 뿐이다. 그런데 어째서 이렇게나 미친 듯이 가슴이 뛰지?

　재하는 낯이 확 뜨거워지는 것을 느꼈다.

　"이만 나가보십시오, 신세아 씨."

　신세아가 멈칫하더니 통역을 그만뒀다.

　"갑자기 왜."

　"애니메이션 그만 볼 겁니다. 신세아 씨도 나가서 볼일 보세요."

　그는 한 손으로 안면을 가리고서 축객령을 내렸다. 신세아가 머뭉거리다가 나가는 소리가 들렸다.

이사실 문이 완전히 닫힌 뒤에야 재하는 손을 치웠다. 얼굴의 열기가 옮아서 손바닥까지 뜨끈뜨끈했다.

이래서야 인정하지 않을 수가 없었다. 귀까지 붉어진 재하는 자신의 내부에서 날뛰는 감정을 견디지 못하고 눈을 감았다.

부정하려고 했다, 몇 번이나. 그러나 결국 형편없이 무너져 내리고 말았다. 신세아의 입에서 흘러나온 '좋아해요'라는 네 글자에. 그를 향한 고백이 아니었음에도 불구하고.

다른 핑계를 더 찾는 건 무의미하고 구차했다. 이제는 받아들일 수밖에 없었다. 흩어져 있던 퍼즐의 조각이 한순간에 맞아들어갔다.

수수께끼는 풀렸다.

자신의 감정을 자각한 재하의 눈빛이 격동했다.

이사실에서 쫓겨난 세아는 휴게실로 직행했다. 졸음은 달아났으나 기운이 없어서 쉬다가 업무에 복귀할 계획이었다.

휴게실 침대에 누운 세아는 눈을 붙였다. 한재하 이사 때문에 달아났던 잠이 슬슬 몰려왔다.

낮잠이나 잘까. 한층 편안한 자세를 찾아 뒤척이던 세아는 문득 궁금해졌다.

"왜 잠을 못 잤지?"

한재하 이사 말이다. 하루도 아니고 이틀씩이나. 본인 말로는 잠이 안 와서 그랬다고 하는데, 대체 무슨 일이기에 이틀 연속으로 잠을 설친 걸까. 어지간한 일로는 눈 하나 깜짝 안 하는 그 철인이.

입이 찢어지게 하품을 하던 세아는 퍼뜩 섬뜩한 가설을 떠올렸다.

'회사 재정 상황이 안 좋은가?'

설마 도산 위기? SA 소프트도 불경기의 한파를 피해 가지 못하는 건가?

아무리 신의 직장이어도 기본적으로 SA 소프트는 벤처 기업이었다. 거대 자본을 가진 대기업에 비하면 위치가 불안정했다.

잠이 확 달아났다. 자연스럽게 최악의 시나리오가 머릿속에서 재생되었다.

「신세아 씨, 회사가 어려워져서 인력 감축에 들어가야 할 것 같습니다. 그동안 고마웠습니다. 내일부터는 회사에 출근하지 않아도 됩니다.」

"안 돼!"

세아는 침대를 박차고 일어났다. 정리해고라니, 상상만 해도 소름 돋았다.

만일 그런 상황이 닥치면 어떻게 해야 하는 거지? 무조건 한재하 이사의 바짓단을 붙잡고 빌어야겠지?

'아니면 이참에 피규어 청소 기술을 갈고닦아서 피규어 청소 전문업자의 길을 걸어?'

한재하 이사의 집에서 해보니 그럭저럭 할 만했었다. 한 개를 닦는 데 얼마를 받으면 적절할까. 치열하게 고민하던 세아는 별안간 깨달았다.

"어? 근데 우리 회사 1분기 실적은 전년 동기 대비 61퍼센트 상승했는데."

SA 소프트는 호조세였다. 도산 위기라니. 그럴 리 없었다.

"그럼 뭐지?"

세아는 곰곰이 생각했다. 한재하 이사가 밤잠을 설칠 만큼 심각한 사안이 또 뭐가 있을까. 하지만 마땅히 떠오르는 게 없었다.

"덕질하다가 밤을 꼴딱 새웠나?"

한재하 이사라면 충분히 그러고도 남았다.

"오덕군자니까."

최근 덕후에 대해 관심이 생긴 세아는 퇴근 후에 집에서 이것저것 검색해보고 있었다. 오덕군자도 그러던 중 알게 된 표현이었다.

지, 덕, 체, 예, 그리고 피규어. 이 다섯 가지 덕목을 두루 갖춘 사람을 오덕군자라고 하더라.

학창시절에 배운 군자의 다섯 가지 덕목은 그게 아니었던 것 같지만, 신경 쓰면 지는 거겠지?

세아는 침대에 풀썩 누웠다. 어쨌든 회사가 망할 위기만 아니면 되었다. 한재하 이사의 개인사 같은 것에는 관심 없으니까. 눈곱만큼도, 손톱의 때만큼도, 개미 똥만큼도, 나비 더듬이만큼도, 전혀, 네버 궁금하지 않으니까.

"으으. 뭣 때문에 잠을 못 잔 거래?"

사실은 궁금해 죽겠다. 세아는 침대 위에서 몸부림쳤다. 이유를 알고 싶은데 도통 감이 안 잡히니 답답했다.

"괜히 걱정되게."

무심결에 중얼거렸던 세아는 화들짝 놀랐다.

뭐? 걱정?

"내가 왜 한재하 이사를 걱정해?"

날마다 한재하 이사에게 굴렁쇠처럼 굴려지는 주제에? 쥐가 고양이를 염려하는 격이다. 한재하 이사는 틈만 나면 그녀를 괴롭히려고 혈안이 되어 있는 갑이었다.

"내가 마조히스트도 아니고, 왜 그 인간 걱정을."

심란해진 세아는 이불을 목까지 끌어올린 다음 억지로 눈을 감았다. 쓸데없는 데에 에너지를 소모하느니 잠을 자는 편이 나을 것 같았다.

"히익."

휴대전화로 시각을 확인한 세아는 급히 숨을 들이켰다.

"5시."

눈으로 보고 있는데도 믿어지지가 않았다. 아니, 정확히는 믿고 싶지 않았다.

"5시라니!"

세아는 절규했다. 화가 뭉크가 살아 있었다면 자기가 그린 「절규」와 똑같은 포즈라고 손뼉을 치며 좋아할 만한 일치율이었다.

"내가 12시에 점심을 먹고 1시쯤에 여기로 왔으니까……, 네 시간을 내리 잔 거잖아!"

SA 소프트의 하루 권장 근무량은 식사 시간을 제외하고 일곱 시간이었다. 오늘 그녀는 9시에 출근해서 12시까지 일했으니 남은 근무 시간은 네 시간이었다. 지금부터 네 시간을 일해야 퇴근할 수 있었다.

'9시 퇴근이라니.'

눈물이 앞을 가렸다. 남들은 5시, 6시에 다 퇴근할 텐데.

세아는 부리나케 사무실로 돌아갔다. 사무실은 마침 브레이크 타임인지 다들 둘러앉아서 벨기에 와플을 먹고 있었다.

"어? 세아 씨 왔네. 와서 와플 먹어."

남주요 대리가 웬일로 알은체를 했다. 세아는 쪼르르 다가갔다. 와플 하나 정도는 먹고 일해도 되겠지? 기대감에 부푼 세아는 와플 봉지를 뒤졌다. 다행히 다른 사람들이 신경을 써줬는지 와플이 하나 남아 있었다.

"잘 먹겠습니다."

세아는 와플을 조금 베어 먹었다. 달고 고소한 맛이 입안을 가득 채웠다. 그리고 얼마 있지 않아 숨이 턱 막혔다.

목 안쪽이 부어오르는 듯한 느낌. 공포에 질린 세아는 본능적으로 목을 붙잡았다.

"이 와플, 호두 들어 있어요?"

"어? 설마 그거 월넛 와플이야?"

서 팀장이 되물었다. 세아는 대답하지 않았다. 강이원 팀장이 당황해서 직원들을 둘러보았다.

"세아 씨 호두 알레르기 있으니까 플레인 와플이나 블루베리 와플로 남겨놓자고 했잖아요."

"괜, 괜찮아요. 저 잠깐 화장실에 다녀올게요."

창백해진 안색으로 세아는 사무실을 뛰쳐나왔다. 와플에 들어 있는 호두가 소량이었는지 알레르기 반응이 심하게 올라오지는 않았다. 하지만 당장 게워내야 했다.

물을 내리고 칸막이 밖으로 나온 세아는 세면대 거울에 비치는 자신의 모습을 살폈다. 눈물범벅이 된 얼굴은 핏기가 하나도 없어 백지장 같았다.

호두 알레르기. 세아가 살면서 제아무리 노력해도 넘을 수 없었던 벽 중 하나였다.

호두가 들어간 음식을 먹으면 목이 부어오르면서 호흡 곤란 증세가 온다. 심할 때는 응급실에도 실려 갔었다. 그래서 세아는 호두가 들어간 음식은 못 먹는다고 주변 사람들에게 적극적으로 알리고 다녔다. SA 소프트의 직원들도 모두 그녀에게 호두 알레르기가 있다는 걸 알고 있었다.

세아는 호흡을 가다듬었다. 다 토해냈는데도 여전히 목에 부기가 남아 있었다.

"왜 월넛 와플을 남겨둬서."

한탄한 세아는 세면대를 붙잡은 손에 힘을 줬다. 눈 화장이 다 번진 바람에 이대로 사무실에 갔다가는 사라 케리건으로 취급당할 판이었다. 세아는 이를 악물고 비누로 화장을 지웠다.

"신세아 씨, 괜찮아?"

사무실로 복귀하자마자 강이원 팀장이 말을 걸었다. 세아는 천천히 머리를 끄덕였다.

"이대로 가라앉을 것 같아요."

"조금이라도 상태 안 좋으면 일하지 말고 조퇴해."

"강 팀장님 말씀대로 어서 병원 가요. 그러다가 쓰러지면 어떡해."

"얼굴빛이 많이 안 좋은데. 정말 괜찮은 거 맞아?"

"그래. 참지 말고 병원 가. 알레르기라는 게 이렇게 무서운 건 줄 오늘 알았네. 주변에 알레르기 있는 사람이 없어서 몰랐지 뭐야. 앞으로 더 주의할게."

직원들도 한마디씩 했다.

"아니에요. 참을 만해요."

어색하게 웃으며 세아는 손을 내저었다.

"걱정해주셔서 감사합니다. 정 힘들면 이따가 조퇴할게요."

세아가 자신의 자리에 앉으면서 상황이 일단락되었다. 직원들도 각자 원위치하면서 소란스러웠던 사무실이 조용해졌다.

첫 번째 모니터에 애플리케이션 성능 관리 프로그램을 실행시킨 세아가 두 번째 모니터로 문서를 작성하고 있을 때였다. 사내 메신저로 누가 그녀에게 대화를 신청했다.

[강한봄] 세아 씨, 괜찮아?

한봄이었다. 세아는 반사적으로 건너편 책상에 앉아 있는 한봄을 보았다. 한봄은 어째서인지 딱딱하게 굳어 있었다.

'알레르기 반응을 처음 봐서 놀랐나?'

세아는 대수롭지 않게 여기며 한봄에게 답장했다.

- 예. 지금은 살 만해요. 걱정하지 않으셔도 돼요!

[강한봄] 다행이다. 근데 나 한 가지 물어봐도 돼?

- 뭔데요?

[강한봄] 세아 씨 호두 알레르기 있다는 거 말이야. 사무실 사람들이 다 알고 있지?

- 아마 그럴걸요?

입사하고 자기소개를 할 때 호두 알레르기가 있다고 밝혔다. 그 뒤로도 호두가 들어간 아이스크림을 거절한다든지, 믹스너트에서 호두만 안 먹는다든지 등등 일관성 있게 기피해서 나중에는 다들 그녀에게 호두를 권하지 않는 분위기가 되었다.

- 그런데 왜요?

느닷없이 왜 이런 질문을 하는 거지?

'어쩌면……?'

묘한 예감으로 심장이 들썩였다. 세아는 모니터를 주시했다.

[강한봄] 아무것도 아냐. 그냥 궁금해서.

세아는 맥이 탁 풀렸다. 괜히 과민하게 반응했다.

[강한봄] 괜찮다니 다행이야. 그래도 아픈 여파가 남아 있을 테니까 쉬엄쉬엄 일해. 우리 존재 파이팅! 내가 조만간 또 CD 하나 빌려줄게.

- 넵. 고마워요, 선배.

메신저를 종료한 세아는 한봄을 건너다보았다. 한봄이 힘내자 포즈를 취하며 눈을 찡긋하고 있었다.

똑같은 자세로 응답한 세아는 방향을 틀어 남주요 대리를 쳐다봤다. 남주요 대리는 무심한 표정으로 자판을 두드리고 있었다. 세아는 고개를 내저었다. 쓸데없는 생각 그만하고 일이나 해야겠다.

"먼저 퇴근하겠습니다."

"저도 가보겠습니다."

"퇴근합니다."

"수고하세용, 사모님."

세아가 컴퓨터와 씨름하는 사이, 직원들이 하나둘 떠났다. 금세 사무실이 황량해졌다.

SA 소프트의 직원들은 크게 두 파로 나뉘었다. 9시 전후에 출근해서 오후 5시쯤에 퇴근하는 파와 10시 전후에 출근해서 오후 6시쯤에 퇴근하는 파. 저녁 약속이 있는 사람은 주로 전자, 저녁 약속이 없는 사람은 주로 후자였다.

오늘은 5시쯤에 퇴근하는 파가 많은 모양이었다. 남아 있는 몇 사람을 둘러보며 세아는 한숨을 쉬었다.

'이중에서 내가 제일 늦게 퇴근하겠지?'

빈 건물에 혼자 남는 건 좀 무서운데. 차라리 오늘은 다른 사람들이랑 같이 퇴근하고 내일 일찍 출근해서 업무 시간을 벌충할까. 그녀가 이런저런 고민을 하고 있을 무렵이었다.

"몇 시에 퇴근합니까?"

근거리에서 익숙한 중저음이 들렸다. 세아는 목을 틀며 시선을 들었다. 언제 왔는지 한재하 이사가 옆에 딱 버티고 서 있었다.

"저요?"

"신세아 씨 말고 이 근처에 누가 있습니까?"

한재하 이사가 반문했다. 세아는 어설프게 웃으며 동의했다.

"그러네요."

세아의 주변 자리는 모두 비어 있었다. 그나저나 이 남자가 왜 퇴근 시각을 물어보는 걸까. 완벽한 커플 연기를 위해 일주일에 몇 번은 같이 퇴근하자더니, 혹시 그것 때문인가?

"저 9시까지 일해야 해요."

"9시? 지금까지 뭐 했습니까?"

한재하 이사의 눈초리가 올라갔다.

"잠깐 잔다는 게 휴게실에서 5시까지 잤어요."

점점 기어들어가던 세아의 음성은 '요' 부분에 이르렀을 즈음에는 거의 소실되어 있었다.

한재하 이사가 기가 막힌다는 눈으로 그녀를 내려다보았다. 그녀는 온몸이 쭈글쭈글해지는 걸 느꼈다.

"그러니까 먼저 가시는 게……."

한재하 이사의 눈길을 피한 세아가 조심스럽게 권유했다. 그러나 그는 의자를 죽 빼더니 그녀의 옆자리에 앉았다. 세아의 눈이 동그래졌다.

"안 가시게요?"

"오늘은."

의자를 틀어 그녀를 바라보는 자세를 취한 그가 다리를 꼬더니 느릿하게 덧붙였다.

"여자친구를 기다리는 자상한 남자 콘셉트입니다."

매력적인 웃음이 그의 만면에 번졌다. 세아는 순간 얼굴에 열이 올랐다. 그의 모습이 마치 화보의 한 장면 같았기 때문이었다.

휙 소리가 나게 고개를 돌린 세아는 모니터에 눈동자를 고정했다. 그와 눈을 마주하고 있다가는 속마음을 낱낱이 들킬 것 같아서였다.

"그, 그럼 9시까지 기다리시게요?"

"당연하죠."

한재하 이사가 심플하게 긍정했다.

"여자친구가 야근을 하는데 기다리지 않을 남자가 어디 있습니까.”

묘하게 달콤한 목소리였다. 세아는 멈칫했다. 가슴이 쿵, 가파르게 떨어지더니 빠르게 뛰었다.

애인이 있다면 이런 느낌일까? 남자친구가 옆자리에 앉아 야근하는 나를 기다린다면 이런 느낌?

심장이 바르르 떨렸다. 세아는 뻣뻣한 손놀림으로 자판을 눌렀다.

‘애인이 있는 여자들은 매일 이런 설렘을 느낀단 말이야?’

만약 그렇다면 진지하게 연애를 고려해봐야겠다. 이렇게 기분 좋은 떨림을 날마다 맛볼 수 있다니.

세아는 흘긋 한재하 이사가 앉아 있는 쪽을 돌아보았다. 그는 가만히 그녀를 응시하고 있었다. 이상하리만치 따뜻한 시선이었다. 세아는 또다시 심장 박동이 거세지는 걸 느꼈다.

고개를 원위치시킨 세아는 컴퓨터만 뚫어지게 보았다. 그러다가 다시 한 번 그를 힐끔 염탐했다. 그는 여전히 그녀를 관찰하고 있었다.

세아는 입술을 힘껏 다물었다. 가슴이 간질거려서 견딜 수가 없었다.

“왜 이렇게 늦게 와?”

요가인지 곡예인지 분간이 안 갈 만큼 초고난도 자세를 취한 채로 어머니가 물었다.

세아는 한숨을 쉬었다. 왜 내 주변에는 정상인 사람이 하나도 없을까. 다들 꼭 어디가 한 군데씩 이상하다.

'아니, 대체 왜 현관 앞에서 요가를 하고 있느냐고.'

들어오는 사람 깜짝 놀라게.

"회사에서 낮잠을 많이 잤어."

"낮잠을? 봄 타니? 춘곤증?"

"그런가 봐."

털썩 소파에 주저앉은 세아는 TV를 바라보았다. 늘 그랬듯이 골프 채널이 틀어져 있었다. 아버지의 변함없는 골프 사랑이란.

"우리 세아 왔어?"

아버지가 두 팔을 활짝 벌리며 환영 인사를 했다.

"네, 다녀왔어요."

"식탁에 빵 사놨으니 먹어라."

"지금 먹으면 살찌는데."

사양할 것처럼 굴면서 세아는 식탁으로 걸어갔다. 저녁을 못 먹어서 배가 고팠다.

비닐 부스럭거리는 소리를 들은 어머니가 재빠르게 태클을 걸었다.

"먹긴 뭘 먹어. 너도 와서 요가나 해."

"나 오늘 저녁 걸렀단 말이야."

"뭐? 왜? 다 먹고살자고 하는 짓인데."

"밥 먹으면 집에 11시에 오게 생겼는데 어떡해."

세아는 우물우물 빵을 먹었다. 한심함 반, 안쓰러움 반이 섞인 눈으로 세아를 보던 어머니가 바닥에서 일어났다.

"드라이 맡겼던 니트 왔더라."

지척까지 다가온 어머니가 작게 말했다. 세아의 눈이 커졌다.

"언제 왔어? 아빠 있을 때?"

"아니, 낮에."

그나마 다행이었다. 세아는 가슴을 쓸어내렸다. 남자의 니트를 보면 아버지의 반응이 어떨지 상상하기도 싫었다.

거실 소파에 앉아 있는 아버지를 힐끔 살핀 세아가 낮게 속삭였다.

"니트 어디에 뒀어?"

"네 방 옷장. 네 아빠 눈에 띄면 곤란할 거 아니야."

어머니의 센스는 완벽했다. 세아는 마음을 놓았다.

"근데 너 왜 그날 남자친구 옷 입고 온 거야? 너 혹시……."

어머니가 야릇한 눈길을 던졌다. 머릿속에서 무슨 상상이 펼쳐지고 있는지 뻔히 보이는 눈빛이었다. 세아는 황급히 도리질 쳤다.

"그런 거 아니거든? 블라우스 단추가 떨어져서……."

"블라우스 단추는 왜 떨어졌는데?"

히죽거리며 어머니가 재차 물었다. 세아는 차마 '엄마가 사윗감으로 생각하는 그 남자의 피규어가 블라우스 단추 사이에 끼는 바람에 빼내다가요.'라고 대답할 수 없었다.

세아가 아무 말도 못 하고 있자 어머니의 웃음이 짙어졌다.

"엄마는 그렇게 꽉 막힌 사람 아니야. 이래 봬도 엄마가 엄마 친구들보다는 개방적인 사고방식의 소유자란다."

세아의 어깨에 손을 척 올리며 어머니가 덧붙였다.

"피임만 잘해. 그러면 된다."

목구멍으로 들어가고 있던 빵이 중력을 거스르고 역류했다. 피, 피이임?

음식물을 도로 넘긴 세아가 뭐라고 해명하기도 전이었다. 세아의 어깨를 툭툭 두드린 어머니는 미련 없이 거실로 돌아갔다. 억울함이 차올라 세아는 입술을 달싹였다.

아니야, 엄마. 그런 거 아니야. 나 아무것도 안 했어. 나 아직 선 안 넘었다고. 엄마 딸은 26년째 자의 반 타의 반으로 순결하게 살고 있단 말이야. 억울해. 억울하다고!

속으로 대성통곡하면서 꾸역꾸역 빵을 먹은 세아는 힘없이 방으로 들어갔다. 배가 등가죽에 붙어 있었기 때문인지 빵은 꿀맛이었다.

"으, 힘들다."

스타킹을 벗은 세아는 블라우스 단추를 두어 개 풀고 장롱을 열었다. 투명 비닐에 싸여 있는 니트가 보였다.

세아는 무언가에 홀린 듯이 니트를 꺼냈다. 비닐 특유의 바스락거리는 소리가 났다.

한재하 이사의 니트.

묘한 기분이었다. 그 남자의 옷이 내 옷장에 있다는 건. 그의 니트가 내 옷들과 나란히 걸려 있다는 건.

심장이 두방망이질 쳤다. 느닷없이 부끄러워져서, 세아는 누가 보지도 않는데 괜히 니트를 침대 위로 던졌다. 그러다가 애써 드라이한 옷이 구겨질까 봐 후다닥 집어 들었다.

"내일 잊지 말고 가져가야 하는데."

요즘 뭘 깜빡 잊는 일이 많아서 걱정된다. 아예 잘 보이는 데에다가 놔두면 내일 출근하면서 챙겨 가겠지?

'책상에 놓자.'

조심스럽게 책상 위에 니트를 내려놓은 세아는 화장대 쪽으로 고개를 돌렸다가 화장품 사이에 숨어 있는 헐크와 눈이 마주쳤다.

"깜짝이야."

세아는 심장에 손을 얹었다. 언제 봐도 저 우락부락한 초록색 근육은 적응이 안 된다.

그녀는 화장대로 걸어가 헐크를 들어 올렸다. 귀여움과는 억만 광년쯤 거리가 있어 보이는 생김새였다.

"왜 이런 걸 수집하는 걸까?"

기왕이면 예쁘고 잘생긴 캐릭터가 좋잖아. 그렇게 생각하면서도 세아는 뚫어지게 헐크를 응시했다.

옛날에 만화인지 영화인지, 하여튼 어디선가 봤는데 헐크는 원래 박사였다. 실험을 하다가 방사능에 노출되어서 돌연변이가 된 거라나? 그 뒤로 평상시에는 평범한 사람이지만, 화가 나면 헐크로 변했던 기억이 난다.

'할 일도 없는데 잠깐 인터넷으로 찾아볼까?'

세아는 컴퓨터를 켰다. 인터넷 창에 '헐크'라고 치자 검색 결과가 우수수 쏟아졌다.

"음, 정확히는 감마선에 노출된 거구나."

글을 읽으며 세아는 혼잣말로 중얼거렸다.

"분노하면 아드레날린이 분비되면서 녹색 괴물로 변한다……, 1,500억 톤짜리 바위산을 들어? 말도 안 돼. 아무리 만화여도 이건 좀 심했다."

일단 1,500억 톤이라면 부피가 얼마야. 그걸 단일 생명체가 든다고? 애초에 지구가 1,500억 톤이라는 하중을 버틸 수 있는지도 미지수인데?

'만화는 역시 만화구나.'

"다섯 살에 DNA 구조체 모형 장난감을 만들었다고? 부럽다……, 어? 어릴 적에 아버지에게 학대를 당해?"

세아의 눈이 동그래졌다. 학대라니. 강인한 헐크의 이미지와는 잘 매치가 되지 않았다.

브라이언 배너(헐크의 아버지)는 지나치게 똑똑한 아들 로버트(헐크)를 괴물이라고 믿었죠. 그래서 로버트를 죽여야 한다고 결심합니다. (...나니?)

그러나 아내인 레베카의 만류로 실패하죠.

대신 늘 로버트에게 폭언을 일삼습니다. 넌 태어나지 말았어야 한다는 둥, 괴물이라는 둥. (우리 불쌍한 헐크찡ㅜㅜ)

참다못한 레베카는 로버트를 데리고 도망치려다가 들키고, 브라이언은 극도로 분노해서 아내인 레베카를 죽입니다ㅎㄷㄷㄷ (싸이코..패...스....)

그 사건으로 브라이언은 정신병원에 감금되죠. 하지만 병원에서 나오자마자 또 칼로 로버트를 죽이려고 시도합니다. 막장도 이런 막장이 없음.

죽 나열된 헐크 아버지의 막장 행적에 세아는 치를 떨었다. 헐크가 왜 툭하면 분노해서 초록 괴물로 변하나 싶었는데 다 이유가 있었다. 이런 환경이면 누구라도 삐뚤어지겠다.

"아, 헐크(hulk)라는 단어 자체가 거대한 사람이라는 뜻이구나. 그래서 이름이 헐크."

세아는 점점 헐크에게 흥미를 느끼는 자신을 발견했다.

'감마선이 대체 뭘까.'

정확한 지식을 얻기 위해 국립중앙도서관 사이트에 접속해서 논문을 뒤적이던 세아는 퍼뜩 정신이 들었다.

"잠깐. 내가 뭘 하고 있는 거지?"

시각을 확인하니 어느덧 12시가 다 되어가고 있었다. 세아는 뜨악했다. 금 같은 휴식 시간을 헐크 뒷조사를 하다가 날려버리다니! 서둘러 컴퓨터를 끈 그녀는 가슴을 움켜쥐었다.

"이렇게 다들 오덕이 되는 거구나."

하마터면 돌아올 수 없는 강을 건널 뻔했다.

놀란 마음을 진정시킨 그녀는 침대에서 일어나 헐크를 다시 화장품들 안쪽으로 숨겨놓았다. 못생긴 주제에 이상한 매력이 있다. 그 매력에 더 빠지면 안 될 것 같았다.

세아는 애써 사고를 다른 방향으로 틀었다. 동시에 한재하 이사의 얼굴이 세아의 눈앞에 재생되었다. 그녀가 야근하는 내내 옆자리에 앉아 있던 한재하 이사. 그와 그녀만이 남은 사무실에는 뭐라고 설명할 수 없는 기류가 흘렀었다.

한재하 이사는 지루하지도 않은지 별말 없이 그녀를 기다렸고, 그녀는 무언가에 쫓기듯이 조급해졌다. 하지만 불쾌한 초조함은 아니었다. 그보다는 더 말랑말랑하고 복잡한 감정이었다.

무엇보다 그의 시선이……

"왜 그런 눈빛으로 본 거야."

세아는 베개를 끌어안고서 웅얼거렸다.

"왜 그렇게 다정한 눈으로."

어울리지 않게.

항상 그녀의 앞에서는 못마땅한 듯이 눈초리를 올리고 있던 그였다. 아니, 원래 눈매가 사늘해서 그냥 무표정인데 그리 느껴졌는지도 모르겠다.

여하튼 북풍한설. 딱딱함. 성질 더러움. 여러 가지 복합적인 느낌을 자아내는 눈매였는데, 아까는 전혀 달랐다. 막 눈웃음을 치거나 그런 것도 아닌데 부드러웠다고 해야 하나……, 왠지 그녀가 그에게 소중한 존재가 된 듯한 기분이 들 정도였다.

'물론 한재하 이사가 날 그런 마음으로 봤을 리는 없지만.'

어떤 방법으로 괴롭힐까 연구를 하면 했겠지. 세아는 베개를 안은 손에 힘을 주며 구시렁거렸다.

"쓸데없이…… 헷갈리게."

안 그래도 한재하 이사의 사소한 행동에 가슴에 떨리고 옆구리가 영 시린 게, 딱 연애가 필요한 타이밍이었다. 그러던 차에 그가 더 이상한 행동을 해대니 마음이 싱숭생숭했다.

"으으. 미쳤어. 신세아 넌 제정신이 아니야."

세아는 베개를 껴안은 채로 침대 위에서 뒹굴었다. 상대는 사디스트 마왕 한재하 이사다. 이제까지 그에게 괴롭힘당한 걸 떠올리면 이래서는 안 되는 거잖아.

"붓털이 몇 가닥인지 세라고 그러고, 오레오 밀크티에서 오레오 가루 전부 건져 오라고 그러고, 치킨 껍질 까서 가져오라고 하고, 주말에 피규어 청소도 시키고, 치킨 먹고 싶은데 한정식집 가고, 넬사 피규어 예매하라고 시키고, 다리미로 자기 와이셔츠 다리라고 하고."

간단하게 상기할 생각이었는데 한재하 이사의 악행이 끝없이 나왔다. 세아는 가볍게 욱했다. 이대로라면 밤새도록 랩을 하고도 남았다.

"그런 남자를 내가 왜!"

멀쩡한 남자도 많고 많은데, 어째서 진성 사디스트 오타쿠인 남자를! 몸을 일으킨 세아는 베개를 침대 등받이에 기대게 했다. 그러고는 베개가 자신인 양 나무라기 시작했다.

"야, 잘 생각해봐. 외롭다고 도매금으로 넘어가면 안 돼."

엄한 목소리로 말한 세아는 조금 누그러진 음성으로 부연했다.

"한재하 이사잖아. 직장 상사. 게다가 얼마나 널 못살게 했니."

마치 베개를 달래려는 듯이 다정한 목소리였다.

"너도 기억하지? 그 사람 때문에 얼마나 힘들었니. 남주요 대리는 잡아먹을 듯이 굴고, 강이원 팀장은 허구한 날 사모님이라고 불러대잖아. 지금도 사모님 소리 듣기 싫지? 그런데 진짜 사모님 돼서 평생 사모님 소리 듣고 싶어? 응?"

베개를 살살 쓰다듬던 세아는 돌연 주먹을 쥐더니 싸늘하게 말했다.

"좋은 말로 해서는 못 알아듣는구나. 아무래도 좀 맞아야겠다."

베개를 붙잡아 다리 위에 엎어놓은 세아가 마치 어린아이 궁둥짝을 때리듯이 베개를 팡팡 내리쳤다.

"이래도 정신 똑바로 안 차릴래? 응?"

가벼운 타격음이 연달아 이어졌다.

"별 의미 없는 행동에 의미 부여하지 마. 말라고. 멍청아."

눈빛이 뭐 어쨌다는 거야. 야근할 때 옆에서 기다려준 게 뭐 어쨌다는 거야. 한재하 이사에게 그것들은 의미 없는 행동이었을 텐데.

"그렇지만 고맙긴 해."

회사에 혼자 남아서 야근을 했다면 무서웠을 것 같다. 솔직히 의자에 앉아 있던 모습은 그림의 한 장면처럼 멋있…….

"너 아직도 정신 못 차렸구나!"

세아는 재차 베개를 후려 팼다.

혼란과 폭력이 난무하는 밤은 그렇게 지나가고 있었다.

"이사님, 빌려 갔던 니트입니다. 잘 입었습니다."

세아는 드라이클리닝 비닐에 들어 있는 니트를 한재하 이사에게 내밀었다. 오묘한 눈빛으로 니트를 내려다보던 그가 느닷없이 지갑에서 법인 카드를 내밀었다.

"과자 좀 사오십시오. 드림제과 걸로."

"과자요?"

세아의 표정이 이상해졌다.

'아까 한봄 선배랑 과자에 대해서 열띤 토론을 벌였는데.'

어떤 과자가 맛있고 맛없는지 이야기를 나누다가 드림제과에서 나온 과자는 뭐든지 괜찮다고 합의를 봤었다. 그리고 과자 얘기를 하니 과자가 먹고 싶어졌다고 푸념했지. 불과 한 시간 전의 일이었다.

'공교로운 우연이네.'

법인 카드를 받아 든 세아의 입꼬리가 슬슬 올라갔다. 과자를 뭘 사올지 상상하는 것만으로 행복했다.

"얼마어치 사오면 될까요?"

"사원들과 다 같이 먹을 거니까 넉넉하게. 15만 원 내외로."

세아는 환호성을 지르고 싶은 걸 참으며 이사실을 나왔다.

마트에서 과자를 잔뜩 산 세아가 봉지 네 개를 양손에 들고 귀환했다.

"과자도 여러 개니까 무겁네."

끙끙거리며 어깨로 문을 미는데 열릴 기색이 보이지 않았다. 세아는 온몸으로 힘껏 문을 밀었다. 그러자 문이 필요 이상으로 홱 열렸다.

"어어?"

세아는 중심을 잃고 앞으로 고꾸라졌다. 그러면 더 위험한 줄 알면서도, 그녀는 반사적으로 눈을 감았다. 그때였다. 세상이 홱 뒤집혔다. 세아는 뒤로 젖혀진 채로 눈을 떴다. 익숙한 얼굴이 그녀의 시야에 들어왔다.

"승재 오빠?"

"조심해야지."

승재가 특유의 자상한 톤으로 채근했다. 세아는 상황 파악에 들어갔다. 넘어지는 그녀를 승재가 옆에서 잡아서는 오른팔로 등을 받친 모양이었다. 덕분에 살사 댄스라도 추는 것처럼 고개가 뒤로 젖혀진 거고.

세아는 뒤늦게 안도의 한숨을 쉬었다. 다행히 시기적절하게 나타난 흑기사 덕분에 살았다.

"회사에는 웬일이야?"

"세아 너 보러 왔는데?"

"에이. 농담하지 말고."

세아의 타박에 승재가 웃었다. 안경 너머에서 유려하게 휘어지는 눈을 보며, 세아는 미심쩍다는 듯이 말끝을 올렸다.

"정말?"

"응."

승재가 새뜻하게 긍정했다. 세아의 머릿속에 물음표가 찼다.

'뭐지?'

재하는 미간에 주름을 잡았다.

'왜 안 오지?'

마트와 회사의 거리를 생각하면 올 때가 되었는데.

재하는 이유 없이 초조해졌다. 한창 도로에 사람들이 북적거리는 대낮이고 신세아는 사지 멀쩡한 성인인데도, 도착 예상 시각이 지났는데 그녀가 오지 않았다는 사실만으로 그는 불안했다.

'신세아가 물가에 내놓은 어린애도 아니고 뭘 이렇게 신경 쓰는 거야, 한재하.'

지금 하고 있는 걱정은 조금도 이성적이지 않았다. 재하는 읽던 서류에 집중하려고 노력했다. 그러나 글자가 하나도 눈에 들어오지 않았다.

'무슨 일이라도 있는 건 아니겠지.'

도저히 가만히 앉아 있을 수 없었다. 재하는 의자에서 일어났다.

다른 걸 사러 간 척하면서 마트로 갈까? 아니, 마트까지 찾아가는 건 유난스러우니까 회사 입구 근처에서 기다리는 게 낫겠다.

나름대로 자연스러운 연출을 노리며 재하는 밖으로 나왔다. 그리고 복도를 나와 로비에 진입한 그의 눈에 띈 것은, 신세아가 다른 남자의 품에 안겨 있는 장면이었다.

재하는 울컥했다. 신세아에 대한 마음을 자각하기 전부터 둘이 붙어 있으면 거슬려 했던 재하였다. 하물며 이제는 자신을 지배하고 있는 바이러스의 정체를 깨달았다.

더는 참을 수 없었다. 참고 싶지도 않았다.

재하는 성큼성큼 두 사람에게로 걸어갔다. 그런 다음 세아의 한쪽 팔을 붙잡았다.

"장승재."

입꼬리를 매끄럽게 끌어올리며, 재하가 덧붙였다.

"그만 인수인계하지?"

두 남자의 눈빛이 허공에서 부딪쳤다.

11. 믿는 도끼에 발등 찍힌다

승재가 특별히 높지도, 낮지도 않은 음성으로 반문했다.

"뭘 말이야?"

세아는 놀란 눈으로 승재를 올려다보았다. 승재가 그녀의 어깨를 잡은 손에 미세하게 힘을 주었기 때문이었다.

'승재 오빠?'

당혹감이 세아를 휘감았다. 한재하 이사가 받을 게 있는 눈치인데, 승재는 줄 게 없다는 듯이 굴고 있다.

세아는 시선을 돌려 승재의 두 손을 살폈다. 정말로 들고 있는 물건이 없었다. 뭘 인수인계라고 하는 거야? 세아는 혼란스러워졌다.

한재하 이사는 딱딱하게 굳은 얼굴이었다. 세아는 어색해지는 분위기를 타파하려고 한재하 이사에게 말을 걸었다.

"이사님. 승재 오……, 아니, 장 변호사님은 아무것도 들고 오시지 않은 것 같은데요."

세아의 말이 끝나기가 무섭게 한재하 이사가 한심하다는 표정을 지었다.

세아는 발끈했다. 애먼 사람 잡고 있기에 친절하게 알려줬더니 왜 저런 반응이래? 그나저나 뒤로 반쯤 넘어간 자세로 계속 있으려니 불편했다. 때 되면 일으켜주겠거니 하고 기다렸지만 더는 못 버티겠다.

"장 변호사님, 저 좀 세워주세요. 허리가…….."

"아."

낮게 탄성을 터트린 승재가 그녀를 일으켜 세웠다. 그러자 기다렸다는 듯이 한재하 이사가 그녀의 팔을 잡아당겼다.

승재에게 감사 인사를 건네기도 전에 세아는 한재하 이사의 품에 처박혔다. 탄탄한 가슴에 조금 세게 부딪친 코가 욱신거렸다.

신음을 흘린 세아는 한재하 이사에게서 떨어지려고 했다. 한재하 이사가 그녀의 허리를 감은 손에 힘을 주더니, 손으로 그녀의 뒷머리를 내리눌렀다. 더욱 그의 상반신에 얼굴을 밀착하게 된 세아는 고통에 휩싸였다.

'아, 아파. 코가 너무 눌리고 있어.'

놓아달라는 의미로 세아는 고개를 좌우로 흔들었다. 그러나 씨알도 먹히지 않았다. 도리어 한재하 이사는 움직이지 말라는 듯이 더욱 견고하게 그녀를 포박했다.

대체 왜 이러는 거지? 신종 괴롭힘인가?

'내 코, 내 코!'

세아는 속으로 통곡했다. 코가 찌그러질 것 같았다. 이대로 있다가는 병원에 가야 할 판이었다.

"이, 이사님, 아파요. 코가 뭉개질 것 같다고요."

위기감을 느낀 세아는 참지 못하고 한재하 이사에게 선처를 부탁했다. 둘 사이에 흐르는 기류가 영 심상치 않은 게 이런 말을 할 만한 상황은 아닌 것 같지만, 일단 나부터 살고 봐야겠다.

한재하 이사가 몸을 굳히더니 허리와 머리를 붙잡고 있던 손을 떼어주었다. 그의 품에서 벗어나자마자 세아는 과자를 담은 봉투들을 바닥에 내려놓고 코를 만졌다. 다행히 콧대는 멀쩡했다.

'코뼈는 생각보다 튼튼한 뼈인가 봐.'

세아의 입에서 안도의 한숨이 흘러나왔다. 그녀의 행동을 가만히 지켜보던 한재하 이사가 고개를 내저었다. 확연히 맥이 빠진 표정이었다.

"아무리 개그 캐릭터라지만 이런 순간까지."

뜻 모를 말이었다.

'저거 설마, 나에게 하는 말인가?'

과자 봉지를 챙겨 들던 세아의 머릿속에 의혹이 피어올랐다.

'개그 캐릭터? 내가?'

세아는 은근히 기분이 나빠졌다. 누가 누구보고 개그 캐릭터래? 그러는 자기야말로 구제불능 사디스트 결벽증 오덕이면서!

"이만 사무실로 돌아갑시다."

한재하 이사가 세아의 양손에 들려 있던 봉투들을 무심하게 슥 가져갔다. 신기하게도 그녀의 손으로는 기껏 두 개가 한계였는데,

그는 한 손으로 봉투 네 개를 다 들었다.

그 별것 아닌 행동이 마치 '나는 남자다'라고 말하고 있는 듯해서, 세아는 살짝 설레었다. 하지만 그녀는 곧 정신을 차리고 승재를 돌아보았다.

'날 만나러 왔다고 하는 걸 보니 할 말이 있을 것 같은데.'

듣기도 전에 사무실로 들어가버리자니 마음에 걸렸다. 세아가 어떻게 해야 하나 머뭇거리고 있을 무렵이었다.

"장 변호사님도 들어오시죠."

묘한 분위기를 언제 자아냈느냐는 듯이, 한재하 이사가 천연덕스럽게 제안했다. 승재는 빤히 그를 보다가 입을 열었다.

"괜찮습니다."

웃는 얼굴로 승재가 덧붙였다.

"마음만 먹으면 기회는 많으니까."

한재하 이사의 눈썹이 꿈틀거렸다.

"그냥 들어오세요. 과자도 많이 사왔는데 같이 먹어요."

세아가 재차 권유했다. 하지만 승재는 이미 결심했는지 부드럽게 웃으며 거절했다.

"다음에 보자. 둘이서."

"아, 응. 그래."

"그럼 조심히 가보십시오."

한재하 이사가 쏙 끼어들어서 대화를 종결시켰다. 세아는 한재하 이사를 째려보았다. 아까부터 왜 이렇게 밉상처럼 굴지?

"오빠! 그럼 나중에 연락해!"

반강제로 한재하 이사에게 끌려가면서 세아는 승재에게 작별 인사를 건넸다.

"오빠라고 하지 말고 장 변호사라고 부르라고 했을 텐데요."

곧바로 한재하 이사의 잔소리가 쏟아졌다.

"적응이 잘 안 되는 걸 어떡하라고요. 20년 가까이 오빠라고 불렀는데."

"여긴 회사입니다, 신세아 씨. 사적인 호칭을 가져다 붙이면 곤란하지 않겠습니까?"

"그렇지만."

세아가 반박하려던 차였다.

"그러면 나도 오빠라고 부를 겁니까?"

한재하 이사의 입에서 폭탄 발언이 흘러나왔다. 세아의 눈이 휘둥그레졌다. 이야기가 왜 그렇게 되는 건데?

"예에에?"

"우리, 공식적으로 사귀는 사이 아닙니까. 그러면 사적으로는 신세아 씨가 나에게 오빠라고 불러야 맞는 건데, 회사에서 앞으로 날 오빠라고 부를 겁니까?"

너무 기가 막히면 말이 안 나온다고 했던가? 세아는 입만 쩍 벌린 채로 한재하 이사를 마주 보았다.

"아, '자기야'도 괜찮겠군요. 애인끼리는 그렇게 부르니까."

설상가상이었다. '자기야'라니. 다른 사람도 아니고 한재하 이사에게!

충격으로 육체와 영혼이 분리되기 일보 직전인 세아에게 한재
하 이사가 최후의 일격을 가했다.

"선택하십시오. 나도 오빠라고 부르고 승재도 오빠라고 부를 겁
니까, 아니면 둘 다 직위로 부를 겁니까."

"앞으로 장 변호사님이라고 할게요."

제발 장 변호사님이라고 부르게 해주세요.

"잘 생각했습니다."

한재하 이사가 만족한 듯이 고개를 끄덕였다.

"뭐, 난 신세아 씨가 둘 중 어느 쪽을 선택했어도 상관없었지
만."

"……네?"

세아는 발걸음을 멈췄다. 내가 지금 무슨 말을 들은 거야?

한재하 이사는 아랑곳하지 않고 쿨하게 사무실로 들어갔다. 멍
하니 서서 그의 뒷모습을 지켜보던 세아는 손바닥으로 뺨을 찰싹
때렸다.

'내가 요즘 몸이 허한가?'

아무래도 환청을 들은 것 같다.

금요일. 전체적으로 나른한 분위기가 흐르는 사무실에서 세아
는 한봄과 커피를 마시고 있었다.

'한 주가 이렇게 가는구나.'

세아는 탄식을 내뱉었다. 돌이켜보니 파란만장한 일주일이었다.

한재하 이사에게 못생겼다는 소리를 들으며 볼을 뜯기질 않나. 한재하 이사와 같이 영화를 보질 않나. 한재하 이사가 어머니에게까지 사귀는 사이라고 거짓말을 하는 바람에 개고생하질 않나.

'특히 어제가 절정이었지.'

한재하 이사의 입에서 오빠 소리가 나왔을 때는 정말 어이가 탈출할 뻔했다.

"아, 그러고 보니 슬슬 단합 여행을 갈 때가 됐는데."

한봄이 별안간 떠올랐다는 듯이 중얼거렸다.

"단합 여행이요?"

"응. 우리 회사는 1년에 한 번씩 봄에 단합 여행을 떠나거든."

입사 3개월 차인 세아는 금시초문이었다. 단합 여행? 그게 뭐지? 야유회나 연수 같은 건가?

"연수 비슷한 거예요?"

"아니, 달라. 연수는 워크숍이잖아. 단합 여행은 말 그대로 여행이야. 직원들끼리 합의해서 여행지를 고른 다음, 다 함께 여행을 다녀오는 거지."

"우와. 며칠이나 가는데요?"

"저번에는 5박6일이었어. 아마 이번에도 비슷하지 않을까? 아, 먹고 자는 데 드는 경비는 전액 회사 부담이야. 그러니까 우리는 기념품 살 돈만 들고 가면 돼."

세아는 감탄했다. 5박6일 동안 전 사원의 경비를 회사에서 부담한다니. 알음알음 신의 직장이라는 소문이 퍼진 데에는 다 이유가 있었다.

한봄이 싱글벙글 웃으며 물었다.

"우리 회사 복지 짱이지? 난 여기에 뼈를 묻을 거야."

"짱이네요."

그 사디스트의 머리에서 이런 바람직한 복지가 나왔다니. 믿어지지가 않았다.

"단합 여행을 가도록 하죠, 5월 중으로."

전 사원을 소집한 한재하 이사가 말했다. 세아가 한봄과 카페에서 단합 여행에 대해서 이런저런 대화를 나누고 오자마자 벌어진 일이었다. 호랑이도 제 말 하면 온다더니, 딱 그 짝이었다.

"여행지부터 고릅시다. 의견 내보세요."

한재하 이사의 말이 떨어지기가 무섭게 직원들이 웅성거렸다.

"저번에는 중국이었으니 이번에는 일본?"

"아니지. 어차피 여름에 일본 지사 가야 하니까 다른 곳으로 가자."

"전 스웨덴 가보고 싶어요."

"양심적으로 이번 단합 여행은 국내로 타협하죠."

"국내든 국외든 상관없습니다. 편하게 가고 싶은 곳으로 정해서 보고하세요."

쿨하게 대응한 한재하 이사는 의자에서 일어나 이사실로 들어 갔다. 이사실 문이 닫히자 직원들이 목소리를 낮춰서 의견을 교환 했다.

"그래도 양심이 있는데 국내로 가자."

"하긴. 해외 가면 말이 안 통해서 피곤하긴 하더라. 그냥 별생각 없이 쉴 거면 국내가 나을 것 같기도 해."

"그러면 국내 어디로 갈까요? 바다 근처? 아니면 산?"

"산은 싫어요. 극기 훈련할 것도 아니고."

남주요 대리가 손톱을 다듬으며 한마디 했다. 서 팀장이 고민된 다는 기색으로 머리를 긁었다.

"근데 국내에서 5박6일 동안 할 게 뭐가 있어?"

"리조트 가서 늘어지게 쉬다가 오는 거죠, 뭐."

강이원 팀장이 서글서글하게 웃으며 응수했다.

결국, 설왕설래 끝에 강원도 쪽에 있는 국내 리조트에 가기로 결 정되었다. 한재하 이사에게 결재를 받아 온 강이원 팀장이 세아에 게 법인 카드를 내밀었다.

"적당한 리조트를 찾아서 예약하는 건 사모님이 하기로."

"알겠습니다."

강원도 쪽 리조트를 열심히 검색하던 세아는 마음에 드는 곳을 찾았다.

"여길 예약하면 되겠다."

SA 소프트의 직원이 총 쉰여섯 명이니까 6인실을 일곱 개 예약한 다음에 각 방에 2인씩 추가 비용을 지급하면 전 직원을 수용할 수 있다.

'이사님은……, 음, 1인실이 없으니까 따로 2인실을 예약해드려야지.'

그 은근한 결벽증 환자가 다른 사람들과 같이 객실을 썼다가는 오만 성질을 다 낼 것이다. 방을 같이 쓰는 사람 말고, 방을 예약한 그녀에게.

총 여덟 개의 방을 잡기로 한 세아는 예약 버튼을 눌렀고, 사소한 문제에 직면했다.

"어?"

예약 가능 날짜를 보니 5월 안에 5박6일 동안 여덟 개의 방이 비는 때는 딱 한 번밖에 없었다. 이번 주 일요일부터 목요일까지. 그런데 오늘이 금요일이었다.

세아는 벌떡 일어나 이사실로 뛰어갔다.

"이사님, 말씀드릴 게 있는데."

"뭡니까."

"5박6일 동안 인원수에 맞춰서 예약 가능한 리조트가 하나 있는데요. 그게 내일모레부터예요. 예약할까요?"

"무슨 상관입니까. 가고 싶으면 예약하는 거지."

대수롭지 않다는 듯이 한재하 이사가 승낙했다. 이사실에서 나온 세아는 직원들에게도 똑같은 질문을 던졌다.

"이틀 뒤? 뭐, 조금 갑작스럽긴 하지만 난 괜찮은데?"

"뭐 어때."

"가자, 가자."

다행스럽게도 다들 긍정적인 반응이었다.

"그러면 예약할게요."

세아는 두근거리는 마음으로 예약 버튼을 눌렀다.

"왜 이렇게 셔틀버스가 안 오는 거야."

한봄이 손으로 햇빛을 가리며 불평했다.

"세아 씨, 몇 시에 온다고 그랬지?"

"어……, 12시 30분에 오기로 되어 있고 지금 12시 28분이니까 이제 올 거예요. 출발은 12시 50분에 할 거고."

세아가 휴대전화에 찍힌 시각을 확인하며 답변했다.

"2분 남은 거네."

한봄이 즉시 표정을 고쳐서 싱글벙글 미소 지었다.

곧 셔틀버스가 도착했다. 후다닥 올라탄 세아와 한봄은 의자에 궁둥이를 붙였다.

"하아, 살 것 같다. 세아 씨, 리조트는 어때? 세아 씨가 예약하면서 봤으니 잘 알 것 같은데."

"부대시설이 아주 좋은 편이에요. 삼림이 형성되어 있어서 산책도 할 수 있고, 불가마도 있고, 워터파크도 있고, 놀이기구도 있고."

세아는 기억을 더듬어가며 설명했다. 한봄이 무릎 위에 올려놓은 가방을 팡팡 내리쳤다.

"꺄아, 좋다. 미남만 있으면 파라다이스가 따로 없겠어."

세아와 한봄은 그 뒤로도 도란도란 대화를 나누었다.

출발할 시간에 거의 가까워졌을 때였다. 한봄이 갑자기 정색했다.

"세아 씨, 저기 봐."

한봄이 창밖을 가리켰다. 세아는 따라서 아래를 내려다봤다가 익숙한 얼굴들을 발견했다. 서 팀장과 남주요 대리, 그리고 남자 직원 세 명이었다.

"남자들은 참, 그저 예쁘면 정신을 못 차려서."

턱을 괸 한봄이 혀를 찼다. 남주요 대리가 예쁘다 보니 남자 직원들에게 이래저래 대우받는 건 사실이었다. 그래봤자 정작 남주요 대리는 한재하 이사 외의 남자는 아웃 오브 안중이었지만.

"어? 강한봄 씨랑 신세아 씨도 셔틀버스 타고 가?"

버스에 탄 남자 직원이 알은체했다. 버스에 오른 남주요 대리가 도도하게 세아와 한봄을 내려다보았다.

"어라? 한봄 씨랑 세아 씨도 있네요?"

"안녕하세요, 남 대리님. 서 팀장님."

세아와 한봄은 뒤이어 타는 서 팀장에게도 인사한 다음 자리에 앉았다. 남주요 대리는 작게 코웃음을 치더니 뒷좌석으로 걸어갔다.

"세아 씨를 못 잡아먹어서 안달이구나."

귀에 대고 속삭이는 한봄에게 세아는 작은 목소리로 응답했다.

"다 아론 사태 때문이에요."

"뭐? 아롱사태? 소고기 말이야?"

"아니에요."

한숨을 푹 쉰 세아는 입을 다물었다.

리조트에 도착하니 소집 시각인 2시보다 30분 빠른 1시 반이었다.

곧 직원들이 하나둘 각기 다른 방법으로 리조트에 도착했다. 차를 가지고 온 사람도 있었고, 택시를 타고 온 사람도 있었다. 마지막으로 도착한 한재하 이사는 전자였다.

미리 받아뒀던 카드 키를 나눠주며 세아가 설명했다.

"문자로 말씀드렸듯이 6인실 일곱 개를 예약했고, 각 방에 두 명씩 추가 인원 비용을 냈으니까 한 방에 총 여덟 명이 들어가면 돼요. 네 개는 남자들 방이고 세 개는 여자들 방이에요. 이사님은 따로 2인실을 쓰시고요."

"저, 그런데 말이야, 세아 씨, 내가……."

뒷짐을 지고 있던 박 팀장이 쭈뼛쭈뼛 눈치를 보다가 손을 앞으로 했다. 일곱 살 정도 되어 보이는 아이가 박 팀장의 뒤에서 나왔다.

"정말 미안한데, 갑자기 남편이 출장을 가버려서 아들이 집에 혼자 남게 됐는데, 맡길 데가 없어서 데려왔어."

"네?"

세아의 눈이 커졌다. 6인실의 최대 추가 인원은 두 명이었다. 그렇게 딱 쉰여섯 명을 맞춰서 예약했는데 한 명이 더 늘어나버리다니.

"요금 지급할 테니까 한 명 더 추가해주면 안 되느냐고 문의해봐야겠어요."

세아는 황급히 프런트로 갔다. 그러나 프런트는 운영 방침 상 한 명 더 추가는 불가하다고 밝혔다.

"방을 하나 더 잡아야 할 것 같아요."

어깨를 축 늘어뜨리고 돌아온 세아가 힘없이 선언했다.

"잠깐만요."

한봄이 묘안이 떠올랐다는 듯이 손을 들었다. 직원 일동의 시선이 한봄에게로 몰렸다.

"이사님 방 2인실이잖아요. 이사님이랑 세아 씨가 같은 방을 쓰면 되겠네요. 어차피 사귀는 사이인데!"

세아는 얼음이 되었다.

"그거 좋은 생각이네요! 전 찬성."

강이원 팀장이 능글맞게 웃으며 동의했다. 다른 사원들도 하나둘 고개를 끄덕였다.

"애인이니까 뭐……."

"오히려 더 좋은 일 아니야?"

"잘된 거죠."

"단순한 직장 동료인 남녀가 한방을 쓰면 안 되겠지만, 사귀는 사이니까."

세아의 얼굴에서 점점 핏기가 사라졌다. 이대로 있다가는 영락없이 외간 남자와 5박 6일 동안 동거하는 대위기에 처하게 생겼다. 심지어 그 남자는 한재하 이사다. 그녀의 까마득한 상관인 데다가 그녀를 괴롭히는 걸 즐기는 진성 S!

모처럼 온 휴가를 지옥 속에서 보낼 순 없었다.

'진실을 밝히자.'

세아는 가방끈을 쥔 손에 힘을 줬다. 다른 건 다 그럭저럭 참아 왔지만, 이 일만은 도저히 극복 불가능이다. 손바닥 안으로 땀이 차올랐다. 눈을 감고 심호흡한 세아가 입을 열었다.

"저, 사실 드릴 말씀이 있는데, 이사님과 저는……."

"알겠습니다. 신세아 씨와 내가 같은 방을 쓰도록 하죠."

한재하 이사가 잽싸게 세아의 말을 가로챘다. 세아는 당황해서 재차 말했다.

"아니, 이사님과 전 사실……."

"가서 짐부터 풀죠."

또 세아의 말을 자른 한재하 이사는 그녀의 어깨를 붙잡았다.

"지금 무슨 수작을 부리려는 겁니까."

그림 같은 웃음을 띠고서 한재하 이사가 낮게 속삭였다. 그의 주변에서 넘실거리는 검은 아우라에 세아는 저도 모르게 목을 움츠렸다. 하지만 이번만은 물러날 수 없었다.

"가만히 있다가는 이사님하고 제가 같은 방을 쓰게 생겼잖아요!"

"내가 신세아 씨를 건드릴까 봐 걱정이라도 되는 겁니까?"

한재하 이사가 썩은 미소를 베어 문 채로 물었다.

세아는 흠칫했다. 사실 그런 염려가 아예 없는 것도 아니었다. 어찌 되었든 한재하 이사는 남자고 그녀는 여자였다. 한재하 이사가 그녀를 여자로 볼 확률이 0에 수렴하긴 하지만, 백 퍼센트 장담할 수 없는 게 남녀 관계가 아닌가. 을이자 약자인 세아로서는 아무래도 신경 쓸 수밖에 없는 부분이었다.

정곡을 찔려 아무 말도 못 하고 있는 세아에게 한재하 이사가 차갑게 쏘아붙였다.

"손끝 하나 안 건드릴 거니까 걱정 붙들어 매십시오."

한재하 이사의 호언장담에 세아는 조금이나마 안도가 되면서도, 한편으로는 살짝 자존심에 생채기가 났다.

'내가 조금도 여자로 안 느껴지나?'

그렇다고 한재하 이사가 건드려줬으면 좋겠다는 뜻은 결코 아니었지만, 하여튼 기분이 이상했다. 아무리 제멋대로인 한재하 이사라고 해도, 다른 여사원과 같은 방을 쓰게 될 상황이었다면 이렇게까지 배려 없이 굴지는 않았을 것 같다. 어떻게든 방을 하나더 잡아줬겠지. 왜냐? 남자와 여자가 5박6일 동안 한방을 쓴다는건 말이 안 되니까!

차별받고 있다는 생각이 들자 세아는 울컥했다.

'나도 여잔데.'

혹시 한재하 이사는 날 동성 부하쯤으로 여기고 있는 걸까? 그러던 중 세아는 불현듯 깨달았다. 발닦개는 무성이었다.

세아는 맥이 쭉 빠졌다. 한재하 이사는 나를 더도 말고 덜도 말고 딱 발닦개로 취급하고 있는 거구나. 그러니까 나하고 같이 방을 써도 아무렇지 않다는 거겠지.

'조금…… 마음이 이상해.'

세아의 입에서 옅은 한숨이 흘러나왔다. 그녀는 한재하 이사를 엄청나게 의식하고 있는데, 그는 정작 그녀를 눈곱만큼도 신경 쓰지 않는 모양이었다.

"가죠."

한재하 이사가 상냥한 척 그녀가 둘러메고 있는 가방을 가져갔다. 그녀는 순순히 고개를 끄덕였다. 투쟁할 의지를 상실해버렸다.

"짐 풀고 2시 반쯤에 만나서 식사합시다."

한재하 이사가 시계를 보며 제안했다. 직원들이 "알겠습니다."라고 대답하자 그는 한 손으로 세아의 손목을 붙잡고는 성큼성큼 걸음을 옮겼다.

세아가 옆을 지나칠 때 한봄이 속삭였다.

"세아 씨, 고마워하지 않아도 돼!"

하나도 안 고마워요!

세아는 카이사르가 브루투스에게 칼을 맞고 죽는 순간 어째서

'브루투스, 너마저!'라는 말을 남겼는지 알 것 같았다. 가까운 사람에게 받은 엿이 남에게 받는 엿보다 크고 아름다웠다.

"정말 안 건드리실 거죠? 저 믿어도 되죠?"

확인 차 세아가 질문했다. 한재하 이사가 미간을 좁혔다.

"손끝 하나 안 댈 겁니다."

"근데 왜…….'"

말끝을 흐린 세아가 아까부터 자신의 손목을 틀어쥐고 있는 한재하 이사의 손을 내려다보았다. 눈살을 찌푸린 그가 부연했다.

"숙소에 들어가고 나서."

"아, 네. 그런데 이사님 짐은 어디에 있어요?"

한재하 이사는 그녀의 가방 외에는 아무것도 가지고 있지 않았다.

"발레파킹을 할 때 숙소로 올려 보내달라고 부탁했습니다. 무게가 꽤 돼서 혼자 들기에는 벅차거든요."

세아는 고개를 갸웃했다. 뭘 얼마나 챙겨 왔기에 혼자 들기에 무거울 정도인 거지?

그녀의 의문은 얼마 있지 않아 풀렸다. 숙소에 들어가니 탁자 위에 탑이 쌓여 있었다. 책의 탑이.

한재하 이사가 다가가서 수를 세어보더니 만족한 음성으로 혼잣말했다.

"빠짐없이 다 가져왔군."

얼이 빠져 있던 세아는 그제야 정신을 차리고 책의 탑으로 다가갔다.

"이게 다 만화책이에요?"

"만화책도 있고 일반 서적도 있습니다."

"이 많은 책을 어떻게 5박6일 안에 읽으시려고요?"

"마음만 먹으면 사흘 만에도 봅니다. 책이 모자라지 않기만을 바랄 뿐이죠."

책을 뒤적이며 한재하 이사가 응수했다. 세아는 기절초풍했다.

'뭐? 사흘 안에 이 책들을 다 볼 수 있다고? 무슨 수로?'

인간이 그게 가능해? 세아는 책이 총 몇 권인지 세어보았다. 쉰 권이 넘었다. 6일째에는 체크아웃을 해야 하니까 닷새에 걸쳐 본다고 가정하면 하루에 열 권을 넘게 독파해야 하는 셈이었다.

저 남자는 인간이야, 괴물이야? 세아는 질린 눈으로 한재하 이사를 바라보았다.

"저 잠깐 책 좀 살펴봐도 되나요?"

"보십시오."

한재하 이사가 짐을 풀며 허락했다. 세아는 책의 탑을 4등분으로 나눠서 하나씩 살펴보았다. 만화책이 서른아홉 권이고 소설책이 열네 권이었다.

세아는 먼저 만화책부터 살폈다. 여러 종류를 가져왔는지 표지가 전부 달랐고, 권수도 제각각이었다.

"「베르베르크」, 「점쟁이 페달」, 「나루터」, 「누라리횽의 손자」, 「쥬쥬리온」, 「월간 액션 자키자키 군」, 「어떤 과학의 초죽음포」, 「위벨

플루트」,「봉신영희」,「폭행몬스터 스페셜」,「히스테리에」……."

만화책 제목 읊다가 목이 아플 지경이었다.

"짐 정리 안 할 겁니까? 곧 식사하러 내려가야 하는데."

"아, 네!"

세아는 흩트려놓았던 책들을 재빨리 원위치시켜 탑을 쌓았다.

"모여서 식사를 하는 시간을 제외하고는 전부 자유 시간입니다. 여행을 자유롭게 즐기도록 하세요."

한재하 이사가 선언했다. 옆에서 식사하던 세아는 기가 막혔다.

'이 양반아, 그러면 단합 여행이 아니잖아.'

단합이라는 게 뭔가. 둥글 단에 합할 합. 한데 뭉치는 거다. 분명 방에 틀어박혀서 책을 읽으려는 욕망에 눈이 멀었다, 저 인간.

세아는 혀를 끌끌 찼다. 기껏 여행을 와서 방콕이라니. 책은 집에서도 얼마든지 읽을 수 있을 텐데. 온갖 레저를 즐겨도 모자랄 판에.

설레설레 고개를 저은 세아가 포크를 접시에 내려놓았다.

"선배, 밥 먹고 나서 특별한 일정 있으세요?"

세아의 맞은편에 앉은 한봄이 어리둥절한 얼굴로 대꾸했다.

"아니? 없는데?"

"그러면 같이 리조트 둘러보실래요? 산책할 겸."

"어? 그러자."

한봄은 순순히 세아를 따라나섰다. 무리에서 떨어지자마자 한봄이 못내 궁금했는지 말을 시켰다.

"이사님은 어쩌고?"

"뭐, 할 일 하시겠죠."

세아는 어색하게 웃으며 응대했다.

"설마 여기까지 와서도 일하시는 거야?"

한봄이 입을 쩍 벌렸다. 그러더니 두 손을 맞잡고는 눈을 빛냈다.

"이사님은 워커홀릭이시구나. 멋져!"

아니거든요. 숙소에 처박혀서 만화책 보고 있거든요. 그러나 세아는 굳이 한봄의 환상을 깨뜨리지 않았다. 한재하 이사의 진실을 밝혔다가는 목숨이 위험했다.

"세아 씨는 조금 서운하겠다."

"아니요. 전혀 안 서운해요."

세아는 단호하게 답했다. 백 퍼센트 진심이었다. 그렇지만 한봄은 세아가 애써 서운하지 않은 척하고 있다고 생각했는지 안쓰럽다는 표정이었다.

"그래, 우리끼리 재미있게 놀자!"

한봄이 위로하듯이 말했다.

리조트는 무척이나 컸다. 천연 잔디 구장도 있었고 워터파크, 골프 연습장, 갤러리, 박물관, 놀이동산 등 온갖 레저 시설이 갖춰져 있었다.

리조트 뒤에 병풍처럼 펼쳐진 산은 전체가 스키장이었다. 지금은 겨울이 아니다 보니 스키장 대신 다른 뭔가를 운영 중이겠지만.

"5박6일 동안 심심하지는 않겠다."

한봄이 감탄했다.

"그러게요."

이런 본격적인 리조트에 온 것은 처음인지라 세아도 휘둥그레진 눈으로 주변을 둘러보았다.

수박 겉핥기식으로 대강 부대시설의 위치를 파악한 세아와 한봄은 자연 휴양림으로 발걸음을 옮겼다.

"이야, 좋다. 치유되는 기분이야."

한봄이 뱅그르르 돌며 탄성을 내질렀다.

"분위기 되게 좋네요."

"여길 세아 씨가 아니라 나도형 성우님과 손잡고 왔어야 했는데. 세아 씨는 이사님과 왔어야 했고."

아니, 전 딱히 이사님과 오고 싶지 않은데요.

한재하 이사와 함께 오는 순간 이곳의 평화도 와장창 깨질 게 분명했다. 휴양림 한구석에서 유격 훈련용으로도 쓰일 법한 시설을 발견한 뒤로 세아의 확신은 더더욱 견고해졌다. 저 그물망과 통나무 다리를 보고서 한재하 이사는 이렇게 명령했을 것이다.

「자, 여기에서 저기까지 낮은 포복으로 통과해보십시오.」

그러면 난 여행 와서 난데없이 레알 사나이를 찍었겠지. 상상만으로도 소름이 쭈뼛 돋았다.

'이사님이 방에서 책을 읽으셔서 다행이야.'

세아가 가슴을 쓸어내릴 무렵이었다.

"어? 미녀 두 명 발견."

어디선가 귀에 익은 목소리가 들려왔다.

"사모님과 약한봄 씨 아닙니까."

강이원 팀장이었다. 내가 여기까지 와서 사모님 소리를 듣다니. 세아의 낯빛이 급속도로 썩었다.

'그나저나 약한봄이라니? 한봄 선배를 그렇게 부르는 거야?'

세아의 뇌리에 물음표가 차올랐다.

"그렇게 부르지 말랬지!"

한봄이 으르렁거렸다. 세아는 깜짝 놀랐다. 평사원이 팀장에게 반말이라니. 그런데 더 놀라운 건 강이원 팀장의 반응이었다.

"회사에서 그렇게 부르지 말라며. 여기 회사 아니잖아."

세아는 강이원 팀장과 한봄을 번갈아가며 보았다.

"두 분이서 원래 아는 사이셨어요?"

"어! 지긋지긋한 악연이야."

한봄의 어조가 어울리지 않게 격앙되어 있었다. 세아는 곧 두 사람이 성씨가 같다는 걸 알아차렸다.

설마 남매인가? 그런데 얼굴이 너무 안 닮았는데.

세아가 긴가민가하고 있을 때였다. 무언가 세아의 등을 팍 두들겼다.

한재하 이사는 소파에 앉아서 독서 삼매경에 빠져 있었다.

"그린피스, 이 나쁜 놈."

만화에 얼마나 몰입 중인지, 세아가 들어오는지도 모르고 어울리지 않게 혼잣말을 할 정도였다.

'그린피스. 이름만 들어서는 환경을 무척 사랑할 것 같은 악역이네.'

세아는 가방 앞에 쭈그려 앉아서 옷을 챙겼다. 그제야 한재하 이사가 만화책에서 눈을 떼고는 그녀에게 말을 걸었다.

"꼴이 그게 뭡니까."

"아."

자신의 등에 나 있을 적나라한 자국을 의식한 세아는 머쓱한 표정을 지었다.

"공에 맞았어요."

"어쩌다가?"

"휴양림 쪽을 산책하고 있었는데 어떤 애가 공을 가지고 놀다가 잘못 차서……."

세아는 조금 전 있었던 상황을 회상했다. 느닷없이 등에서 둔탁한 통증이 느껴졌고, 한봄과 강이원 팀장이 놀라서 그녀에게로 다가왔다.

「세아 씨!」

「이런. 괜찮아요?」

쏟아지는 걱정을 뒤로하고 세아는 뒤를 돌아보았다. 웬 공이 떨어져 있었다. 깨끗한 공도 아니고 진흙과 먼지로 범벅이 된 공이었다.

「어머! 어떡해. 죄송합니다. 어디 다친 데 없으세요?」

삼십 대로 보이는 젊은 남녀가 와서 그녀에게 사과했다. 아무래도 부부 같았다.

「우리 아이가 공을 찼는데 실수로 맞으신 것 같아요. 정말 죄송합니다.」

「뭐 해? 너도 어서 미안하다고 해. 너 때문에 이 누나 옷이 더러워졌잖아.」

부부가 연신 사과하며 아들을 타일렀다. 뒤에 숨어 있던 아이가 눈치를 보다가 기어들어가는 목소리로 사과했다.

「죄송합니다, 누나.」

나쁜 사람들은 아니었다. 세탁비도 물어준다고 하는 걸 정중하게 사양했다. 어쨌든 흙탕물이 옷과 머리카락에 묻는 바람에 밖에 있을 수 없어서 세아는 숙소로 돌아왔다.

"제가 30분 정도 욕실을 써야 할 것 같은데 괜찮겠어요?"

수건 두 장과 갈아입을 옷을 챙긴 세아가 한재하 이사에게 양해를 구했다.

그가 만화책을 내리더니 반문했다.

"샤워할 겁니까?"

한재하 이사는 어째서인지 멍한 표정이었다.

"네."

그는 별말이 없었다. 무언은 긍정이겠지? 세아는 꾸벅 머리를 숙이고는 욕실로 들어갔다.

재하의 머릿속은 과부하 상태였다. 물소리가 들려올 때마다 심장이 쿵쾅거렸다.

여기는 어째서 방음이 이따위지?

놀라우리만치 만화책에 집중이 되지 않았다. 단 한 컷도 눈에 들어오지 않았다. 온 신경이 청각으로 가 있는 양, 욕조의 물이 찰박거리는 소리만이 또렷하게 들렸다.

만화책을 내려놓은 그가 한숨을 쉬며 소파에 등을 기댔다.

"고문이 따로 없군."

좋아하는 여자와 5박6일 동안 한방을 써야 한다니. 인내심의 한계를 시험당하는 것 같았다.

신세아에게 했던 말, 그러니까 그녀를 손끝 하나 안 건드리겠다는 말은 진심이었다. 건드렸다가는 절제할 수 없을 것 같으니까.

그도 남자였다. 좋아하는 여자가 24시간 그의 행동반경에 있는데, 손만 뻗으면 닿을 위치에 있는데 본능을 억누르고 완벽한 이성을 유지할 자신은 없었다.

"이건 미친 짓이야."

재하는 천장을 올려다보며 한탄했다.

정말이지, 시한폭탄을 끌어안고 있는 거나 다름없었다.

'잡념을 없애자.'

머리카락을 헤집은 재하는 휴대전화를 들었다. 반야심경이라도 들어야겠다. 번민에서 벗어나기 위해 그가 재생 버튼을 누르려는 찰나였다. 욕실에서 날카로운 비명이 들려왔다.

재하는 휴대전화를 떨어뜨렸다. 머릿속이 새하얗게 물들었다. 그는 본능적으로 욕실로 가 문을 열어젖혔다.

"무슨 일입니까!"

12. 적과의 동침

　재하는 숨을 멈췄다. 눈앞에 펼쳐진 광경에 온몸이 굳었다.

　1그램의 사심도 없이, 신세아의 비명에 심장이 덜컥 내려앉아서 저도 모르게 달려왔다. 그런데 이건…….

　그는 정신을 못 차리고 세아를 응시했다.

　물기를 머금어 투명해 보이는 얼굴과 토끼처럼 커진 눈. 붉어진 뺨.

　그를 유혹하려는 듯이 살짝 벌어진, 촉촉한 선홍색 입술.

　가느다란 목과 보드라워 보이는 둥근 어깨, 봉긋한 가슴으로 이어지는 매끄러운 곡선까지 그의 눈높이에서는 하나도 빠짐없이, 똑똑히 보였다.

　그리고 하얀 거품에 가려져 있는 아래.

　재하의 심장 박동이 빨라졌다. 흰 거품 밑의 여체가 저절로 상상이 되었다. 동시에 그의 머릿속이 펑, 폭발했다. 그에게서 비명이 터져 나왔다.

　"끄아아아아악!"

"꺄아아아아아아악!"

간발의 차이로 세아도 비명을 내질렀다. 아까와는 비교도 되지 않을 만큼 커다란 소리였다.

두 손을 교차해서 가슴 쪽을 가린 세아는 숨을 헐떡였다. 한재하 이사가 문을 닫았는데도 가슴이 진정되지가 않았다. 무엇보다도 황당함이 제일 컸다.

'아니, 왜 자기가 비명을 질러? 그것도 나보다 먼저?'

왠지 피해자의 권리를 침범당한 기분이었다.

"이, 이사님이 왜 비명을 질러요!"

참지 못하고 세아는 한재하 이사에게 따졌다. 가는 소리가 들리지 않으니 아직 문밖에 서 있을 게 틀림없었다.

"나도 놀랐단 말입니다!"

문 너머에서 한재하 이사가 응수했다. 어울리지 않게 그의 목소리는 조금 떨리고 있었다.

세아는 기가 막혔다. 자기가 놀라봤자 아무렴 알몸을 보이고 만나보다 더 심장이 철렁했을까!

"제가 피해자인데 왜 저보다 이사님이 먼저 비명을 지르는데요?"

"그거야 신세아 씨보다 내가 먼저 상황 파악을 끝냈으니까! 신세아 씨 뇌와 내 뇌가 동일한 정보를 처리하는 데 걸리는 시간이 다른 걸 어쩌란 말입니까!"

요컨대 본인의 뇌가 세아의 뇌보다 더 성능이 좋아서 연산이 빨랐다는 말이었다.

세아는 어이가 가출했다. 어떻게 이 상황에서조차 잘난 척이 빠지지 않는단 말인가. 앞으로는 '중증 사디스트 결벽증 오덕'에 '나르시시즘'이라는 문구를 추가해야겠다.

'그나저나, 어디까지 봤을까?'

사실 세아의 최대 관심사는 자신의 몸이 얼마나 노출되었는지였다. 거품 목욕 중이었기 때문에 아래쪽은 안 보였을 거다. 그러나 상반신은 어느 정도 밖으로 나와 있었을 텐데.

세아가 이리저리 자세를 고쳐보며 상반신이 얼마나 드러나는지 관찰하고 있을 때였다.

"괜찮습니까?"

문 너머에서 한재하 이사의 목소리가 들려왔다.

'아직도 문밖에 서 있어?'

세아는 쩍 굳었다.

"비명이 들리기에 왔는데……."

"요, 욕조에 떠다니는 머리카락을 벌레로 착각하고."

벌레 더듬이처럼 보이는 게 하얀 거품 사이로 비쭉 나와 있기에 영락없이 벌레인 줄 알았다. 그런데 알고 보니 머리카락 두 가닥이 교묘히 그런 모양으로 얽혀 있었던 거였다. 밀려오는 민망함에 한껏 쪼그라든 세아가 덧붙였다.

"전 괜찮아요."

적막이 흘렀다.

"하아."

한재하 이사가 깊게 한숨을 쉬었다. 이내 발소리가 멀어졌다.

세아는 잔뜩 붉어진 얼굴을 하고서 심장 쪽 가슴에 양손을 포개서 올렸다. 부끄러워서 죽을 것 같았다.

한재하 이사를 볼 면목이 없어서 세아는 아예 욕조에다 뼈를 묻을까 고민했다. 하지만 인생을 이대로 포기하기에는 억울했다.

결국, 세아는 용기 내어 욕실 문을 열고 밖으로 나왔다. 그리고 늙수그레한 음성과 청아한 목탁 소리에 당황했다.

"이게 무슨 소리예요?"

"반야심경입니다. 마음이 어지러울 때 들으면 좋죠."

침대 위에 앉은 한재하 이사가 눈을 감은 채로 답했다. 허리를 죽 펴고 손은 무릎 위에 올려놓은 게 마치 정신 수양이라도 하는 듯한 자세였다.

'느닷없이 웬 가부좌래.'

세아는 수건으로 머리를 닦으며 헤어드라이어를 찾아다녔다. 화장대에 놓인 헤어드라이어로 머리를 다 말릴 때까지도 한재하 이사는 여전히 그 자세였다. 그녀는 방해하고 싶은 심술이 생겨서 말을 걸었다.

"이사님."

그는 대꾸하지 않았다. 세아는 오기가 발동해서 재차 그를 불렀다.

"이사님?"

"말 시키지 마십시오. 내가 한시라도 빨리 평정을 찾는 게 신세아 씨도 살고 나도 사는 길입니다."

의미를 알 수 없는 말이었다. 세아는 고개를 갸웃했다. 무슨 운기조식이라도 하고 있대? 내가 건드리면 주화입마에 걸리나?

한때 아버지의 어깨너머로 읽었던 무협지를 떠올리며 세아가 어깨를 으쓱했다. 저렇게 나오니 더더욱 훼방을 놓고 싶었다.

세아는 살금살금 한재하 이사의 근처로 다가갔다. 그런 다음 그의 눈앞에서 손바닥을 슥 흔들어보았다. 그는 아무런 반응이 없었다. 세아는 한 번 더 손을 흔들었다.

'돌하르방이 따로 없네.'

눈을 감고 있어도 앞에서 뭐가 얼쩡거리면 느낌이 있을 텐데, 한재하 이사는 꿋꿋이 모르는 체했다.

오기가 발동한 세아는 손을 더 빠르게 위아래로 움직였다. 한재하 이사가 미세하게 움찔했다. 그녀는 신이 나서 열심히 팔을 저었다.

눈가를 파르르 떨던 한재하 이사가 덥석 세아의 팔을 잡았다. 압도적인 완력이 끌어당기는 바람에, 바닥에 서 있던 세아는 한순간에 침대로 쓰러졌다.

별안간 뒤집힌 시야와 등 뒤에서 느껴지는 푹신한 감각에 세아가 놀라기도 전에, 그녀의 위로 그림자가 드리웠다.

"보자 보자 하니까."

세아보다 우위를 점한 한재하 이사가 화난 기색으로 중얼거렸다. 세아는 그를 멍하니 올려다보았다. 그녀의 양옆을 가로막고 있는 단단한 팔. 그녀를 내려다보는 검은 눈.

완벽하게 제압당했다.

세아는 몸을 굳혔다. 자기보다 강한 상대에게 본능적으로 가질 수밖에 없는 경계심이 그녀를 휘감았다.

'내가 왜 가만히 있는 사자를 건드렸지?'

세아는 뒤늦게 후회했다. 회사가 아니라 다른 장소에 있으니, 한재하 이사가 직장 상사로 느껴지지 않은 모양이었다.

'간이 배 밖으로 나왔어, 신세아!'

소리 죽여 마른침을 삼킨 세아는 떨리는 눈으로 그를 올려다보았다.

'제길.'

재하는 눈살을 찌푸렸다. 목욕을 마치고 나온 세아에게서는 은은한 꽃향기가 풍겼다.

그뿐인가. 유난히 보송보송한 피부와 촉촉한 눈, 물기가 남아 있는 입술. 하얀 침대 시트에 흐트러진 머리칼마저 그를 자극했다.

욕실에서 봤던 하얀 나신이 자연스럽게 덧그려졌다.

그는 아랫배가 뻐근해지는 걸 느꼈다. 남자로서 반응할 수밖에

297

없는 상황이었다.

'안 돼, 한재하.'

아찔해지는 정신을 붙잡으려고 애쓰며 그는 자신을 채찍질했다.

'안 된다고.'

재하는 이를 악물었다. 이성을 앞지르려는 충동을 억누르기가 힘들었다. 이제껏 자신이 욕망을 절제하는 데에 익숙하다고 생각하며 살아온 그였다. 그런데 아니었다. 전신을 지배하는 강렬한 열망에 속수무책으로 굴복할 수밖에 없었다.

닿고 싶다. 보드라운 입술을 맛보고, 가녀린 목을 욕심대로 지분거리고 싶다.

어깨로 이어지는 매끄러운 곡선을 피아노 건반 쓸듯이 손끝으로 조심스럽게 만져보고, 둥근 어깨를 가볍게 물어보고, 옷에 가려져 있는 쇄골을 혀로 덧그리고, 그 아래도 마음껏 탐하고 싶다.

온몸에서 뜨거운 열기가 피어올랐다. 그의 눈이 짙어졌다.

참아야 하는데, 참고 싶지 않았다.

뚫어지게 그녀를 주시하던 그가 오른손을 들었다. 느릿하게 움직이던 그의 손가락이 그녀의 뺨에 닿기 직전이었다.

전화벨이 울렸다.

재하는 물벼락을 맞은 것처럼 제정신으로 돌아왔다. 세아의 위에서 내려와 바닥에 선 그는 미세하게 떨리는 손끝을 숨기고서, 아무 일도 없었다는 듯이 협탁에 놓인 전화 수화기를 들었다.

"무슨 일입니까."

후다닥 침대에서 벗어난 세아는 한재하 이사와 얼마큼 거리를
뒀다.

'뭐, 뭐야.'

세아의 눈이 혼란으로 물들었다. 안 봐도 비디오라고, 세아는
자신의 목 위가 새빨갛다고 장담할 수 있었다. 심장이 사정없이
쿵쾅거리고 있었으니까.

세아는 가슴에 손을 얹고서 한재하 이사를 바라보았다. 그는 태
연하게 전화를 받고 있었다.

'저 남자는 아무렇지도 않은 거야?'

나 혼자 유난스럽게 가슴이 요동치는 거야?

세아의 머릿속이 어지러워졌다. 한재하 이사가 그녀를 아래에
가두고서 말없이 내려다보았을 때, 그의 눈빛에 그녀는 등허리가
떨렸다. 전류가 전신을 관통한 듯이 머리부터 발끝까지 저릿저릿
했다. 깊은 안쪽 어딘가가 달아오르며 숨이 모자랐다. 마법에라도
걸린 양, 그에게서 눈을 뗄 수 없었다.

"아으으."

창피함을 이기지 못하고 세아는 두 손으로 안면을 가렸다. 어째
선지 몰라도, 그에게 잡아먹힐지도 모른다고 생각했다.

'나이가 몇 살인데 유치하게!'

한재하 이사가 식인종도 아니고. 더 문제는, 그런 종류의 위기

감이 들었는데도 저항할 마음이 전혀 들지 않았던 그녀 자신이었다.

'내가 이렇게 얼굴 밝힘증이었나?'

세아는 본격적으로 자아 성찰에 들어갔다. 한재하 이사가 뛰어난 외모의 소유자이긴 했다. 어지간한 배우는 저리 가라 할 생김새에 훤칠한 키, 넓고 곧은 등과 유난히 긴 다리. 외적으로 봤을 때 그는 명백히 흠잡을 데 없는 남자였다.

그런데, 단지 잘생겨서인가? 내 심장이 이따금 그의 앞에서 미친 듯이 널뛰는 건, 오로지 그의 외모가 치명적으로 잘났기 때문에?

불현듯 날카로운 자각이 세아를 후벼 팠다. 세아의 눈동자에 파문이 번졌다.

'예전에도 이렇지는 않았어.'

한재하 이사의 본모습을 모르고 짝사랑했던 시절 말이다. 한창 콩깍지가 씌어 있던 그때도 이 지경으로 심장이 뛰지는 않았다. 그 당시 한재하 이사에게 느꼈던 건 오히려 잔잔한 두근거림이었다. 그가 시야에 들어오면 마치 행운의 징표를 본 것처럼 입가에 웃음이 머금어졌고, 그의 나직한 중저음을 들으면 귀가 간지러웠다.

가볍고 평화로운 설렘. 별생각 없이 TV를 틀었는데 좋아하는 연예인이 나와서 괜히 즐거워진 그런 느낌. 그 이상도, 그 이하도 아니었다. 결코 이런 식으로 격렬하게 흔들린 적은 없었다.

해일처럼 덮쳐오는 깨달음에 세아는 의식이 아득해졌다. 비명이 터져 나올 것 같아 손으로 입을 막았다.

'나, 아무래도…….'

세아의 손이 잘게 떨렸다.

'한재하 이사를…….'

좋아하나 봐.

세아는 온몸의 피가 목 위로 확 올라오는 느낌에 휩싸였다. 가슴이 울리고 호흡이 가빠졌다.

어떡해. 나 어떡해!

"신세아 씨, 승마 체험을 할 사람은 내일……."

전화기를 내려놓은 한재하 이사가 세아에게 말했다. 세아는 끝까지 듣지 못하고 숙소를 뛰쳐나왔다.

무작정 여직원 숙소로 쳐들어간 세아는 의식적으로 번잡을 떨었다. 유달리 적극적인 세아의 태도에 사람들은 적응이 안 된다는 듯이 굴었지만, 세아는 아랑곳하지 않았다. 가만히 있다가는 심장이 펑 터져버릴지도 몰랐다.

저녁식사 시간에도 일부러 세아는 한재하 이사와 멀찍이 떨어져 앉았다. 그리고 계속 여직원 숙소에서 밤늦게까지 죽치고 있었다.

"짠. 세아 씨, 이거 봐봐. 둘 중 어느 게 내 휴대전화게?"

잠깐 사라졌던 한봄이 갑자기 양손에 휴대전화를 들고 나타났다.

"오늘 알았는데 기술지원팀 김윤희 씨랑 나랑 똑같은 휴대전화에 똑같은 케이스를 쓰고 있지 뭐야! 둘 중 어느 게 내 건지 맞혀봐. 맞추면 내일 내가 간식 사고, 틀리면 세아 씨가 간식 사기! 콜?"

한봄이 두 휴대전화를 살짝 흔들었다. 세아는 고개를 오른쪽으로 틀었다. 두 대가 비슷하기는 해도 똑같지는 않았다. 망설임 없이 세아는 왼쪽 휴대전화를 가리켰다.

"이거요."

"뭐? 정말 왼쪽으로 정할 거야? 다시 한 번 생각해봐."

선심 쓴다는 투로 한봄이 제안했다.

"아뇨. 이게 선배 거예요."

세아는 번복하지 않았다. 한봄이 어깨를 축 늘어뜨렸다.

"신기하다. 어떻게 알았지? 똑같은데."

"네?"

이번에는 세아가 반문했다. 어떻게 알았느냐니. 딱 봐도 두 개가 서로 다른걸. RGB 가산 혼합 방식으로 따지자면 왼쪽이 오른쪽보다 엄연히 초록색이 덜 섞였다.

'한봄 선배는 색감이 둔한 편인가 봐.'

어깨를 으쓱한 세아는 슬금슬금 주변 사람들의 눈치를 봤다. 슬슬 잘 시각이 되어가고 있었다.

"저 여기서 자면 안 될까요?"

여자들의 이목이 세아에게로 집중되었다.

"왜? 이사님과 싸웠어?"

한봄의 물음에 세아의 표정이 오묘해졌다.

"어, 그런 건 아닌데요. 역시 이사님과 같이 자려니 어색해서."

"사귀는 사이에 뭐가 어색해!"

"세아 씨 그렇게 안 봤는데 은근히 내숭 백 단이네."

"밀당하려고요? 제 경험상 밀당이고 뭐고 다 필요 없어요. 솔직한 게 최고예요."

사방에서 잔소리가 쏟아졌다. 세아는 손을 내저었다.

"아니, 그런 게 아니고요. 저 정말 여기서 자게 해주세요. 여기서 자면 안 될까요? 네?"

"안 돼. 이사님은 아마 목이 빠지게 세아 씨를 기다리고 계실 텐데."

"맞아, 이사님이 불쌍해요. 남자 하나 구하는 셈 치고 어서 세아 씨를 이 방에서 추방하죠."

여자들이 단합해서 영차영차 하더니 세아를 베개로 밀었다. "어어" 하면서 세아는 입구까지 쫓겨났고, 정신을 차렸을 때는 문밖에 버려져 있었다.

한봄이 문틈으로 작게 속삭였다.

"아무쪼록 뜨거운 밤 보내! 우리 존재 파이팅!"

숙소의 문이 닫혔다. 세아는 평평한 문을 멍하니 응시했다. 단합 여행을 와서 그런지, 참 단합이 잘된다.

노크해볼까 고민하던 세아는 눈물을 머금고 발걸음을 돌렸다. 어차피 재워줄 기세가 아니었다.

'정말로 이사님과 같이 자야 한단 말이야?'

암담한 현실에 세아는 머리를 부여잡았다.

사약을 들이켜는 심정으로 2인실의 문을 연 세아는 달라진 한재하 이사의 옷차림을 목격했다. 길이가 짧은 등산복 바지와 회색 후드, 긴 목양말. 일전에 그의 집에서 목격했던 충격적인 패션이었다.

그녀와 눈이 마주치자 한재하 이사는 아차 하는 표정을 짓더니 입을 열었다.

"잠옷을 챙겨 오려다가 실수로 이걸 가져온 겁니다."

묻지도 않았는데 대답하는 게, 마치 제 발 저린 도둑 같았다. 세아는 영혼 없이 고개를 끄덕였다. 세아에게 한재하 이사의 패션 같은 건 아무래도 좋았다. 그보다 훨씬 더 큰 문제가 눈앞에 놓여 있었으니까.

'다시 봐도 하나야. 더블 하나뿐이라고!'

세아는 속으로 절규를 삼켰다. 그녀가 기를 쓰고 여직원들 방에서 자려고 했던 이유.

숙소에 침대가 하나였다.

2인실은 두 가지 유형으로 나뉜다. 싱글베드 두 개가 따로 놓인 경우와 더블베드 하나가 놓인 경우.

예약 당시 세아는 후자를 선택했다. 왜냐하면 한재하 이사 혼자 쓸 숙소였으니까. 작은 사이즈 침대 두 개가 떨어져 있어봤자 쓸모없을 것 같아서 큰 침대 하나를 혼자 편하게 누리라는 배려였다. 그런데 그 배려가 이런 대참사를 부를 줄이야.

세아는 가능하면 이틀 전으로 시간을 되돌리고 싶었다. 그러면 더블베드를 고르는 어리석은 실수를 범하지 않을 텐데.

"저, 이사님."

"말해보십시오."

한재하 이사가 책장을 넘기며 무심하게 대꾸했다. 세아는 살금살금 그의 눈치를 보며 운을 뗐다.

"자는 거 말이에요, 침대가 하나뿐인데."

"미리 말해두죠."

한재하 이사가 단호하게 못을 박았다.

"난 침대 아니면 못 자는 체질입니다."

"아……."

세아는 멍하니 감탄사를 흘렸다. 물론 예견했던 답변이었다. 하늘 같은 직장 상사와 일개 사원 중에서 누가 침대를 차지하겠는가. 그래도 실낱같은 희망을 품고 있었던 게 사실이었다.

한재하 이사가 약을 잘못 먹은 사람처럼 갑작스럽게 매너남으로 변신해 '제가 바닥에서 잘 테니 신세아 씨가 침대에서 자도록 하십시오.'라고 할지도 모른다는.

세아는 다시 침대를 살폈다. 이불은 하나뿐이었다.

"그러면 이불은……."

"난 여름에도 이불 덮고 잡니다."

한재하 이사가 세아의 말을 잘랐다. 세아는 말없이 눈물을 삼켰다.

'나도 바닥에서 자면 허리 아프단 말이에요. 여름에도 이불은 필수고.'

어떻게 하나도 양보를 안 할 수가. 궁여지책으로 세아는 소파 쪽을 돌아보았다. 그러나 2인실의 소파답게 딱 2인용이었다. 사람이 발을 뻗고 잘 만한 크기가 아니었다. 꼼짝없이 바닥에서 자야 할 상황이었다.

세아는 금세 운명을 받아들였다. 씻고 잘 준비를 마친 그녀는 베개를 들고 침대와 멀찍이 떨어진 바닥으로 가서 누웠다.

봄인데도 살짝 찬 기운이 있었다. 세아는 주섬주섬 가방에서 옷을 꺼내 이불 대용으로 덮었다. 그러자 조금 나았다.

한재하 이사는 불을 끄고 스탠드를 켰다. 책을 더 읽을 모양이었다.

의식적으로 세아는 한재하 이사를 등지고 누웠다. 늦은 시각에 그와 한방에 있는 것만으로 심장이 쿵쿵거렸다. 세아는 발갛게 된 얼굴로 자신을 질책했다.

왜 한재하 이사지?

많고 많은 남자 중에 왜 하필이면 까마득한 직장 상사, 게다가 2D에 푹 빠져 있는 한재하 이사인 거야!

한재하 이사는 내가 눈에 들어오기는 할까? 보통 2D 좋아하는 사람은 현실 사람에게는 관심 없는 것 같던데. 한재하 이사도 그러지 않을까?

아직은 한재하 이사가 2D 캐릭터 베개를 끌어안고 결혼하겠다고 선언하지 않았지만, 어쨌든 3D보다 2D를 좋아하는 게 확실하잖아?

아마도 한재하 이사는 미의 기준이 2D에 고정되어 있지 않을까?

'그렇다고 내가 2D처럼 될 수도 없고.'

2D처럼 눈이 클 자신도, 허리가 머리 둘레만큼 가느다랄 자신도, 가슴이 클 자신도 없었다.

이사실의 피규어 수납장과 한재하 이사의 집에서 봤던 피규어들을 면면이 떠올린 세아는 창백해졌다. 의학의 힘을 빌려도 그렇게 되기는 불가능해 보였다. 아니, 애초에 현실 세계의 사람이 그렇게 생기면 혐오스러울 것 같다.

'나에게는 가능성 자체가 없는 거야?'

세아는 절망한 얼굴로 주먹을 말아 쥐었다. 그녀가 한재하 이사의 이상형에 부합할 가능성은 제로였다. 생긴 걸로 안 되면 행동으로라도 만회해야 할 텐데…….

'난 아론을 부쉈잖아.'

한재하 이사의 컬렉션에서 다섯 손가락 안에 들 만큼 비싸다는 그분의 머리를 육체와 분리했지. 그것도 이사실에 배송된 당일.

'난 안 될 거야, 아마.'

하나하나 곱씹어볼수록 꿈도, 희망도 없었다.

"하아."

절로 한숨이 흘러나왔다. 세아의 눈가가 가라앉았다. 이루어질 가능성이 거의 없는 감정이었다. 가슴이 조금 아릿했다. 그렇지만 이 기분을 자각하자마자 포기하고 싶지도 않았다.

예전처럼 몰래 좋아해야겠다.

물론 예전처럼 바라보는 것만으로 만족할 순 없을 것이다. TV 속의 연예인을 동경하듯이, 나와는 무관한 다른 세상의 존재를 선망하듯이 좋아할 수는 없겠지. 지금의 감정은 그때와는 다르니까. 그때는 그를 남자로 인식했던 게 아니지만, 지금은 그가 남자로 보이니까.

"아으으으익."

세아는 작게 비명을 내뱉었다. '남자'라는 두 글자에 뺨이 저절로 뜨뜻해지며 손발이 오그라들었다. 그녀는 얼굴을 짝짝 때렸다.

쓸데없는 생각 할 거면 잠이나 자자.

기본적으로 자겠다고 마음먹으면 금세 꿈나라로 가는 세아였다. 하지만 장소가 낯설어서인지, 딱딱한 바닥에 누워 있어서인지, 그도 아니면 널을 뛰는 심장 때문인지는 몰라도 오늘은 잠이 오지 않았다.

한참을 뒤척이던 세아는 어느 순간 간신히 수마에 몸을 맡겼다.

책에서 시선을 뗀 재하는 바닥을 내려다보았다. 신세아가 몸을 웅크리고 옷을 이불 삼아서 자고 있었다.

"잘도 자는군."

작게 혼잣말한 그는 만화책으로 얼굴을 덮었다.

"누구는 밤을 꼴딱 새우게 생겼는데."

좋아하는 여자가 무방비하게 잠들어 있었다. 불과 몇 발자국 걸어가면 닿을 수 있는 거리에서. 이런 상황에서 아무 감흥 없이 눈을 붙일 수 있다면 사람이 아니라 철인일 거다.

재하는 만화책 아래에서 눈을 움찔거렸다. 세아를 의식하지 않으려고 일부러 시야를 가렸는데, 되레 색색거리는 숨소리가 선명하게 귓가를 자극했다.

미치겠다.

침대 헤드에 기대어 가만히 앉아 있던 재하가 만화책을 치웠다. 그러고는 스탠드를 끈 다음 잠을 청했다.

어둠이 내려앉자 더욱 사위가 적막에 잠겼다. 재하는 이불을 덮고 억지로 눈을 감았다. 그래봤자 세아의 존재감은 한없이 커질 뿐이었다. 옅은 한숨을 뱉어낸 그가 상반신을 세워 스탠드를 켰다.

침대 밖으로 발을 디딘 그가 발소리를 죽이고 걸음을 옮겼다. 그의 목적지는 세아였다.

신세아는 갓난아기처럼 둥글게 몸을 말고 있었다. 재하는 주머니에 손을 꽂은 채로 그녀를 내려다보다가 무릎을 굽혔다.

아무것도 모른다는 순진무구한 표정이 재하의 눈에 들어왔다.

309

다른 사람에게 번뇌를 한가득 안겨준 사람치고는 지나치게 맑은 얼굴이었다. 재하는 불쑥 심술이 생겼다.

세상이 아무리 불공평하다지만, 이건 너무하지 않은가. 누구는 일상을 반야심경과 함께한 것도 모자라 뜬 눈으로 해를 보게 생겼는데 누구는 속 편하게 숙면이라니.

마음 같아서는 코라도 잡고 슬쩍 비틀고 싶었다. 그가 느끼고 있는 괴로움의 백분의 일, 천분의 일이라도 그녀도 느낄 수 있게.

그렇지만 속내와 달리 그는 손을 뻗지 않았다. 대신 잠자코 잠든 세아를 관찰했다.

새근새근 잠이 든 신세아는 평상시의 그녀와 다른 느낌을 자아냈다.

차분히 내려앉아 눈가에 그늘을 드리우는 속눈썹. 반듯한 이마. 부드러운 곡선을 그리는 코와 작은 입술.

'똑같은 얼굴인데…… 달라.'

재하에게 그 차이점을 콕 집어 설명할 재주는 없었다. 안 그런 척해도 그는 공돌이였고, 색조 화장의 미세한 차이마저 곧잘 포착해내는 여자라는 생물과는 두뇌 회로가 아예 달랐다. 그는 그저 신기했다.

'전에는 이런 적이 없었는데.'

사람을 보고 사랑스러워서 눈을 뗄 수 없다고 생각한 적은 단 한 번도 없었는데. 무언가에 홀린 기분이었다. 혹시 이상한 마법에 걸린 게 아닐까? 신세아가 알고 보니 마법협회 소속 마법사고 그에게 몰래 매혹 마법이라도 사용한 거라면?

재하는 이마를 짚었다. 누가 그의 머릿속을 들여다보면 미친놈이라고 할 판이었다.

앞머리를 쓸어 넘긴 재하가 문득 자신의 손을 내려다보았다. 망설이던 그가 세아에게로 손가락을 뻗었다. 길고 우아한 손가락이 그녀의 코끝에 닿기 직전이었다. 그녀가 "으응." 하며 뒤척였다.

재하는 깜짝 놀라 재빨리 뒤로 물러나다가 엉덩방아를 찧었다. 쿵 소리 때문에 그녀가 깰까 봐 심장이 벌렁거렸다.

다행히 그녀는 자세를 바꿔 눕더니 잠잠해졌다. 다리가 풀린 채로 심장을 부여잡고 있던 그는 안도했다.

그녀가 움직이는 바람에 이불 대용의 옷이 다 흐트러졌다. 이대로 자면 추워서 감기에 걸릴 게 분명했다. 재하는 떨어진 옷들을 주워 세아를 덮어주려다가 멈칫했다. 자다가 계속 이런 식으로 뒤척일 텐데 그때마다 일일이 옷을 주워줄 수는 없었다.

"미치겠군."

낮게 중얼거린 재하가 세아를 안아 들었다. 갑자기 자세가 바뀌자 불편한지 그녀가 투정 비슷한 소리를 내더니 그의 가슴에 고개를 묻었다. 그는 목석처럼 뻣뻣해졌다. 로봇 같은 걸음으로 침대까지 걸어간 그는 세아를 침대 끄트머리에 내려놓았다. 그런 다음 나름대로 결계를 만들고 귀에 이어폰을 꽂았다. 익숙한 말소리가 그를 사로잡았다.

– 관자재보살 행심반야바라밀다시 조견오온개공 도일체고

액⋯⋯.

어느덧 그에게 없어서는 안 될 존재로 자리 잡은 반야심경이었
다.

"사리자 색불이공 공불이색 색즉시공 공즉시색 수상행식 역부
여시. 사리자 시제법공상 불생불멸 불구부정 부증불감."

열심히 반야심경을 읊조리며 재하는 마음의 평화를 찾으려고
노력했다.

"으음."

세아는 가볍게 몸을 틀었다. 아침인 듯한데 회사에 출근해야 하
는 것도 아니니까 조금 더 자야겠다. 이사님이 바닥에서 불쌍하게
이러고 있는 날 보면 웃기다고 생각할지도 모르지만, 알 게 뭐야.
졸린데.

비몽사몽 중에 세아가 베개를 고쳐 벴다. 일어나봐야 제대로 알
겠지만, 바닥에서 잤는데 의외로 몸에 결리는 데가 없었다. 안심
하고는 별생각 없이 손으로 바닥을 슥 만졌다가 깜짝 놀랐다.

왜 바닥이 푹신하지?

잘못 느낀 건가 싶어서 세아는 눈을 감은 채로 더듬더듬 여기저
기를 만졌다. 힘을 주자 바닥이 쑥 들어갔다. 마치 침대 매트리스
처럼.

무언가 잘못되었다는 느낌이 강하게 세아를 지배했다. 눈을 뜨
고 벌떡 일어났다.

"맙소사."

예상대로 침대 위였다. 세아는 패닉 상태에 빠졌다. 뭐가 어떻게 된 일이지?

세아는 황급히 주변을 둘러보았다. 그리고 상상을 벗어난 장면에 조금 전과는 다른 의미로 충격을 받았다.

한재하 이사가 옆에서 태연하게 책을 읽고 있었다. 그것도 그렇다 치고 넘어갈 수 있는데…….

"일어났습니까?"

"이사님, 이게 대체."

세아는 책들을 가리켰다. 정확히는 침대 한가운데에 무너진 도미노처럼 주르륵 이어져 있는 책들을.

"결……, 아니, 경계선입니다."

한재하 이사가 태연하게 응대했다.

"경계선이요?"

"네, 최소한의 안전장치는 있어야 하지 않겠습니까. 그 선을 중심으로 왼쪽은 내 영역, 오른쪽은 신세아 씨 영역입니다. 넘어오면 바닥으로 쫓아낼 테니 그런 줄 아십시오."

책을 읽으며 한재하 이사가 말했다. 세아는 기가 막혔다. 저렇게 유난스러운 남자가 있을까? 누가 여자고 누가 남자인지 모를 지경이었다.

'결벽증 때문인가.'

곧 그가 깔끔한 편임을 떠올린 세아는 납득했다. 자기 영역에 침범하는 게 싫다는 거겠지?

"이사님이 절 침대로……."

"네, 하도 콧물을 삼키고 이를 갈기에 할 수 없이 취한 조치입니다."

세아의 말이 채 끝나기도 전에 한재하 이사가 대답했다. 세아는 헛바람을 들이켰다. 간밤에 콧물을 삼키고 이를 갈아? 내가? 그럼 이사님은 내가 콧물 먹는 소리를 들었단 말이야?

세아의 안색이 새파래졌다. 그녀는 간신히 비명을 삼켰다. 좋아하는 남자에게 콧물 마시는 소리를 들려주다니. 눈앞이 핑 돌았다. 이렇게 창피할 수가.

"저 세수하고 올게요."

세아는 도망치듯이 화장실로 들어갔다. 거울을 보자 자다 막 일어나서 그런지 머리도 부스스하고 눈에는 눈곱도 껴 있었다.

'나, 이 몰골로 이사님 옆에 누워 있었던 거야?'

게다가 콧물도 삼키고 이도 드르륵 득득 가는 추태까지?

'죽을까?'

이미지를 세탁하는 것보다 환생이 빠를 것 같은데.

세아는 무너지듯이 변기 위에 주저앉았다. 되는 일이 하나도 없었다.

세아는 최대한 한재하 이사와 떨어져 있고 싶었지만, 하늘은 세아를 돕지 않았다.

"산책이나 하죠."

아침식사 중 한재하 이사 가라사대, SA 소프트 직원 일동이 식사 후 함께 모여 산책을 하더라.

세아는 한봄과 걸으면서 가능한 한 한재하 이사와 거리를 뒀다.

"이사님, 저기서 활쏘기 체험하는 것 같은데요? 한번 가볼까요?"

강이원 팀장이 촐싹대며 전방을 가리켰다. 민속놀이 체험이라고 해서 여러 가지 놀이가 준비된 것 같았다.

직원들이 관심을 보이며 민속놀이 체험 존으로 걸어갔다.

"난 제기차기 할래!"

"난 떡메치기!"

사람들이 취향대로 각자 흩어졌다. 세아는 체험 존을 둘러보았다. 다양한 놀이 중에서 세아의 관심을 제일 끄는 것은 활쏘기였다. 망설임 없이 세아는 활쏘기 체험 쪽으로 다가갔다. 세아가 줄의 맨 끝에 막 섰을 때였다.

"신세아 씨도 활쏘기에 관심 있습니까?"

뒤에서 익숙한 목소리가 들려왔다. 세아는 고개를 돌렸다. 한재하 이사가 팔짱을 낀 채로 빙글빙글 웃으며 그녀를 내려다보고 있었다.

세아의 만면에 경악이 번졌다. 안 마주치려고 노력했는데 이렇게 딱 걸리다니!

재하의 미소가 진해졌다. 사색이 되어서 어쩔 줄 모르는 신세아를 보니 가슴이 간질간질했다.

귀여워 죽겠다. 이 여자를 정말 어쩌지?

"왜 이렇게 눈을 못 마주칩니까."

더 놀리고 싶은 마음이 들어서 재하는 짓궂게 물었다. 세아는 변변히 반박도 못 하고 허둥지둥 그의 시선을 피했다. 그게 더 그의 S끼를 자극한다는 걸, 신세아는 꿈에도 모르고 있는 듯했다.

재하는 일부러 세아가 고개를 돌리는 방향을 따라서 얼굴을 들이밀었다. 그러다 보니 어느덧 줄이 다 없어지고 세아가 활쏘기를 할 차례가 되었다.

"어렵네요."

세 번 다 과녁 정중앙을 빗겨간 세아가 죽궁을 내리며 한탄했다. 재하는 다른 죽궁을 받아 들고는 침착하게 과녁을 주시했다. 빠르게 날아간 화살이 정확히 과녁의 정중앙에 꽂혔다. 지켜보던 세아의 눈이 커졌다.

"우와! 어떻게 딱 가운데를."

"어릴 적에 양궁을 조금 했었습니다."

정신 수양에 도움이 된다는 이유로 반강제로 배웠다. 그 시절을 떠올린 재하는 미간에 주름을 잡았다.

활시위를 떠난 나머지 두 발도 정중앙에 맞았다. 활을 반납한 재하가 세아에게로 걸어가는 중이었다.

"재하? 혹시 한재하 아니야?"

낯선 듯 묘하게 익숙한 목소리가 재하를 잡아끌었다. 그는 뒤를 돌아보았다. 단발머리의 늘씬한 여자가 그를 보며 웃고 있었다.

13. 인내심의 한계

　"유림 선배."

　"짜식. 재하 맞네. 오랜만이다?"

　반가움을 표하며 유림이 재하의 어깨에 손을 얹으려는 차였다. 웬 남자가 불쑥 나타나 뒤에서 유림의 어깨를 감싸 안았다.

　"누구예요, 이분은?"

　남자가 유림의 귀에 대고 부드럽게 질문했다. 유림이 어울리지 않게 당황한 기색으로 대답했다.

　"어? 대학 후배인데."

　재하는 유림을 끌어안다시피 한 남자를 가만히 바라보았다. 여자라면 모를 수도 있겠지만, 같은 남자였기에 재하는 단번에 느낄 수 있었다. 남자가 자연스럽게 유림에 대한 소유권을 주장하고 있다는 것을.

　잘못 짚어도 한참 잘못 짚었다. 유림과는 대학 때 같은 교양 과목을 들었던 선후배 사이, 그 이상도, 그 이하도 아니었다.

　'유림 선배보다 연하 같은데, 어려서 그런지 여유가 없군.'

별거 아닌 일에도 파르르하는 걸 보면.

남자의 경계심을 피식 웃어넘긴 재하가 흘긋 옆을 돌아보았다. 그리고 넋을 잃고 남자를 바라보는 신세아를 발견했다. 한없이 평화롭던 재하의 내면에 평지풍파가 일었다.

'이 여자가?'

머리보다 몸이 먼저 움직였다. 발끈해서 세아의 어깨를 붙잡은 재하가 자기 쪽으로 끌어당겼다. 여유 같은 건 이미 안드로메다로 출장 간 상태였다.

동시에 유림을 안고 있던 남자의 눈에 이채가 떠올랐다. 두 남자의 시선이 부딪쳤다. 서로가 적이 아니라는 것을 확인한 두 남자의 얼굴이 풀어졌다.

유림을 끌어안고 있던 손을 푼 남자가 눈웃음을 치며 인사를 건넸다.

"차승현입니다. 유림 선배 애인이에요."

"한재하입니다. 유림 선배 학교 후배입니다."

재하는 가볍게 승현의 손을 맞잡았다. 사람을 살살 녹일 것 같은 미소를 띤 승현이 눈짓으로 세아를 가리켰다.

"애인분이신가 봐요?"

"네, 그렇죠."

재하도 그림 같은 웃음을 덧그리고서 대답했다. 물론 본심은 180도 달랐다.

'신세아 보지 마. 신세아한테 눈길 주지 말라고.'

"놀러 오신 것 같은데 눈치 없이 유림 선배를 붙잡아둘 순 없죠. 재미있는 시간 보내십시오."

악수를 끝낸 재하가 손을 거두어들이며 덧붙였다. 예의 바르게 말했지만 네 글자로 줄이면 '어서 가라.'였다. 기다렸다는 듯이 승현이 냉큼 대답했다.

"네, 두 분도 재미있는 시간 보내세요."

"벌써? 지금 막 인사했는데. 아직 옆의 여자분과는 인사도 못 했고."

유림이 아쉬운 티를 냈다. 승현이 유림의 허리를 안으며 귓가에 대고 나직하게 말했다.

"두 분도 데이트해야 하잖아요."

"그, 그렇구나. 그럼 나중에 보자, 재하야."

얼굴을 붉힌 유림이 세아에게도 작별 인사를 건넸다.

"재하 학교 선배 정유림입니다. 다음에 기회 되면 정식으로 인사해요."

"아! 신세아입니다. 다음에 뵈어요."

유림과 승현이 사이좋게 멀어졌다. 그제야 세아의 어깨를 잡은 손을 뗀 재하가 한숨을 쉬었다.

'선남선녀다.'

승현과 유림을 본 세아의 감상이었다.

유림은 여자치고는 큰 키에 말투나 태도나 절도가 있었다. 왠지

체육계였을 것 같다고 해야 하나? 그렇다고 여성미가 없는 건 또 아니었다. 헐렁한 옷을 입고 있는데도 볼륨 있는 몸매라는 게 느껴졌다. 게다가 꾸미지 않아 수수할 뿐, 얼굴도 마음먹고 단장하면 화려하게 예쁠 것 같았다.

반면 승현은 딱 보자마자 아이돌 같다는 생각이 들었다. 멋지면서 예쁘고, 색기가 흐르면서도 순수한 얼굴. 당연하게 팬클럽을 몰고 다닐 것 같은 남자. 유림과는 반대로 본인의 매력을 너무나 잘 알고 자유자재로 활용하는 게 눈에 보였다. 한마디로 요약하자면…….

"잘생겼어."

세아는 저도 모르게 생각을 입 밖으로 내뱉었다. 한재하 이사의 미간이 와락 구겨졌다.

"지금 뭐라고 했습니까?"

"아, 아무것도 아니에요."

세아는 곧바로 쭈그러들었다. 이유는 모르겠으나 한재하 이사는 심기가 무척 불편해 보였다. 이럴 때는 납작 엎드리는 게 상책이었다.

'왜 난 내 입 가지고 누가 잘생겼다는 말도 못 하지?'

억울함을 삼키며 세아는 한재하 이사를 따라갔다.

얼마큼 이동했을까. 문득 정신을 차리니 같이 나와서 산책하던 SA 소프트 직원들이 아무도 보이지 않았다.

"이사님, 아무도 없는데요."

"알아서 놀다 들어가겠죠. 다 큰 성인들인데 뭘 걱정합니까."

한재하 이사가 태평하게 응수했다.

'그게 문제가 아니잖아요!'

반박하려던 세아는 혼자 유난 떠는 사람이 된 것 같아 입을 다물었다.

침묵이 내려앉았다. 발끝부터 스멀스멀 긴장감이 올라왔다. 애인도, 가족도, 친구도 아닌 남녀가 단둘이서 산책이라니. 얼마나 어색한 상황인가.

"이사님?"

서먹서먹함을 견디지 못한 세아가 용기 내서 운을 뗐다. 앞서 걷던 한재하 이사가 세아를 돌아보았다.

"이만 숙소로 돌아가는 건⋯⋯."

"신세아 씨, 운동 안 합니까?"

세아를 슥 훑어본 한재하 이사가 부연했다.

"살, 조금 찐 것 같은데."

세아는 쩍 굳었다. 살이 쪘다고? 요즘 밤마다 뭘 집어 먹었던 전적이 있어 뜨끔했다.

「너 그러다가 살찐다?」

어머니의 경고가 귓전에서 메아리쳤다. 세아는 본능적으로 배에 손을 얹었다. 한재하 이사의 지적을 들어서인지 몰라도, 배가 조금 나온 것처럼 느껴졌다. 안 돼!

"이사님, 뛸까요? 아니면 경보 어때요?"

비장한 얼굴로 세아가 물었다. 그런 다음 한재하 이사가 대답하기도 전에 혼자 경보 선수가 빙의한 양 빨리 걷기 시작했다. 어깨를 으쓱한 그는 세아의 뒤를 따라갔다.

그가 긴 다리로 보폭을 넓히자 세아를 따라잡는 것은 순식간이었다. 어느새 옆에 와 있는 그를 발견한 세아는 깜짝 놀라 다시 빠른 걸음으로 그를 앞질렀다. 그러자 그가 걸어와서 다시 그녀와 나란히 섰다. 그녀는 약이 올랐다.

'나는 빨리 걷고 있고 이사님은 그냥 걷는데 왜 똑같지?'

오기가 생겼다. 세아는 이를 악물고 발을 빨리 움직였다. 한참 앞으로 나간 다음 뒤를 돌아보니 한재하 이사가 제자리에 가만히 서서 그녀를 지켜보고 있었다. 그러더니 바지 주머니에 손을 꽂은 채 성큼성큼 걸음을 옮겼다.

얼마 있지 않아 세아는 따라잡혔다. 동일 선상에 선 한재하 이사가 빙글거리며 세아를 내려다보았다. 세아는 좌절했다. 뱁새가 황새 따라가려다 가랑이 찢어진다는 말이 이래서 나왔구나.

체념한 세아는 경보를 포기하고 원래의 속도로 돌아왔다. 한재하 이사가 보폭을 줄여서 그녀와 보조를 맞췄다.

둘은 그렇게 한참 동안 함께 걸었다.

어느덧 숙소가 시야에 들어왔다. 침묵을 지키고 있던 한재하 이사가 뜬금없이 말문을 열었다.

"신세아 씨."

"네?"

"살 말입니다. 다시 보니 안 찐 것 같네요."

그 말을 남기고 한재하 이사는 건물 안으로 휙 들어가버렸다. 남겨진 세아는 당황해서 멍하니 있었다. 잠깐 걸었다고 살이 빠졌을 리는 없는데?

"어쨌든 안 찐 것 같다니, 좋은 거지?"

더듬더듬 허리와 배를 만지며 세아가 혼잣말했다.

재하는 붉어진 얼굴로 숙소를 향해 걸어갔다. 서른 살이라는 나이가 무색하게 갈수록 유치해지는 기분이었다.

이마를 짚은 재하는 나직이 중얼거렸다.

"별짓을 다 한다."

호시탐탐 기회를 엿보다가 일부러 직원들과 슬쩍 떨어진 것도, 살이 쪘으니 운동을 해야겠다며 신세아를 도발한 것도 다 그가 의도한 일이었다.

신세아와 같이 있고 싶어서. 단둘이서, 조금이라도 더 오래.

솔직하게 '같이 좀 걸읍시다.'라고 말했으면 간단하게 해결되었을 일이지만, 그는 입이 찢어져도 그런 말은 못 하는 성격이었다.

복도에 걸려 있는 거울에 비친 자신의 모습을 보며, 재하는 한탄했다.

"너도 참 피곤하게 산다, 한재하."

한재하 이사를 따라 숙소에 들어가야 할지 말지 망설이던 세아는 한봄의 연락을 받고 인적이 드문 주차장 쪽으로 갔다. 한봄이 주차장 중에서도 구석진 곳으로 세아를 끌고 가더니 비명을 질렀다.

"꺄아아아!"

"히익!"

세아는 화들짝 놀랐다. 한봄이 새빨개진 얼굴로 세아를 올려다보았다.

"세아 씨, 나 어떡해!"

"예? 뭐, 뭐가요?"

잔뜩 긴장해서 세아가 반문했다.

"방금 네임미스가 오늘 부쳤다고 문자 왔어. 먹튀가 아니었어!"

한봄이 격하게 좋아하며 발을 굴렀다.

"뭐예요. 간 떨어지는 줄 알았잖아요!"

쿵쾅거리는 심장을 손바닥으로 누르며 세아가 타박했다. 한봄은 아랑곳하지 않고 격정의 세리머니를 펼쳤다.

"어떡해, 어떡해! 매일 홈페이지에서 샘플로만 듣던 나도형 성우님의 목소리를! 드디어 원본으로 들을 수 있게 됐어!"

"축하해요."

한봄이 세아를 얼싸안고 방방 뛰었다. 왜 갑자기 사람을 인적 없는 으슥한 곳으로 부르나 했더니, 마음껏 기쁨을 발산하려고 그랬던 모양이다.

고스란히 전해지는 환희에 세아는 저절로 입가에 미소가 지어졌다. 그리고 한편으로는 마음 한편이 싸해졌다.

'역시 넬사 피규어를 예매했을 때 이사님이 날 껴안은 건……'

전혀 특별한 행동이 아니었구나. 세아는 심장이 지끈거리는 느낌에 눈을 감았다.

"기분이다. 오늘은 내가 한턱낼게. 어제 사기로 한 커피에 케이크까지 얹어서."

한바탕 행복감을 표현한 한봄이 카페로 세아를 이끌었다.

"아, 그리고 약간 자뻑 같지만 내가 탐정 기질이 좀 있거든?"

경쾌한 발놀림으로 앞서가던 한봄이 돌연 세아를 바라보며 말을 꺼냈다. 뜬금없는 화두였다.

"탐정 기질이요?"

"응. 내가 촉이 되게 좋다고 해야 하나? 하여튼 그래. 그러니까 기다려봐. 조만간 알아낼 것 같아."

'뭘 알아낼 것 같아요?'라고 세아가 되물으려는 찰나였다. 한봄이 말을 돌렸다.

"음료랑 케이크 하나씩 골라봐. 난 단게 당기니까 캐러멜 마키아토에 딸기 무스 케이크. 세아 씨는?"

"어, 그럼 전 아메리카노에 치즈 케이크요."

"좋아!"

신이 난 한봄은 음료와 케이크를 주문하러 갔다. 세아는 자리를 잡으면서 생각에 잠겼다.

'갑자기 말을 돌린 건, 아직 알려주기 싫다는 뜻이겠지?'

깨끗이 포기해야겠다.

"먹자."

한봄이 금세 음료와 케이크를 들고 왔다. 그 뒤로 세아는 한봄과 소소한 이야기를 주고받았다. 화제가 화장품에서 옷으로 넘어갔을 무렵이었다.

"맞다. 선배, 강 팀장님과는 무슨 사이예요?"

어제 있었던 사건이 불쑥 떠오른 세아가 한봄에게 질문했다. 한봄의 얼굴이 급속도로 냉각되었다. 시베리아 벌판을 연상시키는 살벌함이었다. 세아는 순간 말을 꺼낸 걸 후회했다.

"강이원 팀장?"

"혹시…… 남매세요?"

"어떻게 그런 끔찍한 소리를 할 수 있어?"

한봄이 질색하며 테이블을 쿵 내리쳤다.

"대학 동문이야! 정확히는 강이원 팀장이 나보다 두 학번 선배. 더 이상은 묻지 마. 생각하는 것만으로도 끔찍하니까."

"아, 네."

세아는 무시무시한 기세를 뿜어내는 한봄에게 기가 죽어서 재빨리 말을 돌렸다.

세아가 돌아왔을 때 숙소는 비어 있었다. 한재하 이사가 침대에서 떡하니 버티고 만화책을 읽는 풍경을 기대했던 세아는 조금 놀랐다.

"어디 가셨나?"

그때였다. 갑자기 화장실에서 물소리가 났다. 한 줄기 물이 강하게 떨어지는 소리가 아니라, 여러 가느다란 물줄기가 후드득 떨어지는 듯한 소리였다. 마치 샤워기 헤드에서 나오는 물같이.

샤워 중이구나. 세아는 입을 틀어막았다. 민망함이 밀물처럼 밀려왔다. 그녀는 급히 주변을 살폈다. 다행히 옷은 안으로 가지고 들어간 것 같았다. 최악의 사태는 면했다.

안도하며 세아는 침대로 갔다. 아직도 만화책으로 만들어놓은 만리장성은 건재했다. 자신에게 할당된 구역인 침대 오른편으로 올라간 세아가 휴대전화를 가지고 놀았다.

얼마 있지 않아 딸각, 하고 욕실 문이 열리는 소리가 들렸다. 세아는 액정에서 눈을 떼고 욕실 쪽을 쳐다보았다.

"나오셨……."

'어요?'라는 말을 뱉지 못하고 세아는 굳었다. 한재하 이사도 멈칫했다.

'옷을 다 가지고 들어간 게 아니었어?'

세아는 비명이라도 지르고 싶은 심정이었다. 한재하 이사는 반나신이었다. 바지는 입고 있지만, 위에는 아무것도 걸치지 않은.

세아는 그의 상반신에서 눈을 뗄 수 없었다. 막연히 넓다고 생각했던 어깨는 곧게 뻗어 있었고, 반듯한 쇄골은 그림으로 그려놓은 것 같았다. 거기다 생동감 있는 복근. 전체적으로 군살 하나 없이 꽉 짜인 몸매였다.

'내가 지금 뭘 하는 거야!'

세아는 퍼뜩 정신을 차렸다. 내가 왜 홀린 듯이 한재하 이사의 몸을 주시하고 있지? 세아는 홱 소리가 날 만큼 세게 고개를 돌렸다. 그러나 이미 한참 늦은 타이밍이었다.

"이제 내가 비명 지를 차례입니까?"

한재하 이사가 재미있다는 듯이 말했다. 세아는 잔뜩 상기된 얼굴로 물었다.

"비, 비명이라뇨?"

"방금 신세아 씨가 내 몸을 대놓고 감상하지 않았습니까."

"가, 감상이라니. 그냥 보여서 본 거뿐인데……."

세아의 목소리가 끝으로 갈수록 작아졌다.

"나도 어제 보여서 봤습니다. 그런데 신세아 씨는 반쯤 날 치한 취급하지 않았습니까."

"나, 남자랑 여자랑 어떻게 똑같아요. 남자들은 상의 벗고 다니기도 하잖아요. 그리고 전 그때 아무것도 안 입고 있었다고요!"

"이쪽도 못 봤습니다. 아래는."

한재하 이사가 태연자약하게 응수했다. 세아가 뜨악한 표정으로 한재하 이사를 마주 보았다.

"그럼 위는 봤단 말이에요?"

"어느 정도? 그래도 방금 신세아 씨처럼 자세하게, 전부 살펴보지는 않았죠."

"아니에요! 그런 거."

세아는 또다시 한재하 이사의 눈길을 피했다.

"아니긴 뭐가 아닙니까. 아주 탐욕스럽게 보던데."

한재하 이사의 말에 세아는 쥐구멍에라도 들어가고 싶었다. 결국, 세아는 자진 출두를 선택했다. 범행을 시인하면 죄가 감면되기 마련이다.

"자, 잘못했어요."

눈을 질끈 감은 세아는 기어들어가는 목소리로 사과했다.

"그, 고의는 아니었어요. 왠지 예전에 미대 입시 준비할 때 봤던 드로잉 책들이 떠올라서 신기하기도 하고……."

"아무리 생각해도 불공평한데."

주절주절 변명하던 세아는 흠칫 몸을 굳혔다. 지척에서 한재하 이사의 음성이 들렸다.

"역시 감상 요금을 받아야겠습니다."

"예, 예? 뭐, 뭘로요?"

당황한 나머지 세아는 말을 더듬으며 한재하 이사를 올려다보았다. 한재하 이사가 묘하게 관능적인 눈으로 그녀를 응시하고 있었다.

"더는 못 참겠거든요."

'뭘요?'라고 세아가 물어보기도 전이었다. 그녀의 얼굴을 붙잡은 그가 입술을 겹쳤다.

입을 맞춘 순간, 짜릿함이 등줄기를 타고 흘렀다. 처음으로 맛보는 감각에 재하는 전율했다.

'이게 대체 무슨 느낌이지?'

전신의 세포가 예리하게 곤두섰다. 맞닿은 입술에 대한 아주 작은 것도 놓치지 않겠다는 듯이.

묘한 탈력감이 밀려왔다. 전신을 휘감은 몽롱한 열기. 그를 이루고 있는 무언가가 변화하고 있는 듯한 느낌. 미지의 화학 작용이 일어나고 있는 것 같았다. 그 외에는 이 감각을 설명할 방법이 없었다.

재하는 정신이 날아갈 것 같은 쾌감에 몰입했다.

"……흐으…….."

입술을 내리누르며 재하가 더욱 그녀에게 깊이 닿으려고 하자 그녀가 버둥거리며 신음을 흘렸다. 재하는 아랑곳하지 않고 키스했다. 그녀의 사정을 봐줄 여유 따위, 그에게는 눈곱만큼도 없었다.

처음으로 자신의 안에 고여 있는 뜨거운 욕망을 자각한 그는 거침없이 그녀를 몰아붙였다.

그녀의 입술을 집요하게 핥던 재하가 매끄럽게 안으로 파고들려던 찰나였다. 그녀가 그의 가슴을 때렸다.

재하는 붙잡고 있던 그녀의 얼굴을 놓고는 대신 그녀의 두 팔을 단단하게 옭아맸다. 그런 다음 살짝 벌어진 그녀의 입술 사이로 혀를 미끄러뜨렸다.

감미로운 쾌락에 재하의 이성이 마비되었을 무렵이었다.

'……!'

세아는 그가 움찔하는 틈을 놓치지 않았다. 구속에서 벗어난 세아가 재빨리 침대를 가로질러 반대편으로 도망갔다. 그리고 경계하는 눈으로 그를 건너다보았다.

"지금 날 발로 찬 겁니까?"

그가 어이없다는 듯이 물었다. 손등으로 입술을 닦은 세아가 따졌다.

"아, 안 건드린다고 하셨잖아요!"

이건 계약 위반, 사기……, 하여튼 반칙이었다. 사람을 방심시켜놓고는 기습적으로 이런 짓을 해버리다니!

'무심코 던진 돌에 개구리는 맞아 죽는다고!'

그는 장난을 친 건지 몰라도 세아의 입장에서는 심장이 남아나지 않았다.

아무런 마음의 준비 없이 갑작스럽게 당해버린 바람에 처음에는 간이 덜컥 내려앉았지만, 막연한 두려움은 곧 사라지고 대신 다른 의미로 가슴이 철렁했다.

좋아하는 상대와 키스라니. 그것도 그녀가 한 게 아니라, 그가 먼저 그녀에게. 그와 입을 맞추는 내내 그녀의 심장은 걷잡을 수 없이 뛰었다.

도대체 왜 이러는 거지? 무슨 의도로 나에게?

설마 그도 날……?

오만 가지 생각이 어지럽게 얽혀들며 그녀의 머릿속을 어지럽혔다. 그러다 문득 이대로 있으면 안 되겠다 싶어서 냅다 그를 발로 찬 것이었다.

"해, 해명하세요."

"해명?"

그가 말끝을 올렸다. 세아는 꿋꿋하게 요구했다.

"저한테 왜 이런 행동을 하셨는지 해명하시라고요."

그가 절대 갑이고 그녀는 절대 을이었으나, 짚고 넘어갈 건 짚고 넘어가야만 했다. 한재하 이사가 왜 이런 행동을 했는지 그녀는 알 권리가 있었다.

"해명. 해명이라."

같은 단어를 몇 번이나 되뇐 한재하 이사가 피식 웃었다. 왠지 모르게 삐딱해 보이는 미소였다.

"한번 알아맞혀보십시오."

"네에?"

"그냥 알려주면 시시하지 않습니까. 그러니까 신세아 씨가 답을 구해 와보십시오. 맞히면 상을 줄 테니까."

일방적으로 통보한 한재하 이사가 세아에게서 등을 돌렸다. 캐리어에서 옷을 꺼내 걸치는 그의 뒷모습을 세아는 넋을 놓고 바라보았다.

섬세한 등 근육과 반듯한 척추, 금방 날개가 돋아나도 이상하지 않을 만큼 예쁜 어깨뼈. 더 보고 있으면 이상한 기분이 될 것 같아

세아는 급히 시선을 돌렸다.

상의를 입은 그가 수건을 머리에 얹고 그녀를 돌아보았다. 그녀는 도둑이 제 발 저린 심정으로 등을 돌렸다.

"저, 저 다녀오겠습니다."

아무렇게나 입 밖으로 나오는 대로 말한 세아는 후다닥 숙소를 벗어났다.

마침 남주요 대리가 복도를 지나고 있었다. 문을 닫고 나오는 세아를 발견한 남주요 대리는 눈에서 파괴 광선을 뿜을 기세였다.

"어머, 세아 씨네."

"예, 대리님."

세아는 괜히 머뭇거렸다. 임자 있는 남자에게 집적거리다가 본처에게 현장을 딱 들킨 심정이었다.

'적절한 예시가 아닌 것 같은데.'

남주요 대리가 이사님과 사귀는 사이는 아니잖아. 세아는 움츠러들었던 어깨를 의식적으로 폈다.

한재하 이사를 향한 남주요 대리의 열렬한 짝사랑을 알고 있었기에 그동안은 미안한 마음이 있었다. 그렇지만 앞으로는 죄책감을 가질 필요가 없다는 생각이 들었다. 이제는 세아도 남주요 대리와 마찬가지인 처지가 되었으니까. 이제 세아에게 남주요 대리는 물리쳐야 할 적 그 이상도, 그 이하도 아니었다.

'……적?'

세아는 화들짝 놀랐다. 내가 원래 이렇게 전투적이었나? 물리쳐야 할 적이라니. 직장 상사를 상대로 너무 막 나가는 거 아니야, 신세아?

남주요 대리와 백병전을 벌이는 걸 상상한 세아는 소름이 돋았다. 키로 보나 뭘로 보나 남주요 대리의 전투력이 그녀보다 높아 보였다. 게다가 설사 그녀가 남주요 대리를 이겨도…….

'최종 승자는 2D겠지.'

세아는 한숨을 쉬었다. 치열한 전투 끝에 웃는 건 이름 모를 애니메이션 캐릭터일 것 같다는 불길한 예감이 들었다. 웨딩드레스를 입고 있는 분홍색 머리카락의 여자 캐릭터라든지, 검을 들고 있는 여자 캐릭터라든지, 아니면 마이크를 든 양 갈래 머리의 여자 캐릭터라든지.

어쨌든 남주요 대리에게 미리 꼬리를 내리고 싶지는 않았다. 최후의 승자가 뻔한 싸움이라 해도 말이다.

"제게 하실 말씀 있으세요?"

세아가 남주요 대리에게 똑바로 눈을 맞추고서 물었다. 평소와는 사뭇 다른 태도였다.

남주요 대리의 얼굴에 순간 당황한 빛이 어렸다. 하지만 금세 수습하고는 특유의 뾰족한 말투로 명령했다.

"잠깐 나 좀 봐."

홱 등을 돌린 남주요 대리가 앞장서서 걸어갔다. 세아는 기가 막혔다.

'따라오라면 무서워할 줄 아나 보지?'

사실 무섭긴 했다. 상대는 한성깔머리 하기로 유명한 남주요 대리였다. 최대한 겁먹은 티를 내지 않으려고 노력하며 세아는 남주요 대리를 뒤따라갔다.

 남주요 대리의 발걸음이 멈춘 곳은 뜻밖에도 사격장이었다. 남주요 대리는 가타부타 말도 없이 대뜸 공기 권총으로 표적을 쏘아 댔다. 소리가 어찌나 큰지 입장하면서 건네받은 귀마개를 쓰고 있는데도 귀가 아팠다.

 무슨 효과인지 몰라도 연지탄이 목표물에 명중할 때마다 표적에서 불꽃이 튀었다. 방탄 조끼를 입고 사격 안경을 쓴 채 연신 능숙하게 격발하는 남주요 대리에게는 다른 세상의 사람 같은 이질감이 있었다.

 병풍처럼 서 있던 세아는 남주요 대리가 왜 대뜸 사람을 끌고 와서 이런 짓을 하는지 궁금해졌다.

 몇 발이나 쏘았을까. 남주요 대리가 공기 권총을 든 손을 내렸다. 고글을 벗고 귀마개를 잡아 빼는 행동에 세아도 따라서 귀마개를 벗었다.

 사방을 휙 둘러본 남주요 대리가 세아에게로 다가왔다. 단둘뿐인 사격장은 전세를 낸 것처럼 조용했다.

 세아는 뒤로 물러서지 않으려고 발에 힘을 줬다. 가소롭다는 듯이 코웃음을 친 남주요 대리가 세아를 내려다보았다.

 "어디까지 알고 있어?"

 "뭘요?"

"이사님에 대해서 말이야. 한재하라는 남자에 대해서."

의도를 알 수 없는 질문이었다. 세아는 눈을 데굴데굴 굴리며 자신이 한재하 이사에 대해서 아는 사실들을 떠올렸다.

음……, 일단 덕후라는 거?

이사실 책장 뒤에 알고 보면 피규어 수납장이 숨겨져 있다는 거?

집에도 피규어 방이 따로 있고, 집에서의 옷차림은 회사와 달리 후줄근하고, 결벽증이 약간 있고, 알고 보면 사디스트고, 만화를 좋아하고, 그리고 또……, 또 뭐가 있지?

꼬리에 꼬리를 물던 사고가 딱 멈췄다. 세아의 안색이 점점 창백해졌다. 거짓말처럼 뇌리에 아무것도 떠오르지 않았다. 방금 나열한 것들 외에는 한재하 이사에 대해서 아는 게 없었다.

'어떻게 이럴 수가 있지?'

세아는 당황스럽기까지 했다. 좋아한다며. 한재하 이사를 좋아한다며, 신세아. 너 도대체 뭘 알고 있으면서 그 사람을 좋아하는 거야?

뒷머리를 얻어맞은 듯한 충격에 세아는 멍하니 있었다. 세아의 얼굴을 들여다보던 남주요 대리가 입꼬리를 올렸다.

"모르는구나?"

만족감이 여실히 드러난 표정으로, 남주요 대리가 덧붙였다.

"그 남자에 대해서 아무것도 몰라."

남주요 대리의 손가락이 세아의 어깨로 올라왔다. 어깨선을 따라 손가락을 가볍게 미끄러뜨린 남 대리가 노래하듯이 속삭였다.

"그 남자의 배경도, 그 남자의 아픔도, 그 남자의 과거도."

남주요 대리가 세아의 귓가에 입술을 대고 낮게 비웃었다.

"사귀는 사이인데도. 가엾게도."

우월감마저 배어 있는 목소리였다. 세아는 울컥했지만 반박할 수가 없었다. 한재하 이사의 배경? 아픔? 과거? 정말로 아무것도 몰랐다. 하나도 아는 게 없었다.

남주요 대리는 흐트러진 세아의 머리카락을 자못 상냥한 손길로 귓바퀴 뒤로 넘겨주었다.

"난 말이야, 세아 씨. 이사님의 모든 걸 감싸줄 수 있어."

철없는 여동생을 타이르는 양 남주요 대리가 조곤조곤 이야기했다.

"그러니까 세아 씨가 포기해."

"남 대리님은……."

세아는 끔찍한 열패감에 휩싸여서 말문을 열었다.

"어떻게 그런 걸 알고 계신데요?"

한재하 이사가 직접 남주요 대리에게 말해줬을 것 같지는 않았다. 남주요 대리에게 일말의 관심도 없다는 듯이 구는 한재하 이사였으니까.

"어머, 이사님과 난 꽤 끈적끈적한 끈으로 연결되어 있다고. 이사님은 아직 그걸 모르는 건지, 아니면 알면서도 부정하고 싶은 건지 모르겠지만."

얄밉게 대답한 남주요 대리가 입매를 비틀었다. 그리고 아무 전조도 없이 바닥 쪽으로 향해 있던 총구를 들어 세아를 겨누었다.

세아는 그대로 굳었다. 방탄 조끼를 입고 있음에도 불구하고 전신의 피가 얼어붙었다. 남주요 대리의 표정은 놀랄 만큼 차가웠다. 말도 안 되는 생각이지만, 이대로 방아쇠를 당길 것 같았다.

풍선이 터지기 직전의 팽팽한 긴장감. 세아는 등줄기로 흘러내리는 식은땀을 느꼈다. 돌연 봄눈 녹듯이 남주요 대리의 얼굴에 미소가 번졌다.

"놀랐어? 장난인데."

세아를 향하던 총구가 내려간 순간, 밖에서 누가 헐레벌떡 들어왔다.

"거기 손님! 지금 뭐 하시는 겁니까!"

"아, 장난이었어요."

남주요 대리가 태연하게 응수하자 직원이 대경실색했다.

"입장하시기 전에 사람을 겨누면 절대 안 된다고 말씀 드렸잖아요."

"미안해요. 이런 데는 처음 와봐서 규칙을 잘 모르거든요."

얼토당토않은 핑계를 댄 남주요 대리가 아무 일 없었다는 듯이 나긋하게 인사했다.

"그럼 안녕, 세아 씨. 난 이만 가볼게."

살랑 손을 흔든 남주요 대리가 세아에게서 멀어졌다. 세아는 우두커니 그 뒷모습을 지켜보았다. 꿈결 속에서 걷는 것처럼 붕 떠 있던 기분은 바닥으로 처박힌 지 오래였다.

　혹시 예전에 사귀던 사이 아닐까? 아니야. 그런 것치고는 남주요 대리가 너무 일방적으로 한재하 이사를 쫓아다니잖아. 한재하 이사는 눈 하나 깜빡하지 않고.
　무엇보다도 남주요 대리는 한재하 이사가 오덕이라는 사실을 모른다. 사귀었다면 모르려야 모를 수가 없을 텐데. 애초에 2D를 좋아하는 한재하 이사가 3D인 남주요 대리와 사귀었을 가능성도 희박하다.
　"음……, 그러면 같은 학교에 다녔나?"
　학창시절에 떠돌던 한재하 이사에 대한 소문을 주워듣고는 아는 체하는 걸 수도 있다. 남주요 대리는 그러고도 남는다.
　"아닌데. 남주요 대리 여중, 여고, 여대 나왔는데."
　초등학교는 외국에서 다녔다고 들었고.
　"후우."
　세아는 앓는 소리를 내며 이마를 짚었다. 머리가 깨질 지경이었다. 한재하 이사와 남주요 대리. 두 사람의 접점이 뭘까? 한재하 이사가 가진 아픔은? 과거는? 머릿속이 헝클어졌다.
　"이 시각에 밖에서 뭐 합니까?"
　귀에 익은 중저음이었다. 세아는 고개를 들었다.
　"이사님."
　한재하 이사가 미간에 주름을 잡은 채 이쪽을 보고 있었다. 그녀는 변명을 늘어놓았다.

"아, 그러니까 조금 생각하고 싶은 게 있어서."

"그래서 어깨에 그런 것도 달고 있었습니까?"

"예?"

그런 거라니? 내가 어깨에 뭘 달고 있다고. 한재하 이사가 조용히 세아의 왼쪽 어깨를 가리켰다. 세아의 눈길이 그의 손끝을 따라 움직였다.

"힉!"

세아는 기겁했다. 웬 커다란 벌레 하나가 어깨에 붙어 있었다. 이런 게 얼쩡거리고 있는데도 알아차리지 못하다니. 비명조차 못 지르고 세아는 그대로 얼어버렸다.

"계속 붙이고 있을 겁니까? 안 떼어내고 뭐 합니까."

"저, 그게."

새하얘진 얼굴로 세아는 말을 더듬었다. 온몸에 소름이 돋고 식은땀이 흘렀다. 창피해서 차마 실토할 수가 없었다. 이 나이 먹어서 벌레가 무섭다고는.

호두에 이어서 그녀가 극복할 수 없는 두 번째 존재. 그것은 벌레였다. 이 나이까지도 그녀는 벌레 하나 제대로 잡지 못했다. 보기만 해도 소름이 돋는데 어떻게 만진단 말인가.

세아가 이러지도 저러지도 못하고 끙끙거리자, 한재하 이사가 한숨을 쉬더니 바지 주머니에서 무언가를 꺼냈다. 손수건이었다.

"이딴 게 뭐가 무섭다고."

나직하게 중얼거린 그가 그녀에게로 몸을 기울였다. 아무렇지도 않게 그녀의 어깨에서 벌레를 떼어낸 그가 손수건을 펼쳤다. 그러자 벌레가 어디론가 날아갔다. 세아의 눈이 휘둥그레졌다.

　'결벽증 아니었어?'

　세아가 의문을 가진 찰나였다. 한재하 이사가 손수건을 휴지통에 버렸다. 아무 미련 없이.

　'역시.'

　결벽증이 맞았다.

　"손을 씻어야겠습니다."

　오만상을 지은 한재하 이사가 숙소로 돌아갔다. 세아는 그를 쫓아갔다.

　빠른 걸음으로 욕실에 들어간 그가 손을 씻고 나왔다. 세아는 그 사이에 옷을 갈아입었다.

　"고맙습니다, 이사님."

　"왜 그런 걸 하나 못 잡고 절절맵니까?"

　한재하 이사가 수건으로 손을 닦으며 타박했다. 세아는 무안해져서 고개를 숙였다.

　"징그럽잖아요."

　"하여튼 여자들의 공주병이란."

　세아의 귀가 퍼뜩 열렸다. 여자'들'이라니?

　"저 말고 또 누가?"

　"우리 어머니도 벌레를 못 잡으셨습니다. 꼭 그런 순간에만 '재하야' 하고 부르면서 어떻게 해달라는 눈으로…….”

한재하 이사가 돌연 입을 다물었다. 그는 수건을 빨래 바구니에 넣고 침대의 왼편에 앉았다. 세아는 침대의 오른편에 앉았다.

“어머님께서 소녀 같은 분이신가 봐요?”

슬쩍 그의 눈치를 살핀 세아가 조심스럽게 질문했다. 그에 관해서 알고 싶었다.

“소녀 같은 분이셨죠. 사랑에 살고, 사랑에 죽는.”

딱딱하게 굳은 표정으로 한재하 이사가 긍정했다. 묘하게 사늘한 뒤끝이 남는 말이었다. 더 물으면 안 될 것 같아 세아는 황급히 화제를 돌렸다.

“아버님은요?”

“아버지, 라.”

한재하 이사의 입가에 냉소가 어렸다.

“어머니와 비슷한 분입니다. 사랑에 살고 사랑에 죽는, 유약한 남자.”

“그렇군요.”

한재하 이사는 아버지를 별로 좋아하지 않나 보다. 세아는 진땀을 빼며 다른 내용으로 넘어갔다.

“이사님은 외둥이세요? 아니면 형제나 남매?”

“동생…… 이 하나 있습니다.”

이번에는 다행히 한재하 이사의 기분이 썩 나빠 보이지 않았다. 세아는 마음을 놓고 본격적으로 물었다.

"나이는 몇 살이세요?"

"나보다 세 살 어립니다. 신세아 씨보다는 한 살 많죠."

스물일곱 살이구나.

"그분도 이사님처럼 전공이 IT 쪽이세요?"

"아닙니다. 그 애는 집안에서 정해준 대로 다른 걸 전공했습니다. 아무래도 가업을 이어야 하다 보니."

"가업이요?"

뭔지는 잘 모르겠지만, 보통 가업은 장남이 물려받지 않나? 세아의 생각을 읽기라도 한 듯 한재하 이사가 어깨를 으쓱했다.

"처음부터 난 자격 미달이었습니다. 덕분에 자유롭게 살 수 있었죠. 동생에게 늘 고맙고 미안할 뿐입니다."

"미안해요?"

"나는 단 한 번도 져본 적 없는 짐을, 녀석은 태어날 때부터 지고 있었으니까."

"재현이는 요즘 어떤가."

남자가 창밖을 내다보며 물었다. 남자의 뒷모습은 청년처럼 꼿꼿했지만, 검은 머리카락 사이로 듬성듬성 보이는 백발과 연륜이 느껴지는 목소리는 남자의 나이가 적지 않음을 짐작케 했다.

"재현 도련님은 많이 좋아지셨습니다. 병원에 발걸음을 끊으셨고, 더는 항우울제도 찾지 않으십니다."

안경을 쓴 젊은 사내가 고개를 숙인 채로 보고했다.

유리창 너머의 바깥세상을 주시하던 남자의 눈매가 싸늘해졌다.

"재하는?"

"재하 도련님은…… 여전히 벤처 기업을 운영하고 계십니다."

"그 소꿉장난 같은 짓을 아직도 하고 있단 말이지."

　못마땅하다는 듯이 중얼거린 남자가 젊은 사내에게 명령했다.

"계속 지켜보도록 해."

14. 그와 그녀가 지금 하고 있는 것

세아는 말문이 막혔다. 어째 번번이 얘기가 무거운 방향으로 흐른다.

성실하고 책임감 있는 아버지와 가정주부인 어머니, 착실한 동생의 일화를 기대했던 세아로서는 당혹스러울 수밖에 없었다.

"뭐, 일전에 통화해보니 많이 밝아진 것 같아서 마음을 놓았지만."

분위기를 전환하려는 듯이 한재하 이사가 한결 가벼워진 목소리로 말했다.

"동생분이요?"

"네. 호구 조사는 끝났습니까?"

한재하 이사가 입매를 보기 좋게 끌어올리며 반문했다. 세아는 뜨끔해서 손을 내저었다.

"호구 조사라뇨! 그냥 이사님이 어머니 이야기를 하시기에 말 나온 김에 다른 분들도 궁금해서……."

"흐음."

묘한 비음을 낸 한재하 이사가 눈을 내리깔았다.

"신세아 씨, 나한테 관심 있습니까?"

"예?"

"나한테 관심 있느냐고요."

한재하 이사가 빙글빙글 웃으며 세아를 바라보았다. 정곡을 찔린 세아는 정수리에 식은땀이 차올랐다.

"무, 무슨."

"아니면 왜 자꾸."

한재하 이사가 만화책으로 침대 가운데에 만든 경계선을 넘을 듯이, 세아 쪽으로 상반신을 기울였다.

"나에 관해서 물어봅니까."

세아는 쿵, 심장이 떨어지는 걸 느꼈다. 무결점의 외모와 듣기 좋은 음성, 그리고 유려하게 휘어진 입술. 자신만만한 곡선을 그리고 있는 입술을 보자 자연스럽게 조금 전에 있었던 일이 떠올랐다.

그와의 키스.

세아의 얼굴이 홱 붉어졌다. 심장이 터질 것 같았다. 어떻게 까맣게 잊고 있었을까. 어떻게 아무렇지도 않게 그와 한 침대에 나란히 앉아 있었을까. 아무리 만화책으로 경계선을 그어놓았다고 해도. 자신의 무신경함에 세아는 감탄마저 일 지경이었다.

"경계심이 없다고 해야 할지, 단순하다고 해야 할지."

세아의 속을 꿰뚫어 본 양 한재하 이사가 중얼거렸다. 그의 눈이 조금 탁해졌다.

"아니면……."

그가 조금 더 세아에게 가까이 접근했다.

"또 해주길 바라는 겁니까?"

넋을 놓고 있던 세아는 반 박자 늦게 그의 말뜻을 이해했다.

'뭐?'

세아의 만면에 경악이 어렸다. 그녀는 황급히 뒤로 몸을 뺐다.

"그, 그런 거 아니에요!"

하필이면 그의 입술을 보며 키스를 생각하고 있었던 세아는 양심이 사정없이 찔렸다. 그렇지만 순순히 인정할 수는 없는 노릇이었다.

"절대 아녜요. 네버. 제가 왜."

필요 이상으로 열렬하게 부정하는 세아의 행동에 한재하 이사의 얼굴에서 차츰 웃음기가 사라졌다. 세아는 눈치 채지 못하고 계속 변명을 늘어놓았다.

"이사님께서 오해하신 거예요. 전……."

"잘 겁니다. 정숙."

한재하 이사가 리모컨을 눌러 전등을 껐다. 순식간에 사방이 어둠에 잠겼다. 당황한 세아는 휴대전화로 시각을 확인했다.

"아직 10시밖에 안 됐는데요?"

"어제 한숨도 못 자서 피곤합니다."

단칼에 세아의 말을 자른 그가 반대편으로 돌아누웠다. 심통이 난 아이 같은 태도였다. 세아도 할 수 없이 잘 준비를 했다.

정적이 흘렀다. 만화책으로 만든 경계선을 가운데에 둔 채로 서로 등을 돌리고 있는데도 알 수 없는 긴장감이 피어올랐다. 세아는 주먹을 쥐었다.

「신세아 씨, 나한테 관심 있습니까?」

한재하 이사의 목소리가 귓가에서 메아리쳤다.

「또 해주길 바라는 겁니까?」

뺨이 뜨끈해졌다. 갑자기 치솟은 열기에 세아는 정신이 몽롱해졌다. 손가락으로 입술을 쓸자, 그와 입술이 겹쳐졌을 때의 감각이 되살아났다. 심장이 달음박질하고 온몸이 가늘게 떨렸다.

'이상해.'

이 남자는 왜 나에게 키스했을까?

'이상해. 이상하다고.'

세아가 한창 고민하고 있을 때였다.

"신세아 씨."

한재하 이사의 목소리가 적막을 가르고 세아에게 닿았다.

"답, 언제 찾을 겁니까?"

세아는 일순 숨을 멈췄다. 한재하 이사는 독심술이라도 익힌 걸까? 귀신같이 그녀가 생각하고 있는 것을 물어본다.

"빨리 찾으십시오."

세아가 뭐라고 응대하기도 전이었다. 한재하 이사가 말을 이었다. 애초에 답을 원해서 던진 질문이 아니었다는 듯이.

"난 어서 상을 주고 싶으니까."

그 말을 마지막으로 한재하 이사는 침묵했다. 세아는 쿵쿵거리는 심장 박동을 느끼며 억지로 잠을 청했다.

"으음……?"

다음 날 눈을 뜬 세아는 자신을 내려다보고 있는 한재하 이사를 발견했다. 처음에는 비몽사몽 눈을 깜빡이던 그녀는, 이내 경악한 표정으로 이불을 끌어올려 얼굴을 덮었다.

"뭐 하시는 거예요? 왜, 왜 남이 자는 걸!"

"관찰하는 재미가 있어서 말입니다."

한재하 이사가 얄밉게 응수했다. 이불 아래 세아의 낯이 새빨개졌다. 잠든 자신의 모습이 어떤지 세아는 알지 못했지만, 썩 예쁘지는 않으리라고 장담했다. 가끔 자다 일어나서 화장실 거울을 보면 저게 사람이 맞는가 싶었으니까.

침을 흘리진 않았겠지? 손으로 입가를 만져보니 다행스럽게도 침 말라붙은 자국은 없었다. 급히 눈곱을 떼어낸 세아는 약간 이불을 내렸다. 장난스러운 미소를 입가에 띤 한재하 이사가 시야에 들어왔다.

세아는 재빨리 이불 안으로 들어갔다. 중증 S답게 그녀가 부끄러워하고 있는 걸 즐기고 있는 게 틀림없었다.

내일은 내가 저 인간보다 기필코 먼저 일어나고 만다. 이를 북북 갈며 세아는 다짐했다. 꼭 한재하 이사보다 일찍 일어나서 오늘의

수모를 똑같이 돌려주고 말 거다.

복수심을 활활 불태우며 세아가 이불을 뒤집어쓴 채로 침대에서 일어났다. 그런 다음 뒤뚱뒤뚱 침대를 벗어나 신속하게 이불을 걷고 욕실로 달려갔다.

세아가 인간의 몰골을 갖추고 나오니 그는 만화책을 읽고 있었다.

아침부터 독서라니. 세아는 감탄했다. 이 남자는 '대한민국 성인 연간 독서량 평균'을 올리는 1등 공신이 분명했다. 그러고 보니 리조트에 온 이후로 한재하 이사는 주야장천 책만 읽었다. 식사 시간을 제외하면 침대나 소파에 딱 앉아 책을 읽는데, 화석이나 번데기가 되지 않은 게 신기할 지경이었다.

"눈 안 아프세요?"

"멀쩡합니다. 중요한 순간이니 말 그만 시키십시오."

한재하 이사가 냉정하게 명령했다. 세아는 꾸물꾸물 여사원 숙소로 가려다가 멈춰 섰다. 만약 남주요 대리와 마주치면 기분이 이상할 것 같았다. 그냥 여기 있어야겠다.

나가려다 말고 돌아오는 세아를 본 그가 타박했다.

"신세아 씨, 정신 사납게 굴 거면 내 옆으로 와서 가만히 있으십시오."

아니, 뭐 얼마나 대단한 일을 하신다고. 세아는 불만이 차올랐지만 변변한 대꾸 한번 못 하고 침대 오른편에 누웠다.

"더 잘 겁니까?"

"네, 좀 피곤하네요."

어제 너무 많은 일이 있었다. 뜻하지 않게 그의 상반신 누드를 목격하고, 남주요 대리에게 소환당해서 소름 끼치는 일을 당하고, 그에게 느닷없이 키, 키스를⋯⋯.

세아는 잠이 확 달아났다. 숙소에 그가 책장을 넘기는 소리만 선명했다. 세아는 휴대전화를 꺼내 들었다. 다시 잠들기는 틀렸고, 남주요 대리 때문에 기운이 쭉 빠져버려서 야외 활동은 하고 싶지 않았다. 그냥 침대에서 휴대전화나 가지고 놀아야겠다.

게임을 다운받아서 세아가 뿅뿅 비눗방울을 터트리고 있을 때였다.

"시끄럽습니다."

한재하 이사가 트집을 잡았다. 세아는 할 수 없이 소리를 죽였다.

게임은 효과음 듣는 맛으로 하는 건데. 아니, 여기가 자기 혼자 쓰는 방도 아니잖아. 같이 쓰게 됐으면 서로 작은 불편은 감수해야 하는 거 아니야?

세아는 은근히 부아가 치밀어서 몰래 그를 째려보았다. 그리고 전의를 상실했다.

한재하 이사는 미생물을 배양하는 학자에 빙의한 듯이 만화책을 들여다보고 있었다. 스토리를 한 글자 한 글자 씹어 먹을 기세였다.

"이사님. 그 만화책, 재미있어요?"

세아는 저도 모르게 질문했다. 얼마나 흡인력이 있으면 저럴까 싶어서였다. 한재하 이사가 흘긋 그녀를 보더니 다시 만화책에 시선을 고정했다.

"재미있습니다."

"무슨 내용인데요?"

"주인공이 아버지를 찾기 위해 헌터 시험을 보고 헌터가 되어서 친구들과 함께 모험을 떠나는 이야기입니다."

"헌터면 사냥꾼? 주인공이 사냥꾼이에요?"

"작중에서 말하는 헌터는 일반적인 헌터와는 의미가 다릅니다. 굳이 설명하자면…… 평범한 사람이 해결하기 힘든 일을 전문적으로 맡는 직업쯤이겠군요. 작중 설정 상 '회장 선거편'을 기준으로 전 세계에 661명밖에 존재하지 않는 엘리트들입니다."

"그, 그렇군요."

세아는 말을 더듬었다. 헌터가 몇 명인지는 궁금하지 않았는데. 이대로 있으면 덕스러운 지식이 쏟아질 것 같아서 세아는 서둘러 화제를 전환했다.

"그 작품에 등장하는 캐릭터 중 누굴 제일 좋아하세요?"

"키라 조르딕."

세아의 물음이 끝나기가 무섭게 한재하 이사가 단호하게 대답했다. 한 치의 망설임도 없어서 도리어 세아가 멈칫했을 정도였다.

"왜요?"

"귀엽습니다. 중2병이 단단히 든 것도 마음에 들고."

"음, 중2병이라면 '크크. 흐.콰.한. 다.' 같은 거요?"

한재하 이사가 의외라는 눈빛을 보냈다.

"중2병이 뭔지 알고 있었습니까?"

"저도 뗀석기 시대에 사는 건 아니거든요?"

세아가 뿌듯해하며 반박했다. 만화를 보지 않을 뿐, 인터넷에서 사용하는 기본적인 유행어는 섭렵하고 있다.

"그럼 다크 플레임 마스터가 뭔지 압니까?"

한재하 이사가 돌연 질문했다.

"다크……, 뭐라고요?"

"흑염룡은? 사왕진안은?"

"네?"

세아의 머릿속에 의문 부호가 가득 찼다. 이게 무슨 외계어야?

한재하 이사는 '그러면 그렇지.' 하는 눈빛으로 세아를 보더니 다시 만화책을 읽었다. 세아는 머뭇거리다가 운을 뗐다.

"저, 이사님."

"뭡니까."

"어제 저한테 하신, 그……, 있잖아요."

만화책을 넘기던 한재하 이사가 석상처럼 뚝 멈췄다.

"찾았습니까? 답."

미묘하게 상기된 어조였다. 세아는 자신 없는 태도로 물었다.

"혹시 장난이었어요?"

한재하 이사의 얼굴이 대번에 싸늘해졌다.

"내가 그런 미친놈 같습니까?"

솔직히, 내심 정상은 아니라고 생각하고 있었다. 그러나 그걸 입 밖으로 뱉을 만큼 세아는 어리석지 않았다.

'그럼 뭐지?'

어제의 행동이 장난이 아니었다면 뭘까. 장난이 아니라면, 진심?

말도 안 돼. 목까지 붉어져서 세아가 설레설레 고개를 저었다. 한재하 이사가 왜 날 좋아하겠어?

'하지만 장난이 아니었다고 하잖아.'

세아는 침대를 박차고 일어났다. 뜻밖의 가능성에 심장이 터지기 일보 직전이었다. 안 되겠다. 일단 나가서 머리를 식히자. 결심한 세아가 문을 열고 숙소를 나가려던 차였다.

"찬스를 쓰겠습니까?"

세아의 등에 한재하 이사의 음성이 꽂혔다.

"찬스요?"

"자력으로는 백 년이 지나도 답을 못 찾을 것 같으니, 떠먹여주기라도 해야 할 것 같아서 말입니다."

옅게 한숨을 쉰 한재하 이사가 재촉했다.

"쓸 겁니까, 말 겁니까."

"쓸게요."

찬스가 뭔지는 모르겠지만 안 쓰는 것보다야 쓰는 편이 나을 것 같았다.

기다렸다는 듯이 한재하 이사가 침대에서 일어났다. 그가 밖으로 나갈 사람처럼 휴대전화와 지갑을 챙기자 세아의 눈이 커졌다.

"뭐 하시는 거예요?"

"신세아 씨가 찬스를 쓰지 않았습니까."

소매의 단추를 잠그며 한재하 이사가 부연 설명했다.

"직접 보여주기 찬스."

"직접 보여주기 찬스…… 요?"

"지금부터 신세아 씨는 내가 하는 행동을 보고 판단하면 됩니다. 내가 어제 왜 그랬는지."

완벽하게 외출 준비를 마친 한재하 이사가 세아에게 손을 내밀었다.

"자, 가죠."

세아는 멀뚱멀뚱 그의 손을 보았다. 뭘 하라는 건지 감이 잡히지 않았다.

'잡으라는 것 같기는 한데.'

만약 덥석 손을 올렸는데 아니면 민망하니까 가만히 있자. 가만히 있으면 못해도 중간은 가니까.

그때였다. 그가 세아의 손을 붙잡았다. 동시에 찌릿한 느낌이 세아의 혈관을 타고 흘렀다. 세아의 눈이 휘둥그레졌다.

"갑시다."

한재하 이사가 앞장섰다. 세아는 얼떨결에 그의 뒤를 따라갔다. 세아의 뇌리는 이미 포화 상태였다. 뭐지? 왜 손을 잡은 거지? 정말 잡으라고 내민 거였어? 대체 어디를 가자는 거지? 뭘 보여주겠다는 거야? 그의 행동을 보고 판단하면 된다고? 그가 어제 왜 나에게 키스했는지? 그나저나 손, 반드시 잡고 있어야 하는 거야?

세아는 입술을 깨물었다. 맞닿은 손바닥이 견딜 수 없이 간질간질했다. 아니, 사실 가장 간지러운 건 심장이었다. 누가 꽃잎으로 살랑살랑 간지럼을 태우는 것처럼 심장이 파르르 떨렸다.

그 묘한 감각을 견디지 못하고 세아는 그에게 잡힌 손을 슬쩍 빼내려고 했다. 그러자 그가 힘을 줘서 그녀의 손을 붙잡았다. 마치 어림도 없다는 듯이.

"이사님?"

세아가 당황해서 그를 불렀다.

"알고 싶지 않습니까? 내가 어제 그런 이유."

한재하 이사가 속을 알 수 없는 눈으로 그녀를 응시했다. 그녀는 무언가에 홀린 듯이 그를 올려다보았다.

"알고 싶어요."

"그렇다면 내가 하자는 대로 하십시오. 그게 진실에 다가가는 최단 루트일 테니까."

단언한 한재하 이사가 시크하게 덧붙였다.

"1번과 2번. 둘 중 뭐가 좋습니까."

"1번은 뭐고 2번은 뭔데요?"

"그걸 미리 알려주면 재미없죠. 본능이 이끄는 대로 골라보십시오."

"아."

세아의 입에서 탄성이 터져 나왔다. 강한 기시감이 느껴졌다. 예전에도 한재하 이사와 이런 식의 대화를 한 적이 있었다. 그때는 아마 1번을 선택했던 것 같은데.

세아는 마른침을 삼켰다. 그렇다면 이번에는…….

"2번이요."

"흐응."

한재하 이사가 모호한 미소를 지었다. 세아는 살짝 긴장했다. 성격상 분명 둘 중 하나는 함정 카드였을 텐데, 그걸 그녀가 피했는지, 딱 밟아버렸는지 알 길이 없었다. 만약 함정 카드를 선택했다면 상상하기도 싫다.

세아는 잘게 떨었다. 휴양지에 와서까지 괴롭힘을 당하고 싶지는 않았다.

"뭡니까, 그 반응은? 누가 잡아먹기라도 한답니까?"

한재하 이사가 못마땅하다는 듯이 지적했다.

"아, 그게."

변명거리를 찾는 세아의 미간을 그가 엄지손가락으로 살살 쓸었다. 부드러운 온기. 애지중지하는 무언가를 만지는 양 조심스러운 손길. 세아는 곧바로 경직되었다.

"인상 쓰지 마십시오."

손을 거두어들인 한재하 이사가 시크하게 말했다.

"안 그래도 못생긴 얼굴에 주름까지 생기면 안구 테러니까."

다정한 행동과는 정반대로 톡 쏘는 독설이었다. 세아는 황당했다. 뭐지?

멍하니 있는 세아를 데리고 그가 어디론가 향했다. 리조트 곳곳에 포진해 있던 사원들이 말을 걸었다.

"이사님이다."

"이사님! 안녕하세요. 세아 씨도 안녕?"

"아침부터 어디 가시는 거예요? 신세아 씨랑 단둘이 산책?"

"두 분이 손잡고 사이좋게 어딜 가시는 걸까나."

"그러게 말이에요. 아침부터 뜨겁네요."

남자 사원들이 짓궂게 휘파람을 불었다. 세아는 낯이 화끈해졌다.

"그런 거 아니……!"

"데이트하러 갑니다."

한재하 이사가 세아의 말을 싹둑 잘랐다. 세아는 넋이 나가서 한재하 이사를 올려다보았다. 사원들도 놀랐는지 조용해졌다.

세아의 눈동자가 흔들렸다.

"우와아! 데이트!"

"이게 바로 사내 커플의 패기!"

"이사님, 좋으시겠습니다."

"으, 옆구리 시려. 이사님, 솔로인 사람 어디 서러워서 살겠습니까.”

“그러면 연애를 하십시오.”

솔로인 김 팀장의 가슴에 비수를 꽂은 한재하 이사가 세아를 끌어당겼다.

“가죠, 신세아 씨.”

“예? 예.”

세아는 한재하 이사의 뒤를 따르며 연신 뒤를 돌아보았다. 평소에도 쇼맨십이 있기로 유명한 김 팀장이 가슴께를 움켜쥐며 비틀거리는 게 보였다.

“이사님.”

사원들과 한참 멀어진 뒤에야 세아가 말문을 열었다. 한재하 이사가 무심하게 응대했다.

“말해보십시오.”

“정말 뭐하러 가시는 거예요? 제가 고른 2번이 뭔지 알려주시면…….”

“데이트라고 하지 않았습니까.”

한재하 이사가 매력적으로 웃으며 대꾸했다. 세아는 뿌루퉁해졌다. 이 남자가 작정하고 사람을 가지고 논다. 코앞에 닥칠 때까지 2번이 뭔지 안 알려줄 심산이 틀림없었다.

‘누가 중증 사디스트 아니랄까 봐.’

속으로 투덜거리며 세아는 한재하 이사가 이끄는 대로 따라갔다.

숙소 건물 밖으로 나오니 생각보다 많은 사람이 돌아다니고 있었다. 헤드셋을 낀 남자의 옆을 지나치다 말고 한재하 이사가 멈칫했다. 세아가 의아해하며 질문했다.

"아는 분이에요?"

"아니, 그게 아니라 방금 헤드셋에서 「명탐정 코란」 37기 오프닝 곡이."

세아의 표정이 이상해졌다. 그녀도 남자의 헤드셋에서 흘러나오는 노래를 듣기는 했지만, 뭔지는 모르고 막연히 신이 나는 노래라고만 생각했다. 역시 오덕은 오덕이 알아보는 건가?

새삼 한재하 이사에게서 느껴지는 덕내에 세아는 묘한 기분이 되었다. 확실히 그녀와는 다른 세계의 사람이구나 싶어서였다.

싫다는 건 아니었다. 다만 이질감이 들었다. 만에 하나, 일이 어찌어찌 잘 풀려서 그녀가 한재하 이사와 진짜로 사귀는 사이가 된다고 해도…….

'어울릴까?'

2D를 열렬히 좋아하는 한재하 이사와 2D에는 흥미가 없는 신세아. 둘의 조합이 바람직할까? 서로 성향이 180도 다른데 괜찮을까?

아직 닥치지도 않은 일인데 세아는 덜컥 걱정부터 되었다. 지금도 세아는 한재하 이사가 하는 말을 거의 알아듣지 못하고 있었다. 흑염룡이 뭔지도 모르고 사왕진안이 뭔지 들어본 적도 없다. 「명탐정 코란」의 37기 오프닝 곡이 뭔지도 모르겠고, 「어떤 과학의 초죽음포」라는 만화책이 무슨 내용인지는 감도 안 잡힌다. 슈퍼맨이 어벤져스 소속인지 저스티스 리그 소속인지 여전히 헷갈리고, 「베르베르크」에 나오는 그린피스가 어떤 인물인지도 알지 못한다. 그런데 신세아라는 여자와 한재하라는 남자가 자연스럽게 어울릴 수 있을까?

가슴이 싸해졌다. 처음으로 밀려온 의문이 세아를 뒤흔들었다. 그전까지 한재하 이사의 취미생활에 대한 세아의 감상은, 더도 말고 덜도 말고 '특이하다'였다. 그렇지만 한재하 이사를 남자로 좋아하게 되고 그와 사귀고 싶다는 마음이 생기니 달랐다. 생판 남이 덕후인 것과 내가 좋아하는 남자가 덕후인 건 전혀 다른 문제였다.

세아는 혼란스러워졌다. 한재하 이사의 특이한 취향이 버겁게 느껴졌다. 오덕이어서 싫다는 게 아니라, 오덕이어서 감당이 안 될 것 같다는 표현이 옳았다.

공통분모를 구할 수 없는 두 분수는 통분할 수 없다. 세아는 그 법칙이 인간관계에도 통용된다고 여겼다. 뭔가 비슷한 점이 있어야 즐겁게 어울릴 수 있지 않겠는가. 유유상종이라는 말이 괜히 있을까?

세아는 흘긋 한재하 이사를 보았다. 인터넷으로 오덕에 대해 찾아봤더니 휴덕은 있어도 탈덕은 없다고 했다. 덕질을 쉬는 경우는 있어도 덕후에서 벗어나는 사람은 없다나 뭐라나.

'그렇다면 내가 덕후가 되어야 하나?'

세아는 진지하게 고민했다. 하지만 썩 내키지 않았다. 취미까지 바꿔가며 누군가에게 맞춘다는 건 자신의 정체성을 잃어버리는 기분이었으니까.

뜻밖의 난제에 부딪혀서 세아가 허우적거리고 있는 사이, 한재하 이사는 그녀를 데리고 목적지에 도착했다.

"신세아 씨."

"네, 이사님."

뒤늦게 상념에서 벗어난 세아가 앞을 바라보았다.

"여기는."

커다란 관람차와 회전목마, 모노레일. 화려한 놀이기구의 향연에 세아의 눈이 커졌다. 리조트 내 놀이동산이었다.

"놀이동산에는 무슨 일로."

"놀이동산에 뭘 하러 오겠습니까."

한재하 이사의 눈매가 가늘어졌다.

"놀러 오지."

"네에?"

세아는 경악했다. 이 구성원으로? 차마 못 들을 말을 들은 기분이었다.

"뭐가 좋습니까? 회전목마? 모노레일? 범퍼카? 정신없이 회전하는 컵? 아니면 저쪽에 있는 바이킹?"

한재하 이사는 고르라는 듯이 이것저것을 나열했다. 세아는 그의 눈치를 살살 봤다. 그가 단순히 놀이기구를 타려고 여기까지 오지는 않았을 것 같았다.

'혹시 놀이기구에서 날 밀어버리려는 거 아닐까?'

세아는 덜컥 겁이 났다. 밀어버리기까지는 아닐지라도 무슨 속셈이 있을 것 같았다. 바이킹을 타는 도중에 그녀의 손을 안전 바에서 떼어내버린다든지, 범퍼카로 미친 듯이 그녀가 조종하는 차의 뒷부분을 박는다든지, 모노레일을 타다가 중간에 '왁!' 하고 소리를 질러서 그녀를 놀라게 한다든지, 컵이 회전할 때 실수인 척 그녀를 발로 찬다든지.

상상하는 것만으로 세아는 모골이 송연해졌다. 그동안 한재하 이사에게 많이 당하긴 당했구나 싶었다. 어떤 식으로 괴롭힘을 당할지 저절로 머릿속에 그려지는 걸 보니.

안 그래도 겁이 많아서 놀이기구를 잘 못 타는 세아였다. 여기에 한재하 이사의 S 기질이 더해진다면 간이 백 번은 떨어질 게 분명했다. 아직 여름도 안 왔는데 납량특집은 사절이었다.

"이사님, 죄송한데요……, 꼭 놀이기구를 타야 하나요?"

"싫습니까?"

한재하 이사가 굳은 얼굴로 반문했다.

"아니, 싫은 건 아닌데."

세아는 말끝을 흐렸다. 나는 왜 내 입이 있는데 당당하게 하고 싶은 말을 할 수 없는가. 눈물이 눈앞을 가렸다.

"그럼 따라오십시오."

반론은 허락하지 않겠다는 듯 단호한 음성이었다. 그렇게 세아는 팔자에도 없는 놀이공원 탐방을 하게 되었다.

"재미있습니까?"

세아는 이게 대체 무슨 상황인지 파악하려고 노력했다. 옆을 돌아보니 한재하 이사는 특유의 시크한 표정을 짓고 있었다. 평소라면 그 잘생긴 얼굴에 감탄했을지도 몰랐다. 하지만 이건 좀 아니었다.

회전목마에 올라 빙글빙글 돌고 있는 그녀. 그녀의 옆에서 나란히 백마를 타고 빙글빙글 돌고 있는 한재하 이사.

세아는 얼이 빠졌다. 이 나이 먹어서 직장 상사와 함께 회전목마라니. 신종 고문인가? 그녀를 민망하게 만들려는 고도의 전략?

'아니, 이건 나보다 이사님이 더 부끄러울 것 같은데.'

물론 피사체가 워낙 특출한 외모의 소유자이다 보니 못 봐줄 정도는 아니었다. 그래도 저 근엄한 얼굴로 회전목마 위에 앉아 있으니 뭐라고 해야 할까, 마치 코미디의 한 장면 같다고 해야 하나?

직원들을 불러 모아 보여주고 싶을 지경이었다. 우리 회사의 창업주께서 이러고 계시다고.

"신세아 씨."

딴생각을 하고 있던 세아는 퍼뜩 현실로 돌아왔다. 방금 한재하 이사가 나한테 뭐라고 했더라? 재미있느냐고 했었지? 입은 삐뚤어졌어도 말은 바로 하라고, 세아는 차마 재미있다는 말이 나오지 않았다. 그래서 대충 어색한 웃음으로 때웠다.

한재하 이사의 기행은 거기에서 끝나지 않았다. 회전하는 컵을 탈 때 바로 옆에 앉아서 실수인 척 그녀를 발로 찰 줄 알았는데, 맞은편에 앉아서 얌전히 있다가 내렸다. 모노레일에서도 그녀를 놀라게 하기는커녕 내내 정숙을 지켰고.

이게 아닌데? 세아는 고개를 갸웃했다. 놀이기구 세 개를 탈 동안 한 번도 괴롭히지 않는다니. 한재하 이사답지 않았다.

이 남자가 뭘 잘못 먹었나? 저도 모르게 세아는 한재하 이사의 얼굴을 뚫어지게 바라보았다. S끼를 참고 있다가 한 번에 크게 빵 터트릴 계획인가? 만약 그런 거라면 차라리 평소처럼 자잘하게 여러 번 발산해줬으면 좋겠다. 일시금보다는 3개월 무이자 할부가 더 마음에 평화를 주는 것처럼.

세아는 터지지 않은 폭탄을 끌어안고 있는 심정이었다. 불안해 죽겠다. 그렇다고 한재하 이사에게 '왜 절 괴롭힐 때가 되었는데 안 괴롭히세요?'라고 물을 수도 없는 노릇이었다. 너무 이상한 사람 같으니까.

'아니야. 나 그냥 이상한 사람 할래.'

고통스러워하던 세아는 결심했다. 언제 폭풍이 몰아칠지 몰라 이렇게 전전긍긍하고 있을 바에야 장렬하게 또라이가 되겠노라고.

"이사님, 만일 절 괴롭힐 예정이 있으시다면 부디 지금부터 살살 괴롭혀주세요."

결연한 표정으로 부탁하는 세아를 한재하 이사가 어이없다는 듯이 내려다보았다.

"그건 또 무슨 소립니까."

"물에 들어가기 전에 준비 운동이 필요하잖아요. 그런 것처럼 저에게도 마음의 준비를 할 시간이 필요하다고 해야 하나, 갑자기 물에 확 빠지면 심장에 안 좋으니까 발부터 조금씩 적시게 해주시는 게……."

세아는 필사적으로 자신의 처지를 호소했다. 까마득한 직장 상사에게 감히 괴롭히지 말아달라고는 못하는 자신의 비굴함에 찔끔 눈물마저 났다. 이놈의 더러운 직장생활.

"신세아 씨."

한재하 이사가 딱딱하게 세아를 불렀다. 심기가 단단히 불편해 보였다. 역시 너무 주제넘은 요구였나? 세아는 잔뜩 쪼그라들었다.

"예, 이사님."

"그러니까 신세아 씨 말은, 내가 신세아 씨를 괴롭힐 것 같은데 안 괴롭히고 있으니까 초조하다는 겁니까? 나중에 몰아서 한 번에 크게 터트릴까 봐?"

정답이었다. 한재하 이사는 그녀가 말하고자 하는 부분을 너무나 정확하게 이해하고 있었다.

한재하 이사의 눈초리가 올라갔다.

"내가 원기옥이라도 모으고 있는 줄 압니까?"

"원기옥이요?"

그게 뭐야? 세아의 반응에 한재하 이사가 아차 하는 표정을 짓더니 정정했다.

"내가 마일리지라도 쌓고 있는 줄 알고 있느냔 말입니다."

"……아니에요?"

"하아."

재하는 한숨을 쉬었다. 탄식밖에는 나오지 않는 상황이었다. 신세아의 머릿속에는 '한재하=자기를 괴롭히는 사람'이라는 등식이 들어앉은 모양이었다.

이 인식을 어떻게 뜯어고친다?

재하는 가만히 세아를 응시했다. 별로 괴롭히지도 않았는데 어쩌다가 이런 식으로 낙인이 찍혀버렸는지 모르겠다. 나름대로 적당히 선을 지켜가며 굴렸다고 생각했는데.

그로서는 부하직원인 데다가 여자니까 끝까지 몰아붙이지는 않았다. 마음먹고 누군가를 괴롭히려 들면 그가 얼마나 악랄해지는지 이 여자는 전혀 감도 못 잡은 듯했다.

재하는 눈을 내리깔았다. 저 작은 머리통에 들어 있는 사고방식부터 고쳐야겠다.

"신세아 씨."

그는 진지하게 말했다.

"난 신세아 씨를 괴롭힐 생각이 없습니다. 오늘뿐만이 아니라 앞으로도."

368

"예?"

신세아가 믿어지지 않는다는 눈으로 그를 올려다보았다. 그는 매끄럽게 웃으며 부연했다.

"이제 신세아 씨는 괴롭히고 싶은 대상이 아니거든요."

"네? 혹시."

세아의 안색이 밝아졌다.

"드디어 제가 400만 원어치 괴롭힘을 다……."

"그건 아닙니다."

무슨 가당치도 않은 소리. 들을 가치도 없어서 재하는 칼같이 그녀의 말을 잘랐다. 공은 공이고 사는 사. 아론 한정판의 값어치는 400만 원 이상이다.

'어쩜 여자가 이렇게 둔할 수가.'

재하는 미간을 찌푸렸다. 여자라는 생물에게는 육감이라는 게 있다고 하지 않았나? 그런데 신세아는 눈치를 어디다가 팔았는지 눈치코치라고는 약에 쓰려고 해도 없었다.

갈수록 재하는 답답하다 못해 기가 찼다. 결국, 그는 아예 세아에게 다이렉트로 진실을 떠먹여주기로 마음먹었다.

"내가 지금 신세아 씨와 무얼 하고 있는 것 같습니까?"

"어……, 사실 잘 모르겠는데요."

이것 보라지. 몇 번이나 누누이 강조했는데도 모른단다.

"데이트."

재하는 스타카토 부분을 연주하듯이 한 글자 한 글자 딱딱 끊어

369

서 강조했다.

"난 신세아 씨와 데이트를 하려고 나온 겁니다."

15. 뜻밖의 해답

세아는 멍하니 눈을 깜빡였다. 방금 한재하 이사가 뭐라고 한 거지? 들었는데도 세아는 이해가 가지 않았다. 정확히는 청력에 이상이 생긴 게 아닌가 싶었다.

데이트라니.

'혹시 주위에 SA 소프트 직원이 지나갔나?'

직원들에게 들으라고 일부러 한 말인 건가? 세아는 재빨리 주변을 둘러보았다. 그러나 낯선 사람들만 한가득 있었다.

"저, 이사님, 잠시만요."

당황한 세아는 주섬주섬 휴대전화를 꺼내 곧바로 초록색 창에 '데이트'를 검색어로 넣었다.

데이트date

[명사] 이성(異性)끼리 교제를 위하여 만나는 일. 또는 그렇게 하기로 한 약속. '교제1' '만남'으로 순화.

내가 알고 있는 그 뜻이 맞는데? 동음이의어가 있나? 확인하기 위해 세아는 영어로도 'date'라고 쳐보았다. 하지만 익숙한 용법만 줄줄이 나올 뿐이었다.

세아는 고개를 들 수가 없었다. 뒷머리에 식은땀이 차올랐다.

설마 내 마음을 눈치 챈 건가? 다 알고서 낚시질을 하는 게 아닐까? 내가 떡밥을 야무지게 물기를 기다리며.

세아의 심장이 철렁 내려앉았다. 만약 그런 거라면 낚이면 안 된다. 한재하 이사는 그녀의 짝사랑을 알면 두고두고 놀리고도 남을 인간이었다.

「솔직히 말해보십시오. 신세아 씨, 마조히스트 아닙니까? 마조히스트가 아니고서야 어떻게 자기를 괴롭히는 사람을 좋아할 수가 있습니까? 그동안 내가 괴롭혀주니까 좋았습니까? 싫어하는 척하면서 사실은 즐긴 겁니까?」

한재하 이사가 빈정거리는 환청이 서라운드 사운드로 울려 퍼졌다. 세아의 얼굴에서 핏기가 사라졌다. 상상만 해도 끔찍했다. 그녀가 아무리 한재하 이사를 좋아한다고 해도 그의 S 성향까지 좋아하는 건 아니었다.

"긴장하지 마십시오."

한재하 이사가 피식 웃으며 말했다. 묘하게 기분이 좋은 듯한 어조였다. 세아는 더욱 불안해졌다. S끼가 발동한 게 분명했다. 반복적인 경험을 통해 얻은 결론이었다. 한재하 이사가 즐거워 보일 때는 S끼를 발휘하려고 마음먹은 순간이다.

"이번에는 범퍼카를 타죠."

한재하 이사가 세아를 잡아당겼다. 세아는 그에게 끌려가서 범퍼카를 타려고 대기하고 있는 행렬에 섰다.

올 것이 왔구나. 세아의 낯에 근심이 어렸다. 내심 세아가 제일 걱정했던 놀이기구가 범퍼카였다. 대놓고 괴롭힐 수 있는 최적의 환경 아닌가. 누가 와서 들이받아도 만사 오케이. 아니, 애초에 서로 충돌하면서 놀라고 있는 기구였다. 한재하 이사가 합법적으로 남을 괴롭힐 몇 안 되는 기회를 놓칠 리 없었다. 기다리는 줄이 짧아질 때마다 세아는 수명도 바짝바짝 줄어버리는 것 같았다.

마침내 탑승의 순간이 왔다. 세아는 최대한 한재하 이사와 멀리 떨어진 곳에 있는 범퍼카에 올라탔다. 그리고 사력을 다해 도망치기 시작했다.

재하는 굳이 자신과 가장 먼 곳에 있는 차에 오르는 세아를 보며 피식 웃었다.

'쑥스러워하긴.'

데이트라는 말을 들은 이후로 신세아는 그와 눈도 제대로 맞추지 못하고 있었다. 아무리 봐도 부끄러워서 어쩔 줄 모르는 게 분명했다.

3D가 저렇게 귀여워도 되는 건가?

심장이 간질거렸다. 재하는 미소를 지으며 범퍼카에 올라탔다.

그가 차를 몰고 다가가자 신세아는 부리나케 달아났다. 그를 의식하는 게 여실히 드러나는 태도였다.

　그는 여유롭게 세아를 쫓아갔다. 다시 뒤돌아본 세아가 그를 발견하더니 기겁하며 속력을 올렸다. 그런 일이 몇 번 반복되자 재하의 미간에 슬며시 주름이 잡혔다.

　부끄럼을 타도…… 너무 심하게 타는 거 아닌가? 어째 부끄러워서 도망친다기보다는 필사적으로 도주한다는 게 더 옳은 표현 같았다.

　'추격전을 벌이는 것도 아니고.'

　속으로 불평하던 재하는 멈칫했다. 추격전?

　'설마.'

　재하의 눈앞에 불현듯 한 가지 상황이 펼쳐졌다.

　「자기야, 나 잡아봐라. 꺄르르르!」

　「하하하. 거기 서지 못해? 이 앙큼한 아기 고양이 같으니라고!」

　이게 바로 그 유명한 '나 잡아봐라.'인 건가?

　재하는 느릿하게 눈을 깜빡였다. 여러 매체로 질릴 만큼 접하며 간접 경험을 쌓았건만, 막상 현실에서 벌어지니 알아차리기 쉽지 않았다.

　'내가 이렇게 멍청했다니.'

　한숨을 쉰 그가 앞머리를 쓸어 올렸다. 하마터면 그런 줄도 모르고 터무니없는 오해를 할 뻔했다.

　"아직 멀었구나, 한재하."

　연애 지식은 만화와 소설로 마스터한 줄 알았는데. 역시 간접 경

374

험과 직접 경험은 하늘과 땅 같은 차이가 있었다.

재하의 입가에 삐딱한 미소가 걸렸다.

"딱 잡아줄 테니 기다리십시오."

세아는 힐끔 뒤를 돌아보았다. 한재하 이사가 무시무시한 기세로 그녀가 탄 범퍼카를 쫓아오고 있었다. 세아의 안색이 핼쑥해졌다.

'왜, 왜 저렇게 전의를 불태우며 쫓아오는 거야!'

무서워서 세아는 울고 싶었다. 지금 세아의 눈에 한재하 이사는 저승사자 그 이상도, 그 이하도 아니었다.

'역시 크게 한 방 터트리려고 이제껏 참고 있던 거였어!'

혼비백산해서 세아는 커브를 돌았다. 여기가 지옥의 가장자리였다. 사디스트별 왕자는 여기서 자신의 S끼를 폭발시킬 속셈이었다.

'절대 따라잡혀서는 안 돼!'

저 차에 들이받혔다가는 다음 날 사족보행 확정이다. 휴양지까지 와서 네발로 기어 다닐 수는 없었다. 세아는 공포를 느끼며 최고 속력으로 내달렸다.

쫓는 자와 쫓기는 자의 숨 막히는 추격전은 범퍼카의 운행이 끝날 때까지 계속되었다.

- 범퍼카 운행이 끝났습니다. 탑승하신 손님들은 안전벨트를 풀고 안전하게 내려주시길 바랍니다.

장내에 울려 퍼지는 안내방송을 들은 세아는 낙지처럼 늘어졌다. 운전대에 머리를 기대고 있는데 오직 한 가지 생각밖에 들지 않았다.

오늘도 간신히 하루를 연명하는 데에 성공했구나.

맥이 탁 풀려서인지 온몸에 힘이 하나도 없었다. 세아는 비틀비틀 범퍼카에서 벗어났다. 당분간 범퍼카는 꼴도 보기 싫을 것 같았다.

"뭐 하는 겁니까."

난간을 붙잡고 숨을 고르는 세아의 위로 그림자가 드리웠다. 세아는 고개를 들었다. 한재하 이사가 팔짱을 끼고 그녀를 내려다보고 있었다. 그녀와 달리 지극히 멀쩡한 모습이었다.

"왜 그러고 있습니까, 신세아 씨."

한재하 이사가 미간을 접고서 추궁했다. 이해가 가지 않는다는 투였다. 세아는 어이가 없었다. 아침부터 뜬금없이 극한의 스릴을 안겨준 사람이 누군데!

마음만 같아서는 사극 배우 톤으로 '정녕 네가 네 죄를 모르는 것이냐?'라고 외치고 싶었다. 그러나 세아는 너무나 잘 알고 있었다. 일개 사원이 대표이사에게 그랬다가는 모가지가 남아나지 않는다는 걸.

"심장이, 심장이 너무 빠르게 뛰어서."

헉헉거리며 대답한 세아는 시선을 들었다가 뜻밖의 광경을 목격했다. 한재하 이사의 얼굴이 금방이라도 펑 터질 것처럼 붉어져 있었다.

"뭐 좀 먹읍시다."

휙 고개를 돌린 한재하 이사가 급하게 햄버거 가게 안으로 들어갔다. 세아는 얼떨결에 그를 따라갔다.

패스트푸드답게 햄버거 세트는 눈 깜빡할 사이에 나왔다.

"잘 먹겠습니다."

세아는 의례적으로 인사하고 일회용 포크를 들었다. 감자튀김도, 햄버거도 맛있어 보였다. 문제는 오직 하나였다. 맞은편에 한재하 이사가 버티고 있다는 것.

불편한 기분으로 세아는 식사를 시작했다.

재하는 물끄러미 세아를 바라보았다. 아직도 진정이 되지 않았는지 뺨이 발그스레했다. 그 뺨을 만져보고 싶다는 생각이 들었다.

뜨끈뜨끈할까? 손바닥으로 감싸 쥐면 말랑말랑하게 달라붙지 않을까?

손끝으로 꾹꾹 눌러보고 싶기도 했다. 살짝 꼬집어보고 싶기도 했고, 아프지 않게 깨물어보고 싶기도 했고, 핥아보고 싶기도 했다.

'그 유치한 게 그렇게나 좋았나?'

'나 잡아봐라.' 말이다. 그걸 하고 나서 신세아가 잔뜩 붉어진 얼굴로 심장이 너무 빠르게 뛴다고 할 때, 그는 가슴이 철렁했다. 몇 번이고 해줄 수 있는데. 어려운 일도 아니고.

다시 목 위로 열이 몰리는 것 같았다. 재하는 재빨리 콜라를 마셔서 열기를 가라앉혔다.

"한 번 더 하지 않겠습니까?"

"예? 뭘요?"

"범퍼카."

그런 유치한 놀이는 취향이 아니었지만, 재하는 몇 번이고 그녀의 장단에 어울려줄 용의가 있었다.

신세아가 눈을 크게 뜨고 그를 마주 보았다.

"저, 전 한 번으로 충분한데."

그의 관대함에 놀랐는지 신세아는 말까지 더듬었다. 그는 물티슈로 손을 닦으며 응수했다.

"난 더 해도 괜찮습니다만."

사실 다른 사람이 그런 유치찬란한 짓거리를 하자고 했으면 그는 꿈쩍도 하지 않았을 것이다. 오로지 상대가 신세아이기 때문에 우러나오는 호의였다.

"아니에요. 다른 놀이기구도 많은데 똑같은 걸 두 번이나 탈 필요는……."

신세아가 말끝을 흐리며 재차 거절했다. 예상치 못한 전개에 재하의 눈썹이 올라갔다.

그렇게 좋아하더니 왜 거절하는 거지? 그의 두뇌가 빠르게 회전했다. 그리고 금세 그럴듯한 답을 찾아냈다.

그와 여러 가지 놀이기구를 타보고 싶다는 걸 저런 식으로 돌려서 말한 모양이었다.

'하여튼 솔직하지 못해서는.'

신세아는 다 괜찮은데 너무 수줍음이 많아서 탈이었다.

'어쩔 수 없지. 내가 넓은 아량으로 이해해주는 수밖에.'

자신이 대견하게 느껴져 재하는 빙그레 웃었다. 세아를 건너다보는 그의 눈이 더없이 부드러웠다.

바이킹에서 내린 세아는 몽롱한 눈으로 관람차를 올려다보았다. 한재하 이사에게 끌려 나와서 탔던 놀이기구들이 아련하게 머릿속을 스쳤다. 관람차만 타면 더 탈 것도 없다. 후딱 해치워버리자. 세아의 눈이 결연하게 빛났다.

"어서 타러 가요, 이사님."

한재하 이사의 옷깃을 잡으며 세아가 덧붙였다.

"이 순간만 기다렸어요."

기다리던 자유가 눈앞에 있었다. 세아는 눈짓으로 한재하 이사를 재촉했다. 동시에 한재하 이사의 표정이 이상야릇해졌다.

"관람차는…… 너무 이르지 않습니까?"

"네?"

관람차가 이르다니? 세아는 의아했다. 놀이기구에 이르고 말고가 어디 있단 말인가. 모르는 사이에 관람차에 연령 제한이라도 생긴 건가? 60세 미만은 탑승 불가, 이렇게?

"어서 줄을 서러 가요."

세아는 한재하 이사를 끌고 관람차 줄로 향했다. 영문 모를 흰소리나 하며 낭비할 시간 따위는 없었다. 그녀는 하루빨리 놀이동산에서 해방되고 싶었다.

"안 되겠습니다."

한재하 이사가 눈살을 찌푸리더니 단호하게 말했다. 세아는 그를 쳐다보았다.

"예?"

"관람차는 안 되겠다고요. 숙소로 돌아가죠."

관람차가 왜 안 되는지 의아해하던 세아는 뒷말에 눈이 번쩍 뜨였다.

「숙소로 돌아가죠.」

리베라 소년 합창단의 상투스가 머릿속에서 울려 퍼졌다. 세아는 뜨거운 무언가가 울컥 치밀어 오르는 것을 느꼈다. '숙소'라는 두 글자가 이렇게 반가울 수가 없었다.

이래서 어른들이 집 나가면 개고생이라는 명언을 남겼구나. 밖에 나오니 만신창이다.

불현듯 엄마가 보고 싶었다. 앞으로는 반찬 투정하지 않고 주시는 대로 먹을게요. 빨아야 할 옷도 잔소리 나오기 전에 척척 꺼내 놓고, 양말도 똑바로 개서 빨래 바구니에 넣어놓을게요.

그간의 삶을 반성하다 보니 어느덧 숙소 문 앞이었다.

세아는 비척비척 침대로 걸어가서 쓰러지다시피 누웠다. 낙지처럼 늘어져 있는 그녀를 보더니 한재하 이사가 픽 웃었다.

"겨우 그거 하고 들어왔다고 힘들어하는 겁니까?"

"평소보다 배는 힘든 걸 어떡해요."

"배는 힘이 들다니?"

겉옷을 벗어 옷걸이에 건 한재하 이사가 침대 왼편으로 와서 앉았다. 세아는 시트에 얼굴을 묻은 채로 대꾸했다.

"이사님과 같이 있었으니까 그렇죠."

뱉어놓고 세아는 '아뿔싸' 했다. 피곤해서 그런지 대뇌 필터를 거치지 않은 생각을 그대로 내뱉어버렸다. 슬그머니 고개를 든 세아는 한재하 이사의 눈치를 살폈다.

한재하 이사는 썩 기분이 나빠 보이지 않았다. 아니, 오히려 은근히 납득한다는 표정을 짓고 있었다.

'뭐지?'

의문이 세아를 뒤흔들었다. 그러고 보니 직접 보여주기 찬스라더니 데리고 나가서는 내내 놀이기구만 탔다.

키스와 놀이공원. 놀이공원과 키스. 둘이 서로 무슨 상관관계가 있는 걸까. 머리에 쥐가 날 것 같았다. 세아는 침대에 얼굴을 박은 상태로 고뇌했다. 아까부터 미묘하게 신호가 어긋나고 있는 것 같았다. 통화 중에 잡음이 섞여 원활하게 의사소통이 되지 않는 기분이라고 해야 하나? 한재하 이사가 계속 뭐라고 신호를 보내고 있는데 그게 감지가 잘 안 된다.

세아는 베개를 끌어안았다. 급할수록 돌아 가라고 했던가? 이럴수록 단순하게 생각해야 한다.

'어제부터 있었던 일을 액면 그대로 죽 정리해보자.'

갑작스럽게 그녀에게 입을 맞춘 한재하 이사. 왜 그랬는지 이유를 묻자 한번 알아맞혀보라는 능글맞은 답이 돌아왔다. 맞히면 상을 주겠다며.

'장난이었냐고 묻자 정색하더니 자기가 미친놈 같으냐고 했지.'

그렇다는 건, 한재하 이사가 그녀에게 키스한 이유는 지극히 보편타당하고 일반적인 상식으로 납득할 수 있는 원인을 수반한다는 뜻이다. 그게 뭘까?

'그런 다음 찬스를 사용하겠느냐고 물었고, 사용하겠다고 하니 자기가 하는 행동을 보고 판단하면 된다고 했어. 자기가 어제 왜 그랬는지.'

그래놓고 그녀를 놀이동산으로 데려갔다.

세아는 베개 가장자리에 턱을 괴었다. 남의 일이라고 생각해보자. 여자에게 기습적으로 입을 맞춘 남자가, 여자와 단둘이 놀이공원에 가서 놀이기구를 탄 이유가 뭘까? 빛살처럼 한 단어가 뇌리를 관통했다.

데이트.

세아는 눈을 깜빡였다. 이내 그녀의 만면에 경악이 어렸다. 정말 데이트였던 거야? 사원들에게 핑계를 대려고 한 말이 아니라, 진짜로 데이트?

말도 안 돼! 베개를 힘껏 끌어안은 세아가 한재하 이사를 돌아보았다. 그는 언제 만화책을 펼쳤는지 독서에 여념이 없었다.

결 좋은 머리칼과 살짝 내리깐 눈, 조각 같은 옆얼굴선이 차례대로 세아의 눈에 들어왔다. 세아는 낯이 확 뜨거워지는 것을 느꼈다.

이 남자가, 이사님이 날 좋아한다고?

그날 세아는 뜬눈으로 밤을 지새웠다. 도저히 잠이 오지 않았다. 자려고 결심하면 언제든지 금방 의식을 잃는 세아에게 이런 경험은 난생처음이었다. 시간이 흐를수록 또렷해지는 정신. 옆에서 강하게 풍기는 존재감.

잠들다 깨어났다가 자기를 반복한 것도 아니고, 세아는 말 그대로 아침까지 쭉 말똥말똥한 정신으로 침대에 누워 있었다.

"내 귀에 있던 이어폰, 신세아 씨가 뺀 겁니까?"

다음 날 욕실에서 옷을 갈아입고 나온 한재하 이사가 말문을 열었다.

"네, 주무시는 데 불편할까 봐."

간밤에 하도 잠이 안 와서 주변을 둘러보던 세아는 한재하 이사의 귀에 이어폰이 꽂혀 있는 걸 발견했다. 그래서 이어폰을 빼줬다.

'고맙다고 인사하려는 건가?'

그럴 필요 없는데. 세아가 몸을 비비 꼬고 있을 때였다.

"그렇다는 건 내가 만들어놓은 선을 넘었다는 뜻이군요."

손목시계를 차며 한재하 이사가 물었다.

만화책으로 침대 가운데에 만든 그 경계선? 당연히 넘었다. 세아는 별안간 불길한 예감이 밀려오는 걸 느꼈다.

"그렇…… 죠?"

"간도 크게 완전범죄를 꿈꿨군요."

"예?"

완전범죄라니? 순전히 호의를 발휘하려고 잠깐 넘었는데 졸지에 범죄자가 되었다.

"오늘부터 바닥에서 자도록 하십시오."

한재하 이사가 까칠하게 명령했다. 재고의 여지는 없다는 태도였다.

세아는 어이가 없었다. 물론 첫날 그가 못 박아두긴 했었다. 경계선을 넘으면 바닥으로 쫓아내겠다고. 아무리 그래도 자기 귓구멍에 있는 이어폰을 빼준 사람을 바닥으로 유배를 보내다니. 무슨 남자가 이렇게 피도 눈물도 없지?

문득 세아는 자신이 없어졌다. 이 남자, 날 정말 좋아하는 거 맞을까? 보통은 좋아하는 여자에게 이렇게 안 할 것 같았다.

'역시 헛다리를 짚은 건가.'

세아는 시무룩한 표정으로 베개를 안고 소파로 걸어갔다. 어제 답을 알았다고 설레발을 치지 않아서 천만다행이었다. 하마터면 비웃음거리가 될 뻔했다.

'내가 신세아 씨를 좋아해서 키스했다? 무슨 얼토당토않은 착각

을 한 겁니까. 몰랐는데 의외로 공주병까지 있는 모양이로군요. 그 외모에.'

냉소적으로 자신을 까는 한재하 이사를 상상한 세아는 바르르 떨었다. 망신살도 그런 망신살이 없을 테다.

'아닌데. 날 좋아하는 게 맞는 것 같은데.'

금세 생각의 전환이 이루어졌다. 당사자인 세아도 믿을 수는 없었지만, 주어진 조각들을 하나하나 맞추다 보니 어제 그런 결론에 도달하지 않았는가. 한재하 이사가 그녀에게 호감을 느끼는 상태일지도 모른다는 결론에.

'말도 안 돼. 꿈같아.'

비명이라도 지르고 싶은 심정이었다. 세아는 베개를 끌어안은 팔에 힘을 줬다. 심장이 아플 정도로 쿵쿵 뛰었다. 도통 현실감이 없었다. 한재하 이사가 그녀를 좋아하고 있을지도 모른다니. 그녀 혼자만의 짝사랑인 줄 알았는데, 일방통행이 아닐 수도 있다니.

세아는 흘긋 침대에 앉아 있는 한재하 이사를 돌아보았다. 당장에라도 그에게 나를 좋아해서 키스한 게 맞느냐고 물어보고 싶었다.

그런데 만에 하나, 아니라는 답변이 돌아오면 어떡하지? 그 창피함과 무안함을 어떻게 감당하지?

지금까지 살면서 겪었던 어떤 민망한 일보다도 부끄러운 기억으로 남게 될 것이다. 밤마다 잠자리에 누워서 하이킥을 하겠지. 어쩌면 늙어 죽는 날까지 '나에게 그런 흑역사가 있었지.' 하고 고통스러워할지도 모른다.

세아는 다시 힐끔 한재하 이사를 보았다. 그냥 눈 딱 감고 물어볼까? 장난치듯이 '이사님, 혹시 저 좋아하시는 거 아녜요?' 하고 한번 찔러보는 거다. 한재하 이사가 아니라고 하면 심심해서 농담 한번 해본 거라고 얼버무리지, 뭐. 그 정도는 별로 어렵지 않잖아.

'뭐가 안 어려워!'

세아는 발끈해서 반박했다. 뇌 내에서는 뭘 못 하겠는가. 생각으로는 백 번이고 천 번이고 가서 말했다. 문제는 막상 현실에서는 그럴 수 없다는 거였다.

세아의 인생에서 처음으로 있는 일이었다. 누군가를 좋아하고, 그로 인해 거절당하는 게 두려워진 건.

세아는 힘없이 베개에 얼굴을 묻었다.

"벌써 나흘째네. 여기에 온 지."

양손에 봉지를 가득 든 한봄이 혼잣말했다.

"그러게 말입니다."

자원해서 짐꾼으로 따라온 강이원 팀장이 맞장구쳤다. 한봄이 인상을 쓰며 버럭 한마디 했다.

"강 팀장님한테 한 말 아니거든요."

"내가 내 입 가지고 마음대로 말도 못 합니까?"

강이원 팀장이 능글맞게 반론했다. 한봄은 짜증이 가득한 눈빛으로 강이원 팀장을 노려보았다. 강이원 팀장은 아무렇지도 않게 웃어넘겼다.

두 사람을 지켜보던 세아는 호기심이 생겼다. 대체 무슨 사이일까?

한봄은 강이원 팀장을 퍽 싫어하는 듯했다. 반면 강이원 팀장은 한봄에게 악감정이 없어 보였다. 아니, 오히려 친해지고 싶어 하는 느낌? 세아는 강이원 팀장이 한봄과 같이 있으려고 짐꾼을 자원했다고 잠정적으로 결론짓고 있었다.

입사하고 3개월 동안 사적으로는 세아에게 말을 시키지 않았던 강이원 팀장이다. 그런데 요새 세아에게 별 이유 없이 말을 걸었고, 그때마다 어김없이 한봄이 세아의 근처에 있었다. 강이원 팀장은 어떤 의미로든 한봄에게 관심이 있는 게 분명했다. 반면 한봄은 강이원 팀장의 이야기만 나와도 질색을 했다.

'강 팀장님이 한봄 선배한테 큰 실수라도 하셨나?'

그렇지 않고서야 이해되지 않는 반응이었다.

"술 배달 왔습니다, 여러분!"

강이원 팀장이 숙소의 문을 열며 연극 톤으로 외쳤다. 숙소에 모여 있던 직원들이 환호성을 터트렸다.

"대학 MT 온 기분이에요."

동그랗게 둘러앉은 사람들을 보며 세아가 속삭였다. 한봄이 고개를 끄덕이며 맞장구쳤다.

"그러게."

"사모님은 이사님을 데려오시죠."

강이원 팀장이 얄미운 심부름을 시켰다. 세아는 마지못해 죽상을 쓰고 일어나 숙소로 향했다.

"이사님."

"무슨 일입니까."

"지금부터 술판을 벌일 건데 이사님을 모시고 오라고 해서요. 오실 거예요?"

"술판?"

한재하 이사가 읽던 책을 내리며 되물었다.

"네, 차를 가지고 온 분들도 있어서 5일째에는 술판을 벌이면 안될 것 같아 오늘 미리 하기로 했어요."

낮게 혀를 찬 한재하 이사가 침대에서 일어났다.

"다들 왜 그렇게 술을 좋아하는지."

"이사님은 안 좋아하세요?"

"술 마실 돈으로 차라리 피규어를 하나 더 사겠습니다."

한재하 이사는 단호하게 응답했다. 세아의 안색이 묘해졌다. 이걸 건전하다고 봐야 하는지, 불건전하다고 봐야 하는지 판단이 서지 않았다. 결국 세아는 어정쩡한 웃음으로 상황을 무마했다.

두 사람이 함께 술판이 벌어진 숙소로 돌아가자 직원들이 일제히 기립했다.

"편하게 앉으십시오."

무심하게 지시한 한재하 이사가 빈자리에 가서 앉았다. 세아는 그와 멀찍이 떨어진 곳에 자리를 잡고 앉았다.

술자리는 금세 무르익었다. 술이 들어가서인지 전체적으로 언성이 높아지고 말이 많아졌다.

세아도 홀짝홀짝 술을 마시다 보니 점점 기분이 좋아졌다. 복잡한 머릿속이 칠판지우개로 싹 지운 듯이 맑아졌다. 이래서 사람들이 술, 술 하는구나. 세아는 소주를 다시 한 번 들이켰다. 몸이 붕 뜨는 것 같으면서 왠지 모르게 실실 웃음이 나왔다.

"이쯤에서 게임 한번 하죠!"

김 팀장이 호기롭게 제안했다.

"무슨 게임이요?"

"이럴 때는 진실 게임이 최고 아닙니까?"

"오, 진실 게임 좋아요!"

"진실 게임으로 갑시다!"

의견 일치는 빠르게 이루어졌다. 거의 만장일치로 진실 게임을 하는 분위기가 되더니 온갖 질문들이 오갔다.

"한봄 씨, 우리 회사 미혼 남자 중에서 제일 한봄 씨 취향이 아닌 사람은 누구야?"

"강이원 팀장님이요."

한 치의 망설임도 없이 한봄이 답했다. 사람들이 놀라서 눈을 크게 떴다.

"어? 왜? 강이원 팀장 정도면 잘생겼잖아요."

"사람이 외모가 다인가요."

쿨하게 응수한 한봄이 화제를 돌렸다.

"이제 제가 지목할 차례죠? 전 이사님께 여쭤보겠습니다."

한봄의 호기에 좌중에서 탄성이 흘러나왔다.

"뭡니까."

"이사님과 세아 씨 중 누가 먼저 좋아했어요?"

한재하 이사의 눈초리가 슬쩍 올라갔다. 곧 그의 입매가 유려한 곡선을 그렸다.

"신세아 씨죠. 날 붙잡고 내가 좋아서 죽을 것 같다고 그랬던 가."

"예? 정말요?"

"우와, 세아 씨 대담하다."

직원들의 이목이 세아에게로 쏠렸다. 세아는 멍하니 수십 쌍의 시선을 받았다.

저게 무슨 개 풀 뜯어 먹는 소리야? 내가 언제? 언제 자기를 붙잡고서 좋아서 죽을 것 같다고 그랬는데? 나도 모르는 내 과거가 있나? 왜 유언비어를 퍼뜨려?

눈이 마주치자 한재하 이사가 피식 웃었다. 세아는 열이 오르는 것을 느꼈다. 칼을 갈며 그녀는 복수의 순간을 기다렸다. 그리고 마침내 기회가 왔다.

"세아 씨, 이사님의 어떤 점이 좋아?"

머리를 굴리던 세아가 회심의 미소를 지었다.

"역시 애교가 많다는 거?"

"뭐? 이사님이 애교가 많다고?"

"그렇다니까요. 평소에는 저렇게 무게 잡고 계셔도 저랑 단둘이 있을 때는 얼마나 애교가 흘러넘치는데요. 막 제 앞에서 '뿌잉뿌잉'도 하고 '1 더하기 1은 귀요미!' 이런 거 하세요."

세아의 발언에 직원 일동이 충격에 휩싸였다.

"맙소사."

누가 작게 한탄했다. 세아는 10년 묵은 체증이 내려가는 것 같았다. 석상처럼 굳은 한재하 이사를 건너다보며 그녀는 의기양양한 표정을 지었다. 그러게 왜 가만히 있는 사람을 건드려.

한재하 이사의 눈매가 사나워졌다. 그러든지 말든지 세아는 보란 듯이 승자의 여유를 만끽했다. 방심한 나머지 미처 보지 못했다. 그의 눈이 활활 불타오르는 것을.

"이사님께서 생각하시는 신세아 씨의 매력 포인트가 무엇인지 말씀해주십시오."

"매력이라."

한재하 이사가 기다렸다는 듯이 썩은 미소를 베어 물었다.

"트림으로 랩을 합니다."

"예?"

"기분이 좋은 날에는 트림으로 랩을 하는데, 꽤 잘합니다."

술자리에 적막이 내려앉았다. 세아는 그대로 얼음이 되었다. 이상한 사람을 보는 듯한 직원들의 눈길이 견디기 어려웠다. 간신히 눈알을 굴려서 한재하 이사를 보니 악마 같은 웃음을 흘리고 있었다.

이 인간이 남의 사회생활을 결딴내려고 작정한 건가? 정말 이러기야?

세아의 안에서 분노가 확 치밀었다. 그렇게 나온다면 다 생각이 있다. 예로부터 눈에는 눈, 이에는 이라고 했다. 한순간에 함무라비 법전의 신봉자로 전향한 세아는 때를 기다렸다.

"세아 씨, 아까 이사님이 하신 말씀 사실이야?"

남주요 대리가 재미있어하는 건지, 비웃는 건지 모를 얼굴로 질문했다. 세아는 선선히 고개를 끄덕였다.

"사실이에요. 아, 근데 이사님이 옆에서 방귀로 비트박스 넣어 주세요."

한재하 이사가 술을 마시다가 뱉었다. 세아는 새치름하게 술을 마셨다. 치킨게임이나 제로섬 게임은 사절이었지만, 그녀는 일단 하겠다고 마음먹으면 먼저 꼬리를 말지는 않았다.

숙소에 흐르는 분위기가 더없이 싸늘해졌다. 한재하 이사가 앞머리를 쓸어 넘기더니 바닥에서 일어났다.

"신세아 씨, 술을 너무 많이 마신 것 같군요. 숙소로 돌아갑시다."

"저 아직 할 말 많이 남아 있는데요? 끝까지 해봐야죠."

"하아."

가볍게 한숨을 쉰 한재하 이사가 성큼 다가오더니 세아의 양쪽 겨드랑이 사이로 손을 넣었다. 세아는 움찔했다.

"뭐 하시는……."

"가만히 있으십시오."

다음 순간 세아는 번쩍 일어났다. 자의와는 상관없이 외부에서 가해지는 힘만으로.

세아를 일으켜 세운 한재하 이사가 겨드랑이에서 손을 빼내고는 그녀의 어깨를 쥐었다. 마치 부축을 하는 듯한 모양새였다.

"가죠."

한재하 이사가 순식간에 세아를 데리고 밖으로 나갔다. 남은 사람들은 우두커니 두 사람의 잔재를 바라보았다.

"이사님과 세아 씨가 한 말, 농담이겠죠?"

한봄이 어색한 목소리로 운을 뗐다.

"같이 죽자는 겁니까?"

복도로 나오자마자 한재하 이사가 윽박질렀다. 세아는 발갛게 달아오른 얼굴로 반박했다.

"혼자 죽을 순 없잖아요."

비틀거리며 세아는 덧붙였다.

"처음 시작한 사람이 나빠요. 전 이사님이 시작하기 전까지 가만히 있었어요."

"이사가 그런다고 평사원이 덩달아 그래도 되는 겁니까?"

한재하 이사는 황당하다는 투였다.

"와, 몰랐는데 은근히 권위의식 있으시네요. 수평적인 문화를 지향하는 SA 소프트의 대표이사님 입에서 나온 말이라는 게 믿어지지가 않아요. 이사든 평사원이든 무슨 상관인가요. 할 말은 하고 사는 거지."

"평상시에는 안 그러더니 술을 마시니 말이 많아지는군."

골치 아프다는 듯이 한재하 이사가 중얼거렸다. 세아는 헛웃음을 흘렸다.

"평소에도 하고 싶은 말 많아요. 잘릴까 봐 못 하는 거지."

"그럼 어디 들어나 봅시다. 신세아 씨가 하고 싶은 말이 얼마나 많은지."

숙소로 귀환한 한재하 이사가 침대에 세아를 앉히고는 맞은편에 섰다. 세아는 고개를 좌우로 흔들었다. 술기운이 슬슬 도는지 머리가 무거웠다.

"이사님은 성격이 꽈배기처럼 꼬였어요."

"내가 말입니까?"

한재하 이사가 미간에 주름을 잡았다.

"네, 이사님같이 성격 더러운 사람 처음 봐요. 남 괴롭히면서 희열을 느끼지, 치킨 껍질 벗겨서 먹지, 꽈배기처럼 꼬였지."

"다른 건 다 그렇다고 쳐도 꽈배기처럼 꼬였다는 건 무슨 뜻입니까."

"그냥 말해주면 되잖아요. 굳이 왜 나보고 이유를 찾으래요?"

"그러니까 뭐가……."

"저한테 키스한 이유 말이에요."

한재하 이사의 눈이 커졌다. 반대로 세아는 눈을 감았다. 그런 다음 숨김에 말하지 않으면 영영 입 밖으로 뱉지 못할 것 같은 물음을 던졌다.

"이사님, 설마 저 좋아하세요?"

16. 해금

세아는 주먹을 그러쥐었다. 이불자락이 손안에서 구겨졌다. 속이 울렁거렸다.

'말했다. 말해버렸어!'

이사님한테 날 좋아하느냐고 물어봤어!

심장 박동이 사정없이 빨라졌다. 열기가 확 전신을 휘감았다. 세아는 입술을 질끈 깨물었다. 주사위는 던져졌다. 이제 세아가 할 수 있는 것은 결과를 기다리는 일뿐이었다.

적막이 내려앉았다. 세아는 한재하 이사가 무슨 말이라도 하기를 기다렸다. 그러나 아무리 기다려도 그는 입을 열지 않았다.

세아는 불안해졌다. 눈을 뜨고 한재하 이사를 마주 볼 엄두가 나지 않았다.

그는 어떤 표정을 짓고 있을까? 기뻐하고 있을까? 아니면 내 착각을 비웃는 얼굴? 의외로 곤혹을 느끼고 있을지도 모른다. 내 마음을 눈치 채고 어떻게 거절해야 할지 고민하는 중인지도.

어쩌면 별다른 감정이 섞이지 않은 눈빛으로 날 응시하고 있을 수도 있겠다. 기본적으로 냉정한 사람이니까. 이런 상황을 한두 번 겪는 게 아닐 테니까.

많은 여자가 그를 좋아했을 것이다. 고백이나 은근한 추파 같은 거, 밥 먹듯이 받았겠지. 나에게는 심장이 터질 것 같은 시간이어도 그에게는 별 의미 없는 순간일지도 모른다.

왠지 긍정적인 답이 돌아오지 않을 것 같다.

세아의 속눈썹이 잘게 떨렸다. 침묵이 길어지니 간담이 서늘해졌다. 세아의 말이 정답이었다면 진작 피드백이 돌아왔을 것이다.

'틀렸어.'

내가 착각을 한 거다. 한재하 이사가 날 좋아한다는 터무니없는 착각을.

내가 한재하 이사를 좋아하니까, 한재하 이사도 날 좋아해주길 바라는 마음으로 달콤한 꿈을 꾼 거야.

손끝이 차갑게 굳었다. 코끝이 찡해지면서 눈시울이 뜨거워지는 게 느껴졌다.

울면 안 되는데. 울면 되게 구질구질해 보일 텐데. 자신만만하게 헛다리를 짚은 것도 모자라 울기까지 하면 너무 바보 같잖아.

'울면 안 돼. 절대 안 돼.'

세아는 자신을 채찍질했다. 눈물을 흘려서는 안 된다고. 최대한 아무렇지도 않은 척해야 한다고. 이미 세아의 머릿속에는 그가 부정적인 대답을 할 거라는 확신이 들어차 있었다. 판결을 기다리는 피고처럼 세아는 눈을 꼭 감고 머리를 떨어뜨렸다.

"신세아 씨."

한재하 이사 특유의 사늘한 음성이 그녀의 정수리로 떨어졌다. 그녀는 몸을 굳혔다. 드디어 올 것이 왔구나. 잘못을 저질러놓고 무슨 벌을 받을지 전전긍긍하는 학생이 된 심정이었다.

"고개 들어보십시오."

한재하 이사가 말했다. 기분을 가늠할 수 없는 목소리였다. 세아는 입안이 바짝 말랐다. 턱에 힘이 들어가고 입술이 바르르 떨렸다. 눈을 뜨고 고개를 들어야 하는데, 감긴 눈이 뜨이지 않았다. 눈꺼풀이 천 근인 양 꿈쩍도 하지 않았다.

이러면 안 되는데. 들키면 안 되는데. 내가 이런 상태인 거, 그가 알아차리게 만들면 안 되는데.

"어서요."

한재하 이사가 재촉했다. 세아는 사력을 다해서 간신히 눈꺼풀을 올렸다. 한재하 이사의 다리가 보였다. 뒷머리를 타고 식은땀이 흘렀다.

동요하지 말자. 아니, 동요할 수밖에 없겠지만, 가능한 한 숨기자.

마인드 컨트롤을 하며 세아는 천천히, 아주 천천히 시선을 들었다. 그러자 머리 위로 한숨이 내려앉더니 크고 단단한 손이 양쪽에서 그녀의 얼굴을 쥐었다. 극도로 긴장해 있던 세아는 따뜻한 무언가가 뺨에 와 닿자 화들짝 놀랐다.

세아의 얼굴을 부드럽게 감싼 손이 아래를 향하고 있던 그녀의 고개를 들어 올렸다. 그녀의 눈이 자연스럽게 그와 마주치게 되었다.

두 개의 눈길이 허공에서 얽혔다. 세아의 눈동자가 흔들렸다. 한재하 이사가 속내를 알 수 없는 눈으로 그녀를 보고 있었다.

잠잠한 검은 눈동자. 세아는 심장이 철렁했다. 아니, 잠잠한 눈이 아니었다. 언뜻 잠잠해 보이나 무언가가 몰아치고 있는 눈이었다. 짙어서 그 격정이 잘 드러나지 않았을 뿐. 칠흑 같은 어둠 속에서는 사람의 움직임이 잘 보이지 않듯이.

"신세아 씨."

다시금 그가 세아의 이름을 불렀다. 다음 순간 그의 눈 안에서 빛이 반짝이는 것을 세아는 목격했다.

"싫으면 밀어내십시오. 그렇다고 순순히 떨어져 나갈지는 모르겠지만."

수수께끼 같은 말을 세아가 이해하기도 전이었다. 한재하 이사가 그녀에게 입을 맞췄다.

세아의 눈이 커졌다.

'……!'

순식간에 안으로 파고든 뜨거운 숨에 세아는 당황했다. 너무나 재빠르게 벌어진 일이어서 방비할 틈조차 없었다. 기습이라는 표현이 어울렸다.

맛을 보듯이 핥고 장난을 치듯이 가볍게 문다. 세아는 등줄기를 내달리는 전율을 느꼈다. 탈력감이 세아를 지배했다. 정신이 몽롱해지고 눈앞이 흐려졌다.

"흐으……."

저절로 신음이 흘러나왔다. 자신이 내뱉은 소리를 들은 세아의
얼굴이 확 붉어졌다. 왠지 모르게 야하게 느껴졌기 때문이었다.

반쯤 감긴 세아의 시야에 그의 모습이 들어왔다. 반듯하게 감은
눈. 섬세한 긴 속눈썹. 세아의 눈도 스르르 감겼다.

세상에 어떻게 이런 감각이 있지? 누가 전기 충격기를 가져다
댄 것처럼 심장이 쉴 새 없이 경련했다. 중력이 사라진 듯 육신이
붕 뜨고 의식은 안드로메다로 날아가는 느낌.

저번에 그가 키스했을 때도 그랬다. 하지만 세아는 처음으로 하
는 키스이기에 유난히 강렬한 느낌을 받은 줄로만 알았다. 원래
첫 경험이라는 건 특별하니까. 처음은 더 짜릿하고 설레는 거니
까. 그런데 아니었다. 두 번째인데도 전혀 첫 경험에 뒤지지 않았
다. 오히려 더욱 농밀한 쾌락이 세아를 사로잡았다.

한재하 이사의 입술이 떨어질 때까지도 세아는 정신을 차릴 수
없었다. 뒤늦게 이성을 되찾고는 침대에서 벌떡 일어나 그에게 따
졌다.

"이게 무슨……."

그러나 세아의 말은 다시 이어진 그의 입맞춤에 삼켜지고 말았
다. 도망치지 못하도록 세아의 허리를 팔로 단단히 휘감은 그가
본격적인 키스에 돌입했다.

"이거, 놓……, 읍!"

세아가 아무리 밀어내도 그는 꿈쩍도 하지 않았다. 말랑한 입술과 매끄러운 치열, 촉촉한 혀. 그는 그런 것들을 하나도 놓치지 않겠다는 듯이 집요하게 탐했다.

그에게서 벗어나려고 노력하던 세아는 갈수록 무력해지는 자신을 느꼈다. 팔다리에서 힘이 죽 빠지고 정신이 아득해졌다. 시야는 암전된 지 오래였다.

애초에 무의미한 저항이었다. 저항할 수 있을 리가 없었다, 이 뇌가 타들어가는 듯한 감미로움에.

세아는 저도 모르게 그의 팔을 붙잡았다. 뭐라도 잡지 않으면 다리가 풀려서 이대로 주저앉을 것 같았다.

그가 나직이 속삭였다. 키스는 끝냈지만, 입술은 여전히 붙인 채였다.

"왜 그랬느냐고 묻지 마십시오. 눈치가 그렇게 없습니까?"

세아는 묘한 기분이 되었다. 대화 내용은 둘째치고, 누군가와 입술이 닿은 채로 이야기하기는 처음이었다. 맞닿은 입술을 통해서 상대의 입 모양이 고스란히 전해지는 게 세아를 형용할 수 없는 심정에 휩싸이게 했다. 그 오묘함에 심취되어 있다 보니, 세아는 한발 늦게 그의 말을 받아들였다.

왜 키스를 했는지 묻지 말라고?

"어째서……."

무심결에 세아가 질문하려는 차였다. 그가 또다시 키스했다. 자기 집을 드나들듯이 입안으로 들어오는 침입자에게 세아는 속수

무책으로 정복당했다. 이제는 숨이 모자랄 지경이었다. 입술이 떨어지자마자 세아는 헐떡였다.

"경고하지 않았습니까."

한재하 이사가 눈살을 찡그리고서 그녀를 타박했다.

"묻지 말라고."

동시에 세아는 알 수 있었다. 어떤 논리적인 사유도 없이, 그냥. 그의 눈을 쳐다보고 있는 것만으로. 이 남자가 진심으로 그녀를 좋아하고 있다는 사실을.

세아는 숨을 멈췄다. 엄지로 그녀의 눈 밑을 쓸며 한재하 이사가 한탄했다.

"꼭 떠먹여줘야 압니까?"

"네?"

"내가 왜 신세아 씨에게 키스했을 것 같습니까?"

세아는 울컥했다. 이 남자가 날 아메바로 알고 있나? 긴가민가 하고 있을 뿐이었다. 결정적인 확신이 없어서. 그리고 방금 그의 눈에서 확신을 얻었다.

고요한 듯 애타게 갈망하는 시선이었다. 그런 눈빛을 보고도 알아차리지 못한다면 바보일 것이다. 그래도 그녀는 한재하 이사에게서 직접, 확실한 언어로 그의 마음을 듣고 싶었다.

'자기가 처음부터 좋아한다고 고백했으면 간단했을 문제잖아.'

속으로 투덜거린 세아는 화제를 돌렸다.

"답을 맞히면 상을 준다고 했죠? 맞혔으니 상 주세요."

한재하 이사가 입매를 끌어올렸다.

"상은 이미 줬습니다만?"

"언제요?"

"방금 줬잖습니까. 세 번이나."

의아함과 놀람, 깨달음이 차례대로 세아의 뇌리를 스쳐 지나갔다.

"설마."

세아가 자신의 입술과 그의 입술을 번갈아가며 가리켰다.

"이거요?"

이게 상이라고? 이게? 세아는 주최 측의 농간에 어이를 잃었다. 대체 누구 좋아하라고 있는 상인가.

"이게 어떻게 저한테 주는 상이에요?"

"음?"

사르르 눈을 접은 한재하 이사가 재미있다는 투로 되물었다.

"내가 언제 신세아 씨에게 주는 상이라고 했습니까?"

"예?"

"이건 나에게 내가 주는 상입니다. 그동안 참은 나에게."

세아의 턱선을 따라 그가 손가락을 미끄러뜨렸다.

"신세아 씨에게 손대지 않은 나에게."

장난을 치는 듯한 손길. 그런데도 어째선지 세아는 긴장이 되었다. 내리깐 그의 눈매에서 야릇한 분위기가 묻어나와서인지도 몰랐다.

"며칠 동안 좋아하는 여자와 같이 있으면서 아무 일도 벌이지 않은 나에게 주는 상."

매력적인 중저음으로 그가 부연했다. 세아는 말문이 막혔다. 등허리가 찌르르 울리고 가슴이 두방망이질 쳤다. 알 수 없는 위기감이 그녀를 흔들었다.

그러고 보니 밀폐된 공간이었다.

제3자가 없는 공간에 단둘이 있는, 서로를 이성으로 보는 남자와 여자.

새삼 자각한 현실에 세아의 정신이 아찔해졌다. 무슨 일이 벌어져도 이상하지 않았다. 모든 가능성이 세아의 머릿속을 스쳤다. 상상이 폭주한 나머지 뇌에 과부하가 걸릴 것 같았다.

눈만 굴리고 있는 세아를 내려다본 그가 피식 웃었다.

"안 잡아먹습니다."

세아의 머리를 가볍게 쓰다듬은 그가 입구 쪽으로 걸어갔다. 신발을 신는 그를 보며 세아는 어안이 벙벙했다. 밖으로 나가려는 건가?

"저, 이사님!"

퍼뜩 든 의문에 세아는 황급히 불렀다. 한재하 이사가 흘긋 세아를 돌아보았다.

"제 대답은 궁금하지 않으세요?"

세아는 용기 내서 그에게 물었다.

"날 좋아하지 않습니까."

그가 말했다. 당연하다는 양 시크한 태도였다.

"어떻게?"

화들짝 놀란 세아는 버럭 소리 질렀다가 말끝을 흐렸다.

"처음 키스할 때 싫으면 밀어내라고 했는데, 안 밀어냈잖습니까."

한재하 이사는 무척이나 담담했다. 세아는 순간 놀랐다. 저 남자는 심장이 강철로 만들어지기라도 한 건가? 떨림이나 불안감 같은 건 눈곱만큼도 없는 걸까? 어떻게 안색 하나 변하지 않을 수가 있지?

한재하 이사가 하도 아무렇지 않아 보여서 세아는 자신이 바보처럼 느껴졌다. 남들은 고백하거나 고백받을 때 별로 떨지 않는 모양이다. 고기도 먹어본 놈이 잘 먹는다고, 모태솔로여서 뭐가 뭔지 알아야지.

문이 닫히고 한재하 이사의 뒷모습이 사라졌다. 혼자 남은 세아는 침대에 쓰러지다시피 풀썩 누웠다. 얼굴로 내려앉는 숨이 뜨거웠다.

"믿어지지 않아."

한재하 이사가 날 좋아하다니. 이게 정말 현실이 맞아?

"꿈이 아닐까?"

세아가 떨리는 손으로 볼을 야무지게 쭉 잡아당겼다. 아릿한 아픔이 전해졌다. 달래듯이 뺨을 손바닥으로 살살 쓰다듬었다. 아픈 걸 보면 꿈이 아니라 실제 상황이 맞는 것 같긴 한데.

설마 알코올이 체내에 들어가서 환각을 보고 있는 건가? 세아는 손가락 세 개를 폈다.

"삼."

하나도, 둘도 아니고 삼. 손가락이 똑바로 세 개로 보인다. 세아는 그래놓고도 혹시나 해서 왼손으로 오른쪽 손가락을 일일이 만져보았다. 세 개가 펼쳐져 있는 게 분명했다.

"시력도 멀쩡한데."

말소리가 제대로 들리는 걸 보면 청력도 이상 무. 꿈도 아니고 환각도 아니고 환청도 아니었다. 진짜였다.

"꺄아아아아!"

세아는 비명을 내질렀다. 베개를 끌어안고 침대 위를 이리저리 데굴데굴 굴렀다. 등에 만화책이 걸렸지만 아픔조차 느껴지지 않았다. 이내 세아가 침대 시트를 내려치며 강하게 몸을 일으켰다.

베개를 위로 번쩍 던졌다가 받기를 몇 번 반복한 그녀는 베개에 얼굴을 묻고 엎드려 누웠다. 차가운 베개가 뜨끈뜨끈한 볼을 기분 좋게 식혀줬다.

다리를 파닥거리며 오두방정을 떨어도 가슴 안쪽에 꽉 들어찬 감정이 해소가 되지 않았다.

심장이 갓 전력질주를 한 것처럼 두근거렸다.

숙소를 나오자마자 재하가 휘청거렸다. 우연히 그를 발견한 사원 한 명이 놀라서 다가왔다.

"이사님!"

"별것 아닙니다. 잠깐 현기증이 밀려와서."

까칠하게 응대한 재하는 이만 가보라고 손짓했다. 사원이 망설이다가 슬쩍 자리를 떠났다.

혼자 남은 재하는 천장을 올려다보았다. 손을 올린 것도 아닌데 박동이 느껴질 만큼 심장이 거세게 뛰고 있었다. 열기가 올라서 머리가 몽롱했다.

태연한 척했지만, 전혀 태연하지 않았다. 사실은 조마조마했고, 설렜고, 거절당할까 두려웠다. 처음 키스를 할 때 신세아가 그를 밀어낼까 봐 심장이 터질 것 같았다.

'어지간한 일에도 눈 하나 깜빡하지 않던 내가 어쩌다가 이렇게 된 거지?'

재하는 답을 알았다. 신세아 때문이었다. 자연스럽게 신세아가 그의 뇌리를 지배했다.

발그레한 볼과 크게 뜨인 눈. 나비의 날갯짓처럼 가느다랗게 떨리던 속눈썹. 매끄러운 선홍색 입술 사이로 얼핏 드러난 혀.

"미치겠군."

재하는 문에 기댄 채 손바닥으로 한껏 붉어진 얼굴을 가렸다. 가슴이 끓어올라서 견딜 수가 없었다.

한창 침대에서 오두방정을 떨던 세아는 불현듯 근처에서 느껴지는 존재감에 고개를 들었다. 한재하 이사가 흥미로운 구경거리를 눈앞에 둔 양 팔짱을 끼고 자신을 내려다보고 있었다.

"이, 이사님."

"뭐 하는 겁니까."

세아는 쥐구멍에라도 들어가고 싶었다. 아니, 개집만 있었어도 개와 싸워서 이긴 다음 안으로 들어가 숨었을 것이다.

"그게 말이에요, 그러니까."

"내려오십시오."

한재하 이사가 단호하게 명령했다. 세아는 베개를 들고 힘없이 바닥으로 내려왔다. 예쁜 모습만 보여줘도 모자랄 판에 창피해서 고개를 들 수가 없었다. 침대에 엎드려 누워서 허우적거리는 그녀가 한재하 이사의 시점에서 어떻게 보였을까. 혹시 콩깍지가 벗겨져서 아까 했던 고백을 물리는 거 아니야?

「내 생각과 많이 다르군요, 신세아 씨. 아무래도 내가 실수한 것 같습니다. 조금 전 일은 없었던 걸로 하죠.」

냉정하게 돌아서는 한재하 이사를 상상한 세아는 심장이 철렁했다.

'안 돼!'

어떻게 성사된 거사인데! 이렇게 말짱 도루묵으로 만들 수는 없었다.

침대 등받이에 기대어 앉아 만화책을 편 한재하 이사에게 세아가 조심스럽게 말을 걸었다.

"이사님."

"무슨 일입니까."

"방금 제 모습이요. 많이 추했나요?"

"수산 시장의 활어 같더군요."

한재하 이사가 즉답했다. 세아는 정신이 아득해졌다. 정확한 의미는 알 수 없으나 보기 좋았다는 칭찬으로는 들리지 않았다.

"괜찮습니다. 동태보다는 활어가 낫지 않습니까."

한재하 이사의 부연 설명에 세아는 웃어야 할지, 울어야 할지 알수 없었다. 모호한 표정으로 서 있던 세아가 꾸벅 인사했다.

"먼저 자도록 하겠습니다."

"벌써 말입니까?"

"네, 좀 피곤해서."

뜬눈으로 밤을 새운 데다가 술을 마셔서인지 영 컨디션이 좋지 않았다.

"안녕히 주무세요."

세아가 소파로 가려고 빙글 몸을 돌렸을 때였다.

"윽?"

앞으로 걸어 나가려던 세아는 가볍게 휘청거렸다. 뒤를 돌아보니 한재하 이사가 그녀의 옷자락을 붙잡고 있었다.

"어딜 갑니까."

"예? 자려고 소파에……."

"2인용 소파에서 어떻게 잡니까?"

"새우처럼 웅크려 누우면 가능할 것 같기도 해서."

세아로서는 나름대로 머리를 굴린 결과였다. 바닥에서 자자니 추울 것 같았다. 아니, 사실은 춥고 안 춥고의 문제가 아니었다. 저번처럼 이를 갈고 콧물을 먹는 추태를 반복할 수는 없었다.

소파는 바닥보다 덜 차가울 거고 사지육신이 쑤시지도 않을 거다. 다리를 한껏 구부리고 신생아 자세를 취해야 하는 게 흠이라면 흠이겠지만.

"할 수 없군요."

한재하 이사가 한숨을 내뱉더니 침대에서 일어났다. 세아는 놀랐다. 혹시 바닥으로 내려가고 그녀에게 침대를 양보하려는 건가?

물론 세아의 예상은 보기 좋게 빗나갔다. 이불을 반 정도 바닥으로 내려 보낸 한재하 이사는 다시 침대로 올라갔다.

"추울 테니 이불은 덮고 자도록 하십시오. 침대 쪽으로 딱 붙어서 누우면 덮을 수 있을 겁니다."

세아는 말문이 막혔다. 침대와 바닥에 어정쩡하게 걸쳐 있는 이불. 저걸 둘이서 나눠서 덮자고? 자기는 침대 위에서 덮고, 나는 바닥에서?

"잔다더니 뭐 합니까?"

한재하 이사가 눈살을 찌푸렸다. 세아는 얼떨결에 침대에 바짝 붙어서 누웠다. 위에서 내려온 이불이 그녀를 덮었다.

궁상맞다. 천하에 이렇게 궁상맞을 수가. 세아는 눈물이 나올 것 같았다. 나도 우리 집에서는 귀한 자식인데. 우리 엄마 아빠는 내가 이러고 사는 걸 알고 있을까.

이불을 주려면 아예 주든지, 이게 뭔가.

근원을 알 수 없는 서러움이 밀려왔다. 술이 들어가서 감수성이
풍부해졌는지 눈물이 핑 돌 정도였다. 전래동화에서 하늘이 선심
쓰듯 던져준 동아줄을 잡은 오누이가 이런 심정이었을까. 더러워
서 안 받고 말지. 세아가 속으로 구시렁거리고 있을 무렵이었다.

"아래 공기는 어떻습니까?"

"네?"

"바닥에서 자니 어떠하냔 말입니다."

어떻긴. 산은 산이요 물은 물이고 바닥은 바닥이다.

"아……, 그냥 그래요."

세아는 왈칵 치미는 울분을 삼키고서 무난한 답변을 했다. 상대
는 한재하 이사였다. 공연히 대들었다가 무슨 보복을 당할지 알
수 없었다.

"흐응."

묘한 탄성을 흘린 한재하 이사가 덧붙였다.

"춥진 않습니까?"

"네, 괜찮아요."

몸은 괜찮아요. 마음이 추워서 그렇지.

입과 속내가 이 정도로 따로 노는 경험은 오랜만이었다.

"신세아 씨."

"예, 이사님."

바닥이 싫다. 반만 내려와 있는 이불도 싫다. 세상만사가 다 싫다.

"내 옆에서 자고 싶습니까?"

"네……, 예?"

영혼 없이 응대하던 세아가 경악해서 고개를 들었다. 한재하 이사가 침대 가장자리에서 한쪽 팔로 머리를 괸 채 그녀를 내려다보고 있었다.

세아의 낯이 확 달아올랐다. 위에서 계속 내려다보고 있었던 거야? 언제부터?

"그렇게 서운했습니까?"

한재하 이사가 짓궂은 표정으로 물었다.

"무, 뭘 말이에요?"

당황한 나머지 세아는 말을 더듬었다. 한재하 이사가 자세를 고치더니 엎드려 누워서 그녀와 눈을 맞췄다.

"내가 안 내려가고 신세아 씨를 바닥에서 자게 한 거."

정곡이었다. 세아는 입을 벌렸다. 다 알고 있었어? 알고서 일부러 그런 거야?

"나는 내려가지 않을 겁니다. 억울하면 신세아 씨가 침대로 올라오든지."

한재하 이사의 입꼬리가 유려하게 휘었다. 그녀가 못 올라올 걸로 생각하고서 놀리는 티가 팍팍 났다.

세아는 울컥했다. 내가 정말 못 올라갈 줄 알고? 베개를 든 세아가 벌떡 일어났다. 그러고는 침대로 올라가 한재하 이사의 옆에 척 누웠다.

옆에서 못 잘 게 뭐람. 이불을 목까지 끌어올린 세아는 천장을 노려보았다. 이제까지 한 침대에서 잤어도 별일 없었다.

'겁먹을 필요 없어, 신세아.'

그럼에도 불구하고 이상하리만치 기분은 쉽게 진정되지 않았다. 심장이 어찌나 거세고 빠르게 뛰어대는지 옆에 있는 한재하 이사에게 들릴까 봐 불안할 지경이었다.

세아는 주먹을 말아 쥐었다. 참아야 한다. 못 버티고 바닥으로 내려가면 저 사디스트가 더욱 대차게 놀려댈 게 분명했다. 지금까지 살면서 누가 심장이 터져 죽었다는 뉴스는 본 적 없다.

'근데 심장마비로 죽는 경우는 있잖아.'

역시 안 되겠다. 바닥으로 내려가야겠다. 세아가 베개를 챙겨서 이불을 빠져나가려는 순간이었다. 한재하 이사가 세아의 손목을 붙잡았다.

"힉!"

세아는 하마터면 숨넘어갈 뻔했다.

"손만 잡고 잘 겁니다."

한재하 이사가 세아를 바라보며 말했다. 세아는 눈을 깜빡였다. 이상한 일이었다. 아무리 달래려고 노력해도 고삐 풀린 망아지처럼 날뛰던 심장이, 한재하 이사의 별것 아닌 말에 조금 차분해졌다.

"정말이요?"

"네, 그러니까 얌전히 손이나 내놓으십시오."

그녀의 손목을 놓은 한재하 이사가 손바닥을 턱 내밀었다. 세아의 심장이 콩닥거렸다. 손을 잡으라는 건가? 세아는 조심스럽게 그의 손바닥에 손을 올려놓았다. 그러자 그가 기다렸다는 듯이 깍지를 껴서 그녀의 손을 옭아맸다. 손가락 사이로 파고든 그의 손가락에 세아는 움찔했다. 느낌이 이상했다.

"잡시다."

한재하 이사가 리모컨으로 불을 껐다. 사위가 어둠에 잠겼다.

세아는 문득 자신이 한재하 이사의 의도대로 놀아난 것 같다는 생각이 들었다. 그는 처음부터 이럴 속셈으로 그녀를 자극한 게 아닐까? 일부러 이불을 반만 내려주는 등 그녀의 심기를 잔뜩 건드린 다음, 올라올 수 있으면 올라오라는 식으로 도발해서 그녀가 제 발로 그의 옆에 눕게 한 거다.

갈수록 세아는 찜찜해졌다. 남을 조종하고 괴롭히는 데에는 천부적인 재능을 발휘하는 한재하 이사였다. 그녀를 손바닥 위에 올려놓고 요리하는 것쯤은 일도 아닐 테다.

'나도 문제야.'

아무리 발끈했기로서니 자발적으로 외간 남자와 한 침대를 쓰겠다고 올라오다니! 토끼가 호랑이굴에 머리를 들이미는 것만큼 무모한 짓이었다.

때늦은 후회가 세아의 마음속에 들어찼다. 이놈의 욱하는 성미를 버려야 하는데. 왜 난 욱하면 앞뒤를 못 가리는 걸까. 아무리 열받았다고 회사 대표이사의 콧구멍에 붓털을 꽂으려고 한 사원은 세상에 그녀가 유일할 거다.

'그러고 보니 나, 용케도 안 잘리고 살아 있구나.'

심지어 그냥 살아 있기만 한 것도 아니고 한재하 이사와 썸 비슷한 관계까지 되었다.

인생은 새옹지마라더니. 세아는 슬쩍 한재하 이사를 염탐했다. 그는 눈을 감고 있었다. 감탄이 나올 만큼 반듯한 옆모습이었다. 동시에 세아는 야릇한 울림이 갈비뼈 안쪽을 때리는 것을 느꼈다.

그러고 보니 오늘은 만화책으로 만든 장벽이 없었다. 평소에는 침대 가운데에 있었는데.

사실 만화책 같은 건 있으나 없으나 마찬가지였다. 넘으려고 마음만 먹으면 언제든지 넘을 수 있으니까. 그런데도 만화책 장벽이 없다는 사실을 깨닫자 괜히 더 긴장되었다.

"변태 같은 숨소리 내지 마십시오."

"……예?"

"이상한 생각 하지 말고 잠이나 자라는 뜻입니다."

한재하 이사가 그녀의 머릿속을 읽기라도 한 듯이 타박했다.

"제가 무슨 이상한 생각을!"

세아는 반박하려다가 말았다. 말로 저 남자를 어떻게 이기랴. 목이 깔깔했다. 설마 나한테 무슨 짓을 하지는 않겠지?

손만 잡고 잘 거라는 말을 곧이곧대로 믿을 만큼 세아는 순진하지 않았다. '오빠 믿지?'라는 말에 피 본 여자가 차고 흘러넘친다.

정신 바짝 차려야 한다. 만약 한재하 이사가 조금이라도 이상한 낌새를 보이면 대응할 수 있도록. 하지만 마음과 달리 눈꺼풀이 자꾸 내려왔다. 어젯밤을 꼴딱 새워서인지 슬슬 졸음이 쏟아졌다.

이대로 잠들면 안 되는데. 잠들면 만일의 사태를 대비할 수 없는데.

그런데 너무 졸려…….

재하는 슬며시 상반신을 일으켰다. 신세아가 고른 숨소리를 내뱉고 있었다.

'참 잘도 잔단 말이야.'

그의 미간에 주름이 잡혔다. 이 여자는 내가 남자로 안 보이는 건가? 늘 느끼는 거지만 눕기만 하면 잔다. 유일한 예외가 어제인가.

어제는 웬일인지 이 잠순이가 뒤척거리며 잠을 도통 이루지 못했다. 재하는 반은 깨어 있고 반은 잠든 어중간한 상태였기 때문에 그녀의 움직임을 전부 느낄 수 있었다.

그녀가 갑자기 그가 누워 있는 쪽으로 상체를 기울였을 때에는 심장이 떨어지는 줄 알았다.

머리카락이 뺨을 간질인다 싶더니 부드러운 손이 귓가에 닿았다. 그는 그 손을 붙잡고 싶었다. 그대로 그녀를 끌어안고 입을 맞추고 싶었다. 그러나 그는 스스로 제약을 걸어놓은 채였다. 신세

416

아가 그의 마음을 눈치 챌 때까지 손대지 않겠다고. 전신을 지배하는 욕망을 억누르느라 그는 필사적으로 노력해야만 했다.

결국, 그 뒤로 한숨도 자지 못했다. 그래서 아침에 일어나자마자 그녀에게 앞으로는 바닥에서 자라고 말했던 거였다.

'이제는 내 거란 말이지.'

재하는 세아의 얼굴을 가만히 들여다보았다. 세상모르고 잠든 모습을 보고 있자니 가슴이 간질간질했다. 어떤 피규어에게도 느끼지 못했던 감정이었다.

곧 재하의 미간에 주름이 잡혔다. 피규어라면 수납장에 넣어두면 그만인데, 사람은 피규어와 여러모로 다르다. 한번 진열해두면 얌전히 수납장 안에서 주인을 기다리는 피규어와 달리, 신세아는 제 맘대로 돌아다닐 것이다.

이 여자를 어떻게 한다?

재하는 물끄러미 세아를 응시했다. 피규어였으면 이런 번거로운 걱정은 안 해도 될 텐데.

그는 피규어인 신세아를 상상해보았다. 케이스를 씌워서 조수석에 놓고 함께 출근. 책상 위에 올려놓고 일하는 중에 짬짬이 감상. 집에 돌아가면 나란히 소파에 앉아 애니메이션 시청. 썩 구미가 당기긴 했다. 그래도 역시 지금이 나았다.

신경 써야 할 구석이 한둘이 아닐 것이다. 주기적으로 먼지나 털어주고 PVC가 변질하지 않게 관리하면 그만인 피규어에 비해 사람은 복잡하므로. 그렇지만 그는 만지면 온기가 있고, 입술을 겹

치면 반응이 있는 신세아가 좋았다.

'3D가 최애캐가 될 줄이야.'

오묘한 기분에 사로잡혀서 재하는 세아를 관찰했다. 불과 한 달 전까지만 해도 상상할 수 없는 일이었다. 3D에는 별다른 감흥을 느끼지 못했던 그였으니까.

충동적으로 그는 손을 뻗어 세아의 뺨을 만졌다. 그녀가 작게 "으응." 하더니 조용해졌다. 그는 천천히 다가가 그녀의 입술을 훔쳤다.

"정말 손만 잡고 잘 남자가 세상천지에 어디 있습니까."

입술을 뗀 재하가 작게 속삭였다.

"이 정도에서 그만두는 걸 다행으로 아십시오."

더 하고 싶은데 참는 거니까.

텅 빈 사무실을 본 남자가 고개를 갸웃했다. 양손에 든 캐리어와 비행기에서 받은 안대. 남자는 누가 봐도 공항에서 온 티가 났다.

"다들 출근했을 시간 아닌가?"

선글라스를 위로 밀어 올린 남자는 손목시계를 내려다보았다. 아침 10시. 웬만한 직원들은 출근해 있을 시각이었다.

"이상하군."

구릿빛 피부와 진한 이목구비. 이국적인 외모의 소유자인 남자에게선 나른한 섹시함이 풍겼다. 특유의 느릿한 말투도 그런 이미지에 일조하고 있었다.

"다들 어디 간 거지? 놀라게 하려고 일부러 연락도 안 하고 귀국했건만."

서프라이즈 이벤트에 실패했다는 생각에 남자는 허탈해졌고, 한편으로는 직원들이 단체로 회사를 비운 영문이 궁금해졌다.

"혹시 단합 여행을 갔나?"

별안간 떠오른 가능성에 남자가 머리를 끄덕였다. 그러고 보니 이맘때쯤이면 재하의 주도로 단합 여행을 떠났던 것 같다. 남자는 캐리어를 사무실 귀퉁이에 처박아놓으며 한탄했다.

"이럴 줄 알았으면 좀 일찍 올걸. 여행 같이 가게."

늘어지게 하품을 한 남자는 사무실의 빈 의자에 앉았다. 장시간의 비행과 시차 때문에 남자는 피곤하다 못해 아플 지경이었다.

"나 없는 동안 신입사원도 들어왔겠지? 기왕에 예쁜 여자 사원이었으면 좋겠다."

듣는 사람도 없는데 연거푸 주절거린 남자가 머리칼을 쓸어 올렸다. 아무리 피곤해도 잠은 제자리에 가서 자는 편이 좋겠지?

결정을 내린 남자는 마지못해 일어났다. 그런 다음 오랫동안 닫혀 있던 문을 열고 커다란 책상을 지나 회전식 의자에 턱 앉았다.

주인의 오랜 부재에도 불구하고 책상에 놓인 명패는 깨끗했다.

[SA 소프트 사장 구석진]

남자, 석진의 입에서 혼잣말이 흘러나왔다.

"우리 도련님께서 그간 회사를 잘 운영하셨으려나?"

17. 내 시선을 피할 때마다 키스할 겁니다

5일째는 평탄하게 흘러갔다. 세아는 온종일 숙소 밖에서 시간을 보냈다. 내일 떠나야 하니 그전에 리조트 시설들을 다 누려보자는 생각으로 한봄과 전시회장도 가고, 이런저런 체험장도 기웃거리고, 기념품도 사고, 불가마에서 땀도 뺐다. 그러나 밖으로만 나돌아다니는 데에는 한계가 있었다. 어쨌든 잠은 숙소에 돌아와서 자야 했다.

세아는 쭈뼛쭈뼛 침대에 올랐다. 한재하 이사와 단둘이 있지 않으려고 빨빨거리며 돌아다녔는데, 이 순간 다 소용없는 일이 되었다.

"잘 놀다 왔습니까?"

한재하 이사가 말을 걸었다. 세아는 움찔하며 대답했다.

"예. 이사님은 독서 잘하셨어요?"

"진작 다 읽었습니다. 그래서 심심해서 재탕 삼탕 했죠."

삼탕이라는 말은 처음 들었지만, 세아는 눈치껏 세 번 복습했다는 뜻으로 알아들었다.

"어, 음, 심심하셨겠네요."

"그랬죠. 누가 같이 놀아주지 않아서 더더욱."

세아의 표정이 묘해졌다. 한재하 이사의 말이 농담인지 진담인지 구별이 되지 않았다.

"신세아 씨."

한재하 이사가 세아에게로 상반신을 기울였다.

"내가 어렵습니까?"

세아는 바짝 굳어서 그를 마주 보았다. 금방이라도 서로 닿을 듯한 거리. 가까운 위치에 그가 있자 자연스럽게 온몸이 뻣뻣해졌다. 저도 모르게 세아는 그의 눈길을 피했다.

"뭐, 뭐가요."

"지금도 나와 눈 못 맞추고 있지 않습니까."

놀리듯이 말한 한재하 이사가 성큼 세아의 얼굴 앞에 자신의 얼굴을 가져왔다. 세아는 심장이 입 밖으로 튀어나올 것 같았다.

"대답해보세요, 신세아 씨."

밀도 높은 검은 눈이 세아를 빤히 응시했다. 답을 말하기 전까지는 물러날 기세가 아니었다. 세아는 어색하게 말문을 열었다.

"음, 조금 어렵긴 해요."

"왜입니까?"

곧장 한재하 이사가 물었다. 세아는 눈을 어디에 둬야 할지 몰라하며 응대했다.

"어, 일단 대표이사님이기도 하고."

"그리고?"

"까마득한 직장 상사이시고."

"그건 방금 한 말과 같은 말이잖습니까."

한재하 이사가 지적했다. 안절부절못하는 그녀와 달리 여유롭기 그지없는 태도였다. 당황한 그녀는 엉겁결에 진심을 내뱉었다.

"솔직히 이사님 성격이 만만치 않기도 하고."

"흐음, 또?"

그것으로도 부족한지 한재하 이사는 추궁을 끝내지 않았다. 재미 들린 양 계속 자신을 따라다니며 시선을 맞추는 그의 행동에 세아가 기겁해서 한마디 했다.

"자꾸 그렇게 가까이에……!"

그녀의 말이 끝나기도 전이었다. 한재하 이사가 그녀에게 입을 맞췄다. 기습적으로 닿았다가 떨어진 입술. 세아의 낯이 화끈 달아올랐다. 입술을 떼기 직전 그가 혀로 그녀의 입술을 핥았기 때문이었다. 맛을 보듯이 살짝.

전신의 솜털이 곤두서는 듯했다. 아직도 찌르르 울리는 등줄기에 세아는 정신을 차릴 수 없었다.

"내 성격이 만만치 않은 건 맞지만, 한번 내가 정해놓은 선 안으로 들어오면 잘해줍니다. 내 소유물, 내 사람에게는 특히 더."

넋이 나간 세아에게 한재하 이사가 말했다.

"그러니까 내 울타리 안으로 들어와요, 신세아 씨."

동시에 세아의 머릿속에 떠오른 것은 파리지옥이었다. 그 덫처

럼 생긴 식물 말이다. 양쪽에서 잎이 꽉 닫혀서 한번 안으로 들어
온 생명체는 빠져나가지 못하게 옭아매는 식물. 일단 붙들리면 다
시는 못 나올 것 같은 느낌이 야릇하게 파리지옥과 닮아 있었다.

저 안으로 걸어 들어가도 될까? 세아는 찰나 갈등했다. 그가 어
떤 사람인지 그녀는 정확히 알지 못했다. 그를 안 지 불과 4개월이
었다.

약간의 긴장감과 가슴을 떨리게 하는 환희, 미지의 세계에 대한
호기심과 기대감, 근원을 알 수 없는 망설임.

수십 가지의 감정이 세아의 심장을 뒤흔들었다. 마냥 좋다고는
할 수 없었으나 결코 싫지는 않은 기분이었다.

고민은 길지 않았다. 그가 내민 손을 잡고 싶었다. 이성적인 판
단은 모두 제쳐놓고, 오로지 감성과 본능에 의지해서.

홀린 듯이 세아는 자신에게 내밀어진 손을 잡았다. 수줍은 설렘
과 약간의 두려움을 안고서. 한재하 이사가 눈부시게 웃었다.

"고마워요."

"예?"

세아는 깜짝 놀랐다. 고맙다니? 설마 내 속을 읽기라도 했나?
눈만 깜빡이는 세아를 그가 끌어당겼다. 순식간에 세아는 그의 품
에 기댄 자세가 되었다.

그가 흐트러진 세아의 머리카락을 귓바퀴 뒤로 넘겼다. 세아는
달음박질하는 심장 소리를 들었다. 처음에 세아는 그게 자신의 심
장 박동인 줄 알았다. 그런데 아니었다. 그녀의 심장과 엇박자로

뛰는 또 다른 심장이 있었다. 그녀의 눈동자가 흔들렸다.

"가슴이 터지는 줄 알았습니다."

한재하 이사가 그녀의 뒷머리를 꼭 끌어안고서 속삭였다.

"아니, 말은 바로 해야겠지. 현재진행형입니다. 터질 것 같습니다."

세아는 그대로 굳었다. 나만 두려웠던 게 아니었구나. 이 남자에게도 설렘, 망설임, 기대감, 떨림 등 수없이 많은 감정이 몰아쳤구나. 그럼에도 불구하고 용기 내서 나에게 먼저 손을 내민 까닭은, 그 여러 가지 감정 중 나를 좋아하는 마음이 가장 컸기 때문이리라.

그제야 비로소 세아는 긴장이 완전히 풀리는 것을 느꼈다. 한재하 이사도 그녀처럼 피와 살로 이루어진 평범한 남자라는 사실을 깨닫자 안도가 되었다.

그녀만 모험을 하는 게 아니었다. 그에게도 모험이었다. 신세아라는 이방인을 자신의 영역에 들이는 것, 신세아에게 자신의 옆자리를 내어주는 것. 그도 그녀 못지않게 큰 결심을 한 셈이었다.

"더는 날 어려워할 이유가 없겠군요. 이제 난 직장 상사이기 전에 신세아 씨의 애인이니까."

"애인…… 이요?"

"그렇습니다. 연기가 아니라 이번에는 진짜로."

세아는 목이 턱 막혔다. 그의 입에서 나온 '애인'이라는 두 글자에 도저히 뭐라고 설명할 수 없는, 감격 비슷한 감정이 들었다.

"자, 그럼 두 가지 문제가 다 해결되었으니 앞으로 내 눈을 피할 이유도 없겠군요."

한재하 이사가 자상한 말투로 덧붙였다.

"지금부터 내 시선을 피할 때마다 키스할 겁니다."

"네에?"

경악해서 머리를 든 세아는 바로 그와 눈이 마주쳤다. 동양인 중에서도 새카만 편인 눈이 세아를 가만히 들여다보았다. 세아는 반사적으로 고개를 돌리고 말았다.

세아가 자신의 실수를 깨달았을 때는 이미 늦어 있었다. 그의 입술이 그녀에게 내려앉았다. 옅은 신음을 흘리던 세아는 입술이 떨어지자마자 손등으로 입술을 가렸다.

"신세아 씨."

한재하 이사가 불렀다. 세아는 대답할 수 없었다. 숨부터 가다듬어야 했다.

눈을 감고 호흡을 고르는 세아의 뺨을 그가 손가락으로 쿡 찔렀다. 세아는 무시하려고 했지만, 똑같은 행위가 몇 번 반복되자 욱해서 눈을 떴다. 그리고 지척에서 자신을 뚫어지게 보고 있는 그의 모습에 식겁했다.

"이런. 또 시선을 피했군요."

그가 세아의 얼굴을 부드럽게 감싸 쥐고는 부연했다.

"피했으니 한 번 더."

만족감이 가득한 목소리였다.

리조트에 온 지도 6일째. 어느새 일상으로 돌아가야 할 시간이었다. 세아는 힘없이 셔틀버스에 올랐다.

"세아 씨, 안색이 안 좋네. 무슨 일 있어?"

한봄이 걱정스럽게 세아의 낯빛을 살폈다.

"잠을 설쳐서요."

정확히는 잠을 자지 못했다. 각성제라도 먹은 양 잠이 오지 않았다. 그건 세아뿐만이 아니라 한재하 이사도 마찬가지여서, 결과적으로 두 사람은 때 아닌 휴대전화 게임과 만화책 삼매경에 빠져서 밤을 꼴딱 새웠다.

'이상한 밤이었어.'

둘이 함께 뭘 한 것도 아니고 한 침대에 누워서 각자 다른 일을 했는데, 어째선지 내내 서로 연결된 기분이 들었다. 보이지 않는 끈 같은 걸로.

세아는 자신감이 생겼다. 한재하 이사의 취미 때문에 가졌던 근심이 무의미하게 느껴졌다. 공통분모가 없어서 서로 어울리기 힘들 거라 생각했는데 기우였다.

'내가 억지로 피규어나 만화를 좋아하려고 노력할 필요도 없고, 이사님이 내 취미에 맞춰줄 필요도 없는 거였어.'

꼭 똑같은 무언가를 좋아하지 않아도 자연스럽게 어우러질 수 있었다. 서로의 취미를 존중할 수 있다면. 그 사실을 세아는 지난 밤에 알게 되었다.

"그냥 이사님 차 타고 가지. 나 때문에 괜히 셔틀버스 탄 거 아니야?"

한봄의 목소리가 세아의 상념을 깨뜨렸다. 세아는 도리질 쳤다.

"아뇨. 그건 아니에요. 이사님과 있으면 더 피곤할 것 같아서."

한재하 이사의 차를 타면 신경 써야 할 구석이 한둘이 아니었다. 추한 몰골을 보여주면 안 되니까 하품 금지. 헤드뱅잉 쇼도 하면 안 되니까 꾸벅꾸벅 졸기 금지. 혹시 이를 갈거나 콧물을 먹을 수도 있으니까 수면 금지. 거기다 예쁘게 보여야 하니까 눈은 크게 떠야 하고, 만면에 웃음을 띠고 있어야 하고, 목소리도 다듬어서 내야 하고, 머리카락도 시시때때로 정리해야 하고……, 상상만 해도 힘들었다. 날밤을 꼴딱 새워 좀비가 되기 일보 직전인 세아에게는 불가능한 작업이었다.

"무슨 말인지 알겠다."

이해한다는 듯이 한봄이 세아의 어깨를 두드렸다. 세아는 가방을 베개 삼아서 엎드렸다.

"선배, 저 좀 잘 테니까 도착하면 깨워줘요."

"응. 잘 자."

한봄의 인사를 들으며 세아는 수마에 몸을 맡겼다.

그렇게 파란만장했던 단합 여행은 막을 내렸다.

집에 도착하자마자 쓰러지듯이 잠든 세아는 다음 날 아침, 한재하 이사에게서 온 문자 한 통을 발견했다.

- 이번 주말에는 피규어 청소하러 올 필요 없습니다. 푹 쉬십시오.

세아는 기분이 미묘해졌다. 어차피 피곤해서 피규어를 청소할 수 있는 상태는 아니었으나, 막상 오지 않아도 된다고 하니 괜히 시원섭섭했다. 만약 갔으면 얼굴을 봤을 텐데. 뭐, 그래도 마음껏 휴식을 취할 수 있어서 다행인가. 세아는 천근만근인 눈꺼풀을 닫고서 재차 잠을 청했다.

"세아는 여행이 아니라 극기 훈련을 다녀온 건가? 왜 계속 잠만 자?"

"그걸 내가 무슨 수로 알겠어요. 세아 일어나면 물어봐."

이런 부모님의 대화도 한 귀로 흘려버리고 세아는 주말 동안 원 없이 쉬었다. 출근을 대비해서 최상의 몸 상태를 만들기 위해서였다.

월요일 이른 아침, 세아는 거울을 보며 이 옷 저 옷을 몸에 가져다 대보았다.

"이건 좀 어깨가 넓어 보이고, 이건 뚱뚱해 보이는 것 같은데."

이제까지 회사에서 입는 옷을 신경 쓴 적 없는 세아였다. 옷장에 걸려 있는 옷 중에서 아무거나, 그것도 기왕이면 편한 옷 위주로 입어온 세아였기에 뭘 입어야 예뻐 보일지 고민한 적은 없었다. 하지만 이제부터는 신경 써야 한다.

"이 옷은 다 좋은데 좀 낡은 티가 나. 이건 아래에 뭘 같이 입어야 할지 모르겠고."

세심하게 옷을 고르던 세아는 마침내 적당한 원피스를 찾았다.

"이게 좋겠다."

연분홍색 원피스였다. 허리 쪽에 검은색 레이스가 덧대어져 있어서 입으면 날씬해 보일 것 같았다.

"그럼 화장을 해볼까."

세아는 메이크업 박스를 꺼내 들었다. 오래간만에 풀 메이크업을 할 생각을 하니 가슴이 뛰었다. 평소에는 귀찮기도 하고 시간도 없어서 못 했지만, 오늘은 일찍 일어났고 특별한 날이기도 하니까 해보고 싶었다. 고데기까지 준비한 세아는 결연하게 화장대의 거울을 마주 보았다.

"너 어디 선이라도 보러 가니? 머리부터 발끝까지 신경을 팍 썼네."

현관에서 나갈 준비를 하는 세아를 보며 어머니가 한마디 했다. 세아는 구두를 신으며 대꾸했다.

"무슨 소리야. 나 사귀는 사람 있잖아."

말하고 나서 세아는 이상한 기분이 되었다. 사귀는 사람. 파문이 심장에 동심원을 그리며 퍼졌다. 세아는 잔뜩 달아오른 얼굴로 괜히 딴 곳을 보며 손가락을 꼼지락거렸다.

"그럼 데이트?"

"그건 잘 모르겠어."

꾸민 김에 했으면 좋겠다, 데이트.

세아는 설레는 마음으로 출근길에 올랐다. 워낙 아침 일찍부터 준비를 해서 그런지, 회사 앞에 도착했을 때는 채 9시도 안 된 시각이었다.

"너무 일찍 왔네."

SA 소프트 직원들은 빨라봤자 9시, 대부분은 10시에 출근한다. 그런데 9시가 되기 전에 도착해버렸으니 지나치게 설레발을 떨었다 싶었다. 한숨을 쉰 세아는 건물 안으로 들어갔다.

"이사님은 언제 오실까."

사무실 책상에 가방을 내려놓은 세아는 혹시나 해서 이사실로 가보았다. 노크해도 반응이 없어서 문을 열어보니 아니나 다를까, 텅 빈 공간이 세아를 반겼다. 세아는 침울해졌다.

입사 이래로 처음 공들여 꾸민 모습이었다. 제일 먼저 보여주고 싶은 사람은 단연코 한재하 이사였다. 아무도 없어 적막한 사무실을 둘러보던 세아는 할 수 없이 로봇 청소기와 대걸레를 챙겼다.

"사장실 청소나 해야겠다."

얼굴 한번 본 적 없는 사장님의 방 청소는 세아의 몫이었다. 대체 언제 올지도 모르는 사람의 집무실 청소를 왜 일주일에 한 번씩 해야 하는 걸까.

사장실의 문을 연 세아는 로봇 청소기를 작동시켰다. 그런 다음 대걸레로 바닥을 슥슥 닦았다. 종횡무진으로 바닥을 누비던 로봇 청소기가 책상 쪽으로 갔을 즈음이었다.

"으악!"

어디선가 굵은 비명이 들렸다. 낯선 남자의 목소리였다. 세아는 소름이 쭈뼛 돋았다.

'사무실에 나 말고 다른 사람이 있어?'

위기감이 발동했다. 세아는 소리의 근원지를 주시했다. 그러고 보니 책상을 바라보는 방향으로 놓여 있어야 할 의자가 180도 회전해 있었다. 등받이가 크고 높아서 실루엣은 보이지 않았지만, 사람이 앉아 있는 게 분명했다.

산업스파이? 지명수배자? 아니면 악질 성범죄자?

세아는 대걸레를 고쳐 쥐었다. 회사에는 저 목적을 알 수 없는 침입자와 그녀밖에 없었다. 내 몸은 내가 스스로 지켜야 한다.

"뭐야. 로봇 청소기잖아. 십년감수했⋯⋯."

선수 필승! 세아는 뭐라고 혼잣말하고 있는 남자에게 대걸레를 휘둘렀다. 대걸레가 남자의 안면을 강타했다.

"크헉!"

의자에 앉은 남자는 비명을 질렀다. 얼굴은 대걸레에 가려서 보이지 않았다.

"이, 이게 무슨?"

"썩 나가요! 나가지 않으면 경찰을 부를 거예요!"

"경찰이라니. 내가 대체 무슨 잘못을 했⋯⋯."

"회사에 무단 침입했잖아요! 지금이라도 조용히 나가면 경찰 부르지 않을 테니까 당장 나가시라고요!"

"내가 여길 왜⋯⋯, 커억!"

세아는 남자의 얼굴을 대걸레로 마구 문질렀다.

"이래도 안 나가실 거예요?"

"켁! 그러니까 내가 왜 내 회사에서…….."

한창 세아가 신명 나게 남자를 대걸레로 공격하고 있을 무렵이었다.

"세아 씨? 뭐 하는 거야?"

익숙한 음성이 세아의 귀에 꽂혔다. 세아는 구세주를 만난 심정이었다.

"한봄 선배! 어서 112에 전화해요! 여기 신원 불명 침입자가 있어요!"

"크읍, 하, 한봄?"

세아의 말을 들은 남자가 이내 격렬한 반응을 보였다.

"한봄 씨? 한봄 씨? 나야! 나! 나 좀 도와줘! 웬 미친 여자가 날 공격하고 있어!"

세아는 한봄에게 도움을 청하는 남자를 황당하다는 눈빛으로 내려다보았다. 한봄 선배가 아무렴 이 남자의 편이겠는가, 아니면 내 편이겠는가.

"선배! 어서 112를!"

"한봄 씨? 나라고, 나! 나 모르겠어?"

"설마…… 사장님이세요?"

"네?"

대걸레를 위아래로 밀던 세아의 손길이 뚝 멈췄다. 그러자 남자가 질겁하며 대걸레를 밀쳐냈다. 남자의 외모를 본 한봄이 대경실색해서 외쳤다.

"사장님!"

세아는 쥐고 있던 대걸레를 놓쳤다. 얼굴에서 핏기가 점점 사라졌다.

사장님? 이 남자가 사장님이라고?

"세아 씨, 사장님 세수하고 나오시면 이거 드려."

한봄이 어디선가 수건을 구해 와 세아의 손에 쥐여주었다. 엉겁결에 받아 든 세아는 떨떠름하게 물었다.

"제, 제가요?"

"당연히 세아 씨가 해야지. 사고를 친 사람이 수습해야 할 거 아니야!"

세아는 말문이 막혔다. 백번 지당한 말인지라 반박할 수가 없었다.

"어쩌다 이런 대형 사고를 쳤어?"

"사무실에 혼자 있는데 갑자기 모르는 남자 목소리가 들리니까……. 세상이 워낙 험악하잖아요. 늦게까지 혼자 사무실에 남아서 야근하는 여자 직장인을 노리고 범행을 저지른 성범죄자도 있었고."

"아무리 그래도 그렇지! 조금 더 알아보고 하지 그랬어."

한봄이 타박했다. 세아는 입이 열 개여도 할 말이 없었다.

사실 이 시점에서 가장 미칠 것 같은 사람은 세아였다. 다른 인물도 아니고 사장의 얼굴을 대걸레로 문댔다. 직장인에게 이보다 더한 위기 상황이 있을까?

'나, 잘리는 걸까?'

세아는 입안이 바짝 말랐다. 이 취업난에 어떻게 입사한 회사인데. 어느덧 세아는 퇴사 조치를 당한 후 새로운 직장을 구하려고 방황하는 자신의 미래를 상상하고 있었다.

「신세아 씨, 우리 회사에 지원하기 전에 SA 소프트에 재직했었군요. SA 소프트라면 복지나 연봉이나 업계 톱인데, 그만둔 이유가 뭐죠?」

면접을 보러 가면 깐깐해 보이는 면접관이 서류를 뒤적이며 이런 질문을 던질 것이다. 그러면 그녀는 우물쭈물 대답하겠지.

「저, 그게……, 사장님을 대걸레로 공격해서…….」

세아의 낯이 창백해졌다. 다시 취업 지옥 속으로 내던져지고 싶지 않았다. 운이 좋아 설혹 다른 회사에 취직한다고 해도, SA 소프트만큼 조건이 좋을 것 같지도 않았다.

"무조건 잘못했다고 빌어. 아무리 생각해도 세아 씨가 살 길은 그것뿐이야."

세아의 어깨를 잡은 한봄이 진지하게 조언했다. 세아는 흔들리는 눈으로 한봄을 마주 보았다.

"사장님은 어떤 분이세요?"

"사장님? 사장님은 말이지…….."

한봄이 말하는 중에 발소리가 들렸다. 세아는 반사적으로 사무실 입구를 돌아보았다. 훤칠한 남자가 사무실로 들어오고 있었다. 태닝을 한 것처럼 짙은 갈색이 도는 피부에 나른한 눈매, 전체적으로 서구적인 느낌이 감도는 이목구비.

혼혈? 세아는 당황해서 남자를 머리부터 발끝까지 살폈다. 옷차림으로 보건대 그녀가 좀 전에 죽기 살기로 대걸레질을 했던 사장이 분명했다.

미간에 주름을 잡은 남자가 세아의 앞에 와서 섰다. 한재하 이사와 비견될 만한 키와 분위기. 세아는 자연스럽게 위압감을 느꼈다.

"당신이겠군. 나에게 대걸레 테러를 한 여자가."

팔짱을 낀 남자가 압박하듯이 세아를 내려다보았다. 세아는 쪼그라들었다. 체격 좋은 남자가 지척에 있으니 본능적으로 긴장이 되거니와, 아무래도 지은 죄가 있으니 어깨를 펼 수가 없었다.

"생긴 건 예상외로 멀쩡한데."

세아를 살펴본 남자가 느릿하게 부연했다.

"그런데 아침부터 무슨 화장품을 이렇게 덕지덕지 발랐는지. 애쓴다고 호박이 수박 되는 것도 아닌데."

세아는 찰나 욱했지만, 지금은 화를 낼 때가 아니라는 사실을 잘 알고 있었다. 잘못은 이쪽이 먼저 했으니까. 그녀는 허리를 숙이고 공손하게 수건을 내밀었다.

"죄송합니다. 제가 터무니없는 오해를 해서 사장님께 실수했습니다. 이걸로 물기를 닦으세……."

"그 사과, 받고 안 받고는 내 마음이지?"

세아의 말을 중간에 자른 남자가 차게 웃었다.

"한봄 씨, 이 여자 책상 빼."

세아의 심장이 철렁 내려앉았다. 헛숨을 들이켠 한봄이 세아를 변호했다.

"사장님, 세아 씨가 신입사원이다 보니 사장님을 뵌 적이 없어서 낯선 사람이 침입한 줄 알고…….."

"어쨌든 사장을 공격한 직원을 회사에 둘 순 없잖아."

느긋하게 반박하는 남자에게는 잠자리 날개에 일부러 불을 켠 라이터를 가져다 대는 듯한 잔인함이 있었다. 세아는 사색이 되었다. 오늘 처음 만난 사장이라는 남자는 인정사정없는 성미의 소유자였다. 이러다가는 정말로 책상을 빼야 할지도 몰랐다. 정신이 아찔했다. 세아가 어쩔 줄 몰라 하고 있을 때였다.

"무슨 일입니까."

익숙한 목소리가 들려왔다. 세아는 고개를 번쩍 들었다. 한재하 이사가 사무실로 들어오고 있었다.

"재하잖아?"

남자가 반가워하며 손을 흔들었다.

"오래간만이다. 그동안 잘 지냈냐?"

"나야 늘 똑같지. 그런데 무슨 일이야?"

한재하 이사가 심상치 않은 기류를 감지했는지 말끝을 올렸다. 세아는 전장에 무기도 없이 내던져져 있다가 든든한 원군을 만난 기분이었다.

"이사님, 세아 씨가 사장님께 실수해서…….."

한봄이 재빨리 상황을 설명했다. 한재하 이사의 눈초리가 올라갔다.

"실수라니?"

"아, 사장실 의자에 앉아서 자고 있는데 이 여자가 느닷없이 대걸레로 내 얼굴을 공격하지 뭐야. 날벼락이 따로 없었다니까?"

남자가 기가 차다는 듯이 헛웃음을 흘렸다. 한재하 이사의 시선이 세아에게로 향했다. 세아는 쥐꼬리만 한 음성으로 해명했다.

"사무실에 혼자 있는데 갑자기 사장실 의자 쪽에서 낯선 남자 목소리가 들리기에, 침입자인 줄 알고……."

"하아."

한재하 이사는 한숨을 내쉬더니 앞머리를 쓸어 넘겼다.

"그래서 구 사장의 심기가 상한 겁니까?"

"그런 셈이지, 한 대표이사."

남자가 빙그레 미소 지으며 책상 위에 걸터앉았다. 틀림없이 웃는 낯인데 어째서인지 위화감이 강하게 풍기는 표정이었다.

눈살을 찌푸린 한재하 이사가 남자를 응시했다.

"어떻게 하고 싶은데?"

"어떻게 하긴. 뎅겅 자르려고."

"안 돼."

한재하 이사가 반대했다. 남자가 이해가 가지 않는다는 투로 반발했다.

"왜?"

"사용자는 근로자에게 정당한 이유 없이 해고, 휴직, 정직, 전직, 감봉, 그 밖의 징벌을 하지 못한다. 근로기준법 제23조 1항. 너도 해고 제한은 알고 있을 텐데."

"구실이야 적당히 만들면 되잖아. 부당해고 구제 신청을 할 만큼 머리가 좋아 보이지도 않는데. 뭐, 만약 구제 신청을 해도 고문 변호사 도움을 받으면 그만이고. 그러라고 있는 승재 아니야?"

"구석진."

"왜, 한재하."

"억지 부리지 마. 다 제쳐놓는다고 해도 인사권은 너와 내가 반반씩 가지고 있어. 내가 동의하지 않으면 네 마음대로는 못 해."

두 남자의 시선이 첨예하게 부딪쳤다.

세아와 한봄은 조마조마한 심정으로 두 남자의 대치를 지켜보았다. 사자들의 싸움이 이럴까? 두 남자는 사람의 형상을 한 짐승 같았다. 잔뜩 날을 세운 채 서로를 제압하려고 탐색하는 맹수. 용과 호랑이. 재규어와 치타. 만만찮은 두 남자의 충돌에 간이 떨어지는 건 애꿎은 세아와 한봄이었다.

"그런 식으로 나오면 어쩔 수 없지."

남자가 적막을 깨뜨렸다.

"재하 네 말대로 너와 나, 둘이서 반반씩 가지고 있으니까 말이야. SA 소프트의 모든 권리는."

순순히 인정한 남자는 걸터앉아 있던 책상에서 사뿐히 엉덩이를 뗐다.

"재하가 저렇게 나오니 이번엔 그냥 넘어가지."

자비를 베푼다는 듯이 세아에게 이야기한 남자가 뚜벅뚜벅 사장실로 걸어갔다. 문이 닫히고 남자의 모습이 완전히 시야에서 사라진 뒤에야 세아는 안도했다. 하마터면 정말 회사에서 잘릴 뻔했다.

사지에서 기운이 쭉 빠졌다. 이대로 있다가는 중심을 잃을 것 같아서 세아는 책상을 짚었다. 오늘 일로 수명이 10년은 줄어들었을 거다.

"다행이다. 정말 다행이야."

한봄이 세아의 등을 두드리며 위로했다. 세아는 뒤늦게 눈물이 핑 돌았다. 이러니저러니 해도 수평적인 문화를 지향하는 SA 소프트였다. 지금까지 세아는 일반 사원이라는 신분 때문에 특별히 부당한 대우를 받은 적도, 소위 일컫는 진정한 '갑질'을 겪은 적도 없었다.

여사원을 성희롱하는 상사, 정시 퇴근을 못 하게 하는 사내 문화, 빠지면 눈총을 받는 회식 자리, 그런 것들은 전부 세아에게 먼 나라의 소문이었다.

남편이 승진하려면 아내가 직장 상사의 집에 가서 김장까지 해야 한다는 말을 듣고 얼마나 분개했는지 모른다. 어떻게 상사라는 지위가 업무 외적인 상황에서까지 무소불위의 권력이 될 수 있느냐고.

'이런 기분이구나.'

세아는 이렇게 절실하게 자신이 을임을 자각해본 적이 없었다. 갑질이라고 생각했던 한재하 이사의 괴롭힘은 말 그대로 가벼운 장난에 지나지 않았다는 것도.

원래 대표이사나 사장은 일개 사원의 명줄쯤은 얼마든지 쥐고 흔들 수 있는 지위였다. 한 번도 한재하 이사가 그런 식으로 그녀를 압박하지 않았기에 잊고 있었을 뿐.

"신세아 씨, 이사실로 들어오십시오."

가만히 세아를 지켜보던 한재하 이사가 따라오라는 말을 남기고 이사실로 들어갔다. 그의 호출에 세아는 힘없이 이사실로 갔다.

"저번에는 키보드를 청소하는 붓털로 날 공격하더니, 이번에는 대걸레로 사람을 공격합니까?"

이사실 문이 닫히자마자 한재하 이사가 어이없다는 듯이 중얼거렸다. 세아는 면목이 없었다.

"사무실에 아무도 없는데 느닷없이 남자 목소리가 들리니까 위기감이 들어서, 내 몸은 내가 지켜야 한다고 생각하고……."

세아가 변명하고 있을 무렵이었다.

"잘했습니다."

"예?"

예상치 못한 칭찬에 세아의 눈이 커졌다. 한재하 이사가 펜 뚜껑을 열어 서류에 사인하며 말했다.

"앞으로도 만약 비슷한 상황에 처하게 되면 오늘처럼 행동하십시오. 본인을 보호하는 것을 무엇보다 가장 우선순위로 두고. 뒷감당은 내가 합니다."

단호한 그의 태도에 세아는 심장이 뛰었다. 그가 그녀의 안전을 최우선으로 여기고 있다는 게 고스란히 전해졌다.

"물론 그런 일이 없도록 내가 신세아 씨를 지킬 거지만."

한재하 이사가 무심하게 덧붙인 말에 세아의 가슴 안쪽에서 무언가 찌르르 번졌다. 간지러우면서도 달콤한 기운이었다.

"그건 그렇고."

들고 있던 만년필을 내려놓은 한재하 이사가 빙글거리며 세아를 건너다보았다.

"오늘 왜 이렇게 예쁘게 하고 왔습니까?"

세아는 깜짝 놀랐다. 한재하 이사가 이런 말을 할 줄은 꿈에도 몰랐기 때문이었다.

"아, 일찍 일어났더니 시간이 남아서요."

"흐음, 이쪽으로 오십시오."

한 손으로 턱을 괸 한재하 이사가 지시했다. 세아는 몇 걸음 그에게로 다가갔다.

"더."

그가 재촉했다. 세아는 조금 더 그에게 접근했다.

"더 가까이."

세아가 거의 책상에 다리가 딱 붙을 정도로 섰다. 그제야 만족한 듯 그의 입매가 호선을 그렸다.

"허리 숙여보십시오. 내 쪽으로."

뜻밖의 요구 사항에 세아는 심장이 덜컥 내려앉았다. 혹시 키스하려는 건가?

여긴 회사인데. 세아는 저도 모르게 뒤를 돌아보았다. 이사실 문이 빈틈없이 제대로 닫힌 것을 확인한 그녀는 책상을 짚고 천천히 허리를 구부렸다. 의외의 장소, 의외의 타이밍이어서인지 유난히 심장이 쿵쾅거렸다.

그때였다. 한재하 이사가 손가락으로 그녀의 뺨을 쿡 찔렀다.

'······응?'

세아는 돌발 사태를 인식하지 못하고 눈만 깜빡였다. 지금 이 남자가 뭘 하는 거지?

"이 정도면 0.1밀리 정도? 아니, 0.2밀리쯤인가?"

한재하 이사가 혼잣말했다. 무언가를 연구하며 가늠하는 듯 진지한 표정이었다.

"뭐가요?"

"신세아 씨가 한 화장 두께."

세아의 만면에 경악이 어렸다. 빛의 속도로 한재하 이사에게서 떨어진 세아가 충격과 공포에 휩싸여서 그를 바라보았다.

'자기 울타리 안으로 들어오면 잘해주겠다며!'

감언이설에 속은 내가 바보였다. 역시 사람의 본질은 쉽사리 변하지 않는다. 한번 S는 영원한 S였다.

갑작스럽게 정신 공격을 당한 후유증으로 세아는 우두커니 있었다. 그 틈을 타서 한재하 이사가 의자에서 일어나 그녀에게 키스했다. 입술만 잠깐 닿았다가 떨어지는 가벼운 입맞춤이었다.

세아의 볼이 확 붉어졌다. 한재하 이사가 장난스럽게 웃었다.

"이제 좀 진정이 되었습니까?"

사르르 접힌 눈꼬리. 그림으로 그려놓은 것 같은 입매. 세아는 멍하니 눈앞의 얼굴을 쳐다보았다. 이렇게 가까운 거리에서 그의 미소를 본 건 처음이었다.

"진정이요?"

"아까 상태가 안 좋아 보여서 말입니다."

"아."

그녀가 사장이라는 남자에게 당하고 그로기 상태가 된 걸 보고는 걱정했던 모양이다. 그녀는 뭉클함을 느끼며 고개를 끄덕였다.

"괜찮아요. 이사님이 도와주셔서 위기도 모면했고."

"다행이군요."

한재하 이사가 의자에 앉았다. 업무 모드에 돌입한 그가 축객령을 내렸다.

"점심시간에 봅시다. 이만 나가보십시오."

"신세아 씨."

한봄과 구내식당으로 걸어가던 세아는 달가운 목소리에 뒤를 돌아보았다. 그리고 한재하 이사와 나란히 걸어오고 있는 구석진 사장을 발견했다. 세아는 반사적으로 흠칫했다.

세아의 미세한 반응을 놓치지 않은 한재하 이사가 곧바로 구석진 사장에게 통보했다.

"구석진, 난 신세아 씨와 따로 갈 테니까 알아서 식당으로 가."

"네가 왜 저 여자랑 같이 가는데?"

구석진 사장이 반발했다. 한재하 이사는 세아의 손을 잡으며 쿨하게 응수했다.

"우리, 사귀는 사이거든."

"뭐?"

믿어지지 않는다는 양 구석진 사장이 얼빠진 표정을 지었다.

"어떤 여자가 대시해도 성에 차지 않는다고 거절해서 한국대의 단호박이라고 불리던 녀석이, 그래서 게이 의혹까지 있었던 재하 네가 어쩌다가 정상인도 아니고 미친 여자를?"

"미친 여자라니. 말조심해."

구석진 사장에게 냉정하게 경고한 한재하 이사는 부드러운 눈으로 세아를 내려다보았다.

"가죠."

세아는 한재하 이사를 따라가다가 슬쩍 뒤를 돌아보았다.

구석진 사장이 속내를 알 수 없는 눈빛으로 한재하 이사의 뒷모습을 주시하고 있었다. 세아는 원인 모를 스산함이 밀려오는 것을 느꼈다.

세아와 재하가 사라진 뒤, 석진은 누군가에게 전화를 걸었다.

"구석진입니다."

적막한 복도에 그의 말소리가 내려앉았다.

"예, 보내주신 표로 엊그제 귀국했습니다. 새로 알려드려야 할 사항이 있는 것 같아서요."

휴대전화를 귀에 딱 붙인 채 그가 나른한 음성으로 말했다.

"재하에게 여자가 있는 것 같습니다."

18. 몸으로 배우십시오

"신세아 씨, 이거 먹어봐요."

한재하 이사가 먹음직스러운 살코기를 밥 위에 얹어주었다. 세아는 어색한 미소를 흘렸다. 슬쩍 다른 사원들을 보니 모두 충격과 공포에 젖은 표정을 짓고 있었다. 그러거나 말거나 마이페이스인 그는 아무렇지도 않은 얼굴로 세아의 밥 위에 계속 반찬을 올려놓았다.

"이것도 먹어보십시오."

세아는 더도 말고 덜도 말고 딱 한 가지 생각밖에 없었다.

'누가 이 남자를 말려주면 좋겠다.'

이건 뭐 박 씨 물어다 주는 제비도 아니고.

한두 번까지는 민망하면서도 기뻤다. 하지만 매번 숟가락을 들 때마다 반찬을 주는 건 심하잖아! 사원들에게 눈치가 보여 세아는 밥이 안 넘어갈 지경이었다.

특히 남주요 대리. 세아는 남주요 대리가 앉아 있는 방향으로는 고개도 돌리지 않았다. 보지 않아도 어둠의 아우라가 스멀스멀 느껴졌다. 얼마큼 무시무시한 행색을 하고서 노려보고 있을지 상상조차 가지 않았다.

이 순간 태연한 사람은 오로지 한재하 이사뿐이었다.

"이사님."

"네, 신세아 씨."

한재하 이사가 눈매를 사르르 접으며 대답했다. 반찬 나르기를 그만하라고 말하려던 세아는 말을 잃었다.

반칙이라는 생각밖에 들지 않았다. 저렇게 감정을 여과 없이 드러내는 건.

평소에는 칼 같았던 남자였잖아. 늘 웃고 있어도 진심은 밑바닥에 꼭꼭 숨겨두었던 남자였잖아. 그런데 나 때문에 저런 얼굴이 되다니. 어떤 의미로는 입맞춤보다도 설레었다.

낯이 화끈 달아올라 세아는 가만히 있을 수가 없었다. 등도 간지럽고 목도 간지럽고 아랫배도 간질거리고, 하여튼 전신에서 이상한 느낌이 올라왔다.

"아, 아무것도 아니에요."

세아는 고개를 홱 돌렸다. 그리고 안광을 발사하고 있는 남주요 대리와 정통으로 눈이 마주쳤다. 누가 봐도 남주요 대리는 레벨 99에 장비까지 풀세트로 맞춘 전투 캐릭터의 포스를 뿜어대고 있었다. 한마디로 아무도 범접할 수 없는 최강자. 세아는 다가가기만 해도 단칼에 뎅겅 썰려나갈 기세였다.

세아는 급히 시선을 돌려 다시 한재하 이사를 보았다. 한재하 이

447

사가 싱글거리며 반찬을 또 그녀의 밥 위에 얹어주었다. 눈치라고는 국에 말아 먹은 남자였다. 체념한 세아는 그냥 주는 대로 받아 먹었다.

"사장님이 어떤 분인지 궁금하다고 했지?"

오후 3시. 슬슬 쏟아지는 졸음을 몰아내려고 티타임을 가지는 중에 한봄이 속삭였다. 세아는 작은 목소리로 답했다.

"네."

"사장님은 이사님과 반대야."

"반대라고요?"

"응. 회사 운영 방침이나 가치관이 이사님과는 상극이라고 해야 하나. 여러모로 달라. 이사님은 원칙주의자일 것 같으면서 은근히 융통성이 있잖아? 사장님은 자유로운 영혼일 것 같으면서 권위적이야."

한봄이 소곤소곤 말했다.

"그런 것 같았어요."

세아는 나직이 동의했다. 권위주의적 성향을 가지고 있다는 건 오늘 아침 일로 충분히 알았다.

"예를 들면 우리가 지금 대표이사님은 그냥 이사님이라고 부르잖아? 근데 사장님이 대표이사직을 맡을 때는 꼬박꼬박 대표이사님이라고 불렀어. 그러니까 세아 씨도 그런 점을 고려해서 사장님께는 조심해."

"그렇군요."

마냥 자유분방한 SA 소프트인 줄 알았는데 뜻밖의 복병이 있었다. 세아는 앞으로의 직장생활이 순탄치 않을 것 같은 예감이 들었다.

"음, 근데 그런 점만 제외하면 그렇게 나쁜 분도 아냐. 일단 화끈하고, 마음 씀씀이도 넓으시고, 대범하시고."

다른 건 몰라도 구석진 사장의 마음 씀씀이가 넓다는 데에는 전혀 동의할 수 없었다. 마음 씀씀이가 넓은 사람이 남의 밥줄을 그렇게 자르려고 했단 말인가.

"게다가 말이야, 이건 어디까지나 소문인데."

한봄이 주변을 스윽 둘러보더니 음성을 더 낮췄다.

"사장님 말이야. 재벌 3세라는 설이 있어."

"재벌…… 3세요?"

현실감 없는 단어에 세아의 눈이 동그래졌다. 한봄이 작게 머리를 끄덕였다.

"어, 알다시피 우리 회사는 창업주가 세 분이잖아. 이사님하고 사장님하고 또 한 분. 그런데 SA 소프트 창업 자금은 다 사장님한테서 나왔대."

"네에?"

"한마디로 물주인 셈이지. 게다가 우리 회사, 시설 보면 알겠지만 벤처답지 않게 초기 자금이 엄청나게 많이 들었거든."

"맞아요."

세아는 저도 모르게 맞장구쳤다. 수영장에 사내 식당, 간단한 간식거리와 음료를 파는 카페테리아, 온갖 오락 시설이 갖춰져 있는 게임방, 잘 수 있는 휴게실, 어린아이를 맡겨놓을 수 있는 놀이방. 어지간한 기업 뺨치는 시설을 갖춘 SA 소프트였다.

세 사람이 합쳐서 자금을 댔다고 해도 만만치 않은 돈이 들었겠구나 싶은데, 그게 모조리 한 사람의 주머니에서 나왔다고? 사실이라면 재벌 3세라는 추측도 무리가 아니었다.

'근데 그런 사람에게 찍혀버리다니.'

세아는 눈앞이 깜깜했다. 갈수록 구석진 사장이 재벌 3세라는 설에 무게가 실렸다. 과연 누가 성공을 장담할 수 없는 벤처 사업에 이렇게 대규모 자금을 투자할 수 있단 말인가. 대부분은 간이 떨려서라도 그러지 못할 것이다. 몇 억쯤은 손해나도 눈 하나 깜빡하지 않을 수 있는 재력의 소유자가 아닌 이상.

만약 재벌가의 아들이라면 그 안하무인인 성격도 이해가 된다. 저 잘난 밋으로 30년을 살았으니 콧대가 하늘을 찌르겠지. 세상에 무서울 것도 없고, 마음대로 안 되는 것도 없고. 다들 자기에게 잘 보이려고 안달이고. 그런데 웬 여자가 그 고귀한 몸을 대뜸 대걸레로 문지르니 얼마나 기가 막혔겠는가. 대걸레는커녕 물수건도 안 쥐어봤을 텐데.

세아의 안색이 창백해졌다. 이 상황이 드라마였다면 재벌 3세인 사장이 그녀에게 '나한테 걸레질을 한 여자는 네가 처음이야!'라며 호감을 보였겠지만, 현실은 냉정했다. 구석진 사장은 호감은커녕 악감정만 충만해 보였다.

타이밍 좋게 나타난 한재하 이사의 도움으로 회사에서 잘리는 건 면했지만, 언제든지 구석진 사장은 빌미를 잡아 그녀를 쫓아내려고 할 것이다. 쫓아내기까지는 안 해도 분명 핍박은 하겠지.

세아가 시름에 잠겼을 때였다. 한봄이 별안간 놀란 표정을 지었다.

"세아 씨, 세아 씨. 저기 봐봐."

세아는 얼떨결에 한봄이 가리키는 방향을 돌아보았다.

"4대 미남이야!"

한봄의 탄성이 세아의 귓가를 타고 미끄러졌다.

한재하 이사와 승재, 강이원 팀장, 구석진 사장, 네 남자가 대화를 나누며 어디론가 걸어가고 있었다. 당연히 세아의 눈에 가장 먼저 들어온 사람은 한재하 이사였다.

곧은 등과 반듯한 어깨, 남자다운 손, 긴 다리. 현재 걸치고 있는 정장이 완벽하게 어울렸다. 거기다 자신감 가득한 미소, 한눈에 느껴지는 우월함. 세아는 감탄했다.

저 남자가 내 애인이라니. 괜히 웃음이 흘러나올 것 같았다. 아무에게나 막 자랑하고 싶은 심정이었다. '저 남자와 사귀고 있어요!'라고.

'근데 승재 오빠는 무슨 일로 회사에 왔지?'

세아의 눈길이 한재하 이사의 옆에 선 승재에게로 옮겨 갔다. 승재는 구석진 사장 쪽을 보며 뭐라고 말하고 있었다. 아무래도 구석진 사장 때문에 회사에 온 모양이었다.

　설마 어떻게 해야 날 합법적으로 해고할 수 있는지 물어보려고 승재 오빠를 부른 건 아니겠지?

　세아는 자연스레 구석진 사장을 노려보았다. 구석진 사장은 나른한 얼굴로 승재의 말을 받고 있었다.

　오래 쳐다보기도 싫었기에 세아는 곧장 강이원 팀장에게로 시선을 돌렸다. 강이원 팀장은 한 손에 커피를 든 채 연신 웃고 있었다. 매일 사모님이라고 불러대는 통에 얄밉기는 하나 4대 미남이라는 별명에 손색없는 외모였다.

　'어? 그런데 한봄 선배, 강 팀장님 싫어하지 않나?'

　문득 떠오른 생각에 세아가 한봄을 바라보았다. 한봄이 의아하다는 듯이 물었다.

　"왜?"

　"선배님, 강 팀장님은 싫어하지 않으세요?"

　"싫어해."

　한봄은 한 치의 망설임도 없이 긍정했다. 세아의 표정이 이상해졌다. 그러면 4대 미남이고 뭐고 거들떠보지도 않는 게 맞지 않나?

　"겉모습에는 죄가 없잖아."

　세아의 머릿속을 들여다본 양 한봄이 반박했다.

　"알맹이가 문제지."

　거의 들릴 듯 말 듯한 크기로 중얼거린 한봄이 입을 다물었다.

세아는 한봄의 태도에서 깊게 팬 감정의 골을 엿보았다.

둘 사이에 대체 무슨 일이 있었던 거지?

세아는 슬쩍 한봄의 눈치를 보았다. 물어본다고 순순히 알려줄 것 같은 기색이 아니었다.

네 남자가 사무실 안으로 모습을 감췄다. 한봄이 의미 모를 한숨을 내뱉더니 기분전환을 하려는 듯이 밝은 목소리로 화제를 바꾸었다.

"세아 씨, 나하고 같이 서코 가지 않을래?"

"서코요?"

그게 뭐지? 세아는 어리둥절했다.

"서울 코믹월드 말이야! 서울 코믹월드 몰라?"

"그게 뭐예요?"

"간단하게 말해서 아마추어 만화 행사야. 만화뿐만이 아니라 만화와 연관된 서브 컬처를 아우르는 종합 행사지. 창작 상품도 팔고, 잘 알려진 만화 캐릭터로 분장하는 사람들도 있고, 만화 주제가를 부르는 대회도 있고, 게임 관련 행사도 하고. 하여튼 만화에 대한 온갖 이벤트가 진행되는 행사야."

한봄이 손짓까지 동원해가며 설명했다. 세아는 놀랐다. 우리나라에 그런 신기한 행사가 있다니.

"나도 사실 직접 가본 적은 없어. 하지만 이번에는 꼭 가야 해."

"왜요?"

"나도형 님이 서코에 오시니까!"

주먹을 불끈 쥔 한봄이 비장하게 외쳤다.

"실물로 영접할 기회인데 가면 사인도 해준대! 그런데 내가 안가고 배기겠어, 세아 씨? 안 갈 수 있겠느냐고!"

"가, 가야죠."

한봄의 박력에 밀린 세아는 얼떨결에 동의했다.

"그래! 가야지. 이미 나도형 님께 드릴 선물도 준비해놓았어. 파란색 티셔츠. 내가 사진 찍어놓은 거 있는데 세아 씨도 볼래?"

화색을 띠고서 휴대전화를 꺼내 드는 한봄에게서는 반짝반짝 빛이 났다. 한봄이 발광 다이오드처럼 빛을 뿜어대고 있다는 뜻은 아니었다. 왜, 그런 느낌 있지 않은가. 정말 좋아하는 무언가에 몰입해 있는 사람을 보고 있자면 '저 사람은 빛나고 있구나.'라는 생각이 드는 거.

세아는 돌연 호기심이 들었다. 애니메이션을 보거나 피규어를 감상할 때, 한재하 이사도 저만큼 행복해할까?

동시에 미약한 통증이 세아의 가슴을 찔렀다. 그녀가 없는 곳에서 피규어와 하하 호호 하고 있을 한재하 이사를 상상하니 기분이 이상했다. 한재하 이사의 집에 있는 피규어들의 목을 모조리 따버리고 싶은 심정이었다.

'어? 잠깐만.'

퍼뜩 의문 하나가 세아의 뇌리를 스쳤다.

'이거, 혹시 질투……?'

세아의 만면에 파문이 번졌다. 말도 안 돼. 내가 질투하고 있다고? 살아 있는 사람도 아니고 피규어를?

자괴감이 세아를 덮쳤다. 내가 원래 이렇게 질투가 많은 성격이었나? 무생물까지 못마땅하게 느낄 만큼? 아니지. 어쨌든 사람의 형상이잖아. 심지어 성별이 여자인 캐릭터들이 수납장에 한가득 있다고. 걔들이랑 헬렐레하는 꼴을 어떻게 봐.

물론 그래봤자 피규어지만. 막말로 피규어와 데이트를 하겠어, 결혼하겠어?

"사모님? 이사님이 이사실로 오시라네용."

끊임없이 냉탕과 온탕을 오가고 있는 세아를 능글맞은 음성이 현실로 불러들였다. 강이원 팀장이었다.

"아, 네. 선배, 저 가볼게요."

의자에서 일어난 세아는 한봄에게 양해를 구하고 자리를 떴다. 그러다 갑자기 뒤를 돌아보았는데, 한봄과 강이원 팀장이 오묘한 분위기를 풍기며 대치하고 있었다.

도대체 둘 사이에 어떤 과거가 있는 걸까. 궁금해서 오늘 밤에 잠이 올지 모르겠다.

이사실에 들어가니 한재하 이사가 마침 피규어를 들고 있었다. 세아를 발견한 그가 피규어를 내려놓더니 살갑게 미소 지었다.

"신세아 씨."

"부르셨다고 해서 왔습니다. 시키실 일이라도?"

말을 하는 동안 세아의 시선은 책상에 놓인 피규어에 머물러 있었다. 회색 머리카락의 키가 크고 늘씬한 여자 피규어였다. 등에는 검으로 추정되는 가느다란 봉을 메고 있었고, 무엇보다도 가슴이…….

세아는 반사적으로 자신의 가슴을 내려다보았다. 그런 다음 여자 캐릭터의 가슴을 건너다보았다. 같은 행위를 몇 번 더 반복하자 패배감과 함께 저 밑바닥에서부터 이유를 알 수 없는 울분이 슬슬 치밀었다.

'커. 쟤가 너무 커!'

그녀가 이상한 게 아니다. 저 피규어가 규격 이상으로 크다.

'아무리 그래도 머리보다 큰 건 반칙이잖아!'

세아는 더욱 면밀히 피규어를 살폈다. 어느 모로 보나 피규어는 그녀와 정반대였다. 사람으로 치면 170센티는 가뿐히 넘을 것 같은 신장에 치켜 올라간 눈매, 무표정한 얼굴. 여왕처럼 도도하고 화려한 생김새였다.

저런 애들이 내 경쟁자란 말이지. 무슨 수로 이겨? 눈물이 앞을 가렸다.

"이사님, 그 책상에 놓인 피규어 말이에요."

세아는 충동적으로 입을 열었다.

"저 주시면 안 돼요?"

"이걸 말입니까?"

한재하 이사가 손가락으로 피규어의 머리를 가볍게 누르며 물었다. 세아는 고개를 끄덕였다. 어떻게든 그 피규어를 한재하 이사의 근처에서 치우고 싶었다.

"흠."

잠시 눈을 내리깔고 있던 한재하 이사가 감을 잡았다는 듯이 빙 글거렸다.

"가지십시오. 얼마든지."

선뜻 떨어진 수락에 세아는 피규어를 가지러 쭈뼛쭈뼛 책상으 로 다가갔다. 그녀가 피규어를 잡기 직전이었다. 한재하 이사가 먼저 그녀의 손을 붙잡았다.

"그전에 한 가지는 확실히 해두죠."

"예?"

세아는 기겁해서 한재하 이사를 올려다보았다. 덜컥 그가 손을 잡는 바람에 간 떨어지는 줄 알았건만, 느닷없이 분명히 해둘 게 있다니?

"나에게 피규어는 연애 대상이 아닙니다. 신세아 씨를 좋아하기 전에도 피규어와 사귄다거나 결혼하겠다는 생각, 단 한 번도 해본 적 없습니다."

그녀를 똑바로 마주 보며 한재하 이사가 말했다. 그에게 속내를 낱낱이 읽혔다는 것을 알고 그녀는 더없이 민망해졌다.

"아, 그게, 음……."

의자에서 일어난 한재하 이사가 그녀에게 접근했다. 그녀는 본 능적으로 뒤로 물러섰다. 그러자 그는 딱 그녀가 물러난 만큼 다 가왔다. 마침내 벽이 세아의 등에 닿았다.

457

"내가 연애 대상으로 보는 건 신세아 씨, 당신뿐입니다."

세아를 벽으로까지 몰아붙인 한재하 이사가 단언했다. 이어 그는 세아가 빠져나가지 못하도록 양옆의 벽을 짚었다.

"그 사실을 신세아 씨가 모르는 것 같으니 가르쳐줘야겠군요."

두 팔 안에 세아를 가둔 그가 도발적인 웃음을 지으며 부연했다.

"몸으로."

세아의 얼굴에 경악이 어렸다. 몸으로 가르쳐주겠다니? 찰나 온갖 가정이 세아의 뇌리에서 교차했다.

위기감을 느낀 세아가 떨리는 눈으로 한재하 이사를 올려다보았다. 그녀의 상상은 이미 저만치 달려 나가 어느덧 19금 딱지가 붙을 만한 내용이 되어 있었다.

'아무리 그래도 회사인데……?'

마른침을 삼킨 세아는 한재하 이사를 올려다보았다. 동시에 한재하 이사가 그녀를 확 끌어당겼다.

세아는 엉겁결에 그의 가슴에 안겼다. 그가 기다렸다는 듯이 그녀의 허리를 팔로 감쌌다. 그러고는 그녀가 질식할 만큼 세게, 꼭 끌어안았다.

"이사님?"

"느껴보십시오."

귓가에 떨어지는 듣기 좋은 목소리, 부드러운 속삭임. 세아는 그대로 얼었다. 정수리 위로 내려앉는 한재하 이사의 숨이 거칠었다.

야릇한 긴장감이 세아를 지배했다. 열이 확 오르면서 전류에 감전된 양 뼈 마디마디가 찌릿찌릿했다.

대체 뭘 느껴보라는 걸까. 몽롱한 정신으로 세아가 의아해하고 있던 차였다. 어디선가 쿵, 하고 묵직한 심장 소리가 들렸다. 너무 거칠게 뛰어서 계속 이 상태로 됐다가는 잘못되지 않을까 싶을 정도로 요란한 박동이었다. 한재하 이사의 심장에서 그런 소리가 나고 있었다.

'아…….'

세아는 숨이 턱 막혔다. 가슴에 무엇이 얹힌 것 같았다. 무언가에 홀린 듯이 세아는 그의 등에 손을 얹었다. 마주 끌어안자 한재하 이사의 심장 박동이 더욱 선명하게 느껴졌다.

"이제 알겠습니까?"

한재하 이사가 나직하게 물었다.

"내가 얼마나 신세아 씨를 좋아하고 있는지."

세아는 대답하지 않았다. 사실은 가슴이 벅차올라서 말을 할 수가 없었다. 한계치까지 치솟았던 심장 박동이 점차 안정되어갔다. 따뜻한 기운이 전신으로 번지고 서로 다른 박자로 뛰던 두 개의 심장이 같은 고동으로 묶였을 때, 세아는 생각했다. 그와 하나가 된 것 같다고.

신기한 일이었다. 수십 년을 다르게 살아온 두 객체가 이렇게 동화될 수 있다니.

한재하 이사가 한 손을 들어 그녀의 머리를 쓰다듬었다. 닿은 듯, 닿지 않은 듯 조심스러운 손길. 그 손이 마침내 내려와 그녀의 등을 쓸었다.

따뜻했다. 얇은 천 너머에서 전해지는 온기에 세아는 저도 모르게 한재하 이사를 안은 손에 힘을 줬다. 한재하 이사의 동작이 뚝 멈췄다. 잔잔한 아늑함이 세아를 휘감았다.

포옹을 끝내고 싶지 않았다. 그의 품에서 벗어나고 싶지 않았다. 이대로 언제까지나 함께 있고 싶었다.

'이 남자라면…….'

믿어도 될 것 같았다. 온몸으로 그녀를 좋아한다고 말하고 있는 이 남자라면.

'나도 이 남자에게라면 뭐든지 해줄 수 있을 것 같아.'

한순간의 감정일지도 몰랐다. 포옹을 끝내고 돌아서면 흔적도 남기지 않고 흩어질지도 모르는. 그러나 지금만은 세아에게 그가 절대적이고 유일한 남자였다. 무엇을 줘도 아깝지 않을 것 같고, 끝없이 좋아할 수 있을 것 같은.

눈을 감은 채로 재하는 한창 전신을 타고 흐르는 오묘한 감정에 취해 있었다. 그러다 불현듯 육감을 자극하는 무언가에 슬쩍 눈을 떴다.

언제 문을 열었는지 석진이 이사실 안에 들어와 있었다. 팔짱을 끼고 흥미롭다는 듯이 관찰하는 석진의 태도에 재하는 눈살을 찌푸렸다. 신세아가 눈치 채기 전에 쫓아내야 한다.

재하는 석진에게 나가라고 손짓했다. 하지만 석진은 어깨를 으쓱하더니 나가기는커녕 보란 듯이 입을 열었다.

"와, 대낮부터 뜨겁네, 뜨거워."

품 안에 있던 세아가 흠칫하며 빠져나가려고 했다. 재하는 그녀가 벗어나지 못하게 팔에 힘을 주며 응수했다.

"알면 문 닫고 나가지그래?"

그 안에 서 있는 날을 충분히 간파했을 텐데도 석진은 눈치 채지 못한 척 되물었다.

"꼭 그래야 하나?"

"방해받고 싶지 않아."

재하가 단호하게 말했다. 가만히 마주 안고만 있어도 결핍된 무언가가 충족되는 것 같았다. 갈비뼈 안쪽에 따뜻하고 보드라운 기운이 몽글몽글 차올랐다. 난생처음으로 느끼는 감정이었다. 놓치고 싶지 않았다.

"이런. 무서워서라도 나가야겠네. 그러면 마저 행복한 시간 보내라고."

석진이 문을 닫고 나갔다. 사나운 눈으로 석진의 행적을 주시하던 재하가 이내 다정한 어조로 세아에게 말을 걸었다.

"놀랐습니까?"

"예."

세아가 작게 답했다. 재하는 조용히 이를 갈았다. 이 빚을 석진에게 어떻게 갚을까 재하가 고민하고 있을 무렵이었다.

"이사님 때문에요."

"나…… 때문에 말입니까?"

"네, 사장님이 들어오셨는데 이사님이 너무 태연해서."

"무슨 상관입니까. 남에게 피해를 주는 일을 한 것도 아니고, 부끄러운 일도 아닌데."

대수롭지 않게 응대한 재하는 세아를 끌어안은 손에 다시 힘을 주었다.

"잊어버리지 않으려면 반복학습이 중요합니다. 그러니까 한 번 더."

세아가 망설이다가 그의 등 위로 손을 얹었다. 순순히 안겨오는 그녀의 행동에 그는 형용할 수 없는 만족감에 잠겼다.

석진이 빠르지도, 느리지도 않은 걸음으로 복도를 가로질렀다. 휴대전화를 꺼내 든 그가 발걸음을 옮기며 어디론가 문자를 보냈다.

- 가볍게 만나는 관계는 아닌 것 같습니다.

재하는 싱글벙글 웃으며 사무실로 들어왔다.

"안녕하십니까. 좋은 아침입니다, 여러분."

"안녕하십니까, 이사님."

"오셨습니까."

직원들이 자리에서 일어나 인사했다.

462

"앉으세요. 일어날 필요 없습니다."

손을 들어 만류한 재하가 콧노래를 흥얼거리며 이사실로 들어 갔다. 직원들은 서로 얼굴을 마주 보았다.

"이사님 요즘 기분 좋아 보이지 않으셔?"

"그러게 말이야. 나 이사님이 콧노래 부르시는 건 처음 봐."

"나도. 늘 웃으시긴 했지만 이렇게까지 웃지는 않으셨던 것 같은데. 뭐 좋은 일 있으신가?"

'하와이는 너무 멀지. 일본은 굳이 따로 안 가도 일 때문에 자주 가고.'

재하는 서류를 결재하며 생각했다.

'역시 중국인가? 홍콩?'

아니지. 일단 당사자에게 허락부터 받아야 한다. 싫다고 할 수도 있는 거니까. 그나저나 여행을 가게 되면 역시 객실은 같이 쓰는 건가?

재하는 재고의 여지도 없이 같이 쓰기로 결정했다. 가짜로 사귈 때도 한방에서 생활했는데 이제 와서 따로 숙소를 잡을쏘냐. 말도 안 된다. 반드시 한방을 쓰고 말 테다. 조금이라도 더 오래오래 함께 있고 싶으니까.

'헤어질 때마다 얼마나 들여보내기 싫은데.'

밀린 업무가 산더미 같지만 않았어도 냉큼 붙잡아서 데이트를 신청했을 것이다.

463

재하의 미간에 주름이 잡혔다. 단합 여행의 여파로 일주일치 업무가 밀려 있었다. 그저께와 어제 이틀 내내, 세아를 집 앞에 데려다 주고는 다시 회사로 돌아와서 일해야 했을 정도였다. 덕분에 변변한 데이트 한번 못 한 재하는 욕구 불만이 머리끝까지 쌓여 있었다.

여덟 시간? 아홉 시간? 사흘 동안 잠을 잔 시간을 계산한 재하는 픽 웃었다. 아무렴 어떤가. 신기하리만치 하나도 힘들지 않았다. 조금 피곤한가 싶다가도 신세아를 끌어안고 있으면 금방 회복되었다.

신세아가 그를 치유해주는 것 같았다. 게임으로 치면 그녀가 그에게 버프(buff)를 걸어주고 있는 것 같다고 할까.

하여튼 같이 있기만 해도 좋다. 보고 있기만 해도 즐겁다. 그런데 어떻게 각방을 쓸 수가 있단 말인가.

금요일 안에 이 지긋지긋한 일들을 다 해결하고 여행을 떠날 구상을 하니 재하는 벌써 즐거워졌다.

여행을 가면 아침부터 저녁까지 온종일 그녀와 함께 있을 것이다. 같이 비행기를 타고, 식사하고, 차를 마시고, 손을 잡고 돌아다니고, 같은 침대에서……. 시뮬레이션을 하던 재하의 얼굴이 돌연 붉어졌다.

'안 돼, 한재하. 반야심경!'

엉뚱한 방향으로 흘러가는 사고를 그가 의식적으로 막고 있을 때였다.

“저, 이사님?”

김 팀장이 말문을 열었다.

“아.”

퍼뜩 정신을 차린 재하는 사인을 마저 하고 김 팀장에게 서류를 넘겼다.

“여기 있습니다.”

“기분 좋은 일이라도 있으십니까?”

“내가 기분 좋아 보입니까?”

재하가 반문했다. 김 팀장이 격렬하게 고개를 끄덕였다.

“무척 좋아 보이십니다. 아니, 좋아 보이는 정도가 아니라 행복해 보이십니다. 그대로 어디론가 날아가셔도 이상하지 않을 만큼.”

“흐음.”

재하의 입가에 유려한 미소가 어렸다. 배를 잔뜩 채운 포식자 같은 표정이었다. 만년필 뚜껑을 닫으며 재하가 긍정했다.

“맞습니다. 난 행복합니다.”

날아갈 듯한 기분인 것도 맞았다. 정신을 차리면 입속으로 노래를 부르고 있고 입꼬리가 올라가 있었다. 아침에 일어날 때 창밖에서 들어오는 햇살은 포근했고, 세면대에 맺혀 있는 물방울은 영롱하게 빛났으며, 커피에서 모락모락 피어오르는 김은 그의 마음을 훈훈하게 했다.

‘연애를 하면 세상이 아름다워 보인다는 그 흔하디흔한 표현, 믿

지 않았는데.'

　재하는 슬쩍 웃었다. 입가의 근육이 고장이라도 났는지 요새 통제할 수가 없었다. 가식적이고 의례적인 웃음만 흘리던 날이 아주 오래 지난 기억처럼 흐릿했다. 진심으로 미소 짓는 것보다 잘 만들어진 가면 같은 웃음을 그려내는 게 익숙한 그였건만.

　'이제는 자동차 헤드라이트가 켜져 있는 것만 봐도 웃지.'

　어제 주차를 하고 집으로 들어가다가 차주가 깜빡 잊고 들어갔는지 헤드라이트가 켜져 있는 차를 발견했다. 그런데 어둠 속에서 덩그러니 헤드라이트 두 개만 빛나고 있는 그 모양새가, 마치 자동차가 주인을 원망하며 눈을 부릅뜨고 있는 것 같아 웃음보가 터져버렸다. 평상시에는 그런 광경을 보면 배터리 낭비라며 한심하게 여겼던 그가 말이다.

　"김 팀장님도 많이 웃으십시오. 많이 웃으면 건강해지고 장수도 하고 좋지 않습니까."

　그렇게 말하는 재하의 눈에 문득 김 팀장의 와이셔츠 소매에서 풀린 실밥이 들어왔다. 여러 가닥이 흐느적거리는 게 흡사 말미잘 같았다. 재하는 또 웃음이 빵 터졌다. 손으로 입을 가린 그가 피식피식 웃으며 김 팀장에게 명령했다.

　"이만 나가보십시오."

　얼떨떨한 얼굴로 이사실을 나온 김 팀장이 작게 중얼거렸다.

　"우리 이사님 혹시 미치신 거 아니야? 이게 말로만 듣던 조증인가?"

"세아 씨, 이사님 말이야, 근래에 무슨 특별한 일 있으셨나?"

느닷없이 김 팀장이 다가와서 물었다. 세아는 고개를 갸웃했다.

"특별한 일이요?"

"아무래도 세아 씨가 이사님 애인이니 잘 알지 싶어서."

"애인…… 이요?"

세아의 입매가 슬쩍 떨렸다. 광대가 승천할 것 같은데 억지로 참는 티가 역력한 표정이었다. 정확히는 웃고 싶은데 주체가 안 된다는 표정.

김 팀장의 눈매가 가늘어졌다. 같은 증상을 겪는 환자와 조금 전까지만 해도 한 공간에 있었던 그였다.

"아니야. 모르면 됐어."

뒤돌아선 김 팀장이 혼잣말했다.

"애인 사이끼리 쌍으로 조증에 걸렸나?"

"네?"

"아, 아무것도 아니야."

김 팀장이 쌩하니 사라졌다. 세아는 잠시 김 팀장의 뒷모습을 보다가 업무에 집중했다. 그녀가 막 통계치를 내고 있을 때였다. 사내 메신저로 누가 그녀에게 쪽지를 보냈다.

[이사님] 바쁩니까?

한재하 이사였다. 세아는 후다닥 답장을 보냈다.

- 아니요.

[이사님] 그러면 이사실로 오세요. 복습하게.

세아는 곧바로 의자에서 일어났다.

이사실 문을 열자마자 한재하 이사가 그녀를 와락 끌어안았다. 그녀도 엉거주춤 그를 안았다.

"오늘도 느껴집니까? 내 마음."

한재하 이사의 물음에 세아는 낯이 뜨거워졌다. 안 그럴 것처럼 생겨서는 이 남자, 은근히 닭살 돋는 말이나 행동을 잘한다.

언젠가 이 남자가 연애를 하면 어떨까 상상해본 적이 있다. 시크하다 못해 까칠하기까지 한 한재하 이사가 사랑에 빠지면 어떻게 변할까, 하고.

당시에는 연애 상대에게도 평소와 똑같은 모습을 보일 것 같다고 결론 내렸었다. 달라지는 한재하 이사가 머릿속에 그려지지 않아서. S 마왕 한재하 이사가 갑자기 상냥해지거나 로맨틱해지면 이상하지 않은가.

그런데 막상 사귀게 되니 예상과는 달랐다. 장난기는 어디로 가지 않았으나 한재하 이사는 다정했고, 대담했고, 놀랄 만큼 스스로의 감정에 솔직했다.

어제 구석진 사장이 이사실로 들어왔는데도 아랑곳하지 않아서 세아는 깜짝 놀랐다. 보통은 치부를 들킨 것처럼 상대를 밀어내지 않는가. 세아도 민망하니까 그에게서 벗어나려고 했다.

하지만 그는 오히려 그녀를 더욱 꽉 끌어안았다. 자존심이나 체면 같은 것은 신경 쓰지 않는다는 듯이.

그 순간 세아는 많은 것을 느꼈다. 아무렇지 않게 자신의 마음을 드러내는 한재하 이사의 솔직함이 세아에게 감명 깊었다. 한편으로는 반성의 계기도 되었다. '나도 솔직해져야겠구나.'라는.

"나랑 데이트해줄 겁니까?"

"데이트요?"

"네."

한재하 이사가 그녀의 머리칼을 쓸며 답을 기다렸다.

"언제요?"

"이번 주말에."

"토요일이요? 아니면 일요일?"

"둘 다."

둘 다라니? 세아는 고개를 들어 그를 올려다보았다. 그녀가 이해한 게 맞다면, 이틀을 만나자는 건 설마.

"1박2일로 여행을 갑시다. 홍콩으로."

세아의 눈동자가 흔들렸다. 어떡해. 역시 여행을 가자는 말이었어! 그리고 사귀는 사이인 남녀가 여행을 가면…… 당연히 하겠지?

'조금 이르지 않아? 아직 사귄 지 얼마 되지도 않았는데.'

세아는 머릿속이 펑 터져버릴 것 같았다.

"얼마 전에 단합 여행을 다녀왔는데, 또요?"

"그게 무슨 여행이었습니까. 사내 행사지."

한재하 이사가 반박했다. 세아가 조금 떨리는 목소리로 질문했다.

"왜 홍콩을?"

어째서 하필이면 많고 많은 곳 중 홍콩인가. 홍콩은 뭔가 중의적이고 위험한 의미가 도사리고 있는 것 같았다.

"쇼핑하기 좋지 않습니까."

한재하 이사가 태연하게 대꾸했다. 세아는 헷갈렸다. 정말 그 뜻뿐? 아니면 능구렁이처럼 다른 뜻도 숨기고 있는 걸까?

입안이 바짝 말랐다. 심박수가 올라가고 자연스럽게 전신이 굳었다.

'나도 스물여섯 살이니 어린 나이도 아니야.'

남들도 다 하고 사는데 나라고 못 할 게 어디 있어. 세아는 갈등하다가 결정했다.

"갈게요."

- 2권에서 계속.